品 读
国学经典

夏海 ◎ 著

生活·讀書·新知 三联书店

图书在版编目（CIP）数据

品读国学经典/夏海著. —北京：生活·读书·新知三联书店，
2016.6 （2022.1 重印）
 ISBN 978 – 7 – 108 – 05711 – 2

 Ⅰ . ①品… Ⅱ . ①夏… Ⅲ . ①随笔 – 作品集 – 中国 – 当代
Ⅳ . ① I267.1

中国版本图书馆 CIP 数据核字（2016）第 109096 号

责任编辑 关丽峡
装帧设计 蔡立国
责任印制 董 欢
出版发行 生活·讀書·新知 三联书店
    （北京市东城区美术馆东街 22 号 100010）
网   址 www.sdxjpc.com
经   销 新华书店
印   刷 河北松源印刷有限公司
版   次 2016 年 6 月北京第 1 版
    2022 年 1 月北京第 6 次印刷
开   本 635 毫米 × 965 毫米 1/16 印张 22
字   数 270 千字
印   数 35,001 – 38,000 册
定   价 56.00 元
（印装查询：01064002715；邮购查询：01084010542）

目　录

新版序言

三联书店新版《品读国学经典》，这既是对本书的肯定和褒奖，更是对作者本人的鼓励和鞭策。在《品读国学经典》新版之际，作者对三联书店谨表谢意。

《品读国学经典》自 2014 年 8 月出版发行以来，一直受到各方关注，好评不断。《人民日报》《光明日报》等主要媒体均有书评，其他媒体也不时刊出书评，今年 2 月还有媒体刊发"读经典，涵养历史底蕴"的书评。《品读国学经典》之所以得到各方关注和好评，与其说是因为它具有较高的文化含量和一定的学术水准，倒不如说是因为国学的博大精深和根固木长。国学是中华民族的精神家园，是中国人的文化识别符号。无论我们承认与否，任何一个中国人的脸面都显现着国学的表情，任何一个中国人的肌体都保存着国学的基因，任何一个中国人的内心深处都积淀着国学的智慧知识。《品读国学经典》的出版发行，正是契合了中国人的心灵结构，才会受到欢迎。《品读国学经典》受到欢迎，实质是国学受到人们的欢迎和爱好。

人们爱好国学，是因为国学内存着中华民族的精神密码。宋代思想家张载提出过"为天地立心，为生民立命，为往圣继绝学，为万世开太平"四句名言，凝炼地指明了国学的崇高境界，概括了国学的基本内容和精神。中华文明是世界古老文明中没有中断的文明，这当然是主观与客观、思想与行动、历史与现实各种因素综合作用的结果。但是，国学内容的富足和精神的强健，却是中华文明源远流长、绵延不绝的根本原因。在国学的瑰丽宝库中，我们不难看到，政治文化是家国同构、中央集权，经济文化是义利并举、重义轻利，社会文化是礼教体系、中庸恕道，道德文化是家族伦理、孝悌为本，哲学文化是天人合一、自然和谐，宗教文化是三教并存、拜天祭祖。这些文化和精神密码无论是合理还是不合理，都在历史长河中不同程度地塑造着中华民族的集体人格。

人们爱好国学，是因为国学充溢着重构现代社会精神和价值的源头活水。德国思想家雅斯贝尔斯提出了"轴心时代"论断，认为轴心时代所产生的文化一直延续到今天。每当人类社会面临危机或新的飞跃的时候，总是回过头去，看看轴心时代的先哲们是怎么说的。自1978年改革开放以来，中国在经济改革和建设方面取得了巨大成就，已然成为世界第二大经济体。与此同时，精神层面的建设还有些跟不上物质文明前进的步伐，社会正在急切地呼唤着精神文明建设和价值系统重构，以便为人们的衣食住行嵌入灵魂，让人们能够在大地上诗意地栖居。国学是中华民族的思想源泉和道德载体；国学推崇的礼义廉耻、忠恕孝悌、仁义礼智信，至今仍然闪烁着智慧的光芒，观照着人类的良心，保存着强大的生命力。在中国改革开放和经济社会发展进入关键时期，我们有必要回过头去请益先贤往圣，从国学尤其是国学经典中汲取原料和养分，这不仅是精神文明建设和价值系统重构的主要途径，而且能够为精神文明和价值系统搭建主体性架构，进而为中华民族的伟大复兴和永续发展提供精神文化支撑。

人们爱好国学，是因为国学集聚着学习消化外来文明精华的强大能量。公元前221年，秦始皇一统天下，建立了中央集权的国家制度；公元前134年，汉武帝"罢黜百家，独尊儒术"，奠定了大一统国家的意识形态基础，秦皇汉武构建了中华文明的主体框架，形成了国学文化的基本格局。中国历史上经常有改朝换代和政治危机，却从来没有发生过文明危机，这应归功于国学博大的包容性和充满生机的同化能力，诚如古人所言，"夷狄之入中国，则中国之"。在漫长的历史发展中，中华文明曾经受到外来文明两次大的冲击。第一次是魏晋南北朝时期佛教文明的冲击。国学很好地学习消化了佛教文明，通过援佛入儒和以儒释佛，在宋明理学中完美地吸纳了佛教精华，复兴了儒学文明。第二次是晚清以来西方文明的冲击。一定意义上说，国学概念是西方文明冲击的产物。对于西方文明的冲击，国学一直坚持着学习借鉴和吸收消化。客观地说，这一学习消化过程十分艰难，迄今为止，国学与西方文明还是若即若离，西方文明仍然处于强势地位。学习消化西方文明，是国学义不容辞的责任担当，而其前提则是中国人要学好国学，在社会大众和日常生活中要普及国学，疏浚国学的源流，夯实国学的根基。只有国学根深叶茂、躯干坚挺，才能化欧风美雨于无形之中，成为中华文明的有机组成部分。历史地分析，中华文明具有惊人的吸收融合外来文明的能力，假以时日，国学一定能够吸纳西方文明的精华，在艰难中获得生机，从弱势中转为强健，从而把中华文明推向更高的境界，以崭新姿态巍然屹立于世界文明之林。

"知我者，谓我心忧；不知我者，谓我何求。"近代以来，国学经受了太多的磨难，弘扬中华优秀传统文化任重道远。作者愿意继续深入研究国学，竭诚推荐介绍经典，为传承和发扬中华文明贡献绵薄之力。

写上这些关于国学的思考，是为《品读国学经典》新版序言。

作者写于丙申年春月

自　序

　　中华文明源远流长，国学经典灿若群星。遨游在中华文明的长河是愉悦，翱翔在国学经典的天空是快意。国学经典是中华文明传承的主要载体，也是中国人文化身份的象征。作为一个中国人，应该读一点国学经典，沐浴中华文明的阳光雨露，领悟中华文明的智慧、情感和诗意。

　　所谓国学，比较一致的看法是以儒学为主体的中国固有学术。这既是中华文明的最高形态，也是中国学术的源头发轫，更是中国人立身处世的精神家园。所谓经典，按照阿根廷著名作家博尔赫斯的理解，"是一个民族或几个民族长期以来决定阅读的书籍，是世世代代的人出于不同的理由，以先期的热情和神秘的忠诚阅读的书"。因此，国学经典，就是中华文明最好、最有价值的书籍，就是中国人最诚心、最喜欢阅读的书籍。

　　国学经典的主题是丰富的，既有关于国家大事和社稷安危的思想议论，又有山水清游、亲友往来和个人情绪的隽言妙语。无论哪一类主题，实质都是关于真、善、美的追问，关于人的心灵和灵魂的思考，关于信仰信念、思想真理、价值标准和道德修身的阐述。经典的形式是多样的，主要形式是哲学、历史和文学作品。任何真正的哲学都是时代精神的精华，所有历史都是关于人的活动的记载，一切文学都是人学。阅读经典，就是学哲学，看历史，欣赏文学作品。在哲学经典中，我们仿佛倘佯在思辨的王国，感触思想的震撼，享受智慧的乐趣。在历史书籍中，我们好像同先贤前辈一起呼吸，探秘他们的活动踪迹，感悟他们的内心世界。在文学作品中，我们犹如身历其境，可以爱、可以恨，在爱中追求善与美，在恨中鞭挞丑与恶。总之，品读国学经典，益处颇多，最大的益处是修身养性，培育良好的道德品质。诚如德国哲学家雅斯贝尔斯所说："个体自我的每一次伟大的提高，都源于同古典世界的重新接触。"

2007 年夏天，在潜心研读《论语》基础上，我写成了《论语与人生》。搁笔之余，意犹未尽，还想多读一些国学经典。由于公务事繁，不能有整块的时间集中阅读学习，就选择了《古文观止》，进而扩充阅读有关文选。刊行于 17 世纪末叶的《古文观止》，编选初衷无非"课业子弟"以及"请教于海内君子"，却于无意之中成了最受欢迎、影响最大的古文选集。其中的文章短小精悍，大都是名篇佳作，有的甚至是千古绝唱。更重要的是，这些文章不仅文笔优美，而且渗透着国学义理和先贤睿智。凡是承载国学义理而又不朽的作品，都可以看成是国学经典。读这些文章，就是读国学经典。夜深人静，经年累月，口不绝吟于经典名文，手不停录于思绪心得，于是成就了《品读国学经典》。

《品读国学经典》视野宏阔，从先秦管子《牧民》开篇，到清朝《曾国藩家书》收笔，横跨两千多年时间，品读三十六篇经典。这些经典绝大多数是散文，其中，有韵文和骈体文；源于《古文观止》有二十二篇；春秋战国、秦汉时期、三国和魏晋时期各品读五篇，唐朝品读七篇，宋朝品读六篇，明朝、清朝各品读四篇。内容涉及政治、经济、社会、文化各个方面，涵盖修身、齐家、治国各个领域。在介绍经典内容、作者用心和文笔特色的基础上，把普及性与学术性结合起来，"知人论史"、"知人论世"，对经典的历史背景、人生际遇和思想观点进行全方位阐释，寄托着品读者的人生沉思。

《品读国学经典》风格独特，没有局限于研究鉴赏对象本身，而是进一步挖掘、梳理经典名篇的潜在意蕴和审美情趣，即"作者之用心未必然，而读者之用心未必不然"。基本写作手法是"解构"与"建构"，从思想体悟、艺术感受、审美判断方面对经典进行解读和重新鉴赏。"解构"源于法国哲学家德里达的思想，就是在阅读过程中，把经典分解为互不联系的若干部分，具有批判意义。"建构"源于瑞士心理学家皮亚杰的思想，就是通过与原著、作者、历史相互作用，重构对经典的认识和理解。解构与建构密切相关，解构是建构的前提，有利于更深入地走近古人，理解经典；建构是解构的逻辑必然，以便于超越古人，重新认识经典。解构与建构既是一次鉴赏过程，也是一个再创作过程，自然融入了品读者本人的感情偏好和思想观点。

《品读国学经典》文字厚重，每篇文章一般分为五个层次。第一层次是介绍作者有关情况，重点是事功、思想造诣和文学成就。第二层次是解读经典本身，指明其段落层次和主要观点。第三层次相对多样，呈发散思维，有的是集中阐述经典主旨，有的是介绍写作背景和技巧，有的是品评作者的心路历程，有的是研读作者的相关文章。思维不同，目标趋一，都是为了更好地解读经典名篇。第四层次是文章的主体部分，品读者既尊重经典原著，又根据自身的阅历、知识、思想和情趣，着力重构对经典新的理解。第五层次是经典的启示和品读者的感悟，见仁见智，应由读者去体验和判断。

国学经典是天空，更是大海，蕴藏着无穷的宝藏，内聚着中华民族的精神密码和文化基因。每一个中国人都应奔向国学经典的海洋，有的可以在海边拾贝，有的可以到海中畅游，有的可以深入海底潜水。无论哪一种方式，对于中华文明而言，都是在保护精神血脉，弘扬文化传统；对于个体生命而言，都是在培育高尚人格，塑造完美人生。

作者谨记于甲午年春月

礼义廉耻　国之四维

——读管仲《牧民》有感

　　管仲是春秋时期大政治家，相齐四十年，推行全面改革，制定了一系列富国强兵方略。他对内划分政区、分设官吏，选拔士子、赏勤罚惰，开征赋税、奖励农耕，统一铸造和管理钱币，颁布捕鱼和煮盐之法；对外"尊王攘夷"，即尊奉周王朝，抵御北方游牧民族，从而辅佐齐桓公"九合诸侯，一匡天下"，成为"春秋五霸"之首。孔子高度评价管仲，"管仲相桓公，霸诸侯，一匡天下，民到于今受其赐"；甚至认为如果没有管仲，我们都会披头散发，左开衣襟，像个野蛮人，"微管仲，吾其被发左衽矣"。历史名相诸葛亮常自比管仲，以管仲为楷模，相蜀鞠躬尽瘁，死而后已。管仲著述甚丰，后人辑成《管子》一书，共二十四卷、八十五篇，现存七十六篇。《管子》涉及儒、道、法等家的思想以及天文、舆地、经济和农业等方面的知识，其中经济方面的著述，广泛讨论生产、分配、交易、消费、财政等问题，是研究先秦经济和农业的珍贵资料。《牧民》是《管子》一书的首篇，充分反映了管仲治国理政的基本思想。

　　管仲是中国古代第一个明确提出"以人为本"观点并付诸实践的政治家，"夫霸王之所始也，以人为本。本理则国固，本乱则国危"。牧民，即统治和管理民众。《牧民》围绕如何治理民众，系统论述了治国理政的原则，以及这些原则在实施过程中取得的正反两方面经验。全文分为五个部分，共一千余字。第一部分是"国颂"，为全篇的总论，指出治国理政既要发展经济，又要建立社会秩序，既要重视物质建设，又要重视精神引领。生产与伦理并重、生活与信仰同举，才能治理好国家。第二部分是"四维"，维即总纲，《淮南子》曰："昔者，共工与颛顼争为帝，怒而触不周之山，天柱折，地维绝。"这一部分强调礼、义、廉、耻是国家的四根精神支柱，支柱立则国家兴，支柱废则国家亡。第三部分是"四顺"，突出阐明了治国理政的关键在于顺民心，着力满足民众对于安逸、富贵、稳定和生存的愿望。第四部分是"十一经"，从官吏选择到政令施行，提出了十一个方面的要求，具有微观性和操作性。第五部分是"六亲五法"，揭示治国理政的规律，具有宏观性和指导性，其中君王行为对于治国安民所起的导向和表率作用，更有积极意义。《牧民》既是管仲治国理政的思想指导，又是管仲治国理政的经验总结和实践写照。管仲取得了彪炳史册的辉煌政绩，以致司马迁认为："管仲既任政相齐，以区区之齐在海滨，通货积财，富国强兵，与俗同好恶。"

品读《牧民》，给我们印象最深的是管仲的"民本"思想。《牧民》是管仲论及民本思想最多、最集中的一篇文章，其核心观点是治国理政在顺民心。民本思想在中国古代悠久而绵长。上古的夏禹提出："民为邦本，本固邦宁"；商汤盘庚要求贵戚近臣抛却私心，施恩于民，"汝克黜乃心，施实德于民"；周朝开国元勋周公旦总结商纣灭亡教训，强调"敬德保民"。客观地说，现在看到的上古时期的民本思想，只能是只言片语。真正形成完整思想体系的是春秋战国时期，尤其是儒家的"民贵君轻"思想，更是光耀千秋。但是，春秋战国数百年间，既提出民本思想又躬身实践者，惟管仲一人。在管仲那里，不仅有民本的理论升华，而且有民本的成功实践。在理论方面，管仲深知民众对于治国理政的基础作用。《管子》记载，一次齐桓公问什么是王霸之本，管仲指出："齐国百姓，公之本也。"管仲认为，争夺天下要靠民众，"争天下者，必先争人"；治理天下也要靠民众，"士农工商四民者，国之石民也"。石是指柱石，后人注释四民者，"国之本，犹柱之石也"。在实践方面，管仲实施了爱民、利民、富民政策，政治上采取"四民分业定居"措施，促进了社会稳定、经济发展和军事力量的强大；经济上采取"均地分力"措施，把土地公平地租给农民，使其分户耕种，激发了农民的生产积极性；文化上采取"教民"措施，既教民以礼，又授民以知。正是管仲的民本思想和实践，成就了齐桓公的霸业，孔子认为："桓公九合诸侯，不以兵车，管仲之力也。"

《牧民》强调治国理政的关键是顺民心。按照唯物史观的理解，人民群众是历史的主体和创造者，治国理政的基本规律是"得民心得天下，失民心失天下"。顺应民心，政权就巩固，社会就发展；逆反民心，政权就危险，社会就停滞。令人惊叹的是，早在两千五百多年前，管仲就清楚地认识到这一规律，并用明白晓畅的语言给予表达："政之所兴，在顺民心；政之所废，在逆民心。"在管仲看来，人人都有追求安逸、富贵、稳定和生存的欲望，顺民心就要满足民众的基本欲望，让百姓安居乐业、休养生息，帮助他们避免忧劳、贫贱、危难和灭绝，"民恶忧劳，我佚乐之；民恶贫贱，我富贵之；民恶危坠，我存安之；民恶灭绝，我生育之"。管仲认为，立法要顺民心，民众才能服从法律，君王才有尊严，"法立而民乐之，令出而民衔之。法令之合于民心，如符节之相得也，则主尊显"；颁布政令和制定政策要符合民心，"下令于流水之原者，令顺民心也"。意思是，把政令下达在流水的源头上，就得要政令顺乎民心。《牧民》进一步指出，顺民心就是从民欲去民恶。只要从民欲，疏远的人自会前来亲近；如果不去民恶，违反民众愿望，原来亲近的人也会叛离，"故从其四欲，则远者自亲；行其四恶，则近者叛之"。管仲十分重视民意，认为顺民心还要尊重民众的意愿，不要勉为其难，"不为不可成，不求不可得，不处不可久，不行不可复"。意思是，对待民众，不要去做办不到的事情，不要去求得不到的利益，不要居处难以持久的地位，不要去做不可重复的事情。《牧民》进一步指出，顺民心应该量民力而行，不要迫使民众干他们厌恶的事情，不要求一时苟且，不要欺骗民众。只有这样，民众才会拥戴，即"量民力，则事无不成。不强民以其所恶，则诈伪不生。不偷取一世，则民无怨心。不欺其民，则下亲其上"。管仲具有明显的法家倾向，在辅佐齐桓公过程中很重视刑罚和法律，但他仍然认为，顺民心不能过分倚重法制，"刑罚不足以畏其意，杀戮不足以服其心"。意思是，刑罚不足以使民意畏惧，杀戮不足以使民心屈服。《牧民》进一步指出，顺民心不能太多地使用刑罚。刑罚繁杂，不利于政令推行；杀戮过多，君王的地位就会有危险，"故刑罚繁而意不恐，则令不行矣；杀戮众而心不服，则上位危矣"。管仲认为，治国理政实质是一个君王与民众互动的过程，君王顺民心，民众就拥护，否则，民众就反对。因此，只有顺民心，才能得到民众最好的回报，"能佚乐之，则民为之忧劳；能富贵之，则民为之贫贱；能存安之，则民为之危坠；能生育之，则民为之灭绝"。意思是，君王能使民众安乐，民众就能为君王承受忧劳；能使民众富贵，民众就能为君王承受贫贱；能使民众安定，民众就能为君王承受危难；能使民众生育繁衍，民众就能为君王承受绝嗣的牺牲。这是一幅多么理想的君王与民众良好互动的图景。《牧民》强调，顺民心，形式上是给予民众，实质上是取于民众。"予"就是"取"，这是治国理政的法宝，"故知予之为取者，政之宝也"。

《牧民》认为治国理政的职责是既要物质又要精神。"仓廪实则知礼节，衣食足则知荣辱"，这一名言集中体现了管仲的政治智慧，也揭示了统治者管理国家的精髓。作为社会关系的人，最基本的需求概括起来就是物质和精神需求。仓廪和衣食属于物质范畴，礼节和荣辱属于精神范畴，两者相比，物质更具有基础性。治国理政首先要满足人的物质需求，进而满足人的精神需求。按照马斯洛的学说，人的物质和精神需求可以分解为五个层次，第一层是生存需求，第二层是安全需求，第三层是情感和归属的需求，第四层是受人尊重的需求，第五层是自我实现的需求。管仲实际已经体悟到了这一心理规律，在他看来，治国理政第一位的工作是务在四时，满足生存需求。《牧民》开篇就说："凡有地牧民者，务在四时，守在仓廪。"这句话揭示了古代社会经济的本质，就是要发展农业生产。管仲在《治国》篇中明确指出："粟者，王之本事也。"管仲认为，农业生产的条件是天时地利，"不务天时，则财不生；不务地利，则仓廪不盈"；农业生产的内容是五谷六畜，"积于不涸之仓者，务五谷也。藏于不竭之府者，养桑麻育六畜也"。意思是，把粮食积存在取之不尽的仓囷中，就得致力于五谷生产；把财资贮藏在用之不竭的府库里，就得种植桑麻、饲养六畜。农业生产的好处是国富民强，"务五谷，则食足；养桑麻、育六畜，则民富"。更重要的是，"国多财，则远者来；地辟举，则民留处"。意思是，国家富足多财，远方的人们就会前来投奔；荒地开发起来，国内的居民就会安居下来。二是建立刑赏，满足安全需求。刑赏制度是社会秩序的基本要素，也是人身安全的重要保障。《牧民》指出："明必死之路者，严刑罚也；开必得之门者，信庆赏也。"意思是，明告百姓犯罪必死的道路，就得使刑罚严格起来；向百姓开启立功必得赏赐的大门，就得使奖赏能够兑现。同时，要避免刑罚的繁复，"省刑之要，在禁文巧"。文巧即机巧、诈伪，"文巧不禁则民乃淫"。三是守住"四维"，满足精神需求。治国理政不仅要重视物质财富的积累，而且要重视文化心理和精神价值的培育。对于一个国家、一个民族而言，文化精神具有重要意义，因为文化精神规范着民众的行为，引领着发展的方向，积聚着前进的动力。一个国家、一个民族既要有硬实力，也要有软实力，而真正的实力或者说实力的最高形态是文化精神。管仲倡导的文化精神就是"国之四维"。"何谓四维？一曰礼，二曰义，三曰廉，四曰耻。"管仲认为，四维是治国理政的基本原则，"守国之度，在饰四维"。四维能够引领规范民众的行为，即"礼不逾节，义不自进，廉不蔽恶，耻不从枉"。四维帮助实现国家社会的稳定，"故不逾节，则上位安；不自进，则民无巧诈；不蔽恶，则行自全；不从枉，则邪事不生"。意思是，坚守四维，民众不越过规范，君王的地位就安稳；民众不妄图进取，就不会有巧诈行为；民众不掩饰过错，品行就会完好；民众不追随邪曲，就不会产生恶事。因而管仲告诫统治者："四维不张，国乃灭亡"；"一维绝则倾，二维绝则危，三维绝则覆，四维绝则灭。倾可正也，危可安也，覆可起也，灭不可复错也"。四是推行祭祀，满足信仰需求。西哲认为，每个人都有宗教感情，尤其在人类社会的幼年时代。所谓宗教感情，实质是信仰需求。治国理政不能忽视民众的宗教感情和信仰需求，这在古代尤为必要，有利于加强执政的合法性和神圣性。管仲指出："顺民之经，在明鬼神、祗山川、敬宗庙、恭祖旧。"意思是，使民驯服的办法，在于尊崇鬼神、祭祀山川、敬奉宗庙和恭敬宗亲故旧。否则，"不明鬼神，则陋民不悟；不祗山川，则威令不闻；不敬宗庙，则民乃上校；不恭祖旧，则孝悌不备"。

《牧民》指出治国理政的保证是选贤任能。史书记载，齐桓公拜管仲为相时，管仲要求同时任用隰朋、王子城父、宁戚、宾胥无和东郭牙五位杰出人物，"臣闻大厦之成，非一木之材也；大海之阔，非一流之归也。君必欲成其大志，则用五杰"。这表明治国理政不是一个人的事情，而是一个团队的事业。形成治国理政团队就要选贤任能；选贤任能是治国理政的组织保证。《牧民》强调，要使国家安定、政权稳固，必须选贤任能。"错国于不倾之地者，授有德也。"意思是，想把国家建立在不倾危的基础上，就得把权力交给有道德的人。"故授有德，则国安。"选贤任能有个视野和标准问题。管仲

认为，视野是"天下不患无臣，患无君以使之"。意思是，天下不忧
虑没有良臣，忧虑的是没有君王去使用他们。标准则因职位不同而
不同，君王贤能的标准是善决策、会用人，"审于时而察于用，而能
备官者，可奉以为君也"；臣子贤能的标准是有本事、无私心，"故
知时者可立以为长，无私者可置以为政"。《牧民》指出，那些不讲
效率、喜欢钱财和轻信小人的人是不能为官从政的，"缓者后于事，
吝于财者失所亲，信小人者失士"。意思是，行动迟缓的人，落后于
事态；吝啬财物的人，失去所亲近的人；轻信小人的人，失去贤士。
管仲认为，贤能要求懂得执政规律，即"以家为家，以乡为乡，以
国为国，以天下为天下"。不懂执政规律，既管理不好国家，又管理
不好地方。"以家为乡，乡不可为也；以乡为国，国不可为也；以国
为天下，天下不可为也。"意思是，用治家的办法治乡，乡不可能治
好；用治乡的办法治国，国不可能治好；用治国的办法治天下，天
下不可能治好。贤能要求公正无私，"如地如天，何私何亲？如月如
日，唯君之节"。意思是，要像大地像苍天那样，没有私情没有偏
爱；像月亮像太阳一样普照万物，那才是君王的气度和节操。公正
无私还要做到光明磊落，"毋蔽汝恶，毋异汝度，贤者将不汝助"。
意思是，不要掩饰你的过错，不要使法度不一致。否则，贤者将不
会辅助你。同时，室内说话，要让满室的人都听到；厅堂讲话，要
让满堂的人都听到，即"言室满室，言堂满堂，是谓圣王"。贤能要
求发挥表率作用，"御民之辔，在上之所贵；道民之门，在上之所
先；召民之路，在上之所好恶"。意思是，统御万民的纲要，在于君
王重视什么；引导万民的门户，在于君王提倡什么；率领万民的途
径，在于君王爱好什么。表率作用的实质是以身作则。君王由于大
权在握，臣子容易投其所好，即"君求之，则臣得之；君嗜之，则
臣食之；君好之，则臣服之；君恶之，则臣匿之"。这就进一步要求
君王以身作则，重视自己的表率作用。《牧民》指出，君王以身作则

是有道的表现，甚至重于城郭、兵甲和土地财物。"城郭沟渠，不足
以固守；兵甲强力，不足以应敌；博地多财，不足以有众。惟有道
者，能备患于未形也，故祸不萌。"意思是，只靠城墙和护城河，不
足以固守国土；只靠坚甲利兵，不足以应对敌人；只靠地大物博，
不足以拥有民众。只有有道的君王才能防患于未然，避免祸乱萌生。

现代学者研究认为，"《牧民》为开宗明义第一篇，系纲领性文
献，其学说为《经言》的总脉络"。这对评价《牧民》在《管子》一
书中的地位和作用，无疑是正确的。然而，《牧民》更重要的作用是
对中国政治思想和统治实践影响深远，其中最大的启示是提出并倡
导礼义廉耻。礼义廉耻，植根于中华文化沃土，塑造着中国国民品
格，是治国理政的价值取向和伦理追求。历朝历代统治者和思想家
都在推行礼义廉耻，苏东坡指出："古之贤君必厉士气，当务求难
合自重之士，以养成礼义廉耻之风。"一般认为，礼是适当的态度和
行为，不能超越法律和道德规范；义是公正无私，不吹嘘和推荐自
己；廉是纯正高洁，不隐瞒自己的缺点错误；耻是有羞愧之心，不
与不正派的人在一起。这些内容即使在今天，仍然有着积极的政治
意义和道德价值。参照明末思想家顾炎武的理解，其政治意义是礼、
义，为治人之大法；道德价值是廉、耻，为立人之大节。立人是治
人的基础，这就要求官员必须坚守礼义廉耻，尤其要注意廉耻两字，
"盖不廉则无所不取，不耻则无所不为"。无所不取、无所不为，就
会贪赃枉法，丧失道德伦理底线，既给个人也给社会造成危害。顾
炎武进一步指出，"廉耻"两字中耻尤为要，因为人之违背礼义和不
廉洁，皆源于无耻，"人之不廉而至于悖礼犯义，其原皆生于无耻
也"。而且，官员的无耻是国家的耻辱，"故士大夫之无耻，也谓国
耻"。因此，我们要继续在政治实践中倡导礼义廉耻，在个人修身中
鼓励礼义廉耻，在选贤任能中督促官员践行礼义廉耻，让整个社会
劲吹礼义廉耻之风。

附

牧 民

管 仲

凡有地牧民者，务在四时，守在仓廪。国多财，则远者来；地辟举，则民留处；仓廪实，则知礼节；衣食足，则知荣辱；上服度，则六亲固；四维张，则君令行。故省刑之要，在禁文巧；守国之度，在饰四维；顺民之经，在明鬼神、祇山川、敬宗庙、恭祖旧。不务天时，则财不生；不务地利，则仓廪不盈。野芜旷，则民乃菅；上无量，则民乃妄。文巧不禁，则民乃淫；不璋两原，则刑乃繁。不明鬼神，则陋民不悟；不祇山川，则威令不闻；不敬宗庙，则民乃上校；不恭祖旧，则孝悌不备。四维不张，国乃灭亡。

国有四维，一维绝则倾，二维绝则危，三维绝则覆，四维绝则灭。倾可正也，危可安也，覆可起也，灭不可复错也。何谓四维？一曰礼，二曰义，三曰廉，四曰耻。礼不逾节，义不自进，廉不蔽恶，耻不从枉。故不逾节，则上位安；不自进，则民无巧诈；不蔽恶，则行自全；不从枉，则邪事不生。

政之所兴，在顺民心；政之所废，在逆民心。民恶忧劳，我佚乐之；民恶贫贱，我富贵之；民恶危坠，我存安之；民恶灭绝，我生育之。能佚乐之，则民为之忧劳；能富贵之，则民为之贫贱；能存安之，则民为之危坠；能生育之，则民为之灭绝。故刑罚不足以畏其意，杀戮不足以服其心。故刑罚繁而意不恐，则令不行矣；杀戮众而心不服，则上位危矣。故从其四欲，则远者自亲；行其四恶，则近者叛之。故知予之为取者，政之宝也。

错国于不倾之地，积于不涸之仓，藏于不竭之府，下令于流水之原，使民于不争之官，明必死之路，开必得之门。不为不可成，不求不可得，不处不可久，不行不可复。错国于不倾之地者，授有德也；积于不涸之仓者，务五谷也；藏于不竭之府者，养桑麻育六畜也；下令于流水之原者，令顺民心也；使民于不争之官者，使各为其所长也；明必死之路者，严刑罚也；开必得之门者，信庆赏也；不为不可成者，量民力也；不求不可得者，不强民以其所恶也；不处不可久者，不偷取一世也；不行不可复者，不欺其民也。故授有德，则国安；务五谷，则食足；养桑麻、育六畜，则民富；令顺民心，则威令行；使民各为其所长，则用备；严刑罚，则民远邪；信庆赏，则民轻难；量民力，则事无不成；不强民以其所恶，则诈伪不生；不偷取一世，则民无怨心；不欺其民，则下亲其上。

以家为乡，乡不可为也；以乡为国，国不可为也；以国为天下，天下不可为也。以家为家，以乡为乡，以国为国，以天下为天下。毋曰不同生，远者不听；毋曰不同乡，远者不行；毋曰不同国，远者不从。如地如天，何私何亲？如月如日，唯君之节！

御民之辔，在上之所贵；道民之门，在上之所先；召民之路，在上之所好恶。故君求之，则臣得之；君嗜之，则臣食之；君好之，则臣服之；君恶之，则臣匿之。毋蔽汝恶，毋异汝度，贤者将不汝助。言室满室，言堂满堂，是谓圣王。城郭沟渠，不足以固守；兵甲强力，不足以应敌；博地多财，不足以有众。惟有道者，能备患于未形也，故祸不萌。

天下不患无臣，患无君以使之；天下不患无财，患无人以分之。故知时者，可立以为长；无私者，可置以为政；审于时而察于用，而能备官者，可奉以为君也。缓者，后于事；吝于财者，失所亲；信小人者，失士。

广开言路　虚心纳谏

——读《邹忌讽齐王纳谏》有感

　　《邹忌讽齐王纳谏》选自《战国策》，由西汉刘向编辑。《战国策》是一部国别体史书，有十二国策三十三卷，分别按东周、西周、秦国、齐国、楚国、赵国、魏国、韩国、燕国、宋国、卫国、中山国依次排列。《战国策》是一部史学名著，上起公元前 490 年智伯灭范氏，下至公元前 221 年高渐离以筑击秦始皇，主要记述了战国时期纵横家的政治主张和策略，展现了战国时期的历史风云和社会图景，是古代记载战国时期政治最完整的一部著作。《战国策》还是一部优秀散文集，文笔优美，语言流畅，描写人物绘声绘色，阐述道理善用寓言，"画蛇添足"、"亡羊补牢"、"狡兔三窟"、"狐假虎威"、"南辕北辙"等寓言早已作为成语，深深影响着人们的心理结构和日常行为。清代学者认为，《战国策》的文章"深于比兴，深于取象"，"未尝离事而言理"。《邹忌讽齐王纳谏》是《战国策》中的名篇，讲的是齐国宰相邹忌以自己身边琐事作譬喻，劝说齐威王广开言路、接纳臣民意见和修明政治的故事。

　　战国时期是一个战乱不已、动荡转型的年代，这既为英雄豪杰提供了施展抱负的舞台，又为当时文人学者创造了展现才华的机会。战国时代，游说之风盛行，士人通过游说献上奇谋异策，以赢得诸侯王的青睐和重用。然而游说君王并非易事，且是件危险的事情。《韩非子·说难篇》把君王比喻为龙，"其喉下有逆鳞径尺，若人有婴之者，则必杀人，人主亦有逆鳞，说者能无婴人主之逆鳞，则几矣"。意思是,龙的脖子部位有逆鳞,谁动了逆鳞就会被龙杀之;君王也有逆鳞,大多说客都因动了逆鳞而引起君王震怒,甚至招惹杀身之祸。游说进谏之所以困难,是因为君王一般不愿意听直言、诤言和良言。《史记》记载,邹忌并非君子,却是一个能言善辩的士人,曾经利用鼓琴劝告齐威王,得到赏识而重用,被任命为宰相。邹忌成功的原因,就在于他很讲究规劝齐威王的方式,这叫作"讽谏",寓委婉严正的劝告于生动贴切的比喻之中。《邹忌讽齐王纳谏》三百余字,生动刻画了邹忌与徐公比美的过程以及从中悟出的道理。全文可分为三段,第一段叙述邹忌是个美男子,"修八尺有余,而形貌昳丽"。一天早上起来,邹忌对着镜子,拿自己与齐国最美的男子徐公比较,受到其妻、妾和客的赞誉。而事实并非如此,当他与徐公在一起,感到自己远不如徐公美貌,经过思考之后,明白了自己受到妻、妾和客赞誉的原因。第二段叙述邹忌利用自己的切身体会向齐威王说明容易受到赞誉的道理,劝告齐威王要广开言路,以利于听到真话,看到真实情况,避免受蒙蔽。第三段叙述齐威王接受邹忌的劝告,"王曰:善",并下令大开言路,使国家强盛起来,邻国羡慕,"皆朝于齐",收到良好的政治和社会效果。

品读《邹忌讽齐王纳谏》,我们既看到了邹忌进谏与齐王纳谏的和谐统一,又体悟到进谏与纳谏的复杂关系。谏是进言的一种方式,意在规劝他人,在中国古代,实际演变为臣子规劝君王的一种进言方式,意在规劝君王改正缺点、纠正失误。谏涉及臣子与君王两个方面,对于臣子来说是进谏,对于君王来说是纳谏,从而形成进谏与纳谏的关系。进谏与纳谏可以演化出多种表现形式,但从本质上说,就是两种形式,要么矛盾统一,君王接受了臣子的意见建议;要么矛盾对立,君王拒绝了臣子的意见建议。无论统一还是对立,背后的原因是复杂的。作为进谏者,其内容是否正确,采取的方式是否合适;作为纳谏者,其心智是否聪慧,胸襟是否开阔,都会影响到君王接受规劝的程度，影响到进谏与纳谏关系的变化。总的来说，君王掌握着主动权和主导权，纳谏是矛盾的主要方面，这就要求君王能够认识到纳谏的重要性，并以宽广的心胸来求谏纳谏，而不要畏谏拒谏。邹忌的可贵之处，就在于他能"以小喻大"，从日常生活中的一件普通小事，通过分析思考，升华为理性认识；通过推演延伸，从生活中的道理感悟出政治上的道理，这就是广开言路、虚心纳谏。

《邹忌讽齐王纳谏》告诉我们，纳谏要有自知之明，这是纳谏的基本前提。没有自知之明，就不愿纳谏，不会听取不同意见和看法。设想一下，邹忌没有自知之明，他能看到自己不如徐公美貌吗？！因此，清醒是自知之明的内在要求。"人无完人，金无足赤"，清醒是要认识到人的缺点。无论多么完美的人，总会有这样或那样的不足和缺陷。"山外有山，天外有天"，清醒是要认识到人的能力局限。不管一个人的能力多么高强，总会有能力比他更强的人；即使他的综合能力很强，也会有人在某一方面的能力超越他。清醒就是要像《老子》说的那样，"不自见，故明；不自是，故彰；不自伐，故有功；不自矜，故长"。意思是，不自我表现，耳目就能聪明；不自我标榜，威望反而能彰显；不自我矜伐，有利于事业成功；不自我夸耀，就可以成为主导。邹忌在自己的相貌问题上可以说是做到了清醒，也就是做到了自知之明。求实是自知之明的重要条件。求实的关键是不要轻信别人的溢美之词。一般而言，对于批评的声音和逆耳的言论，不会有轻信问题，只会有愿意听或不愿意听的情况。对于溢美之词，就有可能产生一个轻信的问题。现代心理学研究表明，人总是喜欢听溢美之词，喜欢听好听的话。许多人正是抓住了这一心理现象，说些好听的话给别人听。邹忌遇到的正是这种情况，当他问妻子，他与徐公谁更美时，他的妻子说了好听的话，"君美甚，徐公何能及君也"；问小妾，小妾也说了好听的话，"徐公何能及君也"；问客人，客人还是说了好听的话，"徐公不若君之美也"。好在邹忌是一个求实之人，他没有飘飘然，没有轻信这些溢美之词。"城北徐公，齐国之美丽者也"，邹忌肯定听到过这方面的议论，因而他不轻信，要反复问妻、妾和客人；即使听到妻、妾和客人众口一词的赞誉，仍然没有轻信，而是要与徐公直接比较一下，"明日，徐公来，孰视之，自以为不如"。这还不够，邹忌又对着镜子作了一番比较，"窥镜而自视，又弗如远甚"。至此，邹忌完全认清了事实，了解了真相，没有被溢美之词所蒙蔽。理性是自知之明的高级形态。所谓理性，就是透过现象看本质，从感性认识上升为理性认识。邹忌没有停留在与徐公比较和发现真相，而是进行深入思考，分析其妻、妾和客人为什么说好听话而不说真相的原因，这就是理性精神。"暮，寝而思之"，意思是，邹忌晚上睡在床上，辗转反侧不能入睡，而在进行理性思考。通过深思和理性分析，邹忌找到了其妻、妾和客人溢美之词的原因，即"吾妻之美我者，私我也；妾之美我者，畏我也；客之美我者，欲有求于我也"。邹忌的理性精神不仅表现在对生活中一件小事的认识，而且表现在拓展延伸到对政治现象的认识。令人敬佩的是，他敢于把对政治现象的认识进谏于齐威王，当面指出齐威王受到蒙蔽很多。"于是入朝见威王"，邹忌说："今齐地方千里，百二十城，宫妇左右莫不私王，朝廷之臣莫不畏王，四境之内莫不有求于王。由此观之，王之蔽甚矣。"

《邹忌讽齐王纳谏》告诉我们，纳谏要广开言路，这是纳谏的重要举措。言路不开，是不可能听到不同声音的，那纳谏就成了一句空话；言路半开，只能有选择地听取一些不同意见建议，那纳谏也是半心半意，不可能收到好的效果。只有广开言路，才能听到真言、诤言和良言，才能达到纳谏的目的。齐威王是一个广开言路的榜样，当他接受邹忌的讽喻后，"乃下令：'群臣吏民，能面刺寡人之过者，受上赏；上书谏寡人者，受中赏；能谤议于市朝，闻寡人之耳者，受下赏'"。意思是，齐威王下达命令说，各级官吏和民众，如能当面指责寡人过失的，受上等奖赏；能上书劝谏寡人过失的，受中等奖赏；能在公共场合议论，而传到寡人耳中的，受下等奖赏。分析这段记叙，我们可以感悟到广开言路的丰富内涵。从对象而言，广开言路不能局限于官员队伍。因为官员的命运掌握在君王手中，这使得他们一般不敢说出不同意见；即使有些官员敢于进言，能够说些不同意见，但也会顾及君王的面子，不敢和盘托出，只会吞吞吐吐、拐弯抹角，从而使得进谏的效果大打折扣。官员是君王决策的执行者，与君王有着千丝万缕的利益关系。官员提出不同意见，不仅会得罪君王，实际上还可能是否定自己的工作和业绩，这使得他们不愿说出不同意见。当然，这不是说中国历史上没有谏臣，邹忌可以算一个，最著名的则是唐朝的魏征。史书记载，魏征向唐太宗进谏二百多次，有时也让唐太宗下不了台，但唐太宗还是容纳了他，甚至表彰说："贞观以来，绳愆纠缪，魏征之功也。"这说明广开言路不局限于官员，并不是不包括官员。最重要的是，广开言路必须包括老百姓。"知屋漏者在宇下，知政失者在草野"，老百姓最知道政策的得失，让老百姓评判，听老百姓意见，才是真正的广开言路。从内容而言，政府是公共事务的管理者，政府决策是公共决策，任何决策都与公众有着这样或那样的联系，这就要求广开言路是全方位的，不能局限于一部分政策，而应是所有的公共政策，尤其是那些与老百姓利益密切相关的政策；也不能局限于某一方面的政策，而应该包括政治、经济、文化和社会各个领域的政策，都要征求相关方面的建议。从过程而言，决策是一个完整链条，包括酝酿、决定、执行、反馈、修正等环节，无论哪一个环节，都要广开言路。在酝酿环节，要广泛征求各方面意见建议；在决定环节，要尊重决策层每个成员的意见；在执行环节，要特别听取受众的感受和意见；在反馈环节，既要听取内部监督的意见，更要听取外部监督的声音；在修正环节，要按照决策程序听取方方面面的意见。从形式而言，《邹忌讽齐王纳谏》提出了面陈、上书和街议三种形式，还是比较齐全的。但齐威王似乎更欣赏面陈这种形式，给予了上等奖赏。如果进行深入分析，面陈比较适用官员和身边工作人员，街议比较适用公众和老百姓，而上书是既适用官员又适用公众，看来齐威王是在鼓励官员进谏。这有一定的道理，官员既参与制定政策，又参与执行政策，如果他们能够坦陈己见，就会对修正完善政策有更大的帮助。

《邹忌讽齐王纳谏》告诉我们，纳谏要闻过则改，这是纳谏的主要目的。纳谏的基本功能是纠错改过，帮助改正错误，避免工作过失。如果不能闻过则改，那纳谏就毫无意义。据史载，齐威王是战国时期一个有作为的君王，在位三十六年，目光远大，重视人才，善于听取臣下意见，择其善者而从之。《邹忌讽齐王纳谏》虽然没有直接描述齐威王是怎样纠错改过的，但也间接证明了齐威王是一个闻过则改的典范。这就是将齐威王纳谏过程分为三个阶段，第一阶段是"令初下，群臣进谏，门庭若市"。意思是，齐威王刚刚下达求谏令时，群臣都来进谏，宫门前庭院里就像市场一样热闹。由此可见，当时群臣对朝廷和齐威王还是有不少意见的。第二阶段是"数月之后，时时而间进"，即几个月后，断断续续地间或有人进谏了。这说明齐威王不但听进了不同意见，而且对朝政作了不少改进，群臣的意见就少了。第三阶段是"期年之后，虽欲言，无可进者"。意思是，一年以后，即使还有人想进谏获奖，却没有什么意见可提了，这进一步证明齐威王做到了闻过则改。《邹忌讽齐王纳谏》也没有具体描述齐威王改过的内容，但对于君王来说，主要失误不外乎决策、用人和自身三个方面。首先要关注的是决策失误，因为政策是指导全局的，一旦失误，势必危害全体利益，引发民众不满，轻则造成社会不稳，重则颠覆政权。所以，君王闻过则改，重点是改正决策的失误。在决策内容方面，纳谏就是要充分掌握资料，弥补决策信息的不足，使制定的政策更加科学和符合实际；在决策实施方面，纳谏就是要发现政策实施中的失误，确保正确执行政策，发挥政策的最大效应；在决策反馈方面，纳谏就是要发现原先考虑不够周全的地方，进一步修正完善正在执行的政策，有的错误决策要停止执行。其次要关注的是用人失误，因为用人既关系到官员队伍建设，又关系到政策的执行。用好一个人，不仅可以树立良好导向，引导官员朝着正确的方向努力，而且可以调动其他官员的积极性，共同实施好政策。更重要的是，用人从来就是为执政服务的。官员既是君王执政的支撑，又是实施政策的组织保障。建设一支素质高、形象好的官员队伍，有利于维护君王的政权，有利于决策的执行和实施。所以，君王闻过则改，绝对不能疏忽用人问题，而要努力改正用人的失误。再次要关注的是自身失误。君王是与国家连为一体的，君王自身的言行直接关系到国家的兴亡，即所谓的"一言可以兴邦，一言可以丧邦"。这就要求君王切实做到言语正当、行为正派和办事公正，避免自身的失误。所以，君王闻过则改，一定要改正自身言行的失误。闻过则改，是纳谏的主要目的，谁做到了闻过则改，谁就有收获。齐威王做到了闻过则改，他就得到了很大的政治好处，"燕、赵、韩、魏闻之，皆朝于齐。此所谓战胜于朝廷"。

进谏与纳谏，是个说不尽的话题。但是，不管怎么说，这一对矛盾对于中国传统政治的重要作用，则是毫无疑问的。唐太宗甚至认为纳谏关系到王朝的兴衰成败，在他看来，隋王朝的灭亡就在于隋文帝、隋炀帝父子拒谏饰非，特别是隋文帝"事皆自决，不任群臣。……群臣既知主意，唯取决受成，虽有愆违，莫敢谏争，此所以二世而亡也"。《邹忌讽齐王纳谏》的启示对象主要是领导者，就是要求领导者能够纳谏，能够听取不同意见，能够纠错改过。"君有诤臣不亡其国，父有诤子不亡其家。"纳谏利国利家，益处甚多，关键是要有正确的纳谏态度。纳谏不要怕自尊心受到损害。心理学研究表明，人有时会很自然地改变自己的想法，但如果有人说他错了，他就会很恼火，更加固执己见，这是因为他感到自尊心受到了损害。但与事业相比，自尊心是非常渺小的。为了事业成功，领导者就要积极纳谏，真心纳谏。纳谏不要怕与有棱角的人相处。喜欢提意见的人，总是有棱角的人。戴高乐曾经说过："基本上我只喜欢反驳我的人，可是我与这些人很难处。"这说明与有棱角的人相处是件难事。但对于事业而言，"千人之诺诺，不如一士之谔谔"，领导人善于纳谏，就要善于与有棱角的人相处。纳谏不要怕丢失权威。真正的权威不是建立在乾纲独断，而是建立在集思广益；不是建立在错误决策，而是建立在正确决策；不是建立在说了算，而是建立在说得对。纳谏是说得对和正确决策的重要保证，因而更有利于树立领导者的权威，这就是科学的权威、理性的权威和人格的权威。

附

邹忌讽齐王纳谏

邹忌修八尺有余，而形貌昳丽。朝服衣冠，窥镜，谓其妻曰："我孰与城北徐公美？"其妻曰："君美甚，徐公何能及君也？"城北徐公，齐国之美丽者也。忌不自信，而复问其妾，曰："吾孰与徐公美？"妾曰："徐公何能及君也！"旦日，客从外来，与坐谈，问之："吾与徐公孰美？"客曰："徐公不若君之美也。"明日，徐公来，孰视之，自以为不如；窥镜而自视，又弗如远甚。暮，寝而思之，曰："吾妻之美我者，私我也；妾之美我者，畏我也；客之美我者，欲有求于我也。"

于是入朝见威王，曰："臣诚知不如徐公美。臣之妻私臣，臣之妾畏臣，臣之客欲有求于臣，皆以美于徐公。今齐地方千里，百二十城，宫妇左右莫不私王，朝廷之臣莫不畏王，四境之内莫不有求于王。由此观之，王之蔽甚矣。"

王曰："善。"乃下令："群臣吏民，能面刺寡人之过者，受上赏；上书谏寡人者，受中赏；能谤议于市朝，闻寡人之耳者，受下赏。"令初下，群臣进谏，门庭若市；数月之后，时时而间进；期年之后，虽欲言，无可进者。

燕、赵、韩、魏闻之，皆朝于齐。此所谓战胜于朝廷。

保民而王　莫之能御

——读孟子《齐桓晋文之事》有感

　　孟子是战国时期著名的思想家、政治家、教育家。作为思想家，孟子是儒家重要代表人物，孔子学说的继承者，被称为"亚圣"。作为政治家，孟子提出了王道思想和仁政学说，形成了比较完整的儒家政治思想体系。作为教育家，孟子认为"得天下英才而教育之"是"君子三乐"之一，他三十岁左右就收徒讲学；四十四岁开始周游列国，宣传他的政治主张；晚年回到家乡，仍然收徒讲学并著书立说。《史记》记载，孟子晚年"序《诗》《书》，述仲尼之意，作《孟子》七篇"。《孟子》二百六十章，约三万五千字，记录了孟子的治国思想和政治观点，记录了孟子与其他诸子思想的争辩、对弟子的教诲和游说诸侯的内容。《齐桓晋文之事》出自《梁惠王上》篇，是孟子文章的代表作，不仅集中反映了孟子"保民而王"的仁政学说，而且充分体现了孟子文章的雄辩特色，这就是气势充沛、感情强烈，明快畅达、跌宕多姿，富有鼓动性和感染力。

　　《齐桓晋文之事》记录了孟子与齐宣王的一次谈话。齐国在宣王之父威王时，曾经两次打败魏军，宣王时又破燕国的国都，雄踞东方，威震诸侯。这时的齐宣王踌躇满志，怀有以战称霸、君临天下之愿景。当孟子来到齐国，他就要孟子支持和帮助他追求霸业，而孟子则利用这一机会，比较完整地阐述了行仁政而王天下的道理。清人曾国藩评价《齐桓晋文之事》是"辨王霸之方，明治道之要"。全文可分为三个层次：第一层次是阐述王道主张。齐宣王的谈话以

"霸道"开端，孟子避而不谈霸道，直接将话题转移到集中讨论王道。孟子就"以羊易牛"一事肯定宣王有不忍之心，具有施行王道的思想基础。同时，孟子批评宣王虽然对动物有不忍之心，却不能推恩于民、施行王道。第二层次是阐述霸道与王道的不同前景。齐宣王要施行霸道，即"欲辟土地，朝秦楚，莅中国而抚四夷也"。孟子认为，宣王如施行霸道，就等于"缘木求鱼"，不可能达到称霸的目的，甚至还会带来灾祸，"殆有甚焉。缘木求鱼，虽不得鱼，无后灾；以若所为，求若所欲，尽心力而为之，后必有灾"。孟子指出，如果施行王道与仁政，那就能做到天下归心，没有谁能够抵挡齐国，"其若是，孰能御之"。第三层次是阐述王道的具体措施。孟子认为，有恒产才能有恒心。实行王道和仁政，首先要让老百姓有收入和有产业，凶年免于死亡，丰年实现温饱。

品读《齐桓晋文之事》，我们会不由自主地对孟子产生崇高的敬意。两千多年前，孟子宣传王道和仁政，提出具有现代意义的政治理想和主张，这是中国政治思想史的骄傲和里程碑。王道是与霸道相对立的概念，王道主张以德服人，仁义治天下，霸道则主张凭借武力、刑法和权势进行统治。孟子所处时代战国纷争、列强争霸，整个社会政治沿着霸道方向发展。司马迁这样描述道："当是之时，秦用商君，富国强兵；楚、魏用吴起，战胜弱敌；齐威王、宣王用孙子、田忌之徒，而诸侯东面朝齐。天下方务于合从连衡，以攻伐为贤。"齐宣王也不例外，他一见到孟子，就要孟子谈谈齐桓公、晋文公建立霸业的情况。孟子不赞成霸道，他说："仲尼之徒，无道桓、文之事者，是以后世无传焉。臣未之闻也。无以，则王乎？"意思是，孔子的学生没有谁谈及齐桓公、晋文公的事迹，这些事迹也未能流传到后世。我本人也从未听说。大王如果一定要让我讲这方面的事情，那么我就讲讲以道德的力量来统一天下的王道吧。当时的孟子，是非常孤独的。《史记》记载："孟轲乃述唐、虞、三代之德，是以所如者不合。"但是，"时穷节乃现"，孟子的伟大不仅在于他提出了王道理想，还在于他终身追求王道理想的品格。即使在不被人理解、不被诸侯接受的窘境里，孟子不气馁、不自卑，退而讲学和著书立说，仍念念不忘宣传他的王道理想，要求统治者以不忍之心施行仁政，实现"老吾老，以及人之老；幼吾幼，以及人之幼"的治国图景。

《齐桓晋文之事》强调了"保民而王"，这是孟子王道思想的核心。文章一开始就记录了齐宣王与孟子的一段重要对话，"曰：'德何如，则可以王矣？'曰：'保民而王，莫之能御也。'"意思是，齐宣王问，具备什么样的道德才能统一天下和治理天下呢？孟子回答，保护百姓，实现百姓的生活安定，这样去统一和治理天下，就没有人可以阻挡。这一对话不长，却提出了政治学的重要命题，就是统治者与老百姓的关系问题。在中国古代社会，思想界对这一关系的认识总体来说是合理的，儒家、道家、墨家等都提出民本思想。管仲提出："政之所兴，在顺民心，政之所废，在逆民心"；《老子》宣称："圣人无常心，以百姓心为心。"但在长达两千多年的封建政治实践中，占主导地位的观点是"君权神授"、家族世袭，所以皇帝是天子，具有无限的权力；皇帝的权力是上天赋予的，与老百姓无关。孟子是最集中、最强烈地阐述了民本思想的古代思想家，他的思想似一道闪电，划破了古老中国灰暗的政治苍穹，以致今天仍然有人认为西方的民主政治思想在中国是古已有之。在孟子看来，民贵君轻是统治者与老百姓关系最基本的规定。因此，孟子激烈批判了统治者横征暴敛、草菅人命的现实："庖有肥肉，厩有肥马，民有饥色，野有饿莩。此率兽而食人也！兽相食，且人恶之；为民父母，行政不免于率兽而食人，恶在其为民父母也？"孟子认为，当时大多数统治者的做法，实际上是在率领着野兽吃人，这样的统治者是不配做老百姓的父母官的。孟子大声说出了古代社会石破天惊的话语："民为贵，社稷次之，君为轻。"这在一定程序上牵涉到国家和权力的本原问题，在某种意义上，孟子实际上已经认识到国家的主体是老百姓，权力的最终来源是民众。孟子还以夏桀和商纣丧失天下为例说明政权与民众的关系。"桀纣之失天下也，失其民也。失其民者，失其心也。"孟子正确指出了君臣之间的平等关系："君之视臣如手足，则臣视君如腹心；君之视臣如犬马，则臣视君如国人；君之视臣如土芥，则臣视君如寇仇。"这是民贵君轻思想在官场的自然延伸。在孟子看来，君王有位，士人有德；君王与臣子是平等的，君王对臣子必须尊重，臣子对君王没有奴颜婢膝。孟子大胆提出了令统治者勃然变色的观点："是故得乎丘民而为天子，得乎天子为诸侯，得乎诸侯为大夫。诸侯危社稷，则变置。牺牲既成，粢盛既洁，祭祀以时，然而旱干水溢，则变置社稷。"社稷象征着政权，是古代祭祀的地方。意思是，得到老百姓拥护便可以做天子，得到天子欢心便可做诸侯，得到诸侯欢心便可做大夫。诸侯如果危害国家，那就要改立。牺牲既已肥壮，祭品又已洁净，也依一定时候致祭，但还是遭受旱灾水灾，那就要改立社稷。这段话谈及了君王、政权、民众的关系，孟子认为社稷、诸侯、大夫不称职，都可以废弃和改立。那么，天子不称职呢？孟子认为也应该废立。《万章下》篇说："君有大过则谏，反复之而不听，则易位。"正因为孟子具有深厚的民本思想，以致一些统治者很不喜欢他，明朝开国皇帝朱元璋就曾把他的牌位逐出了文庙。

《齐桓晋文之事》强调了"不忍之心"，这是孟子王道思想的基础。在孟子看来，君王能否推行王道、实施仁政，关键在于君王是否有不忍之心。孟子主张性善论，王道和仁政是不忍之心在政治领域的表现形式。所谓不忍之心，就是"今人乍见孺子将入于井，皆有怵惕恻隐之心"。在《孟子》一书中，不忍之心，有时叫仁义之心，有时叫良心、良知和良能，这些都是属于同一序列的概念。从不忍之心出发，孟子提出了"四端"说，即"恻隐之心，仁之端也；羞恶之心，义之端也；辞让之心，礼之端也；是非之心，智之端也"。孟子认为，这些是人性所固有的，不是外力强加的，"仁义礼智，非由外铄我也，我固有之也"。具体到齐宣王，孟子认为他有不忍之心，理由是齐宣王看到有人牵着一头牛去祭祀，看到牛正在哆嗦，非常可怜，他就要求把牛放了，改由羊代替去祭祀。"臣闻之胡龁曰，王坐于堂上，有牵牛而过堂下者，王见之，曰：'牛何之？'对曰：'将以衅钟。'王曰：'舍之！吾不忍其觳觫，若无罪而就死地。'对曰：'然则废衅钟与？'曰：'何可废也？以羊易之！'"觳觫是指牛惧怕哆嗦的样子。对于齐宣王以羊易牛去祭祀的做法，当时很多人以为他吝啬，而孟子则看到了齐宣王心地的善良，认为"百姓皆以王为爱也，臣固知王之不忍也"。这里的爱是小气、吝啬的意思。孟子之所以肯定齐宣王有不忍之心，一方面，齐宣王确实不是因为吝啬而要以羊易牛，而是因为不能"无罪而就死地"。所以，孟子劝慰齐宣王："王无异于百姓之以王为爱也。以小易大，彼恶知之？王若隐其无罪而就死地，则牛羊何择焉？"孟子进一步指出："君子之于禽兽也，见其生，不忍见其死；闻其声，不忍食其肉。是以君子远庖厨也。"另一方面，孟子是要坚定齐宣王推行王道和仁政的信心。所以，当齐宣王问孟子他能够做到"保民而王"吗，孟子给予了肯定回答，并用以羊易牛的事例给予证明。"曰：'若寡人者，可以保民乎哉？'曰：'可。'"在孟子的政治理想中，不忍之心与"推恩于民"是密切联系的，其中前者是后者的思想基础，君王没有不忍之心，就不可能"推恩于民"；后者是前者的必然要求，即"推恩于民"是不忍之心的具体载体和表现形式。孟子指出齐宣王没有做到"推恩于民"和实行王道仁政，是因为齐宣王不肯为，而不是齐宣王没有能力。就好像一个人的力量可以举起三千斤的东西，却拿不起一根羽毛；眼睛能看清鸟的羽毛，却看不见眼前的一车柴火。齐宣王自己承认："吾力足以举百钧，而不足以举一羽；明足以察秋毫之末，而不见舆薪。"所以，孟子说："今恩足以及禽兽，而功不至于百姓者，独何与？然则一羽之不举，为不用力焉；舆薪之不见，为不用明焉；百姓之不见保，为不用恩焉。故王之不王，不为也，非不能也。"孟子还用"挟太山以超北海"和"为长者折枝"的比喻来说明齐宣王不"推恩于民"，非不能也，是不为也。孟子"曰：'挟太山以超北海，语人曰：'我不能'，是诚不能也。为长者折枝，语人曰：'我不能'，是不为也，非不能也。故王之不王，非挟太山以超北海之类也；王之不王，是折枝之类也"。孟子明确告诫齐宣王，如果不能"推恩于民"，那你不仅保不了国家，也保不了妻儿，"故推恩足以保四海，不推恩无以保妻子"。孟子要求齐宣王深思，"王请度之"。

《齐桓晋文之事》强调了"制民之产"，这是孟子王道思想的重要内容。孟子设计的王道和仁政，不是空洞的说教，而是可以实践的理想，不是只有抽象的精神追求，而是具有现实的物质保证。在孟子看来，对于大多数人来说，道德观念和行为是与财产收入联系在一起的，只有有了固定的财产收入，才能保证有良好的道德品行。"若民，则无恒产因无恒心。苟无恒心，放辟邪侈，无不为已。及陷于罪，然后从而刑之，是罔民也。焉有仁人在位罔民而可为也？"意思是，至于一般老百姓，没有固定的财产收入就没有一定的道德观念。没有道德观念，就会违法乱纪，为非作歹，无所不为。等他们犯了罪，再去处罚，这实质上是张开罗网陷害百姓。哪有仁爱之人当政却发生陷害百姓的事情呢。由此可见，孟子具备了朴素的唯物史观，人们首先必须解决吃、喝、住、穿等物质需求，然后才能从事精神追求和形成道德行为。当然，孟子并不否认士大夫能够做到无恒产而有恒心，即"无恒产而有恒心者，惟士为能"。大千世界，多数人是先物质后精神，或者重物质轻精神，但并不排斥少部分有理想有操守的人重精神轻物质，正是这多数人的物质力量与少部分人的精神追求相结合，才推动着人类社会不断向前发展。对于统治者来说，其治国理政不能依据少部分人的思想境界，而要依据多数人的现实需求，这就需要"制民之产"，满足老百姓的吃穿住行需求。孟子认为，"制民之产"有两种情况，一种是合格的，"是故明君制民之产，必使仰足以事父母，俯足以畜妻子，乐岁终身饱，凶年免于死亡"；另一种是不合格的，"今也制民之产，仰不足以事父母，俯不足以畜妻子，乐岁终身苦，凶年不免于死亡"。孟子进一步指出，不同的"制民之产"，会产生不同的治国理政效果。合格的"制民之产"，"然后驱而之善，故民之从之也轻"，即引导老百姓去恶从善，他们也比较容易接受。反之，"此惟救死而恐不赡，奚暇治礼义哉？"意思是，连命都保不住，哪有时间去学习和接受礼仪呢？而且，孟子提出了一套土地和经济制度，以保证"制民之产"的实现，他说："五亩之宅，树之以桑，五十者可以衣帛矣；鸡豚狗彘之畜，无失其时，七十者可以食肉矣；百亩之田，勿夺其时，八口之家可以无饥矣。"意思是，制民之产，就是要给每户五亩之地，用来种植桑树，从而使五十岁以上的人就可以穿丝棉袄了。按时饲养鸡、狗、猪之类的家畜，那么七十岁以上的人就可以有肉吃了。每户再给一百亩土地，按时耕种，不去妨碍生产，那么八口之家也就不会有饥饿了。据学者研究，"五亩之宅"在《孟子》一书中出现过三次，说明这在孟子那里不是一个偶然的提法，而是具体的经济社会构想。孟子还继承了孔子"富之教之"的理念，即在解决生存之后，不忘人伦教化工作，"谨庠序之教，申之以孝悌之义"。所谓庠序，原来是古代王朝教育机构的称呼，这里指的是学校。最后，孟子信心满满地激励齐宣王："老者衣帛食肉，黎民不饥不寒，然而不王者，未之有也。"

韩愈在《原道》一文中谈到儒家的道统，一直追溯到尧舜，然后他说："孔子传之孟轲，轲之死，不得其传焉。"朱熹则把《孟子》与《论语》、《大学》、《中庸》合在一起称为"四书"，并列为儒家经典。这既说明孟子在儒学发展中的崇高地位，也说明孟子在中华文化中的崇高地位。因为儒学在传统社会中一直占据着主导地位，构建并塑造中国人的文化品格。《齐桓晋文之事》主要是说给官员尤其是统治者听的，其中提出的先有不忍之心，后须"推恩于民"，给我们最大的启示是做官先做人，做人是做官的基础。所谓做人，就是要有良好的个人品格。按照现代政治学理解，官员是行使公权力的。行使公权力的人，如果没有良好的品格，那就可能成为昏官、庸官和贪官，这不仅危害社会和他人，而且危害官员自己及其家庭。良好的品格应该是官员的基本要求和基础素质。它要求官员有信念。信念是价值判断和追求，是对社会发展方向的把握和共同行为准则的认同，既可以表现为理想，也可以表现为信仰。官员有了坚定的信念，就能保持政治家的品格，摒弃政客的劣迹。它要求官员有同情心。同情心类似于不忍之心，欧洲启蒙学者甚至认为同情心是人的本性之一。官员有了同情心，才会帮助穷人和弱势群体，才会与他人团结合作、和谐共处。它要求官员有道德。道德是指官员的个人操守，经得住金钱、美色和物欲的诱惑，不会以权谋私。官员有了道德，就能廉洁自律、克己奉公，才会产生公信力并赢得民众的尊重。一个有信念、同情心和道德的官员，才是一个好官员。

附

齐桓晋文之事（节选）

孟　子

齐宣王问曰："齐桓、晋文之事可得闻乎？"孟子对曰："仲尼之徒无道桓、文之事者，是以后世无传焉。臣未之闻也。无以，则王乎？"

曰："德何如，则可以王矣？"曰："保民而王，莫之能御也。"曰："若寡人者，可以保民乎哉？"曰："可。"曰："何由知吾可也？"曰："臣闻之胡龁曰，王坐于堂上，有牵牛而过堂下者，王见之，曰：'牛何之？'对曰：'将以衅钟。'王曰：'舍之！吾不忍其觳觫，若无罪而就死地。'对曰：'然则废衅钟与？'曰：'何可废也？以羊易之！'不识有诸？"曰："有之。"曰："是心足以王矣。百姓皆以王为爱也，臣固知王之不忍也。"王曰："然。诚有百姓者。齐国虽褊小，吾何爱一牛？即不忍其觳觫，若无罪而就死地，故以羊易之也。"曰："王无异于百姓之以王为爱也。以小易大，彼恶知之？王若隐其无罪而就死地，则牛羊何择焉？"王笑曰："是诚何心哉？我非爱其财。而易之以羊也，宜乎百姓之谓我爱也。"曰："无伤也，是乃仁术也，见牛未见羊也。君子之于禽兽也，见其生，不忍见其死；闻其声，不忍食其肉。是以君子远庖厨也。"

王说曰："《诗》云：'他人有心，予忖度之。'夫子之谓也。夫我乃行之，反而求之，不得吾心。夫子言之，于我心有戚戚焉。此心之所以合于王者，何也？"曰："有复于王者曰：'吾力足以举百钧'，而不足以举一羽；'明足以察秋毫之末'，而不见舆薪，则王许之乎？"曰："否。""今恩足以及禽兽，而功不至于百姓者，独何与？然则一羽之不举，为不用力焉；舆薪之不见，为不用明焉，百姓之不见保，为不用恩焉。故王之不王，不为也，非不能也。"

曰："不为者与不能者之形何以异？"曰："挟太山以超北海，语人曰'我不能'，是诚不能也。为长者折枝，语人曰'我不能'，是不为也，非不能也。故王之不王，非挟太山以超北海之类也；王之不王，是折枝之类也。""老吾老，以及人之老；幼吾幼，以及人之幼。天下可运于掌。《诗》云：'刑于寡妻，至于兄弟，以御于家邦。'言举斯心加诸彼而已。故推恩足以保四海，不推恩无以保妻子。古之人所以大过人者无他焉，善推其所为而已矣。今恩足以及禽兽，而功不至于百姓者，独何与？""权，然后知轻重；度，然后知长短。物皆然，心为甚。王请度之！抑王兴甲兵，危士臣，构怨于诸侯，然后快于心与？"王曰："否。吾何快于是？将以求吾所大欲也。"

曰："王之所大欲可得闻与？"王笑而不言。曰："为肥甘不足于口与？轻暖不足于体与？抑为采色不足视于目与？声音不足听于耳与？便嬖不足使令于前与？王之诸臣皆足以供之，而王岂为是哉？"曰："否。吾不为是也。"曰："然则王之所大欲可知已。欲辟土地，朝秦楚，莅中国而抚四夷也。以若所为，求若所欲，犹缘木而求鱼也。"王曰："若是其甚与？"曰："殆有甚焉。缘木求鱼，虽不得鱼，无后灾。以若所为，求若所欲，尽心力而为之，后必有灾。"曰："可得闻与？"曰："邹人与楚人战，则王以为孰胜？"曰："楚人胜。"曰："然则小固不可以敌大，寡固不可以敌众，弱固不可以敌强。海内之地方千里者九，齐集有其一。以一服八，何以异于邹敌楚哉？盖亦反其本矣。今王发政施仁，使天下仕者皆欲立于王之朝，耕者皆欲耕于王之野，商贾皆欲藏于王之市，行旅皆欲出于王之涂，天下之欲疾其君者皆欲赴愬于王。其若是，孰能御之？"

学而不已　神明自得

——读荀子《劝学》有感

荀子是战国时期著名的思想家、政治家、教育家，儒家代表人物之一。他尊崇孔子，认为孔子"德与周公齐，名与三王并"，始终尊孔子为师；他致力于弘扬儒家思想，汉代儒家之礼学出自荀子，诗经学、春秋学都与荀子有关，以致清人认为"荀卿之学，出于孔氏，而尤有功于诸经"；他丰富发展了儒家思想，在继承孔子"仁"的基础上，提出了"礼"和"法"观点，重视社会秩序和人们行为规范，与孟子的"义"具有同等的思想价值。吊诡的是，在后世所建构的儒家道统中，却没有荀子一席之地。究其原因，在于荀子的思想更具有批判精神和包容特点。他虽是儒家，却培养出了韩非和李斯这两个著名法家代表人物。韩非是法家集大成者，李斯则把法家思想与政治实践结合起来，帮助秦始皇吞并六国、称帝天下。这表明荀子学说的兼容并包和广博深厚，大概也是荀子不入儒家道统的重要原因。但不管怎么说，荀学属于儒家思想范畴是没有疑问的。现存《荀子》三十二篇大多为荀子自己所著，涉及哲学、逻辑、政治、道德许多方面的内容。《劝学》位居《荀子》篇首，既是一篇说理文章，也是一篇优美的政论散文。全文论题鲜明、逻辑严谨、句法简练、声调铿锵、议喻交融、情文并茂，颇能代表荀子文章风格。

《劝学》就是劝勉、激励人们努力学习，文章运用大量生动的比喻，全面而深刻地阐述了学习的重要性以及学习的目的、态度、内容和方法。全文一千七百余字，大约用了二十个比喻，可分为四个层次。第一层次主要是讲学习的重要意义。第一句话就是"君子曰：学不可以已"。荀子继承了孔子"性相近也，习相远也"的观点，认为人的道德品质是后天培养的，强调环境和学习可以改造人的品性。"干、越、夷、貉之子，生而同声，长而异俗，教使之然也。"意思是，无论南方的吴、越，还是北方的夷、貉，婴儿呱呱坠地的哭声都是一样的，一到长大后，生活习惯和个性就完全不同，这是后天环境教育和学习所决定的。第二层次主要是讲学习的规律问题。荀子认为，任何学习都是一个循序渐进的过程，都是由一点一滴的知识积累起来，"故不积跬步，无以至千里；不积小流，无以成江海"。第三层次主要讲学习的内容、态度和方法。《劝学》以问答方式谈论学习的内容，"学恶乎始？恶乎终？曰：其数则始乎诵经，终乎读礼"。所谓经，是指《诗》、《书》之类的儒家经典，礼则是指典章制度。荀子重视礼和法，所以他说："故《书》者，政事之纪也；《诗》者，中声之所止也；《礼》者，法之大分，类之纲纪也。故学至乎礼而止矣。"第四层次主要讲学习的境界，这就是"全"和"粹"。荀子追求完美，"君子知夫不全不粹之不足以为美也，故诵数以贯之，思索以通之，为其人以处之，除其害者以持养之"。

品读《劝学》，我们对学习这一司空见惯的现象有了更多了解和更深刻认识。没有想到，学习本身还有那么多的学问。荀子是从人性的角度阐述学习问题的，这就有了思辨的色彩，闪烁着理性的光芒。战国时期，诸子百家们对于人性主要有两种不同的认识，一种是以孟子为代表的性善论，即"仁义礼智，非由外铄我也，我固有之也，弗思耳矣"。另一种是以荀子为代表的性恶论，这就是"人之性恶，其善者伪也"；"今人之性，生而有好利焉，顺是，故争夺生而辞让亡焉"。但是，孟子、荀子的出发点是相似的，都希望培养造就君子和圣人，孟子说："人皆可以为尧舜"；荀子也说过类似的观点："涂之人可以为禹。"由于他们对于人性的不同看法，产生了塑造人的习性和品格的不同路径。性善论肯定人性本善，认为道德的根源不能从外部寻找，只能返回生命的内部寻找，强调思以致圣；性恶论认为人性是恶的，认为生命需要借助于外在的力量才能确立起道德的品性，强调学以致圣。因此，荀子更重视学习，性恶论更强调学习，"吾尝终日而思矣，不如须臾之所学也"。学习，对于人类社会以及每个人都有着重要意义。学习，伴随着人类社会全过程；人类正因为善于学习，才把自己从自然界中区分开来，才使自身不断得到进步发展。学习，也伴随着个体生命全过程；人与人之间的差别实质在于学习的差别，那些孜孜向学、终身以学的人才能创造人生的辉煌。正是学习具有如此的重要性，我们不能不感佩荀子关于学习的立论高远和思想深邃。

《劝学》深刻阐述了学习的意义，学习是一个塑造道德生命的过程。人的生命从根本上说有两种形态，一种是生理形态，即从生到死，从儿童、少年、青年、中年到老年；另一种是道德形态，即人文精神的培育和良好道德的养成。生理形态是人所不可控的，道德形态却是可控并经过人的努力能够塑造的。生命的道德形态是生理形态的升华，没有道德的生命是没有质量的生命，甚至无异于动物。荀子从性恶论出发，强调学习是积善化性，"化性而起伪"，培养道德生命，"神莫大于化道，福莫长于无祸"。意思是，学习最大的作用就是把人培养成为有道德的人；最大的幸福就是通过修身避免可能招致的祸害。在荀子看来，学习是为了造就圣人，这是道德生命的最高境界。荀子把人的道德生命区分为三个境界，即士的境界、君子的境界和圣人的境界。《修身》篇中说："好法而行，士也；笃志而体，君子也；齐明而不竭，圣人也。"《劝学》认为，学习"其义则始乎为士，终乎为圣人"。更有意思的是，《荀子》一书是从《劝学》篇开始，最后一篇是《尧问》，这和《论语》始于《学而》、终于《尧曰》的编排是一致的，由此更可证明荀子倡导的是学以致圣路径。荀子的圣人标准可以概括为一个"善"字，不能有任何缺憾，就像射箭，只能百发百中；千里行程，不能差半步；一生坚守仁义，不能有任何差池。"百发失一，不足谓善射；千里跬步不至，不足谓善御；伦类不通，仁义不一，不足谓善学。"《劝学》最后说："天见其明，地见其光，君子贵其全也。"在荀子看来，学习是为了培育人的良好品格。"故木受绳则直，金就砺则利，君子博学而日参省乎己，则知明而行无过矣。"意思是，木头要经过绳墨斧锯才能使它伸直，刀剑要经过磨刀石才能使它锋利，君子只有通过广泛的学习和不断地自省，才能提升自己的道德生命，在实际行动中少犯错误。荀子还认为，学习不仅可以提升人的品性，而且需要日积月累，从而使人的品性发生质的变化，即"青，取之于蓝而青于蓝；冰，水为之而寒于水"。对于每个人的生命来说，学习是任何时候都不能忽视和放弃的，如果放弃，那就是禽兽。"故学数有终，若其义则不可须臾舍也。为之，人也；舍之，禽兽也。"在荀子看来，学习是为了避免不良环境教育对人的影响。荀子认为，环境教育对人的道德生命影响是非常大的，既可以把人教育成有道德的人，也可以把人熏陶成无良之人。"蓬生麻中，不扶而直；白沙在涅，与之俱黑。"而且，环境教育一旦对人的品性造成影响就很难改变，荀子以木头弯曲后不能变直的例子加以说明。"木直中绳，𫐓以为轮，其曲中规。虽有槁暴，不复挺者，𫐓使之然也。"意思是，笔直的木头，用火把它烤煨弄弯后做成车轮，就和圆规相适应。即使以后干枯了，也不能再伸直，这是因为烤煨弄弯的缘故啊。因此，荀子要求君子关注环境教育，选择好的环境，与好人相处，从而避免邪恶的影响，接受公平正直的教育，形成良好品格。"故君子居必择乡，游必就士，所以防邪辟而近中正也。"

《劝学》深刻揭示了学习的规律，学习是一个坚持不懈、永无止境的过程。荀子认为，学问是无穷无尽的；人是越学习越感到自己不足，越学习越想要学习和更多地学习，"故不登高山，不知天之高也；不临深豁，不知地之厚也；不闻先王之遗言，不知学问之大也"。在荀子看来，学习的第一条规律是善假于物，"君子生非异也，善假于物也"。在《劝学》篇中，荀子用了四个比喻说明善假于物的道理，这就是利用地势，"登高而招，臂非加长也，而见者远"；利用风向，"顺风而呼，声非加疾也，而闻者彰"；利用车马，"假舆马者，非利足也，而致千里"；利用舟楫，"假舟楫者，非能水也，而绝江河"。这段话从字面上看，善假于物是为了提高人的能力尤其是生理能力，而站在人性高度分析，其意义就要深刻得多，是指生命的缺陷决定了生命主体需要借助于外力来改造和完善自己，善假于物是为了塑造道德生命。学习的第二条规律是长期积累。荀子认为，学习是生命的本质，只能与人的生命相伴终身，"真积力久则入，学至乎没而后止也"。意思是，一个人只要不断地学习，自然能够深入而有所收获；学习是要学到死才能停止的。学习还是一个循序渐进、逐步积累的过程，这不仅适用于知识的学习，也适用于道德的养成。无论学习知识还是涵养德行，只有长期坚持和不懈努力，才会学有所获、学有所成，"积土成山，风雨兴焉；积水成渊，蛟龙生焉；积善成德，而神明自得，圣心备焉"。"神明自得，圣心备焉"，这就是荀子要求人们终身追求的道德生命。所以，荀子强调，学习是渐进式的积累过程，而不能靠跳跃、突击的方式进行，"骐骥一跃，不能十步；驽马十驾，功在不舍"；学习贵在坚守和持之以恒，"锲而舍之，朽木不折；锲而不舍，金石可镂"。学习的第三条规律是专心致志。"是故无冥冥之志者，无昭昭之明；无惛惛之事者，无赫赫之功。"冥冥与惛惛都是表明精诚专一。意思是，在学习上没有刻苦钻研的志向，就不能取得豁然贯通的成就；在工作上没有埋头苦干的经历，也就做不出优异的成绩。荀子认为，学习最忌三心二意，就像徘徊歧路到达不了目的地，事奉两个国君就不能见容于任何一方，眼睛不能同时看清两个目标，耳朵不能同时听清两种声音，"行衢道者不至，事两君者不容。目不能两视而明，耳不能两听而聪"。荀子还以蚯蚓和螃蟹的例子加以说明，蚯蚓专心致志，就能上吃尘土、下饮泉水，"蚓无爪牙之利，筋骨之强，上食埃土，下饮黄泉，用心一也"；而螃蟹虽有爪牙之利，却连寄居的洞穴也没有，原因是不能专心致志，"蟹六跪而二螯，非蛇鳝之穴无可寄托者，用心躁也"。荀子进一步引用《诗经》指出："《诗》曰：'尸鸠在桑，其子七兮。淑人君子，其仪一兮。其仪一兮，心如结兮！'故君子结于一也。"意思是，《诗经》上说：在桑树上的布谷鸟啊，一心一意哺育着七个小雏儿。善人君子啊，举止也要专一，举止专一了，用心就坚固了。因此，君子学习要专心致志，做学问要目标集中。

《劝学》深刻揭示了学习的态度和方法，学习是一个区别君子与小人的过程。荀子论述学习的内容是丰富的，除了学习的意义、规律和内容外，还在《劝学》中用较大篇幅谈论学习的态度和方法。既然学习是一个塑造道德生命的过程，那么学习的态度就具有重要意义，良好的态度是塑造道德生命的保证。荀子把学习态度区分为君子之学与小人之学，批判了"小人"借学习以炫耀自己和获取名利的做法。具体表现在，一是君子之学是为了培育德性，小人之学是为了追名逐利。"古之学者为己，今之学者为人。君子之学也，以美其身，小人之学也，以为禽犊。"禽犊是指可供馈献、玩弄之物。"以为禽犊"，实际上是指贪图名利。二是君子之学是言行一致、躬身实践，小人之学是言行不一，说一套做一套。"君子之学也，入乎耳，着乎心，布乎四体，形乎动静。端而言，蠕而动，一可以为法则。小人之学也，入乎耳，出乎口；口耳之间，则四寸耳，曷足以美七尺之躯哉！"意思是，君子的学习，是听在耳里，记在心上，还要以身作则，表现在日常行动中，哪怕最微小的一言一动，都可以供别人效法。小人的学习，是耳朵听了，口里说说而已，口耳之间的距离不过只有四寸，这怎么能使自己的七尺之躯得到好处呢。三是君子之学是谨言慎行，小人之学是夸夸其谈。当人们问小人一个问题时，小人就要回答两个以上的问题，以炫耀表白自己有学问，"故不问而告谓之傲；问一而告二谓之囋，傲、非也，囋、非也；君子如向矣"。同时，学习的方法也是塑造道德生命的条件之一，正确的方法是塑造道德生命的保证。荀子对学习办法提出了两个重要概念，即"近其人"和"好其人"。所谓"近其人"，就是要亲近于良师益友、请教于良师益友。荀子认为："《礼》、《乐》法而不说，《诗》、《书》故而不切，《春秋》约而不速，方其人之习君子之说，则尊以遍矣，周于世矣。故曰：学莫便乎近其人。"意思是，《礼》和《乐》有一定的法度而无详细的解释；《诗》和《书》都记载掌故，未必切合当前的情况；《春秋》词旨隐约，不容易迅速理解。只有请教良师益友，才能更好地理解这些典籍，进而接受更多的知识和养成尊贵的人格，对世事也会有比较全面的了解和把握。因而学习最方便的法门，莫过于亲近良师益友。所谓"好其人"，就是要见贤思齐，把君子和圣人当作自己学习的榜样。荀子认为，"好其人"是与"隆礼"即崇尚礼法相联系的。学习如果不能"好其人"和"隆礼"，那至多不过是一个浅陋的书呆子，即"学之经莫速乎好其人，隆礼次之。上不能好其人，下不能隆礼，安特将学杂识志，顺《诗》《书》而已耳。则末世穷年，不免为陋儒而已"。荀子还认为，如果不能"好其人"和"隆礼"，尤其是不能"隆礼"，学习就好像用指头去测量河水的深浅，用戈矛去舂米，用尖锥到壶中去吃饭，即"不道礼宪，以《诗》《书》为之，譬之犹以指测河也，以戈舂黍也，以锥餐壶也，不可以得之矣。故隆礼，虽未明，法士也；不隆礼，虽察辩，散儒也"。在荀子那里，陋儒、散儒为贬义，都是由于学习不得法造成的。正确的学习，就是要避免成为陋儒、散儒。

学人徐复观指出："荀子认为性恶，只能靠人为的努力向外面去求，从行为道德方面向外去求，只能靠经验的积累。把经验积累到某一程度时，即可把性恶的性加以变化。由小人进而为士君子，由士君子进而为圣人，当非一朝一夕之功，所以荀子特别注重学，而学之历程则称之为积；积是由少而多的逐渐积累。"这基本正确把握了荀子劝学思想的精髓。学是荀子思想的中心概念，也是《劝学》篇给我们最大的启示。学习可以改造人的品性，学习是人进步的阶梯。只要勤奋学习，今天的我可以胜过昨天的我，做学生的也可以超过老师。这就要求我们把学习贯穿于人的生命全过程，首先是从小立志学习。任何有学问、有道德的人都是靠小时候打下的良好基础，学习是孩童和青少年的主要任务，千万不能荒废学业。否则，就会"少壮不努力，老大徒伤悲"。其次是中年继续学习，这需要坚定的意志和顽强的毅力。因为中年是上有老下有小，面临事业和家庭的双重压力，稍不留神，就容易放弃学习。谁能在中年坚持学习，谁就能赢得人生，进而走向事业的成功和个体生命的辉煌。中年千万不能放弃学习，还应"三更灯火五更鸡，正是男儿读书时"。最后是老年还要学习。《劝学》是荀子晚年的代表作，这说明无论人生处于什么年龄段，只要耕耘，就有收获；只要学习，就有所得。老年惯看了秋月春风，远离了喧嚣躁乱，学习可以将丰富的人生经验升华为智慧，观照人生、洞明世态，涵养性情、启迪后人。夕阳无限好，让学习使人生的晚年过得从容、淡定和丰厚。

附

劝　学（节选）

荀　子

君子曰：学不可以已。

青，取之于蓝而青于蓝；冰，水为之而寒于水。木直中绳，𫐓以为轮，其曲中规。虽有槁暴，不复挺者，鞣使之然也。故木受绳则直，金就砺则利，君子博学而日参省乎己，则知明而行无过矣。

故不登高山，不知天之高也；不临深谿，不知地之厚也；不闻先王之遗言，不知学问之大也。干、越、夷、貉之子，生而同声，长而异俗，教使之然也。《诗》曰："嗟尔君子，无恒安息。靖共尔位，好是正直。神之听之，介尔景福。"神莫大于化道，福莫长于无祸。

吾尝终日而思矣，不如须臾之所学也；吾尝跂而望矣，不如登高之博见也。登高而招，臂非加长也，而见者远；顺风而呼，声非加疾也，而闻者彰。假舆马者，非利足也，而致千里；假舟楫者，非能水也，而绝江河。君子生非异也，善假于物也。

南方有鸟焉，名曰蒙鸠，以羽为巢，而编之以发，系之苇苕，风至苕折，卵破子死。巢非不完也，所系者然也。西方有木焉，名曰射干，茎长四寸，生于高山之上，而临百仞之渊，木茎非能长也，所立者然也。蓬生麻中，不扶而直；白沙在涅，与之俱黑。兰槐之根是为芷，其渐之滫，君子不近，庶人不服。其质非不美也，所渐者然也。故君子居必择乡，游必就士，所以防邪辟而近中正也。

物类之起，必有所始。荣辱之来，必象其德。肉腐出虫，鱼枯生蠹。怠慢忘身，祸灾乃作。强自取柱，柔自取束。邪秽在身，怨之所构。施薪若一，火就燥也，平地若一，水就湿也。草木畴生，禽兽群焉，物各从其类也。是故质的张，而弓矢至焉；林木茂，而斧斤至焉；树成荫，而众鸟息焉。醯酸，而蚋聚焉。故言有招祸也，行有招辱也，君子慎其所立乎！

积土成山，风雨兴焉；积水成渊，蛟龙生焉；积善成德，而神明自得，圣心备焉。故不积跬步，无以至千里；不积小流，无以成江海。骐骥一跃，不能十步；驽马十驾，功在不舍。锲而舍之，朽木不折；锲而不舍，金石可镂。蚓无爪牙之利，筋骨之强，上食埃土，下饮黄泉，用心一也。蟹六跪而二螯，非蛇鳝之穴无可寄托者，用心躁也。

是故无冥冥之志者，无昭昭之明；无惛惛之事者，无赫赫之功。行衢道者不至，事两君者不容。目不能两视而明，耳不能两听而聪。螣蛇无足而飞，鼫鼠五技而穷。《诗》曰："尸鸠在桑，其子七兮。淑人君子，其仪一兮。其仪一兮，心如结兮！"故君子结于一也。

敢于进言　善于进言

——读韩非子《说难》有感

　　韩非子是战国末期著名的哲学家、政论家和散文家，法家思想集大成者和代表人物。他师从荀子，却没有承袭儒家思想，而是爱好"刑名法术"，总结了商鞅的法、申不害的术和慎到的势，形成了以法为中心的法、术、势相结合的政治思想体系，为建立统一的中央集权国家提供了理论依据。法是指法律和法制，术是指驾驭群臣、统治百姓的策略和手段，势是指君王的权势，要独掌军政大权。《史记》记载，秦始皇十分佩服韩非子，在读到其著作后说："嗟乎，寡人得见此人与之游，死不恨矣！"现存《韩非子》共有二十卷五十五篇文章，十余万字，全面而系统阐述法家思想和富国强兵的主张。《韩非子》一书不仅思想内容深刻丰富，而且文章也写得好，立论精到、结构完整、逻辑严密，风格严峻峭刻、干脆犀利。有的研究者认为：《韩非子》"在先秦散文中已经发展到议论文的最高阶段"；"写作论说文而讲究篇章结构，是从韩非子开始的"。《说难》是其中的名篇和论说文的典范，司马迁评价："韩非知说之难，为说难书甚具。"后人谓之"全文有分析，有例证，富有说服力。而从结构上来说，则是层次分明，起伏照应，首尾贯通，转折多姿。在这以前，似乎还没有出现过这么讲究结构的文章"。

　　《说难》是一篇关于进言难，尤其是向君王进言难的论文。进言者与被进言者是一对矛盾，韩非子站在进言者的角度，历数说服君王的种种危险和困难，具体分析了向君王进言成功和失败的原因，富有见地地提出了进言成功的方式方法。文章的写法是先提出问题，后分析问题，最后提出解决问题的办法，这种写法奠定了后世论说文写作的基础。全文可分上篇、下篇两个部分。上篇是说理，阐述进言的道理，有三个层次。第一层次是认为进言要了解掌握君王的心理情况，这既是进言成功的重要条件，也是最困难的事情。第二层次是列举可能给进言者带来危害的进言办法以及进言应该竭力避免出现的情况，其中最重要的是进言者不能涉及君王不愿为人知的秘密，"夫事以密成，语以泄败"。第三层次是提出能够为君王接受的进言方法，总的要求是注意维护君王的权威和名望。下篇是举例，用历史故事来论证上篇的观点，包括郑武公杀关其思的史实，卫灵公对待弥子瑕前后不同的态度，绕朝在晋国为圣人、在秦国被杀的事例，以及宋国一富人被盗的民间故事，说明进言者与被进言者关系不同，进言的效果就不一样。一般而言，论说文是将作为论据的事例直接附在它要说明的论点后面，而韩非子则不然，都是将事例放在整篇文章的后面来说明前面的论点。这可能是因为韩非子所举的事例不是单独说明某一论点，而是同时说明几个论点，从而避免有的论点有事实论据、有的则没有而导致的不均衡和不对称，形成文章的结构美。

　　品读《说难》，不是一件轻松的事情，心里会有压力，背脊时时感到发凉。这种压力在于韩非子在揭示进言规律的同时，提出了种种策略和手段。韩非子是目的论者，在权衡目的与手段时，重目的而轻手段，一些策略和手段就容易被误以为是阴谋。《说难》经常流露出为了进言成功，可以迎合讨好君王、曲意奉承君王的倾向。韩非子提出了"不逆龙鳞"的主张，"夫龙之为虫也，柔可狎而骑也。然其喉下有逆鳞径尺，若人有婴之者，则必杀人。人主亦有逆鳞，说者能无婴人主之逆鳞，则几矣"。韩非子甚至认为，为了跻身于君王身边和取得君王的信任，可以不择手段。他列举了伊尹为了接近商汤而去当厨师的故事，百里奚身为逃虏而竟因此接近秦穆公的故事，"伊尹为宰，百里奚为虏，皆所以干其上也"。韩非子承认，伊尹和百里奚都是能人和圣贤之辈，这样的行为也是很卑微的，"此二人者皆圣人也；然犹不能无役身以进，如此其污也！"但是，在韩非子看来，伊尹和百里奚这样做的目的不是为了个人名利，而是为了国家和社会，因而是值得的，"今以吾言为宰虏，而可以听用而振世，此非能仕之所耻也"。意思是，现在即使将我的话当作厨师或奴隶的话，只要能够被采纳、拯救时世，那么有才能的人就不会感到耻辱。当然，《说难》确是好文章，阅读的心理压力往往会被思想的闪电、犀利的文笔和严密的逻辑所替代，进而产生愉悦之感和会心之笑。

《说难》指出了进言的成功条件，这就是要取得君王的信任。我们知道，进言的目的是为了被被进言者采纳，如果不能被采纳，进言就毫无意义。在韩非子看来，臣子的进言能否被君王采纳，很重要的条件就是臣子与君王之间是否建立了信任关系。如果建立了信任关系，就容易被采纳，反之就会被拒绝。《说难》举了一个事例，"宋有富人，天雨，墙坏。其子曰：'不筑，必将有盗。'其邻人之父亦云。暮而果大亡其财。其家甚智其子，而疑邻人之父。"意思是，宋国有一个富人，因为下雨，家里的墙壁倒塌了。他的儿子说，如果不修补，夜里一定会有盗贼前来；邻居的一位老人也这样规劝。晚上果然失窃，丢失了很多钱财。这位富人认为他的儿子很有智慧，而怀疑邻居是盗贼。为什么不同的人说同样的话，效果却完全相反呢？韩非子认为，原因是信任关系不同，富人信任自己的儿子，而不信任邻居的老人。《说难》还直接举了一个君王与臣子的事例说明问题。春秋时期，卫灵公有一宠臣叫弥子瑕，在君臣之间信任时，弥子瑕即使违法，也会得到卫灵公的保护，认为他孝顺和有德行。"昔者弥子瑕有宠于卫君。卫国之法，窃驾君车者罪刖。弥子瑕母病，人间往夜告弥子，弥子矫驾君车以出。君闻而贤之，曰：'孝哉！为母之故忘其刖罪.'"刖为古代的一种刑罚，即断足之刑。弥子瑕即使把吃过的东西给卫灵公吃，卫灵公也认为是爱他，并夸奖弥子瑕。"异日，与君游于果园，食桃而甘，不尽，以其半啖君。君曰：'爱我哉！忘其口味，以啖寡人.'"在君臣之间不信任时，同一臣子和同样的事情，卫灵公的看法就大相径庭，"及弥子色衰爱驰，得罪于君，君曰：'是固尝矫驾吾车，又尝啖我以余桃'"。韩非子认为，卫灵公之所以对弥子瑕的看法发生了改变，是因为君臣之间的信任关系发生了变化，"故弥子之行未变于初也，而以前之所以见贤而后获罪者，爱憎之变也"。韩非子由此得出结论，"故有爱于主，则智当而加亲；有憎于主，则智不当见罪而加疏"。意思是，当君王信任时，臣子的才智就显得适当而关系越加亲密；当君王不信任时，臣子的才智就显得不适当，还可能获罪，君臣的关系就更加疏远。因此，韩非子告诫进言者，首先要考虑与君王是否建立了信任关系，然后再考虑进言的方式，"故谏说谈论之士，不可不察爱憎之主而后说焉"。韩非子还告诫进言者，进言要考虑君王的心理，"凡说之难，在知所说之心，可以吾说当之"。意思是，进言的困难，在于了解和把握进言对象的心理，以及自己的进言能否适应他的心理。韩非子列举了三种不同的心理，即好名者、厚利者和表面好名实为厚利者。君王如果是好名者，而进言者不察，劝其厚利，则会被视为市侩而受到冷遇；如果是厚利者，而进言者不察，劝其好名，则会被视为迂腐而加以排斥；如果是阳为好名而阴为厚利者，则是最难进言的对象。韩非子指出，"此不可不察也"。

《说难》指出了进言的种种危险。在封建社会，君王握有生杀予夺大权，臣子向君王进言是充满风险的。如果君王不采纳进言，臣子轻则失去信任，重则就可能人头落地、家破人亡。所以，臣子进言必须十分谨慎小心。在韩非子看来，进言最大的小心是保密，最大的危险是泄露君王不愿为人知的秘密。从心理学分析，任何人都不希望别人知道自己内心的秘密。君王的秘密关乎国家安危、政权巩固以及身家性命，更是不希望他人泄密。《说难》举了春秋时郑武公诛杀臣子关其思的史实，说明臣子不能泄露君王的秘密。"昔者郑武公欲伐胡，故先以其女妻胡君以娱其意。因问于群臣，'吾欲用兵，谁可伐者？'大夫关其思对曰：'胡可伐。'武公怒而戮之，曰：'胡，兄弟之国也。子言伐之何也？'胡君闻之，以郑为亲己，遂不备郑，郑人袭胡，取之。"这一史实固然显示了郑武公的阴毒，但韩非子却以此说明泄露君王秘密的危害，规劝进言者只有保守君王秘密，才能保证进言成功。在《说难》一文中，韩非子指出了进言的七种危险和八个困难，告诫进言者要牢牢记住，切莫坠入危险和困难境地，"此说之难，不可不知也"。进言的危险，一是"未必其身泄之也，而语及所匿之事，如此者身危"。意思是，进言者未必泄露了秘密，而是谈话中触及君王心中隐匿之事，如此就有危险。二是"彼显有所出事，而乃以成他故，说者不徒知所出而已矣，又知其所以为，如此者身危"。意思是，君王表面上做这件事，心里却想借此办成别的事，进言者不仅知道君王所做的事，而且知道他这样做的意图，如此就有危险。三是"规异事而当，知者揣之外而得之，事泄于外，必以为己也，如此者身危"。意思是，进言者帮助谋划一件不相干的事情并符合君王心意，聪明人从外部迹象上把这件事猜了出来和泄露出去，君王就会认为是进言者泄露的，如此就有危险。四是"周泽未渥也，而语极知，说行而有功，则德忘；说不行而有败，则见疑，如此者身危"。意思是，君臣私交浅时，进言者谈论却尽其所知，如果主张获得成功，就会被君王忘记；主张遭到失败，就会被君王怀疑，如此就有危险。五是"贵人有过端，而说者明言礼义以挑其恶，如此者身危"。意思是，君王有过错，进言者倡导礼义来对抗其过恶，如此就有危险。六是"贵人或得计而欲自以为功，说者与知焉，如此者身危"。意思是，君王有时计谋得当而想自以为功，进言者同样知道此计，如此就有危险。七是"强以其

所不能为，止以其所不能已，如此者身危"。意思是，进言者勉强君
王去做他不能做的事，强迫君王停止他不愿停止的事，如此就有危
险。进言的困难可以分为两个方面八种情况，一方面是议论人事的
困难，即不能随便与君王议论人事，否则就会引起误解，"故与之
论大人，则以为间己矣；与之论细人，则以为卖重。论其所爱，则
以为借资；论其所憎，则以为尝己也"。另一方面是言语表达的困
难，进言既要避免太直率和琐碎，又要避免过于简略和粗鲁，"径省
其说，则以为不智而拙之；米盐博辩，则以为多而交之。略事陈意，
则曰怯懦而不尽；虑事广肆，则曰草野而倨侮"。

《说难》指出了进言的正确方法。春秋战国诸子百家中，法家是
最现实主义的，他们在提出理论的同时，一般都有方法的研究，指
明实践理论的途径。《说难》更是如此，不仅揭示了进言的规律，而
且提出了进言的有效方法，以确保进言的成功。在韩非子看来，进
言的要义在于懂得粉饰君王得意的事情，而掩盖其所羞耻之事情，
"凡说之务，在知饰所说之所矜而灭其所耻"。进言的核心是"不逆
龙鳞"，"大意无所拂忤，辞言无所系縻，然后极骋智辩焉。此道
所得，亲近不疑而得尽辞也"。意思是，进言没有违逆，言语没有
抵触，从而充分施展自己的智慧和辩才，由此得到君王的亲近不
疑，而又能畅所欲言。进言的关键是要与君王建立信任关系，"周
泽既渥，深计而不疑，引争而不罪，则明割利害以致其功，直指是
非以饰其身，以此相持，此说之成也"。意思是，君臣建立了信任关
系，进言者深入谋划而不会被怀疑，据理力争而不会被获罪，就可
以明确剖析利害来成就君王的功业，直接指明是非来端正君王的言
行。君臣之间能有这样的关系，进言就能成功。《说难》提出了一些
具体可行的进言方法。一是缓解和阻止君王不合适的想法。"其意
有下也，然而不能已，说者因为之饰其美而少其不为也。其心有高
也，而实不能及，说者为之举其过而见其恶，而多其不行也。"意思

是，君王有不健康的念头而不能自我克制，进言者就应粉饰赞美这一念头，假意嫌他做得太少，进而劝他不要去做。君王有过高的追求而实际不能达到，进言者就要举出这种追求的缺点，揭示出这种追求的坏处，赞扬君王不去做是明智的。二是给予君王以鼓励和帮助。"有欲矜以智能，则为之举异事之同类者，多为之地，使之资说于我，而佯不知也以资其智。"意思是，君王如果想显示自己的聪明才智去做某件事，进言者就替他举出同类的另一些事，并多方替他考虑。君王从中取得许多解决的方法，而进言者假装不知情，从而使君王误以为这个办法是自己想出来的。三是晓以利害关系。"欲内相存之言，则必以美名明之，而微见其合于私利也。欲陈危害之事，则显其毁诽，而微见其合于私患也。"意思是，进言者想向君王进献与人相安的话，就必须用好的名义阐明它，并暗示这合乎君王私利；想向君王陈述有危害的事，就要明言此事会遭到的毁谤，并暗示这对君王也有害处。四是善假于物进言。"誉异人与同行者，规异事与同计者。有与同污者，则必以大饰其无伤也；有与同败者，则必以明饰其无失也。"意思是，赞誉与君王有相同行为的其他人，策划与君王利益相一致的其他事。那些与君王有同样缺点的人，就一定要积极粉饰这一缺点无伤大雅；那些与君王遭受同样挫折的人，就一定要明确粉饰这一挫折不算损失。五是不揭君王之短。"彼自多其力，则毋以其难概之也；自勇其断，则无以其谪怒之；自智其计，则毋以其败穷之。"意思是，君王自以为力量强大时，就不要用他为难的事压抑他；自以为有勇气和决断能力，就不要用反对意见激怒他；自以为计谋高明，就不要用他的败绩去困窘他。

《史记》全文照录了《说难》，这是罕见的事例。司马迁是史学大家和文学大师，如此看重《说难》，并强调"余独悲韩子为说难而不能自脱耳"，更说明《说难》具有重要的历史、文学和人文价值，也包含着太史公个人的身世之感。《说难》给后人最大的启示是：进言

尤其是臣子对君王、部下对领导的进言，既是工作责任，也是人生
担当。进言的责任与担当是密切联系的，责任引领担当，担当支撑责
任，责任体现了境界和品格，担当意味着勇气和意志。韩非子明知进
言的种种危险，却还要倡导和鼓励进言，因为在他看来，进言是为了
责任，这就是"听用而振世"，对国家和社会负责。《说难》还启示后
人，进言者不仅要把握进言的规律，而且要提升自己的素质。文章一
开篇就说："凡说之难：非吾知之有以说之之难也，又非吾辩之能明
吾意之难也，又非吾敢横失而能尽之难也。"意思是，大凡进言的困
难，不是用我的知识去说明的困难，也不是用我的口才去表达的困
难，还不是我在君王面前敢于毫无顾忌表达意见的困难。这段话虽然
是强调进言的困难，却间接指明了知识、口才和勇气是进言者的基本
素质。进言首先是提出有价值的意见建议，这就需要有广博而深厚的
知识和学养；进言是为了别人能够接受和采纳，这就需要有很强的语
言表达能力，既能够简单明了地表达清楚进言的内容，又能够有理有
力有节地反驳各种不同意见；进言是下级对上级的行为，双方的地位
是不对等的，这就需要有勇气和胆量，坚持不惧权势、崇尚真理。一
个好的进言者，就要十分注意知识的积累、口才的养成和勇气的锤
炼，敢于进言、善于进言，做一个诤臣、诤友。诤臣能够使君王保持
清醒，诤友能够使朋友坚守名节。

附

说　难（节选）

韩非子

凡说之难：非吾知之有以说之之难也，又非吾辩之能明吾意之

难也，又非吾敢横失而能尽之难也。凡说之难：在知所说之心，可以吾说当之。所说出于为名高者也，而说之以厚利，则见下节而遇卑贱，必弃远矣。所说出于厚利者也，而说之以名高，则见无心而远事情，必不收矣。所说阴为厚利而显为名高者也，而说之以名高，则阳收其身而实疏之；说之以厚利，则阴用其言显弃其身矣。此不可不察也。

夫事以密成，语以泄败。未必其身泄之也，而语及所匿之事，如此者身危。彼显有所出事，而乃以成他故，说者不徒知所出而已矣，又知其所以为，如此者身危。规异事而当，知者揣之外而得之，事泄于外，必以为己也，如此者身危。周泽未渥也，而语极知，说行而有功，则德忘；说不行而有败，则见疑，如此者身危。贵人有过端，而说者明言礼义以挑其恶，如此者身危。贵人或得计而欲自以为功，说者与知焉，如此者身危。强以其所不能为，止以其所不能已，如此者身危。故与之论大人，则以为间己矣；与之论细人，则以为卖重。论其所爱，则以为借资；论其所憎，则以为尝己也，径省其说，则以为不智而拙之；米盐博辩，则以为多而交之。略事陈意，则曰怯懦而不尽；虑事广肆，则曰草野而倨侮。此说之难，不可不知也。

凡说之务，在知饰所说之所矜而灭其所耻。彼有私急也，必以公义示而强之。其意有下也，然而不能已，说者因为之饰其美而少其不为也。其心有高也，而实不能及，说者为之举其过而见其恶，而多其不行也。有欲矜以智能，则为之举异事之同类者，多为之地，使之资说于我，而佯不知也以资其智。欲内相存之言，则必以美名明之，而微见其合于私利也。欲陈危害之事，则显其毁诽而微见其合于私患也。誉异人与同行者，规异事与同计者。有与同污者，则必以大饰其无伤也；有与同败者，则必以明饰其无失也。彼自多其力，则毋以其难概之也；自勇其断，则无以其谪怒之；自智其计，则毋以其败穷之。大意无所拂悟，辞言无所系縻，然后极骋智辩焉。此道所得，亲近不疑而得尽辞也。伊尹为宰，百里奚为虏，皆所以干其上也。此二人者，皆圣人也；然犹不能无役身以进，如此其污也！今以吾言为宰虏，而可以听用而振世，此非能仕之所耻也。夫旷日离久，而周泽既渥，深计而不疑，引争而不罪，则明割利害以致其功，直指是非以饰其身，以此相持，此说之成也。

真心求人才　大胆用人才

——读李斯《谏逐客书》有感

　　李斯是秦朝著名的政治家、文学家和书法家，主要生活在秦王嬴政年代。其政治经历可概括为师于荀子、佐于嬴政、罪于赵高，官至秦朝廷尉和丞相，具体是拜荀子为师，学习"帝王之术"即管理国家的学问；辅佐秦王成就统一大业，创建中国历史上第一个封建国家；得罪秦二世胡亥的权臣赵高，被腰斩于咸阳。这是个极其复杂的人物，历史评价众说纷纭、毁誉不一。在誉的方面，认为他对中国历史发展作出了杰出贡献，不仅表现在顺应历史潮流，帮助秦王消灭六国、一统天下，而且作为秦帝国的丞相，坚持郡县制，提出并实施书同文、车同轨、统一货币和度量衡的措施，为建立和巩固中央集权的封建社会夯实了基础。在毁的方面，主要是认为他的处世哲学是"老鼠哲学"，过于势利和卑劣。李斯自己曾说："人之贤不肖譬如鼠矣，在所自处耳"，即人和老鼠一样，一生有没有出息，是为善还是为恶，完全是由他所处环境决定的。同时认为他害怕同窗韩非子受到重用，妒忌而谋杀之；建议秦始皇"焚书坑儒"，致使中国文化遭受巨大损失；帮助赵高"指鹿为马"，废扶苏、立胡亥，促成秦帝国二世而亡。无论毁誉，李斯是一个在中国历史留下明显烙印和痕迹的人物，则是毫无疑问的。值得一提的是，在辅佐秦王统一天下过程中，李斯上奏《谏逐客书》，不仅充分表现了他的政治家才华和器局，而且奠定了他的文学家地位。《谏逐客书》内容精深、行文雄奇，富于辞藻，多用铺张排偶，具有色彩、音乐之美，对汉代以后的文人作家和词赋发展产生重要影响，清代学人尊之为"骈文之祖"；鲁迅先生说："法家大抵少文采，惟李斯奏议，尚有华辞"，"故由现存者而言，秦之文章，李斯一人而已"。

秦王十年，首当强秦威胁的韩国，派间谍郑国游说秦王修建全长三百里的大型灌渠，企图以此消耗秦国的人力物力，缓解对韩国的军事威胁。郑国的间谍身份暴露后，秦王室贵族抓住这一事件，大做文章，"皆言秦王曰：'诸侯人来事秦者，大抵为其主游间于秦耳，请一切逐客'，李斯议亦在逐中"。李斯乃上《谏逐客书》，论证辩驳逐客之过。这是一篇奏疏体文章，实为议论文，两者的写法和目标取向是一样的，都是提出论点并加以论证。区别在于奏疏体有着具体而明确的阅读对象，更有具体而明确的目的，李斯就是希望他的废逐客令观点被秦王采纳；而一般议论文虽有预期的读者群，但对象并不是确定的，虽有将某种观点和主张昭示于众的预期，但并不期望马上收到效果。因此，《谏逐客书》具有直截了当的特点，开篇就明白无误地提出论点；具有巧于说理的特点，让人能够接受；具有情文并茂的特点，使人乐于阅读。全文共四个段落，可分为三个层次。第一层次就是开头的第一句话，"臣闻吏议逐客，窃以为过矣"。开宗明义，亮出全文的主题词——"过"，然后始终围绕主题词展开论证逐客之过和错误。第二层次有三个段落，其中第一段落是以秦国穆公、孝公和惠王、昭王四位君主为例说明罗致客卿、重用人才，逐步实现了秦国的富利和强大，论证逐客之过；第二段落举例讲述秦王只知搜罗他国的"色、乐、珠、玉"为己而用，忽视他国的人才为己而用，说明这种重物轻人、不用客卿的做法，不利于秦国统一大业；第三段落是强调用士可以王天下，弃士是"藉寇兵而赍盗粮"，即借兵器给敌寇、送粮食给强盗，则可能造成国家危险和不安全。第三层次是第四段落，总结全文，申明利害，照应开头。《谏逐客书》立意高远、运笔不凡，真是名篇妙谏照千秋。

品读《谏逐客书》，不能不为文章鲜明的观点、恰当的身份、严密的逻辑和优美的文笔所折服。鲜明的观点就是谏逐客之过，认为"非秦者去，为客者逐"的决策是错误的；恰当的身份就是语气婉转，不逆龙鳞，明明是秦王下令逐客，却说是"吏议逐客"，为秦王转圜留下余地；严密的逻辑就是从历史事实、一统天下的帝业和国家存亡的利害综合论证逐客之过；优美的文笔就是巧用典故，善于铺陈，运用大量的对偶和排比句，注意语言的色彩和动词的运用，句子工整而又富于文采，造成流畅的气势、和谐铿锵的音节，读来朗朗上口、韵味无穷，给人以美的享受。同时，更为李斯的见识和胆略所折服。"国以才立，政以才兴"，春秋战国时期，诸侯列国的竞争，实质是人才的竞争。得人才者得天下，失人才者亡国家。早在两千多年前的李斯，已经认识到这一客观真理和历史规律，敢于上书建言，既为中国政治留下了宝贵财富，也为中华文化留下了瑰宝佳作。

《谏逐客书》说服秦王最重要的理由，就是逐客不利于秦王"跨海内、制诸侯"的事业。所谓"跨海内、制诸侯"，对于秦王嬴政而言，就是消灭六国、称帝天下。这在当时具有历史进步意义，可以消除春秋战国时期的战乱纷争，促进社会经济发展和稳定。李斯正是因为仰慕秦王的宏图大志，在荀子那里学成"帝王之术"之后，即决定"西说秦王"。在他看来，当时诸侯称霸，只有秦王志向远大，只有秦国才能为他提供事业平台，"今万乘争时，游者主事。今秦王欲吞天下，称帝而治，此布衣驰骛之时，而谈游者之秋也"。到秦国后，李斯向秦王呈上《论统一书》，献计秦国"足以灭诸侯，成帝业，为天下一统，此万世之一时也"，深得秦王信任。在《谏逐客书》中，李斯看准了秦王是一位具有政治头脑和战略眼光的君主，因而敢于上书，从秦王帝业的高度论证逐客之过，这就使奏疏立意气势恢宏、高瞻远瞩。具体而言，一是从国家安危的角度告诫秦王。李斯认为：秦国的逐客"乃弃黔首以资敌国，却宾客以业诸侯，使天下之士退而不敢西向，裹足不入秦，此所谓'藉寇兵而赍盗粮'者也"；李斯还说："今逐客以资敌国，损民以益仇，内自虚而外树怨于诸侯，求国之无危，不可得也。"意思是，现在驱逐客卿去帮助敌国，减少民众去增加仇人的人口，对内削弱了自己的力量，对外又在诸侯各国中树立了怨恨，使得天下的人才不敢来帮助秦国。这要想国家安全和不发生危机，是不可能的。从而明明白白地告诉秦王，如果国家的安全和稳定都没有保证，何谈发展，更何谈统一大业。二是从统一大业的角度劝诫秦王。"今取人则不然，不问可否，不论曲直，非秦者去，为客者逐。然则是所重者在乎色乐珠玉，而所轻者在乎人民也。此非所以跨海内、制诸侯之术也。"李斯批评秦王喜欢留用他国的奇珍异宝，而不重视使用他国的客卿和人才，认为这不可能实现"称尊天下"的宏图大业。三是从三王五帝的角度激励秦王。三王五帝比较明确的说法，是指上古时期的燧人氏、伏羲氏、神农氏，黄帝、颛顼、喾、尧、舜，他们是历代帝王效仿的楷模。李斯说："是以地无四方，民无异国，四时充美，鬼神降福，此五帝、三王之所以无敌也。"意思是，对待大地没有四方的差别，对待民众没有国界的差异，四季自然就会富足美满，鬼神都会来赐福，这就是五帝三王无敌于天下的原因啊！通过三王五帝，激励秦王称尊天下、无敌于天下。可贵的是，刚愎自用的秦王竟然被李斯说服，"乃除逐客之令，复李斯官"。据汉刘向《新序》记载："斯在逐中，道上上谏书，达始皇，始皇使人逐至骊邑，得还。"这说明恢复李斯之职还费了一番周折，因为李斯已经在离开秦国的路上，是被追回来的。由此可见，秦王的政治气度以及对人才的重视。这还可从郑国事件的结局加以证明。当时，秦王欲杀郑国，"郑国曰：'始臣为间，然渠成亦秦之利也。臣为韩延数岁之命，而为秦建万世之功。'秦以为然，卒使就渠。渠成而用注填阏之水，溉舄卤之地四万余顷，收皆亩一钟。于是关中为沃野，无凶年，秦以富强，卒并诸侯，因名曰'郑国渠'。"居然能够接受敌国间谍的进言，还用敌国间谍的姓名命名秦国的民生工程灌渠，足见秦王"千古一帝"的风采和亮度。

《谏逐客书》以泰山、河海为喻，说明只有宽广的心胸，才能广纳贤士，广招天下英才，才能壮大国家规模和强盛国家。"臣闻地广者粟多，国大者人众，兵强则士勇。是以泰山不让土壤，故能成其大；河海不择细流，故能就其深；王者不却众庶，故能明其德。"李斯以非秦国之物能为秦王所用，用整整一个段落说明既然能对"色、乐、珠、玉"做到广而纳之，为什么不能对客卿和人才做到广而纳之呢？首先，李斯列数秦王喜欢的珍宝正面说明问题。"今陛下致昆山之玉，有随、和之宝，垂明月之珠，服太阿之剑，乘纤离之马，建翠凤之旗，树灵鼍之鼓。此数宝者，秦不生一焉，而陛下说之，何也？"昆山之玉，是指产于新疆和田的美玉；随和之宝，是指出自楚国的随侯珠与和氏璧；太阿之剑，是指楚国著名工匠欧冶子和干将合铸的宝剑；纤离之马，是指当时北方狄国的好马；灵鼍之鼓，是指用扬子鳄的皮做的鼓。这些珍宝都不产自秦国，而秦都能敞开胸怀受而用之，并给秦国带来欢乐和实际利益。其次，李斯以两个设问的句式，从反面说明问题。第一个设问是，如果不用非秦国所产之物，秦国就会失去很多珍宝和可用之物。"必秦国之所生然后可，则是夜光之璧不饰朝廷，犀象之器不为玩好，郑、魏之女不充后宫，而骏马𫘝𫘝不实外厩，江南金锡不为用，西蜀丹青不为采。"这里的𫘝𫘝是北方骏马的名称，丹青是指丹砂、靛青等颜料。第二个设问是，如果不用非秦国所产之物，那么很多珍宝和好的东西也不会进献给秦国，也就不能为秦国所用。"所以饰后宫、充下陈、娱心意、说耳目者，必出于秦然后可，则是宛珠之簪，傅玑之珥，阿缟之衣，锦绣之饰不进于前，而随俗雅化、佳冶窈窕赵女不立于侧也。"宛珠之簪，是指嵌着宛地出产宝珠的簪子；傅玑之珥，是指镶着珠玑的耳饰；阿缟之衣，是指东阿白绢裁制的衣裳。如果拒绝使用这些非秦国的产物，那么其他国家就不会进献给秦国，甚至包括时尚而体态优美的赵国女子。再次，李斯以音乐为例，从一个局部说明问题。"夫击瓮叩缶弹筝搏髀，而歌呼呜呜快耳者，真秦之声也；郑、卫、桑间、韶虞、武象者，异国之乐也。今弃击瓮叩缶而就郑卫，退弹筝而取韶虞，若是者何也？快意当前，适观而已矣。"意思是，敲打瓮、缶，弹起筝，拍着大腿，放开嗓门呜呜地唱歌，来使耳目痛快的，那是纯真的秦国声调；郑、卫流行的桑间民歌，韶虞、武象等宫廷乐舞，那是异国的音乐。如今抛弃了敲瓮而改听郑、卫流行民歌，不听弹筝而去欣赏韶虞，这样做是为什么呢？无非是听着心里痛快，看着心情舒畅罢了。在这一段落，李斯引用这么多的事例，都是围绕非秦物以实秦国、非秦人以助秦国的这一事实，说明不能"非秦者去，为客者逐"的道理。李斯在最后一段还说："夫物不产于秦，可宝者多；士不产于秦，而愿忠者众"，希望秦王对待他国的物产尤其是人才，能够以宽广的心胸广而纳之，为秦所用。

《谏逐客书》用秦国的历史事实，强调对于客卿和人才既要"求"，又要"用"，使其真正发挥作用，为秦国的霸业和帝业服务。"求"，就是求贤若渴。"昔穆公求士，西取由余于戎，东得百里奚于宛，迎蹇叔于宋，求丕豹、公孙支于晋。此五子者，不产于秦，而穆公用之，并国二十，遂霸西戎。"秦穆公是嬴政的十九代祖，在位三十九年，他的最大本领就是善于求才用才。其中由余在西戎任职，穆公爱其才，用离间计使其投奔秦国；百里奚被楚国俘虏，穆公知道其有才干，就把他赎买到秦国；蹇叔是百里奚推荐的，穆公用厚币迎之；丕豹是晋国人，因父被杀投奔秦国，为穆公所用；公孙支原为晋人，有远见，穆公用之。这五人投奔秦国的经历，都可以看出穆公真是求贤若渴。《史记》记载，秦穆公正是用由余等谋略攻战西戎，增加属国二十，开拓疆土千里，遂霸西戎，使秦国由弱小之国，变成春秋五霸之一。"用"，就是大胆使用、用人不疑。李斯举了孝公、惠王和昭王的例子，说明不仅要求贤若渴，更要大胆使用。否则，罗致的客卿和人才就可能成为摆设，无补于成就事业。"孝公用商鞅之法，移风易俗，民以殷盛，国以富强，百姓乐用，诸侯亲服，获楚、魏之师，举地千里，至今治强。"商鞅是卫国人，中国历史上著名的改革家，在秦执政二十年，实行以"废除井田、建立郡县、奖励耕战"为主要内容的变法，使秦国大治，为后来统一六国奠定基础。"惠王用张仪之计，拔三川之地，西并巴、蜀，北收上郡，南取汉中，包九夷，制鄢、郢，东据成皋之险，割膏腴之壤，遂散六国之从，使之西面事秦，功施到今。"张仪是魏国人，他和苏秦都是鬼谷子的学生，战国时著名的谋略家，苏秦以"合纵计"联合六国抗拒强秦，张仪以"连横计"离间六国，破解"合纵计"。所谓"合纵计"，是指"合众弱以攻一强"；"连横计"，是指"事一强以攻众弱"。"昭王得范雎，废穰侯，逐华阳，强公室，杜私门，蚕食诸侯，使秦成帝业。"意思是，昭王用了魏国人范雎，就废免了穰侯，驱逐了华阳君，加强了公室的地位，杜绝外戚私家的弄权，并且逐步蚕食诸侯各国，使秦国成就帝王基业。历史上的范雎不仅为稳定秦国内部作出了贡献，而且提出"远交近攻"策略，在开疆拓土方面也作出了贡献。李斯认为，正是因为以上四位君王注重罗致客卿和人才，才使秦国不断走向强大。"此四君者，皆以客之功。由此观之，客何负于秦哉！向使四君却客而不内，疏士而不用，是使国无富利之实而秦无强大之名也。"

自古而今的名篇佳作，既有意境深远而文字婀娜者，也有平中见奇而意在言外者，还有思想深邃而文辞缜密者。《谏逐客书》属于思想深邃而文辞缜密一类名篇佳作。品读《谏逐客书》，当然要欣赏它的文学价值，但更重要的还是要欣赏它的思想价值。《谏逐客书》实质是一篇精彩的人才论著，李斯与其说是在论证逐客之过，不如说是在阐述人才的作用和引才聚才用才的重要意义，至今仍有学习参考价值。《谏逐客书》最大的启示，就是要用事业来引才聚才用才。没有事业平台，既没有必要也不可能引才聚才用才。所谓事业平台，小到可以是一个岗位、一个项目和一件工作，大到可以是影响社会政治经济科技文化历史发展的伟大事业和创造发明。只有搭建好事业平台，才能引才聚才用才。李斯正是从"称尊天下"事业的高度论证逐客之过，说服秦王要罗致客卿、重用人才，完成一统、实现帝业。另一个启示，就是要用宽广的心胸引才聚才用才。事业需要人才，但不能保证领导者需要人才。有的像秦王那样，为身边人所误导，曾驱逐客卿和人才；有的像《水浒传》中的白衣秀士王伦那样，心胸狭窄，不愿招引和容纳人才。只有心胸宽广，才能拓展视野，五湖四海引才聚才用才。李斯正是从心胸宽广的角度论证逐客之过，说服秦王既要接纳他国的"色、乐、珠、玉"，更要接纳他国的客卿和人才。还有一个启示，就是要用真诚的行动引才聚才用才。只有宏伟事业和宽广心胸，还不足以引才聚才用才。从知与行的关系分析，事业和心胸属于知的范畴，对于引才聚才用才来说，还需要真诚的行动，这就是真心求人才和大胆用人才。李斯正是从秦国历史发展的维度论证逐客之过，说服秦王要像他的先祖那样既要求贤若渴，又要用人不疑，大胆使用客卿和人才。北宋著名史学家司马光认为："为治之要，莫先于用人"，《谏逐客书》的意义就在于告诉人们怎样去争取和赢得人才。

附

谏逐客书

李 斯

臣闻吏议逐客，窃以为过矣。昔穆公求士，西取由余于戎，东得百里奚于宛，迎蹇叔于宋，求丕豹、公孙支于晋。此五子者，不产于秦，而穆公用之，并国二十，遂霸西戎。孝公用商鞅之法，移风易俗，民以殷盛，国以富强，百姓乐用，诸侯亲服，获楚、魏之师，举地千里，至今治强。惠王用张仪之计，拔三川之地，西并巴、蜀，北收上郡，南取汉中，包九夷，制鄢、郢，东据成皋之险，割膏腴之壤，遂散六国之从，使之西面事秦，功施到今。昭王得范雎，废穰侯，逐华阳，强公室，杜私门，蚕食诸侯，使秦成帝业。此四君者，皆以客之功。由此观之，客何负于秦哉！向使四君却客而不内，疏士而不用，是使国无富利之实而秦无强大之名也。

今陛下致昆山之玉，有随、和之宝，垂明月之珠，服太阿之剑，乘纤离之马，建翠凤之旗，树灵鼍之鼓。此数宝者，秦不生一焉，而陛下说之，何也？必秦国之所生然后可，则是夜光之璧不饰朝廷，犀象之器不为玩好，郑、魏之女不充后宫，而骏马駃騠不实外厩，江南金锡不为用，西蜀丹青不为采。所以饰后宫、充下陈、娱心意、说耳目者，必出于秦然后可，则是宛珠之簪，傅玑之珥，阿缟之衣，锦绣之饰不进于前，而随俗雅化、佳冶窈窕赵女不立于侧也。夫击瓮叩缶弹筝搏髀，而歌呼呜呜快耳者，真秦之声也；郑、卫、桑间、韶虞、武象者，异国之乐也。今弃击瓮叩缶而就郑卫，退弹筝而取韶虞，若是者何也？快意当前，适观而已矣。今取人则不然。不问可否，不论曲直，非秦者去，为客者逐。然则是所重者在乎色乐珠玉，而所轻者在乎人民也。此非所以跨海内、制诸侯之术也。

　　臣闻地广者粟多，国大者人众，兵强则士勇。是以泰山不让土壤，故能成其大；河海不择细流，故能就其深；王者不却众庶，故能明其德。是以地无四方，民无异国，四时充美，鬼神降福，此五帝、三王之所以无敌也。今乃弃黔首以资敌国，却宾客以业诸侯，使天下之士退而不敢西向，裹足不入秦，此所谓"藉寇兵而赍盗粮"者也。

　　夫物不产于秦，可宝者多；士不产于秦，而愿忠者众。今逐客以资敌国，损民以益仇，内自虚而外树怨于诸侯，求国之无危，不可得也。

求贤用贤　共治天下

——读刘邦、刘彻"求贤诏"有感

　　刘邦为汉高祖，刘彻为汉武帝，两人都是"大汉雄风"的缔造者，是中国历史上杰出的皇帝。刘邦参与推翻秦朝的行动，秦朝灭亡后，又与西楚霸王项羽展开楚汉战争；击败项羽后，统一天下，建立汉朝。他是汉朝的开国皇帝，对于中国的统一、汉族的发展和汉文化的弘扬作出了重大贡献。刘彻是刘邦的孙辈和汉朝第五任皇帝，在位五十二年。他开疆拓土，奠定了中华疆域版图，功业辉煌，造就了汉武盛世。刘邦、刘彻取得丰功伟绩的关键因素，就在于他们求贤若渴、知人善任。刘邦战胜项羽平定天下之后，在与群臣讨论自己成功的原因时，曾经说过一段很有名的话："夫运筹帷幄之中，决胜千里之外，吾不如子房；镇国家，抚百姓，给馈饷，不绝粮道，吾不如萧何；连百万之众，战必胜，攻必取，吾不如韩信。三者皆人杰，吾能用之，此吾所以取天下者也。"这段话很好地诠释了"得人才者得天下"的道理。刘邦在他生命的最后时期专门颁发了"求贤诏"，这是中国历史上第一道由皇帝颁发的广招天下贤才的诏书。刘彻对人才的重视程度不输于其祖辈，即位后就有《元光元年问贤诏》，强调问策于贤士人才，特别是元封五年的《求茂材异等诏》，刘彻提出了千古名言："盖有非常之功，必待非常之人。"

　　诏书是一种文体，意谓上告下，是只有皇帝才能用的告知天下的文书形式。刘邦的"求贤诏"，既是表明他对人才的重视和渴求，也是他一生经验的总结。正是因为刘邦会用人、善用人，才使他平四海、建国家。《求贤诏》只有一百七十九字，紧紧围绕求贤这个中心展开笔墨，气势磅礴、说理透彻，把求贤的原因、目的和方法说得清清楚楚。全文可分三个层次，一是今人不让古人，充分显示出刘邦的王霸气魄。诏书一开头就以周文王、齐桓公为例，说明他们的王业、霸业，离不开贤人的辅佐，并强调"今天下贤者智能，岂特古之人乎？"意思是，如今天下贤人的智慧和才干，难道与古人有什么不同吗？！二是诚恳而坚定地表达求贤的决心和态度。诏书指出过去我是靠贤士人才取得天下，今后我仍然要靠贤士人才治理天下。三是交代了求贤的具体做法。诏书要求各级官员通过各自的行政系统，及时将贤士人才推荐上来，否则，就要免去其官职。刘彻颁布《求茂材异等诏》时，已在位三十六年。《汉书》记载，当时是"名臣文武欲尽"，意指即位之初所任命的文臣武将相继去世。这时又将全国划分为十三州，以便监督郡国，许多大臣派出去做了州的刺史，朝廷顿感人才空虚。这道诏书既表明刘彻要求加速选拔人才的意图，更表明了刘彻正确的人才观。全文只有六十八个字，但气度恢宏、语出不凡，非凡夫俗子所能为。它的核心是一个"才"字，尤其强调要选用奇才。在刘彻看来，奇才总是有缺点的，难免放荡不羁，关键在于驾驭而已。

　　品读两份"求贤诏"，扑面而来的是英雄之气。什么是英雄呢？就是那些才能过人的伟人，有益于国、有益于世、有益于民的杰出人物。英雄最鲜明的特色是大气，这种大气既表现在处世立身，也表现在成就功业，还表现在写诗作文。刘邦曾经写过一首诗："大风起兮云飞扬，威加海内兮归故乡，安得猛士兮守四方。"这是何等的气魄！《求贤诏》一开篇就是"盖闻王者莫高于周文，伯者莫高于齐桓，皆待贤人而成名"。周文是指周文王，西周王朝的奠基者；齐桓是指齐桓公，春秋五霸之首，任用管仲成就霸业。意思是，听说帝王没有比周文王更高明的，霸主没有比齐桓公更高明的，他们都是得到贤人的帮助以后才建立功业的。这一开篇不仅有力指出求贤用贤古已有之，更显示出刘邦以王霸自诩的雄心。刘彻的气势不亚于其祖辈，《求茂材异等诏》开头两句就是"盖有非常之功，必待非常之人"，站位之高、气势之大，古今之文鲜有其匹。同时，令人感动的是细致周到，这实际是人性、人道光辉在刘邦、刘彻思想观念中的折射。两份"求贤诏"不仅有宏观议论，而且有微观操作，实现了虚实结合，议论与指令兼而有之。刘邦在《求贤诏》最后要求相关官员："其有意称明德者，必身劝，为之驾，遣诣相国府，署行、义、年，有而弗言，觉免。"意思是，官员如果发现有美名与美德相称的人，一定要亲身去劝他出来，要为他准备车马，将他送到相国府，并要题写他的事迹、仪表和年龄。如果当地有贤人，却不上报，一经发觉，就免去当事官员的职务。刘彻也如是说，"其令州郡察吏民有茂材异等可为将相及使绝国者"。意思是，现命令州郡察访和推荐吏民之中的茂才和不同凡响可以担任将相以及出使到遥远国家去的人才。刘邦、刘彻如此求贤心切，对待人才又如此诚恳和礼遇，怎能不令人感动呢?! 两份"求贤诏"实现了枯燥乏味的公文与温文尔雅的文笔、冷冰冰的诏令与温暖如春的人情的有机结合，这大概是其入选《古文观止》和千古流传的重要原因。

两份"求贤诏"明确了治理天下是求贤的根本目的。刘邦颁布求贤诏时已经当了七年皇帝，这时的主要任务不是争夺天下，而是治理天下;刘彻是继承皇位，治理天下就是其唯一的任务。强调治理天下，不仅增强了求贤的目的性，而且也为贤士施展才能打造了事业平台。当然，在刘邦、刘彻那里，治理天下的本质是巩固刘家王朝。刘邦在《求贤诏》中说："欲其长久，世世奉宗庙亡绝也。贤人已与我共平之矣，而不与吾共安利之，可乎? 贤士大夫有肯从我游者，吾能尊显之。"意思是，我希望汉王朝能够长久地保持下去，我的子孙能世世代代奉祀宗庙，不会断绝。你们贤人已经和我共同平定天下了，却不去和我一起安定天下，使它兴盛，这怎么能行呢? 贤明的士大夫只要肯和我共事，我就能给予其尊贵显耀的地位。刘彻的求贤诏比较简短，没有谈及求贤的目的，但分析《元光元年问贤诏》，刘彻求贤的目的是要像唐尧、虞舜和周朝成王、康王那样治理天下、造就盛世。那时刘彻二十二岁，即位也只有六年，由此可见其志向之远大。他说："朕闻昔在唐、虞，画象而民不犯。日月所烛，莫不率俾。周之成康，刑错不用，德及鸟兽，教通四海，海外肃慎。北发渠搜，氐、羌徕服；星辰不孛，日月不蚀，山陵不崩，川谷不塞，麟凤在郊薮，河洛出图书。呜呼，何施而臻此欤？"这段话展示了刘彻浪漫的政治理想，他向往的是尧、舜和周成王、周康王的治国图景，所以他情不自禁地问道，采取什么措施，才能达到尧舜和成康的治理水平呢？在同一诏书中，刘彻明确要靠贤良之士来治理天下，他把造就盛世的希望寄托在贤良身上，即"贤良明于古今王事之体，受策察问，咸以书对，著之于篇，朕亲览焉"，这种要求贤良"咸以书对，著之于篇"和"朕亲览焉"，既反映了刘彻治理好天下的强烈愿望，也体现了刘彻对人才的高度重视。刘邦、刘彻都把治理天下、安邦定国作为求贤用贤的纲领和基础，固然与他们身处帝位有着密切关系，同时也是人才工作规律的正确反映。以事业引才、靠事业用才，是人才工作最基本的规律。否则，引才用才就是无源之水、无本之木，即使引进了人才，对于单位来说，只能束之高阁；对于人才来说，空怀报效之志。

《求贤诏》传递了刘邦求贤用贤实践的重要信息。刘邦是中国历史上第一个以布衣出身登基的皇帝，从而改写了皇帝产生的途径和个人成长进步的历史记录。宋代陈亮评论说："匹夫不假尺土而有天下，此天下之大变，而古今之所无也。"《求贤诏》从一个侧面总结了刘邦自平民到皇帝的奋斗历程，这个侧面就是对人才的认识和实践。刘邦高度评价人才的作用，"今吾以天之灵、贤士大夫定有天下，以为一家"。但是，刘邦对人才的认识有一个过程，对待儒生经历了由傲慢和不屑一顾转变为信任和尊敬有加的过程。儒生在当时代表着知识、理性、正统，他们有远见卓识和较强的洞察力。史载刘邦曾经看不起儒生，以致"诸客冠儒冠来者，沛公辄解其冠，溲溺其中"。刘邦毕竟是一个天资聪慧、善于学习的英雄。他能从谏如流，改变对儒生的态度。譬如，郦生入谒时，沛公"方倨床使两女子洗足"；当刘邦意识到郦生提出的"必聚徒合义兵诛无道秦"策略的价值时，他"辍洗，起摄衣，延郦生上坐，谢之"。又如，刘邦平定天下时，听到儒生谈论《诗》、《书》，他就要破口大骂；当陆贾指出："居马上得之，宁可以马上治之乎？"，"且汤武逆取而以顺守之，文武并用，长久之术"，刘邦马上感到自己不对，"而有惭色"，即命陆贾著古今成败之因，并以此为鉴。史家公认，刘邦最大的本事是会用人善用人。一是刘邦能够慧眼识才。刘邦是开国皇帝，如果没有一双伯乐的眼睛识才选才用才，那是不可能夺取天下的。刘邦能够化腐朽为神奇，拔人才于贫寒，从而组建起文武俱备的人才集团。清代学者赵翼评论西汉政权为"布衣将相之局"，认为"其君既起自布衣，其臣亦多亡命无赖之徒"，最贵者为张良，是韩国世家之子；其次是张苍、叔孙通，一为御史，一为待诏博士；再次是萧何、曹参等，皆为地方小吏；更次是陈平、王陵、陆贾等，均为无功名之人；最后是以"屠狗为事"的樊哙，"以织薄曲为生，常为人吹箫给丧事"的周勃和"常从人寄食饮，人多厌之者"的韩信。能把这些出身贫寒，甚至是亡命无赖之人打造成争夺天下、治理天下的"将相"集团，充分说明刘邦的雄才大略和用人本领。二是刘邦能够用人不疑。最典型的例子是对陈平的信任和重用。陈平从项羽阵营投降到刘邦那里，周勃等人曾谗陈平三易其主、居家时盗其嫂和从军受诸将金。陈平解释是："臣事魏王，魏王不能用臣说，故去事项王。项王不能信人，其所任爱，非诸项即妻之昆弟，虽有奇士不能用，平乃去楚。闻汉王之能用人，故归大王。"刘邦听后并未相信他人谗言。当陈平建议以万金离间项羽君臣时，刘邦"乃出黄金四万斤与陈平，恣所为，不问其出入"。正因为刘邦的信任，换来了陈平的忠诚，他不仅成功离间了项羽与其最重要的谋士范增，而且为刘邦平定天下频出奇计和立下大功。三是刘邦能够与贤同利。赏罚历来是君王御下的两个主要手段，其中赏比罚更有积极意义。刘邦能及时对贤才做出的成绩加以肯定，并付诸于职位或物质奖励。他取得天下后，曾下诏赐以爵位和土地，即凡军吏爵在大夫以下或无爵者，赐爵为大夫；大夫以上者，赐爵一级；复员卒吏愿留在关中者，免除徭役十二年；回归原籍者半之。这一诏令满足了从军农民的利益，有力巩固了新生的政权。因而有的部下认为刘邦取胜的原因，是"陛下使人攻城略地，所降下者，因以予之，与天下同利也"。

《求茂材异等诏》透露着刘彻雄才大略的精神密码。刘彻是中国历史上有重大作为的皇帝，政治上贯彻削藩政策，彻底解决封国对中央政权的威胁；思想上"罢黜百家，独尊儒术"，使儒家思想成为统治思想；经济上实行盐铁专营，充实国家实力，同时治理黄河，移民成边；军事上击破匈奴，吞并高丽，消灭南方割据政权，统一两广地区；外交上派张骞两次出使西域，开辟"丝绸之路"。这些作为使西汉王朝发展到了鼎盛阶段，成为中国封建社会三大盛世之一。刘彻建立的不世伟业，也得益于他的用人风范和气度，这就是用"非常之人"，建"非常之功"。"故马或奔踶而致千里，士或有负俗之累而立功名。夫泛驾之马，跅弛之士，亦在御之而已。"意思是，有的马虽然狂踢暴躁却能远行千里，有的人才虽然有被世俗责难的毛病却能建功立业。对于狂奔乱跑的覆车之马和放荡不羁的违礼之士，也只在于驾驭和使用得法罢了。这是多么豪迈的用人气概！正是这一用人气概，使得汉武时代"群士慕向，异人并出"。其中有博学儒雅、学富五车的董仲舒、公孙弘、兒宽；品行高洁、忠贞不渝的石建、石庆；

刚正不阿、为人楷模的汲黯、卜式；独具慧眼、成功荐才的韩安国、郑当时；长于制定律令的专家赵禹、张汤；名垂千古的文豪司马迁、司马相如；历法数学领域的学者唐都、洛下闳；音乐艺术专才李延年；运筹帷幄决胜千里的桑弘羊；奉命出使不辱使命的张骞、苏武；统率千军决战决胜的卫青、霍去病；可以托孤、忠贞可信的霍光、金日磾。这些人才个个名垂青史，至今仍为人们耳熟能详。正是这一用人气概，使得汉武帝能够唯才是举，大胆使用人才。在汉武帝的人才集团中，大将卫青、霍去病分别是从奴仆和奴仆的后代中选拔出来的；丞相公孙弘、御史大夫兒宽以及严助、朱买臣都是从贫苦平民中选拔上来的；御史大夫张汤、杜周和廷尉赵禹则是从小吏中选拔出来的。令人惊叹的是，刘彻选用的一些贤才竟是越人、匈奴人。譬如，金日磾本是匈奴俘虏，曾在宫中养马为奴，后来却与霍光、上官桀一起被选为托孤重臣。这说明刘彻既有用人的宽广胸襟和高远境界，又有高超驾驭能力和用人艺术。正是这一用人气概，使得汉武帝能够重视用人制度建设，实现不拘一格用人的制度化、规范化。刘彻是有用人标准的，"博开艺能之路，悉延百端之学"，即只要为汉王朝奋斗、有才干、有艺能的人都可任用。他还采纳儒生建议，建立荐举人才和上书言事等制度，为人才的脱颖而出提供制度保障。建立察举制度，使人才选拔有章可循；设立太学，置博士弟子，重在人才培养。顺便说一句，上书言事制度为刘彻选用人才作出了重要贡献。《汉书》记载："武帝即位，举贤良文学之士前后百数，而仲舒以贤良对策焉。"通过上书言事，刘彻不仅发现董仲舒这一人才，更重要的是奠定了治理国家的基本理念。董仲舒在《贤良对策》中提出的天人合一的哲学观、罢黜百家、独尊儒术的思想观以及大一统的政治观，规范了此后中国数千年的政治文化图景。

管仲认为："夫争天下者，必先争人。"刘邦"以布衣提三尺之剑取天下"，刘彻造就"大汉雄风"，他们都对中国的统一强大和中华民族的形成发展作出了重要贡献。这一彪炳史册的伟业与他们求贤争贤的政治战略和会用人、善用人、敢用人的统御能力有着密切关系。可以说，刘邦是任贤而得天下的典范，刘彻则是任贤以安天下的楷模，这就是两份"求贤诏"给我们的宝贵启示。用人说到底是领导者的事情。两份"求贤诏"启示领导者，用人要礼贤下士。一般而言，领导居于上位、手握大权，容易居高临下对待贤士和人才，这是不利于用人的。《老子》曰："善用人者为之下"，这就要求领导者能够尊重人才，礼遇人才，像刘邦在《求贤诏》中责备自己："患在人主不交故也，士奚由进？"意思是，君主不与人才交往，怎么能够发现人才、选拔人才呢？！两份"求贤诏"启示领导者，用人要唯才是举。才干是办事的保证，没有才干，什么事也办不成。从这个意义说，选人用人一定要高度重视人的才干，没有才干的人，无论资历多深，人缘多好，也不能选拔任用。刘邦明确"年老癃病，勿遣"；刘彻则要求"非常之人"，实际是非常之才，只有非常之才，才能建立"非常之功"。两份"求贤诏"启示领导者，用人不要求全责备。一方面，"人无完人，金无足赤"，只要是人，总会有毛病的；另一方面，"木秀于林、风必摧之，堆出于岸、流必湍之，行高于人、众必非之"，只要是人才，必然会伴随着各种议论，领导者要保持清醒头脑，慎重对待人才的缺点和各种议论。否则，就会与人才失之交臂，进而贻误事业。

附

求贤诏

刘　邦

　　盖闻王者莫高于周文，伯者莫高于齐桓，皆待贤人而成名。今天下贤者智能，岂特古之人乎？患在人主不交故也，士奚由进？今吾以天之灵、贤士大夫定有天下，以为一家。欲其长久，世世奉宗庙亡绝也。贤人已与我共平之矣，而不与吾共安利之，可乎？贤士大夫有肯从我游者，吾能尊显之。布告天下，使明知朕意。

御史大夫昌下相国，相国酂侯下诸侯王，御史中执法下郡守，其有意称明德者，必身劝，为之驾，遣诣相国府，署行、义、年，有而弗言，觉免。年老癃病，勿遣。

求茂材异等诏

刘　彻

盖有非常之功，必待非常之人，故马或奔踶而致千里，士或有负俗之累而立功名。夫泛驾之马，跅弛之士，亦在御之而已。其令州郡察吏民有茂材异等可为将相及使绝国者。

忍辱负重　志在《史记》

——读司马迁《报任安书》有感

　　司马迁为西汉武帝时人，因撰写《史记》而名垂史册。《史记》是我国第一部纪传体的通史，记载了上起黄帝下迄汉武帝时期大约三千年的政治、经济、文化、军事等历史，具有中国古代百科全书般的意义。这既是一部史学著作，又是一部文学著作，鲁迅先生称之为"史家之绝唱，无韵之离骚"。《报任安书》是司马迁写给友人任安的一封复信，人称"自有文字以来第一书"。在信中，司马迁探讨了生命价值和人生意义，提出了一个著名论断："人固有一死，或重于泰山，或轻于鸿毛，用之所趋异也。"

　　在《报任安书》中，司马迁以解释不能及时复信和不能按照任安的要求推荐贤良人士为引线，一倾心中郁闷和志向，详细诉说了自己清白无辜而蒙受冤屈的不幸遭遇，着力抒发了惨遭宫刑之后蒙羞含辱的愤懑心情，坚定表达了为完成撰写《史记》的宏伟理想不能自杀、甘愿受辱的顽强意志。全文近三千字，可谓字字血泪、声声衷肠，气贯长虹、催人泪下。文章分为七段，第一、二段是写不能及时回信以及现在回信的原因，这是因为司马迁的复信晚了一年多时间。在这两段中，司马迁表达了受刑后的忧郁心情和无处倾诉的困境。第三段是写对"士"即知识分子标准的理解和志向不得伸展的委屈，以及宫刑对自己生理和心理造成的巨大伤害。司马迁认为，"士"应该在智、仁、义、勇、行五个方面有所作为。第四段是写少年时代的志向和因李陵案获罪的原委。李陵为汉朝名将，汉武帝天汉二年率五千步兵深入匈奴苦战十多天，兵败被俘投降。司马迁因为替李陵辩护而获宫刑。第五段是写对人生特别是对生与死的看法。司马迁认为，有的人死得重于泰山，有的人死得轻于鸿毛，关键在于死的原因和目的不同。自己受刑之后没有死节，是因为还有事业和心愿没有完成。第六段是写历史上先贤圣哲的典故以激励自己忍辱负重、发愤著书。第七段是写受宫刑之后的痛苦，以及不能推贤进士的原因，从而回到主题。全文用典甚多，读之艰涩，一旦对典故有所通晓，则豁然开朗，能够更好地理解文章的主题和观点；辞句如怨如泣，意境高远开阔，饱含着大丈夫慷慨激昂之气势。

品读《报任安书》，不仅为司马迁所受的宫刑和屈辱感到痛心，而且为司马迁崇高的人生信念和坚韧不拔、矢志不渝的意志毅力所震撼，更为司马迁对生命价值和人生意义的追问和诠释击节赞叹。《报任安书》实质是超越生与死，诠释了生命价值和人生意义。在司马迁看来，生命价值和人生意义不是物质的，而是精神的；不是生理的，而是心理的；不是有限的，而是无限的。因此，司马迁在《史记》里歌颂了很多像屈原、荆轲那样为正义和崇高目标而献身的人，认为他们死得其所，重于泰山；赞扬了管仲、晏婴、陈胜、项羽、李广等英雄人物，这些人物都有积极上进、想干一番事业、勇于为国家和社会作贡献的特点。司马迁要求自己为了理想信念和精神追求，"虽万被戮，岂有悔哉"，即使经受上万次的屠戮，也绝不会感到后悔。

《报任安书》展示了司马迁崇高的理想志愿。理想志愿并不都是轰轰烈烈的，尤其是成年人的理想志愿，总是和从事的职业联系在一起的。所谓崇高的理想志愿，不是为了个人的享受，而是为了整体的利益；不是为了个人在人生中获取物质名利，而是为给后世留下精神产品，正如孔子所说："君子谋道不谋食"，"忧道不忧贫"。司马迁的理想志愿就是要撰写完成《史记》。《史记》不仅是司马迁的人生使命，而且是司马迁的精神支柱。司马迁以左丘失明、孙子断足为例，说他们身体残疾、终不见用，仍然"退而论书策以舒其愤，思垂空文以自见"，即通过著书立说，以此抒发自己的愤慨，让倾尽情思的文章留传下来，以便让后世了解自己。司马迁以此激励自己，效法前贤，铸史修书。为了撰写《史记》，司马迁说，"仆窃不逊，近自托于无能之辞，网罗天下放失旧闻，略考其行事，综其始终，稽其成败兴坏之纪，上计轩辕，下至于兹，为十表，本纪十二，书八章，世家三十，列传七十，凡百三十篇"。意思是，我私下里不自量力，近年来把自己的抱负寄托在愚拙的文辞上，去搜罗天下散佚遗落的旧闻，简略地考察以往的事件，综合它们的来龙去脉，研究它们成功与失败、兴盛与衰败的因果关系，将上起轩辕氏下至当今的历史，编成十表、十二本纪、八书、三十世家、七十列传，共计一百三十篇。据统计，《史记》近五十三万字。在司马迁的年代，没有发明纸张，主要是用刀刻在竹简上，这是一项多么艰辛的劳动！司马迁挥刀竹简，拼命刻写，他拿刀的手磨破了，流了血，结了茧；茧又破了，流着血，又结茧，周而复始，整整十二个岁月。司马迁对《史记》倾注了毕生心血，目标是要"究天人之际，通古今之变，成一家之言"。苍天有眼，司马迁终于成功了，他树起史学著作的第一座丰碑，写就了震撼历史的鸿篇巨制。

　　《报任安书》表达了司马迁忍辱负重的意志品格。为了完成《史记》和实现理想，司马迁可以忍受别人对他工作的轻视。司马迁一直在朝廷任职，在常人看来，他的工作可能很显赫，实则不然。司马迁说，我的先辈并不是封拜爵位受赐丹书的功勋之臣，而是掌管文史典籍和天文历法的职守。这一职业与卜官和巫祝的身份相近，原本就是供皇上戏弄的一类人，就像宫中喂养的乐工和戏子一样，是"流俗之所轻也"。司马迁还说，自己依赖先人所从事的文史典籍工作，虽然在京城做官二十多年了，却是一项默默无闻、很难显达于当时的工作。

因为按照高的要求，我不能为朝廷"纳忠效信"，博得足智多谋和才能超群的名声，从而被圣明天子赏识；我又不能为皇上拾掇遗漏、弥补缺失，招请贤才、推举能人，从而使山林洞穴中的隐士显身扬名。对外，我不能加入军队的行列，去围攻城邑或野外交战，从而有斩将拔旗的战功。按照低的要求，我也不能靠长年累月的辛苦去换取尊崇的官位和丰厚的俸禄，从而使宗族和朋友为我感到光彩。更令人崇敬的是，为了完成《史记》和实现理想，司马迁宁愿忍受宫刑之后所带来的巨大的生理和心理创伤。司马迁认为，刑余受辱的程度，有高下之别，大概可分为十个等次：最好的状态是不玷辱祖先；以下是不玷辱自身；再下是不在道理和面子上受玷辱；再下是不在语言上受玷辱；再下是长跪着受侮辱；再下是换上囚服受侮辱；再下是戴上木枷，套上绳索，遭受抽打；再下是剃掉头发，脖子上套上铁圈而受侮辱；再下是毁伤肌肉、皮肤，截断肢体受侮辱；最下等是受宫刑，这就达到了极点。司马迁所受的刑罚恰恰是"最下腐刑极矣！"为此，司马迁"幽于粪土之中"，处于下贱的地位。司马迁说，自己身体已经残废，且又处在污秽可耻的地位，动不动就会受到责难，想要做点好事，反倒造成损失。只好自己忧愁烦闷，却又不能对人诉说。为此，司马迁要遭受别人的嘲讽和侮辱。"仆又佴之蚕室，重为天下观笑。悲夫！悲夫！事未易一二为俗人言也。"蚕室，是指受宫刑的人因为有一段时间不能感受风寒而住的地方，最为可悲的是遭到天下人的讥笑。司马迁还说，我因为说了几句话遭遇这样的灾祸，就深为乡里人羞辱和耻笑，还污辱了先辈，以后又有什么面目再去拜祭父母的坟墓呢？即使过了百代之后，这种污垢只会更加厉害罢了。为此，司马迁心里痛苦不堪，每日以泪洗面。"是以肠一日而九回，居则忽忽若有所亡，出则不知其所往。每念斯耻，汗未尝不发背沾衣也。"意思是，我痛苦的心情每天都要反复地回旋许多遍，待在家中就恍恍惚惚好像丢失了什么，出门之后又不知往哪里去。每当想起这种耻辱，没有一次不是背上渗发冷汗，沾湿了衣服的。面对宫刑和巨大痛苦，司马迁既可以选择生，也可以选择死。他确实想到过死，"且夫臧获婢妾，犹能引决"，即奴仆、婢妾尚且能够果断地自杀；即使不到死节的地步，也会处处以大义和尊严自勉，所谓"勇者不必死节，怯夫慕义，何处不勉焉？"因而他说，我虽是怯懦的人，但也多少知道应该舍生就义的界限，何至于自己愿意沉溺下来去受囚禁的侮辱。这样做的原因是因为我个人的志向还没有实现，倘若就这样落个卑鄙孤陋的名声死去，那么我文章的风采就不能流传到后世了。所以，司马迁看破了生与死，超越了生与死，为了理想志愿毅然决然地选择了隐忍苟活，从而为我们留下了千古绝唱之《史记》。对于司马迁来说，当时选择死比选择生更容易，但是，在有的时候和某些情况下，真正勇敢的人不是轰轰烈烈地去死，而是为了崇高的事业和理想苟且偷生地活着。

《报任安书》呈现了司马迁崇尚的先贤圣哲。人在困难和逆境时，不仅需要信念的指引和意志的支撑，还需要榜样力量的激励，司马迁也不例外。他认为，"古者富贵而名磨灭，不可胜记，唯倜傥非常之人称焉。盖文王拘而演《周易》；仲尼厄而作《春秋》；屈原放逐，乃赋《离骚》；左丘失明，厥有《国语》；孙子膑脚，《兵法》修列；不韦迁蜀，世传《吕览》；韩非囚秦，《说难》、《孤愤》；《诗》三百篇，此皆圣贤发愤之所为作也。"意思是，古代以来，虽有富贵但名声埋没的人多得记不起来，只有那些才华卓异的特殊人物才会受到人们的称赞和怀念。司马迁列举了先贤圣哲的例子来激励自己，周文王被囚禁，推演出了《周易》；孔子受困，编撰《春秋》；屈原被流放，写成了《离骚》；左丘明双目失明，才有《国语》；孙子被割去膑骨，才论述了《兵法》；吕不韦被贬到蜀地，才有了世上流传的《吕览》；韩非子被秦国囚禁，写下了《说难》、《孤愤》；而《诗》三百篇，也大多是贤达圣明之人抒发愤慨而创作的。司马迁还说，这些人之所以要发愤著书，是因为心中有忧郁不解的意念，他们的理想无法实现，只好追述以往的事情，寄希望于未来。在这里，与其说司马迁在感叹厄运对人精神境界的砥砺，不如说在抒发自己的一种情怀、一腔抱负。一方面，司马迁以先贤圣哲经受磨难而不屈不挠的例子激励自己，顽强地活下来，以便撰写完成《史记》。另一方面，又透露了司马迁对人生境界和生命价值的理解，这就是人生不要追求物质的享受和身外的名利。因为物质和名利都不会长久，很快就会灰飞烟灭，只有事业成功和精神追求，才会永恒和天长地久。诚如《典论》所论："年寿有时而尽，荣乐止乎其身，二者必至之常期，未若文章之无穷。"

《报任安书》描述了司马迁理想的君子标准。君子是古代知识分子尤其儒家知识分子追求的做人楷模，换言之，君子是古代知识分子人生的价值取向、奋斗目标和行为规范。君子标准和人生理想一起，激励着司马迁坚定不移、坚持不懈完成自己的理想和抱负。"仆闻之：修身者，智之符也；爱施者，仁之端也；取予者，义之表也；耻辱者，勇之决也；立名者，行之极也。士有此五者，然后可以托于世，而列于君子之林矣。"在司马迁看来，君子的基本标准，一要修养自己的德行，这是智慧的标志；二要乐于施舍，这是仁爱的发端；三要正确地获取和给予，这是道义的表现；四要懂得耻辱，这是勇敢的先决条件；五要建立声誉，这是品行的最高准则。一个士人也即知识分子具备了这些条件，才可以在世上立足，被列入君子的行列。司马迁是这样认识君子标准的，也是这样实践君子标准的，突出表现在为李陵的说情和辩护上。司马迁与李陵并无特殊的交往，个人志趣也并不一致。"仆与李陵俱居门下，素非能相善也，趋舍异路，未尝衔杯酒，接殷勤之馀欢。"但是，司马迁认为李陵是位能守住节操的奇特士人，他侍奉双亲孝顺，与士人交往讲究信用，面对钱财廉洁，获取和给予都遵守道德，懂得名分的差别而能礼让，谦恭俭朴而能尊重他人，还经常思念着要奋不顾身地为国家的危难捐躯。这些都是李陵平时积累的修养，具备了国家优秀人物的风范。

作为臣子出于宁肯万死而不求一生的思虑，奔赴国家的危难境地，这是很难能可贵的了。所以，司马迁在众人都在对李陵案唯恐避之不及或落井下石的时候，愿意站出来为其辩护。为此，司马迁付出了沉重代价，在李陵投降匈奴后，受到了宫刑的处罚，但司马迁思虑和实践君子标准的行为，仍然是令人尊敬的。

宋代文豪苏东坡曰："古之立大事者，不惟有超世之才，亦必有坚忍不拔之志"，诚哉斯言。《报任安书》所展示的司马迁正是这样一个伟岸形象：生命的价值和人生的意义在于干大事，但这个大事不是个人名利，不是做官，不是财富，而是"士志于道"，对国家、民族和人民有利的事业，是发现、发明而泽被天下的科学技术，是思想、著述、文章等影响后世的精神产品。要干大事，则必须有相应的才能和能力，否则，就是叶公好龙，就会空中楼阁。一个人有才华有能力，如果虚度光阴、玩物丧志，也不可能干成大事，只有像司马迁那样勤奋努力，"日夜思竭其不肖之才力，务一心营职"，才可能有所作为或成就大业。更重要的是，干大事是一个艰苦奋斗的过程，既会有晴天和阳光，也会有阴霾和风雨，特别是在遇到困难和挫折的时候，要坚韧不拔、百折不挠、矢志不渝。因此，生命价值和人生意义的等式是理想信念，加才华能力，加勤奋努力，加意志毅力，这就是品读《报任安书》给我们的启示和感悟。

附

报任安书（节选）

司马迁

古者富贵而名磨灭，不可胜记，唯倜傥非常之人称焉。盖文王拘而演《周易》；仲尼厄而作《春秋》；屈原放逐，乃赋《离骚》；左丘失明，厥有《国语》；孙子膑脚，《兵法》修列；不韦迁蜀，世传《吕览》；韩非囚秦，《说难》《孤愤》；《诗》三百篇，此皆圣贤发愤之所为作也。此人皆意有所郁结，不得通其道，故述往事、思来者。乃如左丘无目，孙子断足，终不可用，退而论书策以舒其愤，思垂空文以自见。

　　仆窃不逊，近自托于无能之辞，网罗天下放失旧闻，略考其行事，综其终始，稽其成败兴坏之纪，上计轩辕，下至于兹，为十表，本纪十二，书八章，世家三十，列传七十，凡百三十篇。亦欲以究天人之际，通古今之变，成一家之言。草创未就，会遭此祸，惜其不成，是以就极刑而无愠色。仆诚以著此书，藏之名山，传之其人，通邑大都，则仆偿前辱之责，虽万被戮，岂有悔哉？然此可为智者道，难为俗人言也！

　　且负下未易居，下流多谤议。仆以口语遇遭此祸，重为乡党所戮笑，以污辱先人，亦何面目复上父母之丘墓乎？虽累百世，垢弥甚耳！是以肠一日而九回，居则忽忽若有所亡，出则不知其所往。每念斯耻，汗未尝不发背沾衣也。身直为闺阁之臣，宁得自引深藏于岩穴邪！故且从俗浮沉，与时俯仰，以通其狂惑。今少卿乃教之以推贤进士，无乃与仆之私心刺谬乎？今虽欲自雕琢，曼辞以自饰，无益，于俗不信，适足取辱耳。要之死日然后是非乃定。书不能悉意，故略陈固陋。

施仁义 治天下

——读贾谊《过秦论》有感

　　贾谊是汉初学识渊博的政治思想家和文学家，少年即有才名，二十岁被汉文帝召为博士，不到一年又破格提为太中大夫。汉朝的博士和太中大夫都是议论政事、供皇帝咨询的官员。为巩固汉朝统治，贾谊向汉文帝提出了许多改革建议，还帮助修订政策和法令。汉文帝十分赏识贾谊，拟提拔他担任公卿职位，却遭到权贵的谗言和强烈反对，其原因主要在于贾谊提出的一些改革建议特别是遣送列侯到自己封地的措施，得罪了权贵集团。这不仅使贾谊无法施展才华和抱负，而且无法在朝廷立足。汉文帝不得已将贾谊贬出京师，任长沙王太傅。在长沙，贾谊一方面比较消沉，写了《吊屈原赋》，抒发自己的怨愤之情，写了《鵩鸟赋》，对世间万物和人事沧桑伤感不已；另一方面坚持以天下为己任，关心朝廷大事，遇有机会就上书汉文帝，提出自己的看法和建议，比较著名的有《谏铸钱疏》。五年之后，又被汉文帝召回长安，任梁怀王太傅。后来梁怀王坠马而死，贾谊深感自疚，忧伤而死，时年三十三岁。应该说，贾谊的人生是不得志的，但贾谊的思想和才华又是很得志的，这就是他的许多远见卓识，不仅在汉文帝一朝发挥了作用，而且对西汉王朝长治久安发挥了作用，有的甚至产生了久远的历史影响。他在《论积贮疏》中提出的重农抑商主张，深深影响了汉文帝；在《谏铸钱疏》中提出的禁止私人铸钱、由中央统一铸钱的主张和《治安策》中提出的"众建诸侯而少其力"的主张，虽然没有被汉文帝采纳，但被汉武帝所采纳，对于造就"大汉雄风"、维护国家统一具有重要意义。贾谊既是政治思想家，又是文学家，他的《过秦论》是古典文学中脍炙人口的政论作品，史论价值与文学价值并举，为历代公认的文学经典。

《过秦论》就是议论秦王朝的过失和错误，回答西汉王朝如何避免重蹈秦朝覆辙、巩固政权的问题。全文分为上、中、下三篇，各篇之间互相联系、互相补充，清代姚鼐认为："固是合后二篇义乃完。"《过秦论》上篇主要批评秦始皇，叙述秦王朝的兴亡过程，分析秦王朝迅速灭亡的原因；中篇重点批评秦二世，不知改过，继续秦始皇的暴政而身败名裂；下篇着力批评秦三世子婴，"子婴立，遂不悟"，因而导致秦王朝最后覆灭。《过秦论》写得最好、影响最大的是上篇，明清以来，几乎所有的古文选本都要选中此篇，可分三个部分。第一部分阐述秦王朝的雄心和兴起，即"秦孝公据崤函之固，拥雍州之地，君臣固守以窥周室，有席卷天下、包举宇内、囊括四海之意，并吞八荒之心"。第二部分一方面叙述秦始皇一统天下而建立帝国，"及至始皇，奋六世之余烈，振长策而御宇内，吞二周而亡诸侯，履至尊而制六合，执敲朴以鞭笞天下，威振四海"。另一方面叙述秦王朝施行暴政而迅速灭亡，陈涉等"斩木为兵，揭竿为旗，天下云集响应，赢粮而景从。山东豪俊遂并起而亡秦族矣"。第三部分论述秦帝国灭亡的原因是不施仁政。贾谊既提出秦帝国为什么会迅速灭亡的问题，又明确回答："仁义不施而攻守之势异也。"

品读《过秦论》，给我们最大的享受是经典味道。经典概念产生于汉代，经是地位最高的儒家著作，典就是典籍，二字合一意指具有代表性和指导意义的著作。这一概念引申到文学领域，融入了典范的含义，也就是文学创作的范式和标准。《过秦论》之所以历久不衰、千古传诵，就是因为它不仅有文学价值，而且有史论价值。从文学价值分析，《过秦论》主要特点是气势充沛，近人吴闿生评价：

"通篇一气贯注，如一笔书，大开大阖。"充沛的气势表现在文章以极其凝练的笔墨概述了秦王朝由盛而衰的全过程和主要现象；表现在铺陈而夸张，多用排比句和对偶句，用写赋的手法写政论文章；表现在对比反衬贯穿文章始终，结构宏伟、汪洋恣肆。更重要的是，《过秦论》提供了政论文写作的一种范式，成为历代文人的必读书，至今仍入选中学语文课本。从史论价值分析，《过秦论》较好地回答了秦王朝兴亡盛衰的原因，其中所体现的史学观点和政治见解得到了历史检验和普遍认同。曹丕认为："余观贾谊《过秦论》发周秦之得失，通古今之制义，洽以三代之风，润以圣人之化，斯可谓作者矣。"文以载道，《过秦论》的史论和政论价值高于文学价值，对于政治家们尤其有学习和借鉴的意义。

《过秦论》最重要的政治观点是施行仁义治天下。在中国传统文化中，仁义可以有两种解释，一种是个人修身的仁义，诚如孔子所云："克己复礼为仁"，强调要律己、约束自己；"君子喻于义，小人喻于利"，认为君子立身处世要有价值理念的指引和价值标准的判断。另一种是治国理政的仁义，就是与暴政对立的仁政。贾谊从治国理政的角度强调要施行仁政。在他看来，秦王朝的兴盛是由于施行仁义，败亡则是不施仁义。什么是仁政呢？综观《贾太傅新书》，首先是"民本"思想。贾谊在《大政》中提出了"本"、"命"、"功"、"力"四个概念来认识人民群众在历史发展中的作用，即"闻之于政也，民无不为本也"，"无不为命也"，"无不为功也"，"无不为力也"。因而贾谊告诫统治者，"故夫灾与福也，非粹在天也，必在士民也。呜呼！戒之，戒之！"其次是"爱民"思想。贾谊指出："为人君者，敬士爱民，以终其身"。在《喻诚》中列举了成汤、周文王和楚昭王等事例，说明"爱民"能够使统治者获益。再次是"安民"思想。《过秦论》提出，"是以牧民之道，务在安之而已"。但是，秦帝国建立后，无论秦始皇，还是秦二世，都是不施仁政，而是施行暴政，即"怀贪鄙之心，行自奋之智，不信功臣，不亲士民。废王道而立私权，焚文书而酷刑法，先诈力而后仁义，以暴虐为天下始"。这种暴虐是政治高压，秦始皇"隳名城，杀豪杰，收天下之兵，聚之咸阳，销锋镝，铸以为金人十二，以弱天下之民"。意思是，毁坏历史名城，杀害杰出人物；收缴天下兵器，集中到都城咸阳，销熔这些兵器铸成十二个铜人，以此威慑百姓，使天下百姓没有反抗的力量。秦二世更是不行仁义，"而重之以无道"。这种暴虐是"赋敛无度"，秦始皇连年征战、发兵戍守，造阿房宫、建骊山墓，到处巡游；秦二世"坏宗庙与民，更始作阿房之宫"。这些都需要从老百姓那里征集劳役、收取赋税、榨取钱财，从而使得民不聊生，"天下苦之"。这种暴虐是严刑峻法，《史记》记载，秦始皇为有人走漏他对某大臣的看法而大肆捕杀左右侍卫人员，为清查陨石刻字而尽诛陨石附近的居民；秦二世则是"繁刑严诛，吏治刻深"。这种暴虐是思想禁锢，统一中国后，秦始皇"于是废先王之道，焚百家之言，以愚黔首"，这就是历史上臭名昭著的"焚书坑儒"事件。在贾谊看来，秦王朝不施仁政，其结果必然是迅速崩溃而败亡，即"一夫作难而七庙隳，身死人手为天下笑"。"一夫"即陈胜，是一个"瓮牖绳枢之子，氓隶之人"，地位非常卑下，才能也是一般，竟然会"天下云集响应"，这实在是可悲可叹。

《过秦论》另一个观点是顺应潮流治天下。孙中山先生曾经说过："世界潮流，浩浩荡荡，顺之者昌，逆之者亡。"从中国历史分析，无论是打天下，还是治天下，都必须顺应历史潮流。所谓历史潮流，本质上是民心向背，"得民心者得天下，失民心者失天下"。贾谊明显认识到了这一历史规律和政治原理。《过秦论》肯定了秦始皇的历史功绩，认为秦王朝统一中国是顺应了历史潮流，并不吝溢美之词。秦孝公"有席卷天下、包举宇内、囊括四海之意，并吞八荒之心"；秦始皇是"奋六世之余烈，振长策而御宇内，吞二周而亡诸侯，履至尊而制六合，执敲扑而鞭笞天下，威振四海"。品读这些文辞，不仅使我们对秦王朝崛起之时的王霸之气震撼不已，而且让我们为文章的感情气势和逻辑力量心潮激荡。《过秦论》中篇起首就问："秦灭周祀，并海内，兼诸侯，南面称帝，以养四海。天下之士，斐然向风。若是者，何也？"然后回答："近古之无王者久矣。周室卑微，五霸既灭，令不行于天下。是以诸侯力政，强凌弱，众暴寡，兵革不休，士民罢弊。今秦南面而王天下，是上有天子也。既元元之民，冀得安其性命，莫不虚心而仰上。"由此可见，春秋战国之际，人民饱尝分裂和战乱之苦，实现统一、社会安定成为人民的普遍愿望。秦始皇正是顺应了这一民心和历史潮流，完成了统一中国大业。百代皆行秦政法，秦始皇为中国的统一和历史发展作出了巨大贡献。同时，《过秦论》指出施行仁义也是顺应历史潮流。贾谊认为："今秦二世立，天下莫不引领而观其政"，即秦二世登基之后，天下老百姓都期盼能够施行仁政；而且"劳民之易为仁也"，意思是，天下怨声沸腾，正是秦二世推行仁政而获得百姓拥戴的好机会。在贾谊那里，仁政是有丰富内涵的。施行仁政，就要任用贤才，即"任忠贤，臣主一心，而忧海内之患，缟素而正先帝之过"。施行仁政，就要慎用刑罚。贾谊十分反对秦朝的繁刑重罚，在《新书·连语》中说："故狱疑则从去，赏疑则从予"，即判罪宁肯从轻，赏赐则要从宽。《过秦论》中认为要"虚囹圄而免刑戮，除收帑污秽之罪，使各反其乡里"。意思是，释放监狱中的犯人，免除各种酷刑，废除收取犯人妻儿为奴和其他过滥的法令，使那些受株连获罪的奴隶返回他们的乡里。施行仁政，就要轻役薄赋，救济穷人，即"发仓廪，散财币，以振孤独穷困之士；轻赋少事，以佐百姓之急；约法省刑，以持其后"。贾谊指出，如果秦二世施行仁政，秦王朝就不会灭亡，"塞万民之望，而以盛德与天下，天下息矣。即四海之内，皆欢然各自安乐其处"。然而，秦二世逆潮流而动，违民意而施暴政，比之其父有过之而无不及，结论只能是"贵为天子，富有四海，身不免于戮者，正倾非也，是二世之过也"。应当指出，《过秦论》倡导的天下一统和施行仁政，实际构成了中国政治文化基因，积淀为民族心理。我们不能不佩服贾谊的真知灼见。

《过秦论》还有一个观点是与时俱进治天下。历史是发展的，社会政治经济文化是变动的，与时俱进治国理政就是题中应有之义。贾谊正是敏锐地意识到了这一政治原理，在《过秦论》中给予了充分论述。在贾谊看来，与时俱进是治国理政的基本要求。"是以君子为国，观之上古，验之当世，参之人事，察盛衰之理，审权势之宜，去就有序，变化因时，故旷日长久，而社稷安矣。"意思是，治国理政要顺应时代和形势的变化而变化，这样才能保证国家社稷的长治久安。但与时俱进不应是随心所欲，而应是深思熟虑。这种深思熟虑要"观之上古"，研究以往政治统治的成败得失，探索兴盛和衰亡的道理，做到"前事之不忘，后事之师也"；要"验之当世"，考察当今治国理政的各项举措是否合理，合理就坚持，不合理就改正；要"参之人事"，考虑人事任用是否得当，能否担负起治国理政的职责，那些合格的官员就应留用，杰出的要褒奖和提拔重用，不合格的官员就应调整，以至降职或撤职。在贾谊看来，与时俱进是从打天下向治天下转变的必然要求。《汉书》记载，汉朝开国之初，曾经有过"马上得天下与马上治天下"之争。当时，儒生陆贾向刘邦介绍《诗》、《书》等儒家经典。"高帝骂之曰：'乃公居马上而得之，安事《诗》《书》！'贾曰：'居马上得之，宁可以马上治之乎？且汤武逆取而以顺守之，文武并用，长久之术也。'"刘邦听后，感到惭愧，于是命陆贾总结历史经验教训。陆贾因此而编成《新语》一书，供刘邦参阅。这说明刘邦接受了陆贾的观点，即可以骑马打天下，但不能骑马治天下，两者的要求是不一样的。贾谊沿袭了这一观点，认为"夫兼并者高诈力，安危者贵顺权，此言取与守不同术也"。意思是，打天下、兼并战争，一定会推崇欺诈和暴力，而治天下、稳定局面，则需要遵循合乎天理人情的法则，施行仁政。以此类推，取与守，创业和守成，打天下与治天下，所需要战略、政策和方法是不同的。《过秦论》认为秦王朝的覆亡也在于没有与时俱进，仍然使用打天下的暴力手段治理天下。贾谊很惋惜地指出："借使秦王计上世之事，并殷、周之迹，以制御其政，后虽有淫骄之主，犹未有倾危之患也。故三王之建天下，名号显美，功业长久。"意思是，秦帝国建立后，如果秦始皇能够像夏、商、周开国君王那样施行仁义而不施行暴政，即使后来出现骄奢淫逸之主，秦王朝也不会灭亡。在贾谊看来，与时俱进还表现在同一王朝不同君主交替后要有不同的治国理政手段。这当然不是简单地改变前任君主的所有做法，而是要坚持好的正确的方略，纠正错的不合时宜的做法。对于秦王朝而言，秦二世和子婴应改变秦始皇以暴力、暴政治理天下的做法，但秦二世不但没有改变，反而变本加厉地使用暴虐，而子婴已是没有能力、也没有机会改弦易辙了，那么，秦王朝只能是灭亡一条路，即"秦王足己不问，遂过而不变。二世受之，因而不改，暴虐以重祸。子婴孤立无亲，危弱无辅。三主惑而终身不悟，亡不亦宜乎！"

　　唐人评价《过秦论》，谓"文而知道，二者兼难，兼之者大君子之事"。意思是，《过秦论》既有文采又有道理，贾谊把文与道完美地结合在一起，是一个真正的君子。自秦汉以来，中国封建政权更迭频繁；许多政治家和文化人都十分关心政权盛衰的经验教训总结，尤其秦王朝崛起之盛、覆亡之速更是一个说不尽的千古话题。从这个意义上说，《过秦论》给我们最大的启示就是蕴含其中的"道"，这就是治国理政要施行仁政。施行仁政的理论基础，在中国传统文化中是"民本"思想，就是孟子所说的"民为本，社稷次之，君为轻";在现代政治理论中则是"权为民所赋"原理,即国家的基础是人民,政治的基础是民意,公共权力是人民赋予的。因此,施行仁义要尊重人民在国家和政治生活中的主体地位,让人民真正成为国家主人和政治决定者。国家官员不是人民的主人,而是人民的公仆;不要为民作主,而要由民作主。施行仁义要维护社会公平正义,做到人尽其才、才尽其用,促进社会财富充分涌流和人民生活共同富裕。施行仁义要依法办事,坚持国家机关和官员行使权力必须有法律依据,没有法律依据就不能行使权力;政治决策必须按法定程序进行,确保把权力关进制度的笼子。民之柔弱似水,但水能载舟,亦能覆舟。我们必须尊重人民的主体作用和历史地位,施行仁义,确保百姓安居乐业和国家长治久安。

附

过秦论(上篇)

贾 谊

秦孝公据崤函之固,拥雍州之地,君臣固守以窥周室,有席卷天下、包举宇内、囊括四海之意,并吞八荒之心。当是时也,商君佐之,内立法度,务耕织,修守战之具;外连衡而斗诸侯。于是秦人拱手而取西河之外。

孝公既没,惠文、武、昭襄蒙故业,因遗策,南取汉中,西举巴、蜀,东割膏腴之地,北收要害之郡。诸侯恐惧,会盟而谋弱秦,不爱珍器重宝肥饶之地,以致天下之士,合从缔交,相与为一。当此之时,齐有孟尝,赵有平原,楚有春申,魏有信陵。此四君者,皆明智而忠信,宽厚而爱人,尊贤而重士,约从离衡,兼韩、魏、燕、楚、齐、赵、宋、卫、中山之众。于是六国之士，有宁越、徐尚、苏秦、杜赫之属为之谋，齐明、周最、陈轸、召滑、楼缓、翟景、苏厉、乐毅之徒通其意，吴起、孙膑、带佗、兒良、王廖、田忌、廉颇、赵奢之伦制其兵。尝以十倍之地，百万之众，叩关而攻秦。秦人开关延敌，九国之师，逡巡而不敢进。秦无亡矢遗镞之费，而天下诸侯已困矣。于是从散约败，争割地而赂秦。秦有余力而制其弊，追亡逐北，伏尸百万，流血漂橹。因利乘便，宰割天下，分裂山河。强国请服，弱国入朝。施及孝文王、庄襄王，享国之日浅，国家无事。

及至始皇，奋六世之余烈，振长策而御宇内，吞二周而亡诸侯，履至尊而制六合，执敲朴而鞭笞天下，威振四海。南取百越之地，以为桂林、象郡；百越之君，俯首系颈，委命下吏。乃使蒙恬北筑长城而守藩篱，却匈奴七百余里。胡人不敢南下而牧马，士不敢弯弓而报怨。于是废先王之道，焚百家之言，以愚黔首；隳名城，杀豪杰，收天下之兵，聚之咸阳，销锋镝，铸以为金人十二，以弱天下之民。然后践华为城，因河为池，据亿丈之城，临不测之渊，以为固。良将劲弩守要害之处，信臣精卒陈利兵而谁何。天下已定，始皇之心，自以为关中之固，金城千里，子孙帝王万世之业也。

始皇既没，余威震于殊俗。然而陈涉瓮牖绳枢之子，氓隶之人，而迁徙之徒也；才能不及中人，非有仲尼、墨翟之贤，陶朱、猗顿之富；蹑足行伍之间，而倔起阡陌之中，率疲弊之卒，将数百之众，转而攻秦，斩木为兵，揭竿为旗，天下云集响应，赢粮而景从。山东豪俊遂并起而亡秦族矣。

且夫天下非小弱也，雍州之地，崤函之固，自若也。陈涉之位，非尊于齐、楚、燕、赵、韩、魏、宋、卫、中山之君也；锄耰棘矜，非铦于钩戟长铩也；谪戍之众，非抗于九国之师也；深谋远虑，行军用兵之道，非及向时之士也。然而成败异变，功业相反。试使山东之国与陈涉度长絜大，比权量力，则不可同年而语矣。然秦以区区之地，致万乘之势，序八州而朝同列，百有余年矣；然后以六合为家，崤函为宫；一夫作难而七庙隳，身死人手，为天下笑者，何也？仁义不施而攻守之势异也。

重农贵粟　政之本务

——读晁错《论贵粟疏》有感

　　晁错是西汉初期的政治家，汉文帝和景帝的"智囊"，文帝任命为太子家令；景帝任命为御史大夫。晁错是一个有思想、有学问的人，早年学的是申不害、商鞅的"刑名之学"，后来学习《尚书》，思想理念和知识结构可谓学贯儒法。他以政治家的洞察力和匡正时弊的热情，多次上书发表政治见解，许多主张被文、景两帝采纳，为形成"文景之治"作出重要贡献。同时，他的一些主张尤其是削藩严重触犯了诸侯王的利益。汉景帝三年，吴、楚等七国诸侯王以"请诛晁错、以清君侧"为借口，发动叛乱。景帝慑于七国势力，想息事宁人，以"吾不爱一人而谢天下"为由，把晁错当作替罪羊，腰斩于长安东市。然而，诸侯王并不满足，继续叛乱，景帝最后还是靠武力镇压下去。晁错虽然被错杀了，但他的政治经济思想和主张没有被扼杀，对巩固和发展西汉王朝产生了积极而深远的影响。特别是《论贵粟疏》，强调重农贵粟，对振兴汉朝经济发挥了重要作用，鲁迅先生称之为"沾溉后人，其泽甚远"的"西汉鸿文"。

　　汉朝开国之初，人口减少、田地荒芜，物资匮乏、生活困难，国家经济百废待举，刘邦接受陆贾等建议，以"无为"治天下，推行重农、崇俭、轻徭薄赋三大经济政策。至文帝时，汉朝经济得到一定恢复，但由于汉初采取不干预的自由放任经济政策，使得商人的政治经济势力不断膨胀，商人兼并农民、商业分解农业的现象十分普遍，这既威胁封建统治的根基，也迫切要求西汉统治集团从

"无为而治"转向有所作为。不少政治家为此提出了自己的主张，其中比较著名的有贾谊的《论积贮疏》，主张重农抑商，他说："今背本逐末，食者之众，是天下之大残也"，建议"今殴民而归之农，使天下各食其力，末技游食之民转而缘南亩"。文帝采纳了贾谊的建议，"感其言，使开籍田，躬耕以劝百姓"。晁错则上《论贵粟疏》，劝告文帝"重农贵粟"。两人的基本思想是一致的，但晁错的建议更具操作性，提出了"贵粟"、"受爵"、"免罪"等具体办法，还含有"惠商"因素，这比简单地"抑商"更符合经济规律。《论贵粟疏》全文一千余字，紧扣重农贵粟这一中心论点进行严密论证，分为四个段落。第一段落是今昔对比进行论证，古代圣王重农贵粟"畜积"则足，就有能力应对各种灾害，而今则为"畜积未及"而民贫。晁错的结论是"明主知其然也，故务民于农桑，薄赋敛，广畜积"。第二段落是物物对比进行论证，物物对比是指"珠玉金银"与"粟米布帛"的对比。晁错认为，"珠玉金银"饥不可食、寒不可衣，而"粟米布帛"一日离开则有饥寒所迫，"是故明君贵五谷而贱金玉"。第三段落是人人对比即"农夫"与"商贾"对比进行论证，"农夫"一年四季劳作，历经千辛万苦，仍然食不果腹、衣不蔽体，而商贾"亡农夫之苦"，却是生活异常奢侈。晁错指出，这种"上下相反，好恶乖迕，而欲国富法立，不可得也"。意思是，国家法令规定尊农抑商，社会现实情况却是商贵农贱，统治者尊崇倡导的东西，与世俗社会追求喜好的东西恰好相反，这想让国家富强、法律有效，是不可能实现的。第四段落是论证重农贵粟的具体办法，这就是入粟可以拜爵，可以免罪，"夫得高爵与免罪，人之所甚欲也"，从而把重农贵粟的思想与实践结合起来，使得重农贵粟的政策具有可操作性和实效性。

品读《论贵粟疏》，我们不能不感动晁错忠心为国的精神。为了巩固西汉政权和发展西汉经济，晁错不仅呈上《论贵粟疏》，还先后呈上《言兵事书》、《守边劝农疏》、《说景帝前削藩书》，为文景时期的政治、经济、文化、军事殚精竭虑、出谋划策。我们不能不佩服晁错直言敢谏的勇气。晁错在《论贵粟疏》中运用多种对比手法，批评汉文帝不如尧舜和商汤；物物对比则是指汉文帝的政策有失误。疏中几次提到"明主"、"明君"应该怎么样，实质是指汉文帝还不是一个"明主"、"明君"。顺便说一下，我们也应该佩服汉文帝，他不仅采纳了晁错的主张，而且很包容晁错的直谏。史载，晁错一再上书削藩，汉文帝不接纳，以致晁错在一次上书中狂妄地写道："狂夫之言，而明主择焉。"汉文帝确实英明，他批示道："言者不狂，而择者不明，国之大患，故在于此。"在汉文帝看来，建议没有什么狂不狂的问题，而决策却有个英明不英明的问题。这一批示既体现了汉文帝政治上的清醒，也体现了汉文帝心胸上的宽广。我们不能不重视晁错真知灼见的宝贵。《论贵粟疏》主要反映晁错的经济思想，就是要"重农贵粟"，夯实封建社会的经济基础，这一思想对汉代乃至整个封建社会都产生了重要影响。

　　《论贵粟疏》真切反映了农民的困境。中国是一个农业大国，农民是人口的大多数。农业和农民是关乎国计民生、治乱兴衰的大事，也是封建统治者高度重视、不敢懈怠的治国之要。奇怪的是，农业效益低、农民生活贫困，从来都是中国社会的通病，换言之，中国一直没有解决好农业和农民问题。一方面，我们创造了灿烂的农耕文明，从而使中国能够长期傲视世界、睥睨群雄；另一方面，我们的农民却是经常处于半饥半饱的状态，始终没有跳出"温饱—饥饿—温饱"的循环，与此相对应的是封建王朝"兴盛—衰亡—兴盛"的循环。一般而言，农民温饱有余，封建王朝就巩固和发展，农民饥寒交迫，封建王朝就风雨飘摇乃至灭亡。某种意义上说，两千多年的封建社会兴亡史，就是一部农民温饱与饥饿循环的历史。历朝历代统治者都重视农业、奖励耕植，同时农民的社会地位低下，农业是一个弱势产业。所以，中国社会就出现了《论贵粟疏》所言的悖论："今法律贱商人，商人已富贵矣；尊农夫，农夫已贫贱矣。故俗之所贵，主之所贱也；吏之所卑，法之所尊也。"在这段话中，我们看到了一幅很奇特的图景，统治者从巩固政权出发劝民务农，所制定的法律也是褒奖农民的，而社会习俗却是嫌贫爱富，羡慕商人，不尊重农民，甚至连封建官吏也鄙视农民，看不起农业。在《论贵粟疏》中，晁错形象地描绘了农民与商人不同的境遇。农民是十分窘迫与艰难，首先表现在劳作辛苦，不仅要"春耕，夏耘，秋获，冬藏"，而且还要"伐薪樵，治官府，给徭役"，即砍伐木柴，为官府修缮房舍，服劳役。令人心酸的是"春不得避风尘，夏不得避暑热，秋不得避阴雨，冬不得避寒冻，四时之间，无日休息"。农民是赋役沉重，一个五口之家至少有二人为官府服事劳役，"今农夫五口之家，其服役者不下二人，其能耕者不过百亩，百亩之收不过百石"。农民是家庭负担很重，"又私自送往迎来，吊死问疾，养孤长幼在其中"。意思是，农民负担着迎来送往、吊唁死者、问候病人、赡养孤寡和抚育幼童等开支。农民还要遭受天灾人祸，天灾是指自然灾害，人祸则是急政暴虐，"尚复被水旱之灾，急政暴虐，赋敛不时，朝令而暮改"。于是，无论家境稍好、有余粮的时候，还是家境困难、没有余粮的时候，农民都只能降价变卖自己的生产生活资料来交税和还债，"当其有者半贾而卖，亡者取倍称之息，于是有卖田宅、鬻子孙以偿债者矣"。这无异于杀鸡取卵，动摇国之根本。与农民悲惨遭遇形成鲜明对照的是，商人乘人之危，大发横财。"商贾大者积贮倍息，小者坐列贩卖，操其奇赢，日游都市，乘上之急，所卖必倍。"意思是，在农民危急时，大商人正囤积货物，榨取加倍的利润；小商人则设店摆摊、贩卖商品。他们操纵稀缺物品和多余财物，每天在都市上游荡，乘着朝廷急需而出售，价格必定加倍。商人不劳而获，生活奢靡，他们不仅"男不耕耘，女不蚕织，衣必文采，食必粱肉，亡农夫之苦，有阡陌之得"，而且"千里游敖，冠盖相望，乘坚策肥，履丝曳缟"。商人还要勾结王府，官商结合，"因其富厚，交通王侯，力过吏势，以利相倾"。意思是，他们依靠殷厚的财富，交结王侯，势力都超过了官吏，常因利害关系而互相结纳交往。

《论贵粟疏》着力论证了重农贵粟的思想。在中国封建社会，重农不仅是王朝巩固和延续的基础，而且是经济发展的关键。农业好了，封建经济自然就好，因而重农是封建统治阶级一贯的指导思想。早在公元前350年左右，著名改革家商鞅就提出了重农思想，他认为"国之所以兴者，农战也"；"国待农战而安，主待农战而尊"。商鞅的变法使得落后的秦国迅速强大起来。晁错学习接受了商鞅的学说，深受商鞅思想和实践影响。《论贵粟疏》继承和发展了重农思想，"粟者，王者大用，政之本务"，更是充分论证了重农贵粟思想。在晁错看来，重农贵粟是人的基本需求，即"人情一日不再食则饥，终岁不制衣则寒"；重农贵粟是巩固政权的需要，这是因为不重农则会导致民贫，而民贫就会使民众干出无法无天的事情，"民贫，则奸邪生"。不重农则会导致饥寒交迫，而饥寒交迫就会使民众不受道德约束，"夫寒之于衣，不待轻暖；饥之于食，不待甘旨；饥寒至身，不顾廉耻"。意思是，寒冷的时候，急需穿衣，不会坐等又轻又暖的衣服；饥饿的时候，急需吃饭，不会坐等甜美可口的食物；饥寒交迫于身的时候，人们的行动就顾不得廉耻了。不重农则会导致民众背井离乡，"贫生于不足，不足生于不农，不农则不地著，不地著则离乡轻家，民如鸟兽"，而背井离乡就会使民众无所顾忌，"虽有高城、深池、严法、重刑，犹不能禁也"。既然老百姓不受法律和道德约束，那么社会就不可能稳定，政权也不可能巩固，即"夫腹饥不得食，肤寒不得衣，虽慈母不能保其子，君安能以有其民哉？"意思是，民贫之后，慈母都管不住自己的孩子，君主怎么可能管住自己的臣民呢？！在晁错看来，重农贵粟的关键在君王，君王的作用在引导。晁错认为，民众是趋利的，并以珠玉金银为例说明君王的引导作用是很大的，"民者，在上所以牧之，趋利如水走下，四方无择也。夫珠玉金银，饥不可食，寒不可衣，然而众贵之者，以上用之故也"。这种引导是君王的职责引导，《论贵粟疏》开篇第一句话就是"圣王在上而民不冻饥者，非能耕而食之，织而衣之也，为开其资财之道也"。这段话是要求君王明确自己的职责，不是自己直接从事农业生产，而是引导鼓励民众从事农业生产。这种引导是君王的行为引导，这就是"明君贵五谷而贱金玉"。晁错认为，珠玉金银轻便容易携带，会产生很多弊端，"此令臣轻背其主，而民易去其乡，盗贼有所劝，亡逃者得轻资也"。意思是，珠玉金银会使臣下轻易地背叛君王，民众轻易地离开家乡，盗贼的欲望得到诱惑，逃亡的人得到了轻便的资产。而君王倡导贵五谷，又由于五谷很重，不是一日长成，从而使民众安心农业生产、重土轻徙。这种引导是君王的政策引导，主要是把粮食作为赏罚的手段，交粮既可以拜爵，也可以免罪，"方今之务，莫若使民务农而已矣。欲民务农，在于贵粟；贵粟之道，在于使民以粟为赏罚。今募天下入粟县官，得以拜爵，得以除罪"。在晁错看来，重农贵粟的好处很多，"一曰主用足，二曰民赋少，三曰劝农功"。重农贵粟既满足了王朝的需求，又减轻了农民的负担；既发展了农业经济，又调动了农民的生产积极性。

《论贵粟疏》敏锐感到了商人的重要。晁错提出了"入粟拜爵"政策，这一政策最有利的是商人和商业阶层。中国传统社会结构是士农工商，商为末位，非常轻视商人的作用。商人是要言利的，所以还把商人理解为小人，即"君子喻于义，小人喻于利"。封建统治者一般在"重农"的同时，都要"抑商"，重农与抑商形影相伴。商鞅可说是开了"抑商"的先河，《商君书》记载，为了使民众致力于农战，商鞅提出了"事本禁末"的主张，制定了一系列打击"商贾、技巧之人"的严厉措施，譬如加重工商税收，提高酒肉价格，"贵酒肉之价，重其租，令十倍其朴"。汉初更是十分鄙视商人，《史记》记载："天下已平，高祖乃令贾人不得衣丝乘车，重租税以困辱之。孝惠、高后时，为天下初定，复弛商贾之肆，然市井之子亦不得仕宦为吏。"这说明刘邦对待商贾很严厉，不能穿贵重衣服和骑马坐车，加重租税困辱此辈；惠帝和吕后期间，"抑商"政策有所松动，但商人及其后代还是不得入仕为官。《论贵粟疏》指出，"夫能入粟以受爵，皆有余者也"。所谓"有余者"，实际上就是商人特别是腰缠万贯的富商大贾。而且，入粟拜爵根据自愿原则，而不强令执行，国家通过这一政策使商人的"有余"补到了农民的"不足"。晁错认为，入粟拜爵，一方面可以做到各得其所，实现多赢，即国家、农民、商人都可得到好处。"如此，富人有爵，农民有钱，粟有所渫。""渫"是分散的意思，就是把粮食分散到需要的地方去。另一方面是有利于农民尤其是贫困农民，"取于有余，以供上用，则贫民之赋可损，所谓损有余、补不足，令出而民利者也"。更重要的是，爵位意味着社会荣誉和政治地位。入粟拜爵，使得商人得到了爵位，就有了社会荣誉和政治地位，这不仅改变了汉初抑商和鄙视商人的政策，而且提高了商人的社会地位，满足了商人的精神需求和政治追求，缓和了商人与封建王朝之间的矛盾斗争。而蕴含在入粟拜爵背后的是晁错深刻的思想认识，就是意识到了商人的重要和作用。商人是活跃经济的重要组成部分，是产品向商品惊险一跳的关键因素，这在以"重农抑商"为基本国策的封建社会中，无疑是超前的认识和宝贵的思想火花。晁错倡导的"贵粟"思想和"入粟拜爵"政策，对封建社会产生了久远影响，后世推行的"捐纳"政策，实际上是"入粟拜爵"思想的继承和发展。当然，"捐纳"有点像东施效颦，无论政策效应，还是实际效果，都不可与汉文帝时期同日而语。据史书记载，汉文帝采纳了晁错的建议，令民入粟，六百石，赐予上造（第二级）爵位；四千石，赐予五大夫（第九级）爵位；一万二千石，赐予大庶长（第十八级）爵位；五大夫以上可以免役。历史表明，晁错的重农贵粟和入粟拜爵政策，取得了非常好的政治社会效果，不仅造就了"文景之治"，而且为汉武帝大展雄风奠定了基础。因为自汉文帝至汉武帝"七十年间，国家无事，非遇水旱，则民人给家足，都鄙廪庾尽满，而府库余财"，这就使汉武帝开疆拓土有了殷实的本钱。

晁错是个历史悲剧人物，悲就悲在他的削藩主张是对的，景帝是接受的，也很欣赏晁错的才华，然而错杀晁错的却是景帝。景帝后来很后悔，据说有人谈及晁错被杀一事，"于是景帝默然良久，曰：'公言善，吾亦恨之'"。晁错的悲剧只是个人生死的悲剧，而他的政治经济思想和主张却让他流芳百世。削藩，对于大一统的中国而言，永远具有积极意义；《论贵粟疏》给我们最大的启示是晁错的经济思想，即使以现代经济学原理进行分析，晁错的经济思想仍然闪烁着智慧的火花，具有现实意义。在《论贵粟疏》中，晁错强调君王要发挥经济引导作用，这涉及到了政府与市场的关系，无论古今中外，政府在纷繁复杂的经济生活中总是有着一定作用的，不可能完全消极无为。就算是最自由放任的国家，政府还得扮演"守夜人"的角色。在《论贵粟疏》中，晁错强调要重农贵粟，这不仅对于农业社会有着重要意义，而且对于工业社会、信息社会也有着积极意义。"民以食为天"，任何社会形态都不能不重视农业生产和粮食供给。在《论贵粟疏》中，晁错强调农商利益的增损平衡，这也很有意义。任何经济政策的推行和实施，总会涉及社会不同群体间的利益调整。因此，提出建议、酝酿对策和决定政策，都要注意集思广益，取得最大共识，两利相权取其重，两害相权取其轻，以便平衡好各方面利益关系，保证经济社会的协调发展。

附

论贵粟疏（节选）

晁　错

民者，在上所以牧之，趋利如水走下，四方无择也。夫珠玉金银，饥不可食，寒不可衣，然而众贵之者，以上用之故也。其为物轻微易藏，在于把握，可以周海内而无饥寒之患。此令臣轻背其主，而民易去其乡，盗贼有所劝，亡逃者得轻资也。粟米布帛生于地，长于时，聚于力，非可一日成也。数石之重，中人弗胜，不为奸邪所利；一日弗得而饥寒至。是故明君贵五谷而贱金玉。

今农夫五口之家，其服役者不下二人，其能耕者不过百亩，百亩之收不过百石。春耕，夏耘，秋获，冬藏，伐薪樵，治官府，给徭役；春不得避风尘，夏不得避暑热，秋不得避阴雨，冬不得避寒冻，四时之间，无日休息。又私自送往迎来，吊死问疾，养孤长幼在其中。勤苦如此，尚复被水旱之灾，急政暴虐，赋敛不时，朝令而暮改。当其有者半贾而卖，亡者取倍称之息，于是有卖田宅、鬻子孙以偿债者矣。而商贾大者积贮倍息，小者坐列贩卖，操其奇赢，日游都市，乘上之急，所卖必倍。故其男不耕耘，女不蚕织，衣必文采，食必粱肉，亡农夫之苦，有阡陌之得。因其富厚，交通王侯，力过吏势，以利相倾；千里游敖，冠盖相望，乘坚策肥，履丝曳缟。此商人所以兼并农人，农人所以流亡者也。今法律贱商人，商人已富贵矣；尊农夫，农夫已贫贱矣。故俗之所贵，主之所贱也；吏之所卑，法之所尊也。上下相反，好恶乖迕，而欲国富法立，不可得也。

方今之务，莫若使民务农而已矣。欲民务农，在于贵粟；贵粟之道，在于使民以粟为赏罚。今募天下入粟县官，得以拜爵，得以除罪。如此，富人有爵，农民有钱，粟有所渫。夫能入粟以受爵，皆有余者也。取于有余，以供上用，则贫民之赋可损，所谓损有余、补不足，令出而民利者也。顺于民心，所补者三：一曰主用足，二曰民赋少，三曰劝农功。今令民有车骑马一匹者，复卒三人。车骑者，天下武备也，故为复卒。神农之教曰："有石城十仞，汤池百步，带甲百万，而无粟，弗能守也。"以是观之，粟者，王者大用，政之本务。令民入粟受爵，至五大夫以上，乃复一人耳，此其与骑马之功相去远矣。爵者，上之所擅，出于口而无穷；粟者，民之所种，生于地而不乏。夫得高爵与免罪，人之所甚欲也。使天下人入粟于边，以受爵免罪，不过三岁，塞下之粟必多矣。

陛下幸使天下入粟塞下以拜爵，甚大惠也。窃窃恐塞卒之食不足用大渫天下粟。边食足以支五岁，可令入粟郡县矣；足支一岁以上，可时赦，勿收农民租。如此，德泽加于万民，民俞勤农。时有军役，若遭水旱，民不困乏，天下安宁；岁孰且美，则民大富乐矣。

唯才是举　不拘一格

——读曹操"求贤三令"有感

　　曹操是汉末三国的英雄人物，著名的政治家、军事家和文学家。作为政治家，曹操与刘备、孙权三足鼎立，建立曹魏政权，统一了北方，政治上加强中央集权，抑制豪强势力；经济上大办屯田，发展农业生产，客观上为后来晋朝的统一奠定了基础。作为军事家，在三国时期是首屈一指，既有理论又有实践，理论上编纂有《兵书接要》和注释《孙武兵法》；实践上有著名的"官渡之战"，以少胜多、以弱击强，以一万多兵力在官渡之地迎战袁绍的十万精兵，大败袁绍，使袁氏集团从此一蹶不振。作为文学家，不仅团结文人学士，重视"建安七子"，形成建安文学。而且，自己直接参与创作，开创以乐府诗形式描写时事的传统，影响远及唐代的许多诗人。曹操的诗歌留存不到二十首，其朴实无华、气韵沉雄，感情真挚、慷慨悲凉，不少诗句至今仍为人们传诵不已。这些诗句既体现了曹操相当的文学水平，更体现了他的志向、襟怀和境界。《观沧海》中的"秋风萧瑟，洪波涌起；日月之行，若出其中；星汉灿烂，若出其里"，写出了诗人包容宇宙、吞吐日月的雄心壮志。《龟虽寿》中的"老骥伏枥，志在千里，烈士暮年，壮心不已"，直白了诗人积极进取、终身不倦的精神境界。尤其是《短歌行》中的"山不厌高，海不厌深，周公吐哺，天下归心"，表达了诗人求贤若渴、广纳人才的博大胸怀。正是这一雄心壮志和博大胸怀，使得曹操晚年时屡屡下令求贤，情真意切、语重心长，明确提出了"唯才是举"的用人思想。

公元 208 年，曹操南征，赤壁之战被孙权和刘备联手打败，初步形成三分天下局面。曹操总结失败之教训，痛感人才之重要，感慨地说："郭奉孝在，不使孤至此！"郭奉孝即郭嘉，曹操的重要谋士，每临大事，神机妙算，稳操胜券，可惜英年早逝。《三国志》评价郭嘉是"深通有算略，达于事情"；伟人毛泽东多次推荐人们读《郭嘉传》，称赞他多谋善断。曹操渴望得到更多像郭嘉一样的人才，辅佐他完成统一大业。当时，削平群雄、实现统一，恢复社会稳定和经济发展，是民心所向，也具有历史进步意义。为此，曹操在他生命的最后九年里连续三次下令求贤，这就是公元 210 年的《求贤令》、214 年的《举士令》即《敕有司取士毋废偏短令》和 217 年的《举贤勿拘品格令》，史称"求贤三令"。"求贤三令"的篇幅都不长，共计三百余字。《求贤令》只有一百四十五字，曹操开宗明义就阐述了人才的重要作用，"自古受命及中兴之君，曷尝不得贤人君子与之共治天下者乎？"意思是，自古以来所有的君王都希望得到人才，共同管理国家，首次提出要"唯才是举"。《举士令》五十四字，曹操强调对于有缺点、有过错的人，只要有真才实学，都要推荐出来，得到任用，这充分体现了曹操"唯才是举"的决心。《举贤勿拘品格令》一百五十三字，曹操列举了商汤贤相伊尹、春秋齐国的丞相管仲、战国时期的名将吴起和汉朝开国功臣萧何、曹参、韩信、陈平等人帮助商汤、齐桓公、魏文侯、刘邦成就王业，自己也青史留名的事实，进一步表明他不讲门第、不问旧怨的用人标准。"求贤三令"已有近两千年历史，但仍然闪烁着理性光芒，具有现实价值。

品读"求贤三令"，深深为曹操的用人所震撼，既震撼于他的用人思想，又震撼于他的用人胸怀。在用人思想方面，《三国志》记载了曹操和袁绍的一次对话，很能说明问题。"初绍与公共起兵，绍问公曰：'若事不辑，则方面何所可据？'公曰：'足下意以为何如？'绍曰：'吾南据河，北阻燕、代，兼戎狄之众，南向以争天下，庶可以济乎？'公曰：'吾任天下之智力，以道御之，无所不可。'"在对话中，袁绍向曹操夸耀自己占有广阔地盘和众多人口，而曹操不以为然。他认为，人才比地盘更重要，所以要任天下之智力，争天下之归心，对人才"以道御之"。这段对话应是发生在曹操刚刚开始争霸天下之时，这说明他的用人思想是一以贯之的，就是对人才高度重视。在用人胸怀方面，曹操竟然多次去争取他的对手刘备和孙权。当刘备羽翼未丰寄居于曹操门下，曹操既认识到"天下英雄，唯使君与操耳"，又对刘备很敬重，"出则同舆，坐则同席"，总想把刘备纳入自己的阵营。当他的谋士劝杀刘备时，他的回答只有一句话："方今收英雄时也，杀一人而失天下之心，不可。"对于孙权，曹操多次感叹"生子当如孙仲谋"；在逝世前九年，还写了《与孙权书》，完全站在平等的立场上，劝导孙权与他合作，从"百姓保安全之福"，为天下一统作出贡献。刘备和孙权是东汉末年仅有的两位能够与曹操争天下的人，曹操都想极力争取，为己所用，可见曹操用人胸怀之博大。"求贤三令"正是曹操用人的深刻思想和博大胸怀之集中展示。

　　"求贤三令"充分体现了曹操除旧布新的改革精神。汉朝是中国历史上最重要的一个王朝，同时也是外戚与宦官干政最多的一个王朝，特别是东汉和帝之后，外戚与宦官争权夺利的斗争愈演愈烈。在外戚与宦官的角逐中，几乎呈现出这样一个规律，即随着每一个新皇帝的上台，都会有一个新的外戚群体相伴随，这些外戚群体不仅掌握着国家大权而且控制着皇帝，当皇帝感到自己时时受到外戚的掣肘而成为傀儡时，又不得不依靠自己的贴身奴仆——宦官来消灭外戚。这种周而复始的争斗，使得东汉王朝的中后期更加腐败，官场政治逐步走向黑暗。其中最显著的表现是吏治的腐败和官员选拔任用的腐败。这种腐败首先表现在用人靠血统，当时选拔官员虽然有军功、察举、征辟等标准和程序，但实际起作用的是血统。权贵集团和门阀势力把持着选拔官员的大权，致使官员队伍"上品无寒门，下品无士族"。权贵和门阀不仅把自己的后代及亲族塞进了官场，而且还网罗了大量人才，以权谋私、结党营私。譬如，曹操阵营"谋士如云，战将如林"，但大多出自袁绍集团，其中最著名的智囊人物荀彧、郭嘉都曾是袁绍的幕僚。官渡之战中，沮授、许攸等谋士和张郃、高览等战将，都临阵投奔了曹操。袁绍之所以有这么多谋士和战将，是因为其"四世居三公位，由是势倾天下"。同时表现在察举、征辟的扭曲变形。所谓察举，是自下而上选拔官员的办法，要求地方长官在辖区内随时考察和推举人才，由上级试用考核后任命为官员；征辟，是自上而下选拔官员的办法，就是征召有名望的人士出来做官。皇帝的征召叫"征"；官府的征召叫"辟"。汉代的察举、征辟是对秦以前世袭制的改革，具有进步意义。到了东汉时期，这种察举、征辟制度已经走到了尽头，出现了众多弊端，名为重品德，实为重关系，所用之人大都为庸才、蠢才和劣才。官员们为了一己之私利，在选拔官吏时，"率取年少能报恩者"，根本不考虑被察举者的才能和业绩。有的人被察举后，为了日后能飞黄腾达，对于举荐者极尽奴颜婢膝之能事，甚至"怀丈夫之容而袭婢妾之态，或奉货而行赂，以自固结"。随着门阀制度的逐步形成，权贵和门阀势族凭借自己臧否人物的权力，尽是选拔自己的亲信和族人，即"州牧郡守，承风顺旨，辟召赞誉，释贤取愚"。时人讽刺察举和征辟是"举秀才，不知书。察孝廉，父别居。寒素清白浊如泥，高第良将怯如鸡"。"求贤三令"，实质是对东汉末年腐败选人用人制度的改革，公开向那些陈腐的选人用人标准挑战，破除了选人用人的门第观念，消解了察举、征辟制的虚伪。这不仅使曹操赢得了人才，而且也赢得人心，使那些跻身政坛无望的中低层士人看到上升为官的希望，满足了他们为官参政的心理需求。当代著名学者陈寅恪先生评价说："孟德三令，大旨以为有德者未必有才，有才者或负不仁不孝贪诈之污名，则是明白宣示士大夫自来所遵奉之金科玉律已完全破产也。由此推之，则东汉士大夫儒家体用一致及周孔道德之堡垒无从坚守，而其所以安身立命者，亦全失其根据矣。故孟德三令，非仅一时求才之旨意，实标明其政策所在，而为一政治社会道德思想上之大变革。"

"求贤三令"充分体现了曹操"唯才是举"的科学思想。曹操三下求贤令，表面上是颁布一项政策举措，实质上是曹操用人思想的反映。隐藏在"求贤三令"背后的是曹操的人才观和选人用人的深刻思想，其核心观点是"唯才是举"。支撑这一核心观点，是曹操关于人才关系的一系列正确认识。首先是对用人与环境关系的认识。曹操认为，用人要因时而异，具体情况具体分析。他提出了"治平尚德行，有事赏功能"的著名论断，意思是，用人要看不同历史时期的不同需要，大凡乱世、革命、改革和创业时期往往需要更多地考虑才干和才能，而和平建设年代和守成时期则往往需要更注重德行。在曹操看来，他所处的年代是"有事"时期，这就是《求贤令》所说："今天下尚未定，此特求贤之急时也。"同时是对人才自身关系的认识。其中一个是人才与品行的关系，曹操认为："夫有行之士未必能进取，进取之士未必能有行也。"意思是，有品行的人不一定有才能，有才能的人不一定有品行。"求贤三令"中举了管仲、苏秦、吴起、韩信、陈平的例子加以论证。管仲是辅佐齐桓公春秋称霸的关键人物，但他有贪财、怕死的情况，甚至差点射杀齐桓公；苏秦帮助燕国，用"合纵计"抗拒强秦，但他经常不守信用；吴起在魏国任职，使秦国不敢东向进犯，在楚国任职，使晋国不敢南下进犯，但他贪渎、杀过妻、行过贿，母亲病故也不奔丧；韩信帮助刘邦"连百万之军，战必胜，攻必取"，但曾经在乡里游食，受过胯下之辱；陈平为刘邦六出奇计，立下汗马功劳，但陈平负有"盗嫂受金"的恶名。因此，《求贤令》中说："若必廉士而后可用，则齐桓其何以霸世！"《举士令》中说："陈平岂笃行，苏秦岂守信邪？
而陈平定汉业，苏秦济弱燕。由此言之，士有偏短，庸可废乎！"
《举贤勿拘品格令》中说："吴起贪将，杀妻自信，散金求官，母死
不归，然在魏，秦人不敢东向，在楚，则三晋不敢南谋。"另一个是
人才与门第的关系。在曹操看来，出身高贵，不一定都是人才；来
自布衣，不一定不是人才。《求贤令》中问："今天下得无有被褐怀
玉而钓于渭滨者乎？"意思是，现在天下难道没有身穿粗衣而怀揣
真才实学像姜子牙那样在渭水边钓鱼的人吗？姜子牙是帮助周文王
建立西周王朝的功臣。《举贤勿拘品格令》以商汤的伊尹和汉朝的萧
何、曹参为例说明底层有人才，"昔伊挚、傅说出于贱人"，"用之则
兴"；"萧何、曹参，县吏也"，"卒能成就王业，声著千载"。正是因
为曹操正确认识人才自身的关系，所以他要求不拘一格选拔任用人
才。《求贤令》强调："二三子其佐我明扬仄陋，唯才是举，吾得而
用之。"意思是，你们要帮助我发现那些地位低下而被埋没的人才，
只要有才能就推荐出来，任用他们。《举贤勿拘品格令》说得更明
确："今天下得无有至德之人放在民间，及果勇不顾，临阵力战；若
文俗之吏，高才异质，或堪为将守；负污辱之名，见笑之行，或不
仁不孝而有治国用兵之术，其各举所知，勿有所遗。"

　　"求贤三令"充分体现了曹操海纳百川的用人胸怀。对于曹操
而言，"求贤三令"不仅是他的政策宣示，更是他的实践行动。具体
表现在，曹操把许多出身低微的人选拔到重要岗位。《魏书》记载：
曹操"拔于禁、乐进于行阵之间，取张辽、徐晃于亡虏之内，皆佐
命立功，列为名将。其余拔出细微，登为牧守者不可胜数"。曹操不
仅从底层选拔武将，而且从底层选拔谋士。其中荀彧，出身平民，
曹操把他从一个县令破格提拔到中央，担任尚书令要职；郭嘉、满
宠，原来也都是郡县小吏，被曹操发现后安排到重要岗位。这些谋
士为曹操的功业发挥了巨大作用，特别是帮助曹操确定了正确的政

治经济策略。其中一个策略是"挟天子以令诸侯"，即以汉献帝的名义发号施令，这是曹操问计于荀彧、程昱等人下的决心，从而使曹操在南征北战中获得了正统的名分。另一个策略是"修耕植以蓄军资"，就是推行屯田制，发展农业生产，这也是曹操咨询于枣祗、任峻等人下的决心。屯田制至今仍为史家们称道。曹操不仅重视选拔政治人才，而且重视选拔文人学士。当时文坛最有声望的"建安七子"，有六人是曹操的幕僚。值得一提的著名女诗人蔡文姬，在战乱中被匈奴掳去，流落匈奴十二年。曹操看重她的才华和学识，专门派人用金银和玉璧把她赎回，让其著书立说。令人叹为观止的是，曹操不计前嫌、不记旧怨，敢于使用从敌对阵营中投降过来的人才。一个人的气度大小，很大程度上取决于如何对待不同意见和如何对待反对自己的人。曹操不愧为典范，具有大海般的气度和襟怀。譬如，原董卓系统的张绣，有一套指挥作战的本领，曾多次与曹操交锋，把曹操的爱子曹昂、侄子曹安民、心腹战将典韦都杀死了。但曹操不记仇，在官渡之战中，派人游说招纳张绣；张绣归降后，曹操乐不自禁，不但封他作扬武将军，后来还结为儿女亲家。果然，张绣不负所望，在官渡之战中立了大功。又如，袁绍手下重要的文士陈琳，为袁绍写了讨伐曹操的檄文。这是历史上有名的檄文，把曹操骂得狗血喷头，将曹操挖苦得骇然流汗，甚至连曹操的祖先也不放过，用"赘阉遗丑"这样的秽语辱骂他们。但曹操抓到他后，只教训几句，便任命陈琳为司空军师祭酒，留在自己身边做管文书的官。后来曹操发表的许多重要文告，都是陈琳帮助起草的。而且，陈琳在文学上也很有成就，是"建安七子"之一。再如，官渡之战胜利后，在袁绍营中搜到曹营中一些人写的投降信，曹操连看都不看，就吩咐把信都烧了，并说："当绍之强，孤犹不能自保，而况众人乎！"意思是，当袁绍强大的时候，我自己还有丧失信心的时候，何况其他人呢。这些事例把曹操博大的用人胸怀和恢宏的用人气度充分地展示出来，令人敬佩不已，以致他的敌手孙权佩服地说："至于御将，古之少有"，"比之于操，万不及也"。

"滚滚长江东逝水，浪花淘尽英雄。"曹操已矣，但"求贤三令"中蕴含的深刻用人思想永远不会过时。中国历史上有不少君王颁布过求贤举能的诏书或政令，其中比较著名的是汉高祖的《求贤诏》、汉武帝的《求茂材异等诏》和唐太宗的《荐举贤能诏》，但只有曹操的"求贤三令"，提出的用人标准最为明确而具体。"求贤三令"对于今天最大的启示就是"唯才是举"。领导的主要职责是决策和用人。决策的前提需要有好的见识和谋略，而好见识好谋略往往靠的是人的智慧，从这个意义上说，用人更为重要。对于领导者而言，"唯才是举"，要求选人用人破除门第、资历意识，无论门第高低、资历深浅，只要有真才实学，都可以选拔使用。"唯才是举"，要求选人用人五湖四海、开阔视野，无论天南地北、男女老少，只要有真才实学，都可以选拔使用。"唯才是举"，要求选人用人公道正派、不徇私情，无论关系远近、恩怨亲疏，只要有真才实学，都可以选拔使用。当然，"唯才是举"与"德才兼备"是辩证统一的，关键是要从事业出发选人用人，促进人才在事业发展中充分涌流，在事业进步中发挥才干。

附

求贤三令

曹　操

自古受命及中兴之君，曷尝不得贤人君子与之共治天下者乎？及其得贤也，曾不出闾巷，岂幸相遇哉？上之人求取之耳。今天下尚未定，此特求贤之急时也。孟公绰为赵、魏老则优，不可以为滕、薛大夫。若必廉士而后可用，则齐桓其何以霸世！今天下得无有被褐怀玉而钓于渭滨者乎？又得无有盗嫂受金而未遇无知者乎？二三子其佐我明扬仄陋，唯才是举，吾得而用之。

——建安十五年《求贤令》

夫有行之士未必能进取，进取之士未必能有行也。陈平岂笃行，苏秦岂守信邪？而陈平定汉业，苏秦济弱燕。由此言之，士有偏短，庸可废乎！

——建安十九年《敕有司取士毋废偏短令》

昔伊挚、傅说出于贱人；管仲，桓公贼也，皆用之以兴。萧何、曹参，县吏也；韩信、陈平负污辱之名，有见笑之耻，卒能成就王业，声著千载；吴起贪将，杀妻自信，散金求官，母死不归，然在魏，秦人不敢东向，在楚，则三晋不敢南谋。今天下得无有至德之人放在民间，及果勇不顾，临阵力战；若文俗之吏，高才异质，或堪为将守；负污辱之名，见笑之行，或不仁不孝而有治国用兵之术，其各举所知，勿有所遗。

——建安二十二年《举贤勿拘品格令》

经国之大业　不朽之盛事

——读曹丕《典论·论文》有感

　　曹丕是曹魏开国皇帝，三国时期著名的政治家、文学家，既是政治领袖又是文坛领袖。作为政治领袖，曹丕在位时间不长，只有七年，但很有建树，政治上以魏代汉，结束了汉朝四百年历史；确立九品中正制，对秦汉以来的选人用人制度进行创新，成功缓和了曹氏家族与士族的关系；经济上继续实行和发展屯田制，施行谷帛易市，稳定社会秩序；文化上兴儒学、立太学，恢复封建正统文化；军事上平定河西，遣使复通西域，恢复中原王朝统治。曹丕作为文坛领袖的成就更大，他是文学"三曹"之一，也是邺下文人集团的实际首领，对形成"建安文学"和"建安风骨"起到关键作用。曹丕个人的诗歌很有成就，是三国时代杰出的诗人，擅长乐府和五、七言诗，语言通俗，手法委婉细腻，现存的四十首诗"骨气奇高，词采华茂"；代表作为《燕歌行》，是中国现存最早的文人七言诗。曹丕最杰出的成就是文学批评和评论，《典论·论文》是一篇非常重要的著作，开批评文学之风气，在中国文学理论批评史上具有划时代意义。

　　魏晋南北朝是一个社会大变革时期，也是中国文学发展的重要时期。特别是建安年代，由于曹氏父子倡导和践行，诗歌创作异常活跃，文人个性极为张扬，品评文章风气盛行。《典论·论文》应运而生，是中国最早以多种文体和多位作家为评论对象的文学批评专著。据史料记载，《典论》共有二十篇，是曹丕做太子时所撰的一部政治、社会、道德、文化论集。遗憾的是，其中大部分文章已经失散。《典论·论文》为曹丕称帝前夕撰写，由于入选南梁萧统的《昭明文选》而得以完整地保留下来。该文全面总结了建安文学的新鲜经验，深刻论述了文学理论问题，开创了盛极一时的魏晋南北朝文学批评之先河。《典论·论文》字数不多，但内容丰富，可分为三个部分。第一部分通过评论作家和议论文体，阐述文学批评问题，认为要审己度人开展文学批评。对于作家，曹丕首次提出了"建安七子"的概念，并对每个人作品的风格作了评论，认为他们各有所长、各有所短。有意思的是，曹丕没有区分不同作者风格的优劣高低，这也反映了政治家的智慧和胸怀。对于文体，曹丕区分为四科八种，认为不同文体有着不同功能和风格特点，有着不同创作要求。第二部分是阐述文学的本质问题，鲜明提出了"文气说"，强调文学创作是作家生命禀赋、气质和才能的外化形态。第三部分是阐述文学的价值问题，不仅对于国家的社会政治生活具有重要意义，而且对于个体生命也具有重要意义，这就是"盖文章，经国之大业，不朽之盛事"。

　　品读《典论·论文》，扑面而来的是浓郁的创新创造气息，这可以从鲁迅先生的两段品评中得到印证。鲁迅先生说："曹丕的一个时代可以说是'文学的自觉时代'，或如近代所说是为艺术而艺术的一派。"《典论·论文》是中国纯文学观念的滥觞和文学自觉时代的理论代表作。何谓文学自觉，就是突破了传统的以文学为教化工具的功利主义偏见和"发乎情、止乎礼义"的礼教束缚，文学就是文学，把文学看作是个体生命的体现，赋予文学自由的审美特质。在魏晋南北朝之前，文学依附于社会政治和道德伦理，没有独立的文学观念，更没有独立的文学家，即使从事文学创作颇有成就的作者也看不起纯粹的文学。汉代词赋家扬雄认为，辞赋是"童子雕虫篆刻，壮夫不为也"；曹丕的弟弟、"三曹"中最有文才的曹植认为，经史百家有价值，建功立业最重要，而文学乃"辞赋小道，固未足以揄扬大义，彰示来世也。吾……岂徒以翰墨为勋绩，辞赋为君子哉！"曹丕在文学史上的重大功绩，就是改变了对文学的传统观念，给予文学独立的地位。他既从社会意义方面认识文学功能，又从个体生命角度看待文学价值，把文学提高到与事业、功名并列的地位，甚至认为对于个体生命而言，文学具有更高的价值。鲁迅先生又说："汉文慢慢壮大是时代使然，非专靠曹氏父子之功的，但华丽好看，却是曹丕提倡的功劳。"这一论断说明曹丕不仅从宏观上开拓了文学的自觉时代，而且在微观上推动了文学的自觉时代。他将诗赋与其他实用性文体区别开来，一言道破了诗赋独特的审美特点，提出了"诗赋欲丽"论点。"诗赋欲丽"要求在诗赋和文学创作过程中重视文采的展示，从而为文章的形式美奠定了良好基础，促进人们对文学的认识由功利转为审美，进入审美自觉阶段。无论宏观还是微观，曹丕都对中国文学发展作出了创造性的贡献，丰富了人们的精神文化生活，为士大夫的人生提供了新的选择，这不能不令人充满敬意和感激之情。

《典论·论文》阐述了文章的价值问题，体现了曹丕文学思想的深邃。在曹丕看来，文章既有社会价值，又有生命价值。就社会价值而言，文章可以经世致用，是"经国之大业"，对于国家的政治经济社会发展有着重要作用。《后汉书》指出，像诏、策、章、表、奏、议等文章，在国家政治生活中应用频繁；盟誓为外交场合所需，檄文系战争时期所用；赋、颂用于褒赞功德，赋还可用于讽谏，甚至连珠一类杂文，也可作奏章。就生命价值而言，文章可以记录思想感情，是"不朽之盛事"，对于生命的永恒和精神的传承有着重要意义。曹丕的创新不在于文学的社会价值，而在于文学的生命价值。"不朽之盛事"，是《典论·论文》的精粹，是文学自觉的思想升华和语言凝练。这一观点既有继承更有创新，其真正的历史意义在于创新。继承是社会价值的继承，承认文章的政教功能，延续儒家的不朽价值观，即"太上有立德，其次有立功，其次有立言。虽久不废，此之谓不朽"。创新是生命价值的创新，突破文章的传统束缚，拓展文章的表达空间和形式。曹丕认为，文章尤其是文学作品，是可以寄托作者个人苦恼、欢笑和思想感情的艺术载体；写得好、有文采、不含政治意义和教化作用的文学作品，同样属于不朽的范围。尽管生命无常，人生易老，生命的血肉之躯是有限的，但蕴含在文学作品中的生命体悟和精神信念却是无限的、永恒的，从而展示作者对人生的无限留恋和执著追求。人的生命可以伴随不朽的文章得到永生，因而"年寿有时而尽，荣乐止乎其身，二者必至之常期，未若文章之无穷"。曹丕以周文王和周公旦为例，说明文章的不朽造就了生命的不朽，"是以古之作者，寄身于翰墨，见意于篇籍，不假良史之辞，不托飞驰之势，而声名自传于后。故西伯幽而演易，周旦显而制礼"。意思是，古代作者投身于写作，把自己的思想意见表现在文章书籍中，就不必借史家的言辞，也不必托高官的权势，而声名自然流传于后世。所以周文王被囚禁而推演出了《周易》，周公旦显达后而制作了礼乐。曹丕强调，文章的不朽取决于珍惜时间和不为外界所惑。写文章是一件费时间的事情；没有时间的投入，就不可能有好文章的产出，这就要求像古人那样珍惜光阴，"古人贱尺璧而重寸阴，惧乎时之过已"。意思是，古人看轻一尺的碧玉而看重一寸的光阴，这是因为惧怕时间会快速地流逝。人是有惰性的，人生的道路上也充满了种种诱惑，这就要求不为外界所惑，专注于文章创作。一是不为困厄所惑而不做事业，即"不以隐约而弗务"；二是不为享乐所惑而更改志向，即"不以康乐而加思"；三是不为贫穷所惑而畏惧饥寒，即"贫贱则慑于饥寒"；四是不为富贵所惑而耽于享乐，即"富贵则流于逸乐"；五是不为眼前所惑而放弃文章，即"遂营目前之务，而遗千载之功"。曹丕告诫，时光易逝，韶华不再，放弃文章就是放弃生命的不朽，"日月逝于上，体貌衰于下，忽然与万物迁化，斯志士之大痛也！"意思是，太阳和月亮在天上不停地流转移动，而人的身体状貌则在地上不断地衰弱，忽然间就与万物一样变迁老死，这是有志之士最痛心疾首的事啊！

《典论·论文》阐述了文章的本质问题，体现了曹丕文学思想的厚度。文章的本质是一个作家禀赋气质与作品风格的关系问题。法国著名学者布封认为："风格即人"。这说明作家的禀赋气质与作品风格的直接联系，有什么样禀赋气质的作家，就有什么样风格的作品。曹丕提出了文气说，即"文以气为主"，这和现代文学理论的认识是一致的。不过，曹丕的认识早了一千多年，更是难能可贵。"文气说"的提出，标志着中国文学观念的根本转变，它第一次真正把文学的目光投向人的自身，投注到人的个体生命之中，进而实现了向文学自身的回归。曹丕所说的"气"，后人理解为"风骨"，实际是一个综合性概念，包括作家的禀赋、气质、才能、品格和个性，文学创作源自作家之"气"。独特的禀赋气质构成了作家独特的审美心理，形成了独特的创作个性，以致其作品呈现出独特的风格。作家的禀赋气质是无法模拟的，也是不可传承的，"譬诸音乐，曲度虽均，节奏同检，至于引气不齐，巧拙有素，虽在父兄，不能以移子弟"。意思是，就像音乐一样，音乐的曲调节奏有同一的衡量标准，但运气行声不会一样整齐，平时的技巧也有优劣之差，虽是父亲和兄长，也不能传授给儿子和弟弟。曹丕所说的"气"，不仅有中国传统文化的因子，而且有个人创新的因素。"气"是中国古代一个重要的哲学范畴，基本含义是指宇宙万物的生机、生气和生命力。先秦时期，"气"就用于对人的说明，既有生理意义的说明，也有精神意义的说明。到了汉代，"气"更广泛地运用于精神层面的说明，解释人的品格、气质和才能。即使精神层面的说明，也有两种情况，一种以孟子为代表，是社会价值的说明，即"吾善养吾浩然之气"；另

一种以曹丕为代表，是生命价值的说明。两者的差别在于，孟子的
"气"是一种道德精神，属于社会范畴，曹丕的"气"源自生命本
性，属于自然范畴；孟子的"气"是社会道德理性的内化，具有普
遍性，曹丕的"气"是自然对人的赋予，具有差异性；孟子的"气"
需要后天养成，曹丕的"气"依靠先天产生，这就是"不可力强而
致"。因而曹丕的"气"成为文学之源，构成了文学的本质规定。曹
丕所说的"气"，从大的方面可分为清浊两类，即"气之清浊有体"。
一般而言，清是指俊美豪迈的阳刚之气，浊是指沉郁厚重的阴柔之
气，文学是作家个体生命的外在表现，作品的风格决定于作家的生
命才气。作家为清，其作品就表现为阳刚之气；作家为浊，其作品
就表现为阴柔之气。后人论文，每以清者为美、浊者为恶，这并不
符合曹丕的本意。曹丕认为，清浊之气只是不同作家个性和风格的
体现，谈不上谁好谁坏。所以他对建安七子的不同文气都给予了高
度评价，其中对徐干的评价是"时有齐气"，即不时地有齐人舒展缓
慢的文气；对刘桢的评价是"公干有逸气"，超过了同时代的作家；
对孔融的评价是"体气高妙"，超凡脱俗。曹丕虽然没有品评清浊之
气之高下，但分析对建安七子的评价，他还是比较倾向于清高俊逸
的阳刚之气。

　　《典论·论文》阐述了文章的批评问题，体现了曹丕文学思想
的弹性。东汉实行察举征辟选人制度，这就需要评论人物；东汉末
期，评论人物风气尤甚。"文辞美恶，足以观才"，选拔官吏的评论，
自然带动了文学批评，即对文章的评论以及对作者的评论。总体而
言，当时的文章评论是不够客观公允的，互相攻击和看不起的情况
时有发生，《典论·论文》开篇第一句话就是："文人相轻，自古而
然"。曹丕举例说明"文人相轻"的现象，一个例子是"傅毅之于班
固，伯仲之间耳，而固小之，与弟超书曰：'武仲以能属文为兰台令
史，下笔不能自休'。"傅毅是东汉文学家，班固是《汉书》的作者，

两人同为汉章帝的官员。意思是,傅毅和班固两人文才相当,不分高下,而班固轻视傅毅,在写给弟弟班超的信中说,傅武仲因为能写文章当了兰台令史的官职,但他下笔千言,却不知所止。另一个例子是建安七子,"今之文人,鲁国孔融文举、广陵陈琳孔璋、山阳王粲仲宣、北海徐干伟长、陈留阮瑀元瑜、汝南应玚德琏、东平刘桢公干,斯七子者,于学无所遗,于辞无所假,咸自以为骋骥騄于千里,仰齐足而并驰。以此相服,亦良难矣!"其中"咸自以为骋骥騄于千里,仰齐足而并驰",意思是,建安七子都以为自己是千里马,比其他马优秀,至少也是并驾齐驱的。曹丕从创作主客体两个方面分析"文人相轻"的原因。主体方面的原因是经常看到自己的优点,"夫人善于自见";看不到自己的缺点,以为自己比别人贤能,"又患暗于自见,谓己为贤"。同时,还有一个原因是厚古薄今、崇尚名人,即"常人贵远贱近,向声背实",因而不能正确评论别人的作品。《典论·论文》指出:"里语曰:'家有弊帚,享之千金。'斯不自见之患也。"意思是,俗话说,家中有一把破扫帚,也会看它价值千金,这就是看不清自己的毛病啊。客体方面的原因是文章种类很多,创作要求不同,不可能用同一个标准进行评价。"盖奏议宜雅,书论宜理,铭诔尚实,诗赋欲丽。"意思是,奏章、驳议等文章应当文雅,书信、论文应当层次分明,铭文、诔文崇尚事实,诗歌、赋体应该华美。更重要的原因是作家有各自的偏好,即"此四科不同,故能之者偏也"。而且,任何作家都不可能擅长各类文体,"而文非一体,鲜能备善,是以各以所长,相轻所短"。曹丕指出了防止"文人相轻"的正确态度和办法,"盖君子审己以度人,故能免于斯累"。意思是,真正的评论家要看清自己的能力水平,换位思考去评论别人的文章,不能以自己所长去评论别人所短,不能对不同文体的特点进行优劣比较,这样才能免于"文人相轻"的拖累。《典论·论文》进而评论建安七子的文章,认为"王粲长于辞赋,徐干时有齐气，然粲之匹也"，意思是，王粲擅长于辞赋，徐干文章不时有齐人的习气，然而也是可以与王粲相匹敌的；认为陈琳、阮瑀的章、表、书、记等文章当今是杰出的，即"琳、瑀之章表书记，今之隽也"；认为应玚的文章平和而不够雄壮，刘桢的文章雄壮而不够细密，即"应玚和而不壮；刘桢壮而不密"；认为"孔融体气高妙，有过人者；然不能持论，理不胜辞"，意思是，孔融的文章高雅超俗，有过人之处，然而不善立论，词采胜过说理。

后人评论曹丕是"允文允武"。客观地说，曹丕的文名大于武名，这表明曹丕是知行合一，践行着自己的文学理论。曹丕是以政治家的身份从事文学创作和开展文学批评，这对官员最大的启示是要写好文章。当然，写好文章，并不要求官员专门去进行文学创作。"仕而优则学"，官员有文学素养，工作之余搞些文学创作，也无可厚非。但官员的主要职责是为官从政、造福百姓，绝不能本末倒置，更不能角色错位。所谓官员的文章，不是文学作品，而是指官员的工作讲话、辅导讲座、调研报告和诠释有关方针政策的文稿。官员的文章既是推动工作的重要手段，又是人们认识官员能力水平的机遇窗口，不能不予重视。那么，什么是官员的好文章呢？首先要有思想。思想观点是学术文章之魂，也是官员文章之魂。对于官员来说，正确的思想观点有利于统一思想、提高认识和推进工作。其二要有逻辑。无论何种文章，都要有论证过程，用材料支撑观点。一篇有逻辑的文章，只要认可其观点，就必然同意其结论，这也是好文章的内在要求。其三要有文采。文采不是官员文章的主要追求，却是必要的组成部分。人们愿意阅读有文采的文章，这就要求官员具有人文素养，能够引经据典，力争辞藻华美和秀丽。其四要有个性。文章既可以表现官员的偏好，或豪放或婉约或空灵，又可以折射官员的阅历，种过田的，就会有泥土的芬芳；做过工的，就会有机油的馨香；受过高等教育的，就会有浓浓的书卷味。其五要有气势，亦即文气。文章有整体与局部之分，气势需要从整体上把握，可以有大气、豪气、清气、逸气，一气呵成，用"气"影响人、引导人、吸引人。官员的文章如能做到"五有"，即有思想、有逻辑、有文采、有个性、有气势，那就是好文章，也许可以不朽。

附

典论·论文
曹 丕

　　文人相轻，自古而然。傅毅之于班固，伯仲之间耳，而固小之，与弟超书曰："武仲以能属文为兰台令史，下笔不能自休。"夫人善于自见，而文非一体，鲜能备善，是以各以所长，相轻所短。里语曰："家有弊帚，享之千金。"斯不自见之患也。

　　今之文人，鲁国孔融文举、广陵陈琳孔璋、山阳王粲仲宣、北海徐干伟长、陈留阮瑀元瑜、汝南应玚德琏、东平刘桢公干，斯七子者，于学无所遗，于辞无所假，咸自以骋骥䮫于千里，仰齐足而并驰。以此相服，亦良难矣！盖君子审己以度人，故能免于斯累，而作论文。

　　王粲长于辞赋，徐干时有齐气，然粲之匹也。如粲之初征、登楼、槐赋、征思，干之玄猿、漏卮、圆扇、橘赋，虽张、蔡不过也，然于他文未能称是。琳、瑀之章表书记，今之隽也。应玚和而不壮；刘桢壮而不密。孔融体气高妙，有过人者；然不能持论，理不胜辞；至于杂以嘲戏；及其所善，扬、班俦也。

　　常人贵远贱近，向声背实，又患暗于自见，谓己为贤。夫文本同而末异，盖奏议宜雅，书论宜理，铭诔尚实，诗赋欲丽。此四科不同，故能之者偏也；唯通才能备其体。

文以气为主，气之清浊有体，不可力强而致。譬诸音乐，曲度虽均，节奏同检，至于引气不齐，巧拙有素，虽在父兄，不能以移子弟。

盖文章，经国之大业，不朽之盛事。年寿有时而尽，荣乐止乎其身，二者必至之常期，未若文章之无穷。是以古之作者，寄身于翰墨，见意于篇籍，不假良史之辞，不托飞驰之势，而声名自传于后。故西伯幽而演易，周旦显而制礼，不以隐约而弗务，不以康乐而加思。夫然，则古人贱尺璧而重寸阴，惧乎时之过已。而人多不强力；贫贱则慑于饥寒，富贵则流于逸乐，遂营目前之务，而遗千载之功。日月逝于上，体貌衰于下，忽然与万物迁化，斯志士之大痛也！

融等已逝，唯余著论，成一家言。

为国以忠　鞠躬尽力

——读诸葛亮《出师表》有感

　　诸葛亮是汉末三国时期卓越的政治家、军事家和外交家，是中国历史上家喻户晓的人物，千百年来一直受到人们称颂，让人生出无限的崇敬和无尽的怀念。人们普遍评价诸葛亮为千古贤相、治国能臣、军事奇才和君子典范。任何一个历史人物，即使得到其中一项评价，都是很值得自豪的，而人们对诸葛亮的评价可谓不吝其誉，涵盖了做人与做官、治国与治军的统一。诸葛亮因感激刘备三顾茅庐的知遇之恩，提出《隆中对》，为刘备争雄确定了东连孙权、北拒曹操的方针和先取益州荆州、再出师北伐兴复汉室的战略；辅佐刘备建立蜀汉政权，与曹魏、孙吴政权形成三足鼎立之势。这是诸葛亮的文治武功，但更让诸葛亮名垂千古的却是其智慧和人格力量。《出师表》作为千古传诵的文学名篇，字字恳切，句句肺腑，处处关情，集中体现了诸葛亮的智慧和人格力量，一般认为，不读《出师表》，就不知道什么叫忠。在《出师表》中，诸葛亮坚定地表达了为国家"鞠躬尽力、死而后已"的决心和情怀。

　　"表"属于章奏一类的文体，是古代臣子对于君主有所陈情而使用的一种上行公文。《出师表》有前后两份，前《出师表》是蜀汉建兴五年，诸葛亮率军北伐之前给蜀主刘禅的上表，主题是劝刘禅保持蜀汉政治清明，使他能够专责北伐，而没有后顾之忧；后《出师表》是第二年诸葛亮率军屯驻汉中给刘禅的上表，主题是说明在汉、贼不两立和敌强我弱的情况下，为了实现先帝刘备的遗志和确保蜀国的安全，应该抓紧出师北伐，希望刘禅不要因为有不同意见而动摇意志。通观前后《出师表》，前者苦口婆心，讲君主"亲贤臣，远小人"之理；后者披肝沥胆，讲为臣"鞠躬尽力"之责。诸葛亮在这里鲜明地提出了一个明君贤臣的政治标准。《出师表》文风质朴，很少用典，但起笔峥嵘、文势跌宕，声调和谐、气韵流畅，首尾呼应、条理分明。更重要的特点是"理周情切，志尽文畅"，字字句句饱含忠贞的思想情感和坚定决心，极富感染力，从而使《出师表》不仅存之典册，而且灿然于文苑，不愧为"出师一表真名世，千载谁堪伯仲间"。

品读《出师表》，我们既为诸葛亮勇于进取的精神和修明政治的主张所折服，更为诸葛亮忠心报国、忧国忧民的高尚情怀所震撼。《出师表》的核心是为国以忠，忠心报国。虽然诸葛亮忠于的是一家一姓的刘家王朝，有着明显的历史局限性，但其中蕴含的为国以忠的爱国主义思想却是永恒的。这是中华民族优秀传统文化最为宝贵的组成部分，也是确保中华民族源远流长、生生不息的精神支撑。因此，《出师表》所表达的爱国主义思想和精神永远不会过时。况且，《出师表》还展示了诸葛亮深刻的治国理政思想和丰沛的人格力量，每每读来，都为其凛然正气所感召，为其忠义之举所激动，为其智慧才华所倾倒。

忠君报国是《出师表》的核心主题。在封建社会，忠君报国是爱国主义的主要表现形式。在短短六百多字的前《出师表》中，诸葛亮先后十三次提及"先帝"，七次提到"陛下"。"报先帝"、"忠陛下"思想贯穿全文，时时不忘先帝"遗德"、"遗诏"，处处期望陛下能完成先帝未竟的事业，这就是"北定中原"、"兴复汉室"。诸葛亮的忠君报国固然有着个人的感情因素，他要报先帝刘备的三顾之恩和托孤之责。因为诸葛亮原本是一介布衣，在南阳躬身耕作，从事农业劳动，只图在乱世之中保全性命，并不向往在诸侯间奔走以谋求显赫名声和地位。但刘备不嫌诸葛亮年轻和出身卑微，以近五十岁的年龄三顾茅庐问计于二十多岁的诸葛亮，并请诸葛亮出山辅佐自己成就大业。正是由于刘备以千古未有的求贤之诚深深打动了诸葛亮，才使他毅然决然步出茅庐，一匡天下。"先帝不以臣卑鄙，猥自枉屈，三顾臣于草庐之中，咨臣以当世之事，由是感激，遂许先帝以驱驰。"这是三顾之恩，更有托孤之责。"先帝知臣谨慎，故临崩寄臣以大事也。"所谓大事，是指蜀汉章武三年（公元 223 年），刘备因关羽被东吴所杀，大举伐吴，在夷陵之地被东吴大将陆逊战败，在白帝城气病而死，临终托孤，祈求诸葛亮辅佐刘禅，实现兴复汉室的大业。但是，诸葛亮的忠君报国主要不是出于个人的知恩图报，而是为了兴复汉室、实现国家统一。这就使诸葛亮的忠君报国实现了超越，具有理想信念的支撑。《出师表》说："今南方已定，兵甲已足，当奖率三军，北定中原，庶竭驽钝，攘除奸凶，兴复汉室，还于旧都。"东汉末年，群雄并起，军阀割据，社会凋敝，民不聊生。在这一分裂混乱的历史时期，兴复汉室、实现国家统一，不仅体现了儒家正统思想，也符合社会趋势和人民愿望。

为了实现国家统一和人民安居乐业，在履职方面，诸葛亮忠于职守，勤勤恳恳，兢兢业业，不敢有丝毫懈怠。前《出师表》说："受命以来，夙夜忧叹，恐托付不效，以伤先帝之明。"意思是，自从接受先帝遗命以来，白天黑夜都在忧虑叹息，唯恐不能办好先帝托付的大事，从而损伤先帝知人善任的名节。后《出师表》又说："臣受命之日，寝不安席，食不甘味。"更重要的是，诸葛亮忠于职守、勤于政务，不仅仅是托孤以来的四五年所作所为，而是始终如一，即"受任于败军之际，奉命于危难之间，尔来二十有一年矣"。在内政方面，诸葛亮坚持"信赏必罚"，整顿吏治，维护蜀国社会秩序和稳定，取得明显成效。陈寿在《三国志》中评论蜀国政治是"吏不容奸，人怀自厉，道不拾遗，强不侵弱，风化肃然"。在巩固后方方面，诸葛亮以怀柔为主，采取恩威并济的举措。一方面，提出了"西和诸戎，南扶夷越"方针，运用怀柔手段，取得西部和南方少数民族的合作，使他们不至于牵制后方；另一方面，则是"思惟北征，宜先入南。故五月渡泸，深入不毛，并日而食。臣非不自惜也，顾王业不可偏安于蜀郡，故冒危难以奉先帝之遗意"，取得了七擒七纵孟获的战绩，平定了包括现今四川南部和贵州、云南的南中地区。即使在对南方的征战中，也贯穿着怀柔政策，因而既有七擒孟获，又有七纵孟获，以致孟获投降时说："公，天威也，南人不复反矣"，保证了西南后方的稳定。史书记载："自是终亮之世，彝不复反。"在北伐中原方面，诸葛亮立志恢复汉室。先后六次积极组织力量北伐曹魏，最后一次病死在军中，正是蜀军与魏军对阵于渭南五丈原时，真正做到了"鞠躬尽力，死而后已"。上述诸葛亮内政外交所作所为，尽管有着浓厚忠君色彩，但本质上可以理解为是对国家和人民的忠诚、忠贞、忠心，因而千百年来始终赢得历史的赞誉。

坚贞不屈是《出师表》的内在品格。忠心报国，既体现在日常履职之中，更集中体现在国家困难和危急时刻的行为，需要有坚韧不拔、顽强不屈的意志品格。三国时期，曹魏最强，孙吴次之，蜀汉最为弱小。前《出师表》说："先帝创业未半而中道崩殂，今天下三分，益州疲敝，此诚危急存亡之秋也。"面对敌强我弱的局面，有两种不同的策略可以选择，一是防御策略，另一是以攻为守策略。这两种策略孰优孰劣，很难给予简单的评判，而要具体情况具体分析。一般来说，以攻为守要积极一些，也需要更大的勇气和魄力。诸葛亮正是采取了以攻为守的策略，表现出忠贞不屈的品格和矢志不渝的意志。后《出师表》说："先帝虑汉、贼不两立，王业不偏安，故托臣以讨贼也。以先帝之明，量臣之才，固知臣伐贼才弱敌强也；然不伐贼，王业亦亡，惟坐而待亡，孰与伐之？"在这段话中，诸葛亮不仅表达了"北伐中原"的远大抱负，而且也透露着"知其不可为而为之"的苍凉悲壮。无数人为之扼腕叹息、仰天长叹，"出师未捷身先死，长使英雄泪满襟"。

应当指出，诸葛亮坚持出师北伐，并不是盲目的行为，而是审时度势的决策。当时，蜀汉刚刚平定南中地区，保证了后方安定，武器也已经准备充足，而曹魏恰好正在疲于应付西部边境的叛乱，又与孙吴在东部作战，蜀汉所要进攻的关中地区比较空虚。诸葛亮认为："兵法乘劳，此进趋之时也"，即按照兵法原则，应当趁敌疲劳时进击，现在正是发起攻击的时机。同时，诸葛亮也清醒地看到战争结果的不可预测，"夫难平者，事也"。诸葛亮为什么对战争结果不乐观呢？一方面，是因为蜀国"民穷兵疲"，不可能长久地支撑战争；人才不济，"今陛下未及高帝，谋臣不如良、平"，即刘禅的能力水平比不上汉朝开国皇帝刘邦，手下的谋臣也不如刘邦的谋臣张良和陈平，这些年还损失了赵云等名将和部分精锐力量。另一方面，是因为敌方强大，"曹操智计，殊绝于人，其用兵也，仿佛孙、吴。"孙、吴即春秋战国时期著名的军事家孙武和吴起。诸葛亮还通过叙述蜀汉与曹魏此起彼伏的历史，说明风云变幻，战事难料。这就是当年刘备在楚地兵败，曹操拍手称快，以为天下大局已定。后来，刘备东面与孙吴政权联手，向西取得了巴蜀之地，出兵北征，大败曹操，眼看复兴汉室大业可期。然而，孙吴却违背盟约，关羽战败身亡，蜀军在秭归受挫，接着曹丕称帝。所以，诸葛亮感慨地说："凡事如此，难可逆料"，"至于成败利钝，非臣之明所能逆睹也"。尽管如此，诸葛亮还是坚定地认为，北定中原，兴复汉室，实现统一，是他的职责所系、忠心所在，"此臣之所以报先帝而忠陛下之职分也"；明确地表示："愿陛下托臣以讨贼兴复之效，不效，则治臣之罪，以告先帝之灵。"意思是，希望陛下把讨伐贼臣、兴复汉室的大事交付给我，如果事情没有成效，就惩治我的罪过，以此禀告先帝英灵。最后，诸葛亮在后《出师表》写出了"鞠躬尽力，死而后已"这一震古烁今的名句，充分表现了尽忠报国的高尚情怀和坚贞不屈的顽强意志。

修明政治是《出师表》的思想财富。诸葛亮两次上表刘禅，都与蜀汉内部的政治形势不稳定有关。前《出师表》是因为一些奸佞近臣利用刘禅的昏庸无能，有意挑拨宫廷与相府的关系，这很不利于诸葛亮安心北伐；后《出师表》则是因为蜀汉内部对北伐有不同看法，诸葛亮希望通过上表，坚定刘禅的北伐决心不动摇，也是为了安心北伐。那么，怎样才能使蜀汉内部的政治稳定呢？诸葛亮在《出师表》中明确提出了修明政治的主张。这些主张集中体现了诸葛亮的治国理政理想，是诸葛亮忠心报国的实践举措，至今仍有很强的现实意义。

在诸葛亮看来，修明政治，首先是广开言路。"诚宜开张圣听，以光先帝遗德，恢弘志士之气，不宜妄自菲薄，引喻失义，以塞忠谏之路也。"意思是，要广泛听取意见，以此光大先帝遗下的德行，发扬有志之士的正气，不应该轻率地小看自己而精神不振，更不该训喻浅俗、有失大义，以至于阻塞了群臣尽忠进谏的言路。这一建议不仅对刘禅那样的昏庸君主有益，即使对比较圣明的君主也是有帮助的，很值得人们的重视。这是因为人的能力和精力总是有限的，不可能事事清楚和事事正确，而人总是有偏好的，总是愿意听顺耳的话、恭维的话。"开张圣听"，就是鼓励人们讲真话，道实情，反对阿谀奉承、溜须拍马；就是要求不要偏听偏信，而要全面听取各方面的意见，不要只听好的消息和正面的意见，而要重视听取不好的情况和不同的意见，甚至是反对的意见。其次是公正执法。"宫中府中，俱为一体；陟罚臧否，不宜异同：若有作奸犯科及为忠善者，宜付有司论其刑赏，以昭陛下平明之理；不宜偏私，使内外异法也。"意思是，宫廷和相府是一个整体，对待两处的官员，赏善罚恶，不要有所不同。如果有作奸邪之事和触犯法令的，或者有尽忠为善的，都应当交付有关部门评定他们的刑罚和奖赏，以此显示陛下的公正贤明，不宜有所偏袒，使得宫廷和相府在法度上不平等。在这段话中，诸葛亮已经认识到依法办事、秉公执法的重要性，我们可以明显感受到诸葛亮的法治意识，这对一千多年前的政治家来说，是难能可贵的。其三是举贤任能。在前《出师表》中，诸葛亮一一列举了宫廷和相府中的贤能之士，宫中有侍中郭攸之、费祎，侍郎董允等人，他们志向忠贞、思想纯正，都是忠良可靠之臣；府中有将军向宠，性格贤良，行事公平，通晓军事，当年先帝也称赞其能干。诸葛亮希望刘禅对宫中、府中之事，"事无大小，悉以咨之，然后施行"，则于宫中"必能裨补阙漏，有所广益"，府中也"必能使行阵和睦，优劣得所也"。其四是亲贤远佞。这是诸葛亮反复叮嘱刘禅要牢记的原则，也是古今中外治国理政必须坚持的原则。"亲贤臣，远小人，此先汉所以兴隆也；亲小人，远贤臣，此后汉所以倾颓也。先帝在时，每与臣论此事，未尝不叹息痛恨于桓、灵也。"桓、灵，即指东汉末代皇帝汉桓帝和汉灵帝，两人皆宠信外戚和宦官，无道而昏庸腐败，为亡国之君。刘备每与诸葛亮谈及桓、灵两帝，莫不痛惜感慨，深以为憾。诸葛亮从兴复汉室的高度告诫刘禅，只要亲贤臣、远小人，"则汉室之隆，可计日而待也"。

"两表酬三顾，一对足千古。"《出师表》对后人的启示是多方面的，但更多的是给官员的启示，核心是要求官员为国以忠。为国以忠，既是官员的本分和职责所在，也是官员的基本品格。只有官员忠诚，才能维护国家统一和民族团结，促进经济社会发展和造福于民。为国以忠，需要理想信念支撑。当然，不同历史时期有着不同的理想信念。凡是符合社会发展趋势和群众愿望的，就是先进的理想信念。诸葛亮的理想信念是兴复汉室、实现国家统一，这在当时有着积极意义，也反映社会上很多人的愿望。只有坚定理想信念，才能使官员在关键时期不动摇，在物欲诱惑面前坚守底线。为国以忠，要求选贤任能。政治路线确定之后，干部就是决定的因素。只有选贤任能，才能保证国家有坚强的领导核心和骨干力量，为国家的发展进步和长治久安提供组织保证。为国以忠，还要求官员廉洁自律。诸葛亮在《自表后主》中说："臣家成都有桑八百株，薄田十五顷，子弟衣食，自有余饶。至于臣在外任，无别调度，随身衣食，悉仰于官，不别治生，以长尺寸。臣死之日，不使内有余帛，外有赢财，以负陛下也。"这段"自报家产"的话，让人看到了一颗坦然无私的赤诚之心，体现了诸葛亮清正廉洁的为政理念，也体现了诸葛亮安贫乐道的道德品质，充分展示其人格力量和道德感召力。只有官员廉洁自律，才能发挥楷模表率作用，引领社会良好风尚，促进政治清明清正。

附

前出师表

诸葛亮

臣亮言：先帝创业未半而中道崩殂，今天下三分，益州疲敝，此诚危急存亡之秋也。然侍卫之臣不懈于内，忠志之士忘身于外者，盖追先帝之殊遇，欲报之于陛下也。诚宜开张圣听，以光先帝遗德，恢弘志士之气，不宜妄自菲薄，引喻失义，以塞忠谏之路也。

宫中府中，俱为一体；陟罚臧否，不宜异同：若有作奸犯科及为忠善者，宜付有司论其刑赏，以昭陛下平明之理；不宜偏私，使内外异法也。

侍中、侍郎郭攸之、费祎、董允等，此皆良实，志虑忠纯，是以先帝简拔以遗陛下：愚以为宫中之事，事无大小，悉以咨之，然后施行，必能裨补阙漏，有所广益。

将军向宠，性行淑均，晓畅军事，试用于昔日，先帝称之曰"能"，是以众议举宠为督：愚以为营中之事，悉以咨之，必能使行阵和睦，优劣得所。

亲贤臣，远小人，此先汉所以兴隆也；亲小人，远贤臣，此后汉所以倾颓也。先帝在时，每与臣论此事，未尝不叹息痛恨于桓、灵也。侍中、尚书、长史、参军，此悉贞良死节之臣，愿陛下亲之、信之，则汉室之隆，可计日而待也。

臣本布衣，躬耕于南阳，苟全性命于乱世，不求闻达于诸侯。先帝不以臣卑鄙，猥自枉屈，三顾臣于草庐之中，咨臣以当世之事，由是感激，遂许先帝以驱驰。后值倾覆，受任于败军之际，奉命于危难之间，尔来二十有一年矣。

先帝知臣谨慎，故临崩寄臣以大事也。受命以来，夙夜忧叹，恐托付不效，以伤先帝之明；故五月渡泸，深入不毛。今南方已定，兵甲已足，当奖率三军，北定中原，庶竭驽钝，攘除奸凶，兴复汉室，还于旧都。此臣之所以报先帝而忠陛下之职分也。至于斟酌损益，进尽忠言，则攸之、祎、允等之任也。

愿陛下托臣以讨贼兴复之效，不效，则治臣之罪，以告先帝之灵。若无兴德之言，则责攸之、祎、允等之慢，以彰其咎；陛下亦宜自谋，以咨诹善道，察纳雅言，深追先帝遗诏。臣不胜受恩感激。

今当远离，临表涕零，不知所言。

百善孝为先　至孝者至忠

——读李密《陈情表》有感

　　历史上有两个同名同姓的著名人物叫李密,一为晋朝武阳即今四川彭山县的李密,以《陈情表》名垂后世,属文治范畴;一为隋末唐初的李密,因参与和领导农民起义反隋而扬名天下,属武功范围。文治武功,文治更重要,影响更深远,这是因为人是靠思想站立的,历史也是靠思想的引领而发展进步的。《陈情表》是李密向晋武帝司马炎呈上的表文。当时,晋武帝要李密赴朝任官,做太子洗马,即太子的侍从官,掌管整理图籍、讲经、祭奠先圣先师等事务,李密因祖母生病需要照料不能赴任,因而上表陈情。《陈情表》叙述了李密既要终养祖母以尽孝道,又要躬奉圣命尽忠国家的窘境。在忠孝不能两全的情况下,李密毅然决然地选择了孝道,拳拳孝心,感天动地,以致古人曰:"读李密《陈情表》不堕泪者,其人必不孝也。"

　　《文心雕龙·章表》指出,汉代公文有章、奏、表、议等名目,其中"章以谢恩,奏以按劾,表以陈情,议以执异"。李密以表上奏,是为了便于陈述真情,说明不能赴任的缘由。文学史上,臣属给皇帝的奏议,以情真意切、倾诉肺腑之言而感人的,只有《出师表》与《陈情表》,这说明《陈情表》具有相当高的精神价值和文学地位。《陈情表》全文四百余字,字字如金,无一字多余,无一言赘述,共有四个段落,实质是三个部分。第一部分写祖孙情深。李密自小丧父失母,家境悲惨而孤独,祖母是唯一照顾他的人,并抚育他成人。现在祖母病重卧床,李密侍奉左右,不能须臾分离。

第二部分写两难之境。朝廷多次封官于李密,而他都以祖母卧病在床推辞,而今是皇帝任命,诏书已下。一面是圣命不可违抗,一面是祖母需要照顾;一面是尽忠,一面是尽孝,李密进退维谷,处境尴尬。第三部分写先孝后忠。因李密曾任职于刘备的蜀汉王朝,所以他着力表明对晋朝的忠心,自己有奉召之愿,既无异心,也无自命清高之意,以免引起晋武帝的怀疑。同时,李密说明在祖母不得不赡养与皇命不得不遵守的两难选择中,自己报效朝廷的时间长,侍奉祖母的时间短,愿意先尽孝祖母,后尽忠朝廷。《陈情表》感情真挚朴实,铺叙委婉曲折,抒写诚恳深沉,叙事具体感人,确属千古名篇。据史书记载,晋武帝看了《陈情表》,称赞说:"士之有名,不虚然哉。"不但没有向李密问罪,反而还赐予奴婢二人和赡养祖母的费用。

品读《陈情表》,最大的收获是忠和孝。忠和孝是中华优秀文化的重要组成部分,忠心报国、孝敬父母,是中华民族的传统美德。由于忠孝观念的历史积淀和深入人心,确保了中华民族历经磨难而巍然屹立,确保了中华文明成为世界上唯一没有中断过的文明。忠和孝是既有联系又有区别的两个范畴,它们的联系在于忠和孝都是人性向善和社会正义的显著标志;区别在于忠是对国家而言,孝是对家庭而言。中国传统文化强调:"修身齐家治国平天下",从这个角度比较忠与孝的关系,孝具有更本原的价值和更基础的意义。一个人对家庭的孝不一定能发展为对国家的忠,但对国家的忠必然蕴含着对家庭的孝,因而古人求忠臣必于孝子之门。无怪乎《论语》认为:"其为人也孝弟,而好犯上者,鲜矣!不好犯上,而好作乱者,未之有也,君子务本,本立而道生。孝弟也者,其为仁之本与!"意思是,孝敬父母,敬爱兄长,却喜欢冒犯上者和长者的人,是很少有的。不喜欢冒犯上者和长者,却喜欢叛逆和捣乱,这种人从来没有过。君子致力于根本的建设,根本树立了,治国和做人的道理也就产生了。孝和悌，这就是仁的根本。《陈情表》之所以被人们千古传颂，就是因为它真情诠释和完美传递着中华优秀文化信息。

《陈情表》使我们深深地为李密的至孝所感动。李密对祖母的感情发自肺腑，孝敬祖母可谓至情至性，怎能不令人感动呢？！感动在于，俗语说："久病无孝子"，而李密长期侍奉久病的祖母，不仅毫无怨言，而且甘之如饴，一以贯之，慎终如初，确实做到了至诚至孝。据《晋书·李密传》记载：祖母有疾，李密痛哭流涕，夜不解衣，侍其左右；膳食、汤药，必亲口尝后进献。李密在《陈情表》中表达了对祖母的殷殷反哺之情，这就是"乌鸟私情，愿乞终养"。乌鸟，是指乌鸦能反哺母鸟的传说，用来比喻敬养长辈之人，李密恳请晋武帝给予他终养祖母的恩典。感动在于，在忠孝两难选择中，李密首先选择了孝。实际上，李密也是有可能选择忠孝两全的，即一方面奉诏进京任职，另一方面请人侍奉祖母，这在当时人概也会得到社会的认可和接受。但李密把孝视为至高无上，他孝敬祖母既要心到，也要人到；他必须亲自侍奉祖母于左右，赡养祖母以天年。心是精神的，人是物质的，以精神之心依附物质之人，才会让人感到踏实可信，感到孝的高尚和纯洁。感动在于，为官从政一直是中国传统知识分子人生的首要选择，但为了孝敬祖母，李密可以放弃官职，舍弃名利。这样做是需要勇气和意志的，因为这可能会引起朝廷的误解，也可能带来社会的压力，而李密是多次辞官，这就更不容易了。《陈情表》中就叙述了李密的三次辞官。第一次是"前太守臣逵，察臣孝廉"，即李密家乡犍为郡的太守认为李密善事长辈，品行方正，所以推荐李密。第二次是"后刺史臣荣，举臣秀才"，即益州的刺史推荐李密为优秀人才，犍为郡归益州管理，也就是更高一级的行政长官也看好和推荐李密。但这两次推荐都被李密谢绝了，"臣以供养无主，辞不赴命"。第三次就是晋武帝下诏任命李密为太子洗马，也是呈上《陈情表》的原因。这说明李密是从内心把孝看得比官职还要重要。感动在于，从来圣命难违，但为了孝敬祖母，李密甘愿冒着极大的风险，甚至是生命的危险，敢于婉拒圣命。如果考虑到李密曾在蜀汉王朝任职，多次出使东吴，以善于辩论著称于世的经历，可以想见，李密上表晋武帝，以奉养祖母为由，推辞官职不就，是需要多么大的勇气和智慧。

《陈情表》使我们深深地为李密的真诚所感动。至孝虽然是《陈情表》感动人的核心因素，但真诚却是《陈情表》感动人的基础。一定意义上说，晋武帝同意李密辞官尽孝，也是由于《陈情表》的真诚，向晋武帝讲明了真实情况。一是讲明了真实的家境。李密开篇就言："臣以险衅，夙遭闵凶。"意思是，李密命运坎坷多灾，早年遭受忧患和不幸。这种不幸既表现在"生孩六月，慈父见背"，还表现在"行年四岁，舅夺母志"。一般认为，少年丧父是人生的一大悲剧，而在李密那里，出生不久既丧父，四岁时又失母，则是悲剧中的悲剧。悲剧还不止这些，李密年幼时常患疾病，直到九岁时还走不稳路，"臣少多疾病，九岁不行"。除了家庭的不幸，李密十分孤单，还要忍受孤独的痛苦。"零丁孤苦，至于成立。既无叔伯，终鲜兄弟，门衰祚薄，晚有儿息。外无期功强近之亲，内无应门五尺之僮，茕茕孑立，形影相吊。"意思是，我孤苦伶仃地直至成家立业，既无叔伯，又无兄弟，家门衰微，福分浅薄，很晚才有儿子。外面没有或远或近的亲戚，家中没有照应门户的少年僮仆。我无依无靠地独自生活，只有形体与身影相互伴慰。这真是身世悲苦、家境凄凉。作为社会关系之网上的纽结，人从本质上说是合群的，孤独的人生是痛苦的，甚至比不幸遭遇还要痛苦。二是讲明真实的祖孙之情。在李密失怙失恃的情况下，"祖母刘愍臣孤弱，躬亲抚养"。而且，李密少时身体很弱，这既使祖母格外操心费力，也加深了祖孙之间感情。现在李密四十四岁了，祖母也九十六岁了，"臣无祖母，无以至今日；祖母无臣，无以终余年。母孙二人，更相为命，是以区区不能废远"。这里叙述的祖孙之情，感人之深，令人潸然泪下。三是说明真实的祖母病情。李密说，祖母长期卧病在床，目前，更是命悬一线，危在旦夕，即祖母"刘日薄西山，气息奄奄，人命危浅，朝不虑夕"。四是陈述真实的心境。面对忠孝的选择，李密的心情是非常矛盾的。一方面，李密应该是十分感激朝廷的任命，"非臣陨首所能上报"。这不仅因为朝廷委以太子洗马的重任，更重要的是朝廷不计前嫌，不念他在蜀汉王朝任职的经历，而加以信任和委以重任。所以，李密认为自己不仅是亡国卑贱的俘虏，而且是最下等、最鄙陋之人，然而皇恩浩荡，晋朝给予恩荣加身，他必然是欣慰、惶恐，并感激不已。另一方面，由于祖母病重，李密确实不能赴任就职。在这样的情况下，又遇到了"诏书切峻，责臣逋慢；郡县逼迫，催臣上道；州司临门，急于星火"。意思是，诏书急切严厉，责备臣逃避怠慢；郡县官吏也来逼迫，催促臣起程就职；州官衙门也派人登门督促，比流星的火光还急迫。李密的处境实在是太艰难了，"臣欲奉诏奔驰，则刘病日笃；欲苟顺私情，则告诉不许"。李密坦言："臣之进退，实为狼狈。"《陈情表》所言质朴真诚，实实在在。"精诚所至，金石为开。"正是李密的真诚，不仅提升了孝的境界，夯实了孝的基础，而且打动了晋武帝，打动了所有《陈情表》的读者。

《陈情表》使我们深深地为李密的忠心所感动。由于司马氏集团是通过阴谋和屠杀建立了西晋政权，并消灭了蜀汉政权，人们通常认为李密辞官不就的主要原因是对西晋王朝的不认同，因而对李密的忠心可能会有不同看法。但是，反复阅读《陈情表》以及李密祖母去世和丧期服满，仍被征召到洛阳任太子洗马的事实，大体可以形成这样的认识：李密基本上是认同晋朝的，对晋武帝所表忠心也是可信的。这首先表现在《陈情表》中有两处肯定了晋朝的所作所为，一处为"逮奉圣朝，沐浴清化"，意思是，等到晋朝建立，臣等沐浴在清明的教化之中；另一处为"圣朝以孝治天下，凡在故老，犹蒙矜育"。在这里，李密既赞赏了晋朝治国理念，即以孝治天下，又肯定了治国实践，凡属于故旧老人，都能蒙受怜悯和养育。人们或许会说，李密上述的赞赏和肯定是不得已而为之。然而，从李密的为人分析，他所作的肯定和赞赏也必定是有事实根据的，而不会是谎言假话。同时，表现在李密确实感激晋朝的信任和重用。因为李密年轻时在蜀汉王朝做官，在郎署供职，而晋朝不但不予计较，而且多次推荐委任。人非草木，孰能无情，这不能不让李密感动。所以李密说："今臣亡国贱俘，至微至陋，过蒙拔擢，宠命优渥，岂敢盘桓，有所希冀？"意思是，如今臣是亡国卑贱的俘虏，最下等、最鄙陋，却蒙受过分的提拔，哪里敢徘徊不前，还有什么非分之想呢！况且，晋武帝看了《陈情表》后，居然能容忍李密抗旨，同意了李密的请求，使其能从容尽孝，这更让李密感激涕零，从而换来了李密的真心回报。由此可见，李密在《陈情表》中所表示的忠心是生活逻辑的必然。"臣密今年四十有四，祖母刘今年九十有六。是臣尽节于陛下之日长，报养刘之日短也。"李密强调自己虽然是先孝后忠，但从年龄而言，毕竟是报效朝廷的时间更长。在《陈情表》的最后部分，李密表示："愿陛下矜愍愚诚，听臣微志，庶刘侥幸，卒保余年。臣生当陨首，死当结草。""结草"，是《左传》记载的一个典故，比喻感恩报德，至死不忘。意思是，但愿陛下能怜悯臣愚昧和诚意，听取并同意臣实现志愿。这样的话，祖母刘氏能够平安，终享晚年，则臣活着应当为陛下奉献生命，死后也要报恩。

　　清代学者评论《陈情表》"无一语不委婉动人，固是至情至性之文"。《陈情表》最大的社会历史价值在于从人的心灵深处升华了孝的价值，固化了孝的理念；给人们最大的启示就是要尽孝、至孝。百善孝为先。孝敬父母，是不需要任何理由的，更是不证自明的人生逻辑前提。一个人如果不能孝敬生他养他的父母，不能孝敬这个世界上他最亲近的人，那他怎么可能担负起对国家的忠诚和对社会的责任。所以，孝是做人最基本的品质，至孝者才能至忠；至孝者才能至善。即使在物质极大丰富和社会保障不断完善的今天，我们仍然需要传承孝的文化，弘扬孝的道德，鼓励孝的行为。因为物质的丰富代替不了亲情的温暖，社会的保障弥补不了子女的反哺。更重要的是，孝是忠和善的基础，只有能够尽孝于父母之人，才能尽忠于国家，才能行善于社会。

附

陈情表

李　密

臣密言：臣以险衅，夙遭闵凶。生孩六月，慈父见背；行年四岁，舅夺母志。祖母刘愍臣孤弱，躬亲抚养。臣少多疾病，九岁不行，零丁孤苦，至于成立。既无伯叔，终鲜兄弟，门衰祚薄，晚有儿息。外无期功强近之亲，内无应门五尺之僮，茕茕孑立，形影相吊。而刘夙婴疾病，常在床蓐，臣侍汤药，未尝废离。

逮奉圣朝，沐浴清化。前太守臣逵，察臣孝廉；后刺史臣荣，举臣秀才。臣以供养无主，辞不赴命。诏书特下，拜臣郎中，寻蒙国恩，除臣洗马。猥以微贱，当侍东宫，非臣陨首所能上报。臣具以表闻，辞不就职。诏书切峻，责臣逋慢；郡县逼迫，催臣上道；州司临门，急于星火。臣欲奉诏奔驰，则刘病日笃，欲苟顺私情，则告诉不许。臣之进退，实为狼狈。

伏惟圣朝以孝治天下，凡在故老，犹蒙矜育，况臣孤苦，特为尤甚。且臣少仕伪朝，历职郎署，本图宦达，不矜名节。今臣亡国贱俘，至微至陋，过蒙拔擢，宠命优渥，岂敢盘桓，有所希冀？但以刘日薄西山，气息奄奄，人命危浅，朝不虑夕。臣无祖母，无以至今日；祖母无臣，无以终余年。母孙二人，更相为命，是以区区不能废远。

　　臣密今年四十有四，祖母刘今年九十有六，是臣尽节于陛下之日长，报养刘之日短也。乌鸟私情，愿乞终养。臣之辛苦，非独蜀之人士及二州牧伯所见明知，皇天后土，实所共鉴。愿陛下矜愍愚诚，听臣微志，庶刘侥幸，卒保余年。臣生当陨首，死当结草。臣不胜犬马怖惧之情，谨拜表以闻。

质性自然　乐天知命

——读陶渊明《归去来兮辞》有感

　　陶渊明是东晋末期著名的文学家，更著名的则是他告别官场、做了真正的隐士。所谓隐士，一般理解为有知识、有才能、有名望、有操守的人，不在官府任职，而是隐匿在市井和乡野过着平常人的生活。有人以大小区别隐士，认为"大隐隐于市，小隐隐于野"。在我看来，这种区别是牵强的，有可能成为沽名钓誉之辈的托词。隐士没有大小之别，只有真假之别。假隐士是热衷名利、借隐扬名，希望以此从山林跃入官场或重新进入官场，而陶渊明是真隐士，抛却名利，物我两忘。"归去来兮，请息交以绝游"，息交、绝游二词区别了真假隐士。当然，陶渊明只作隐士，没有文学上的成就，也不可能垂名青史。他是田园诗的开山鼻祖和中国文学史上的伟大诗人，苏东坡始终以学生的口吻称"渊明吾师"，并唱和了陶渊明的全部诗作。他的散文辞赋在文学史上的地位不亚于诗歌，其中《桃花源记》虽是个乌托邦，却是对整个社会出路和人民幸福生活的憧憬；《五柳先生传》展示了一个清高洒脱、安贫乐道的隐士形象，寄托着中国古代士大夫"穷则独善其身"的理想人格；《归去来兮辞》是陶渊明最重要的作品，是告别官场的宣言，欧阳修评论说："晋无文章，惟陶渊明《归去来兮辞》一篇而已。"

　　辞是战国后期楚地创造出来的一种形式比较自由的韵文；赋体起源的时间要早一些，都是散文的滥觞。两汉时期，辞赋不分，均重文采、讲铺陈、善用典，区别在于辞重韵而抒情，赋重在咏物说理。《归去来兮辞》是辞赋的结合，既咏物说理，又抒发情感。全文可分为三个部分。第一部分是序，阐述入仕和出仕的原因。陶渊明坦陈是为贫而仕，"余家贫，耕植不足以自给"。于是，"亲故多劝余为长吏，脱然有怀，求之靡途"；诸侯、家叔帮忙，"遂见用于小邑"。最后，"彭泽去家百里，公田之利，足以为酒，故便求之"。辞官归隐的原因是"质性自然"，与官场的污浊格格不入，在彭泽当县令"八十余日"，"自免去职"。第二部分是正文的第一、二、三段，写了归途的心情、到家时的心情和在田园里的心情，洋溢着诗人欣慰无比、怡然自乐的幸福。归途的心情是立于船头，归心似箭，盼早日到家。到家时的心情是"乃瞻衡宇，载欣载奔"。意思是，远远地望见简陋屋门，且喜且奔地飞跑回家。在田园里的心情是"园日涉以成趣，门虽设而常关。策扶老以流憩，时矫首而遐观"。意思是，整天在园中散步而自得其乐，虽然设有门户却常将它关闭。拄着拐杖随处漫游歇息，不时抬起头来向远处眺望。第三部分是最后一段，抒发诗人的人生感悟，"富贵非吾愿，帝乡不可期"；"聊乘化以归尽，乐夫天命复奚疑！"意思是，顺其自然走向生命的尽头，乐天知命还有什么可以犹豫的呢。这是一种哲学思考，是陶渊明对生存价值和生命意义的终极追求。

品读《归去来兮辞》，我们深深为陶渊明的自然品格所折服。做人自然、自然做人，说起来容易，做起来其实很难，难就难在人有七情六欲，容易为物欲所困和名利所累。陶渊明真正做到了自然。陶渊明确信，自然是他的血脉、他的生命和他的全部，只有回归自然，他才会有幸福。这种自然是质性自然，不是作秀的自然，更不是作伪的自然，"少无适俗韵，性本爱丘山"。有了质性自然，陶渊明才会感叹："久在樊笼里，复得返自然"，像天上的云，云卷云舒，自由飘荡，无所系羁；像空中的鸟，飞来飞去，翱翔蓝天，依恋树林。这种自然是田园风光。田园是最真切的自然，是人类诗意地栖居的大地。在陶渊明看来，田园代表着宁静、和谐、安详，代表着温情、善良、真诚，代表着对世俗的拒绝和对权力的蔑视。田园是他质性自然的载体，是他安身立命的处所，因而《归去来兮辞》正文一开篇就动人心魄地喊出"归去来兮，田园将芜，胡不归？"真是天籁之音，在历史的苍穹久久回荡，深深震撼着士大夫的心胸。这种自然是平淡语言。陶渊明的诗文几乎找不到怪僻字，用的都是农家语，以致同时代的文学批评家钟嵘认为不够高雅。问题的关键并不在于用语是否高雅，有没有怪僻字，而在于是否有真情，是否是真情的自然流露。有了真情，田园可以显现为风光，农家日子可以提升为诗意，简单事物可以唤起美的享受，这正是陶渊明诗文最大的特色，也是他质性自然的重要组成部分。后人评价《归去来兮辞》是"沛然如肺腑中流出，殊不见有斧凿之痕"；评价陶渊明的诗文是"一语天然万古新，豪华落尽见真淳"。

《归去来兮辞》告别了官场生活。"悟已往之不谏，知来者之可追。实迷途其未远，觉今是而昨非。"这段话既有悔恨又有醒悟，富于深刻的哲理。意思是，觉悟到以往的过失已无法挽回，知道将来的美好还来得及补救，其中今是而昨非，就是陶渊明彻底否定了十三年甚至是三十年的宦海沉浮。陶渊明二十八岁才做官，四十岁告别官场，实际只有十三年时间，但他在《归园田居》中说："误落尘网中，一去三十年。"这大概是算上了他少年时就有了入仕做官的愿望。其实，陶渊明年轻时是很想为官从政的，他自己说的原因是"幼稚盈室，瓶无储粟，生生所资，未见其术"，也就是在子多且幼、谋生无术的情况下，不得不外出做官；更重要的原因可能是他的"大济苍生"的宏愿和"猛志逸四海，骞翮思远翥"的志向。陶渊明也着实做过几次官。他第一次入仕是二十八岁，《晋书》记载："亲老家贫，起为州祭酒。不堪吏职，少日自解归。"意思是，他那时家贫，到江州任祭酒一职，属于州府的普通办事员，但他不愿仰人鼻息，没过多久就辞职回家了。据说，不久州里又来召他做主簿，属秘书类的差事，他没去就辞谢了。第二次入仕是三十六岁左右，他到荆州府桓玄门下做属吏，而桓玄当时控制着长江中上游，正伺机篡夺东晋政权。陶渊明不愿与桓玄同流合污，借故母亲去世，归家居丧，辞别了官职。第三次入仕是四十岁那年，陶渊明远赴京口在刘裕那里做过建威参军和镇军参军，也是一种文职小官。对于东晋而言，刘裕与桓玄一样都是篡国谋逆者，陶渊明不满刘裕，很快就辞了职。半年之后，叔父陶逵介绍任彭泽县令。当了八十一天县令，又一次挂印而去，写就了千古名篇《归去来兮辞》，宣言彻底告别仕宦生涯。这一年他四十一岁。陶渊明辞官隐退的表层原因，按《归去来兮辞》的说法是"寻程氏妹丧于武昌，情在骏奔，自免去职"；按萧统《陶渊明传》的说法是"岁终，会郡遣督邮至，县吏请曰：'应束带见之。'渊明叹曰：'我岂能为五斗米，折腰向乡里小儿。'即日解绶去职"。这也是"不为五斗米折腰"典故出处，后人对此有疑问，认为在陶渊明的诗文中得不到印证。然而，这倒比较符合陶渊明的思想逻辑和性格特征。深层原因，却需从陶渊明自身和当时的社会大环境中寻找。其一是由于陶渊明的个性，他崇尚自然和追求心灵自由的品质，与仕宦生活的诸多羁绊不能相容，这应该是主要原因。其二是东晋士族文人普遍谈玄说理、不拘形役的社会风气，不能不对陶渊明的人格世界产生深刻的影响，从而为他辞官隐退奠定了思想基础，发挥了催化和促进作用。其三是黑暗的政治现实，陶渊明生活在东晋末年与南北朝初期，军阀混战，生灵涂炭，一生遭遇乱世，这不仅是他无法改变的历史现实，而且也为实现宏图大志设置了无法逾越的障碍。综合历史与现实、社会与个人的种种因素，终于酿成了陶渊明辞官退隐的结局。这对陶渊明个人来说，可能是一杯苦酒，而历史地看，却是一杯精神美酒，为我们酿造了"隐逸诗宗"的美好诗篇和士大夫超凡脱俗、清高自洁的光辉形象。

　　《归去来兮辞》讴歌了田园风光。对于陶渊明来说，返归田园不仅是实际行动，而且是审美实践，他一往情深地用双脚丈量故乡的土地，用心灵讴歌故乡的田园风光。这种讴歌贯穿于归途、乡居、劳作、田园、山林全过程，充溢着人情味和人性温暖。他讴歌归途之乐。陶渊明在官场备受拘禁和压抑，辞官后一身轻松，日夜兼程，"舟遥遥以轻飏，风飘飘而吹衣。问征夫以前路，恨晨光之熹微"。在这里，陶渊明没有发议论，只是写了归途中的情态，就把愉快而急切的心情一览无余地表现出来。其中一个情态是在船上，他的心情不平静，坐不下来，看行船如飞一般前进，任微风轻拂吹起衣衫，"问征夫"、"恨晨光"，恨不得马上到家。家是人们灵魂和感情最佳的栖息地，回家永远是一件圣洁的事情。他讴歌天伦之乐。陶渊明刚回到家时，场面欢快、心情舒畅，饶有情趣、其乐融融。"僮仆欢迎，稚子候门。三径就荒，松菊犹存。携幼入室，有酒盈樽。引壶觞以自酌，眄庭柯以怡颜。"意思是，僮仆欢喜地前来迎接，可能还是远赴村口渡头迎接；孩子们高兴地在门口等候，尤其是幼子躲在门后胆怯而好奇地观望着。院内三条小路已经长上荒草，松树和菊花却仍然挺拔秀丽。领着幼儿迈步进门，已有美酒斟满酒樽。举起酒壶酒觞自酌自饮，斜看庭中的树枝笑颜逐开。他讴歌乡居之乐。在《归去来兮辞》中，陶渊明着力描写了乡居生活的丰富，其中聊天和读书是快乐的，"悦亲戚之情话，乐琴书以消忧"；静思和远眺是安详的，"倚南窗以寄傲，审容膝之易安"；远足和郊游是生动的，"或命巾车，或棹孤舟。既窈窕以寻壑，亦崎岖而经丘"。意思是，有的时候乘坐带篷车，有的时候划着小木船，既循着幽深的峡谷寻找溪涧，又顺着崎岖的小路翻越丘陵。在《归田园居》中，陶渊明着力描写了乡居环境的优美，这里既有屋舍的宁静，"方宅十余亩，草屋八九间。榆柳荫后檐，桃李罗堂前"，又有乡村的情趣，"暧暧远人村，依依墟里烟。狗吠深巷中，鸡鸣桑树颠"。他讴歌劳作之乐。陶渊明回家之后，与农民打成一片，从事农耕生活，"农人告余以春及，将有事于西畴"。意思是，农夫告诉我春天来临，将要到西边的田地耕作。他非常专注于农活，"相见无杂言，但道桑麻长"。他还辛勤于农活，"晨兴理荒秽，带月荷锄归"。他讴歌田园山林之乐。云在飘，"云无心以出岫"；鸟在飞，"鸟倦飞而知还"；树在长，"木欣欣以向荣"；水在流，"泉涓涓而始流"。在这美好无比田园风光里，陶渊明醉了。他重新发现了自我，找到了自我，"善万物之得时，感吾生之行休"。意思是，可喜世间万物正生机勃发，感叹我平生奔波而今退隐。

《归去来兮辞》展示了矛盾心理。"学而优则仕"，是中国传统知识分子的价值追求和人生目标，一旦逸出这一人生轨道，其内心的痛苦和挣扎可想而知。尽管陶渊明在许多作品中深刻表现出了固守寒庐、寄意田园的人生哲学，超凡脱俗、安于清贫的隐士之风，恬静自然、冲淡渺远的个性品格，但在弃官归隐、从官员到百姓的身份转换过程中，他的心情肯定是复杂的，内心也会有失落和惆怅情绪。即使在心仪的田园生活中，陶渊明仍在不停地追问生命的意义："已矣乎！寓形宇内复几时，曷不委心任去留？胡为乎遑遑欲何之？"意思是，不要细思量了！寄身天地又有几时，何不委弃欲念，听任自然？为何还心神不宁，想要去往何处呢。一方面是"采菊东篱下，悠然见南山"，另一方面是"精卫衔微木，将以填沧海"，这一既想入仕又不愿与官场同流合污、既要归隐又割舍不了年轻时志向的矛盾心理，始终纠结于陶渊明的脑海，他深深地感到孤独。在辞官归家的途中，陶渊明就有了这种孤独。"既自以心为形役，奚惆怅而独悲？"意思是，既然已经厌恶官场身不由己的生活，踏上了归程，为什么还会感到惆怅而独自悲伤呢。究其原因，还是陶渊明内心的矛盾得不到完全的消解。他出身仕宦家庭，曾祖陶侃为东晋开国元勋；自己是"少年罕人事，游好在六经"，深受儒家思想浸染；年轻时又有"大济苍生"的志向，因而他入仕为官、造福百姓的愿望是十分强烈的。辞官归隐实在是无奈之举和不得已的选择，这就不能不带来心灵的痛苦，即使在归程愉快的情景中，也无法加以掩饰。在乡居和谐的日子里，陶渊明还是有这种孤独。"景翳翳以将入，抚孤松而盘桓。"意思是，太阳已经下山，日光变得暗淡，而我还抚摸着孤松徘徊彷徨。应该说，陶渊明的乡居生活是快乐的，既没有官场的案牍劳形，也没有人际的尔虞我诈，有的是"稚子候门"、"携幼入室"的天伦之乐，庭园信步、触目成趣的洒脱闲适，植杖流憩、矫首遐观的隐逸宁静。但是，乡居的恬淡清新并没有完全抚平陶渊明心灵的创伤。因为传统文化历来对士大夫的人生目标有着双重要求，既要追求自身的完善，又要追求外在的事功，概言之，就是要"内圣外王"。而且，世俗的观念往往把外在事功看成是自身完善的标志，这不能不对士大夫们产生无形的压力。陶渊明辞官归隐后，可以追求自身完善，但已不可能追求外在事功，这使他有着一种失去人生目标的感觉。在出游和劳作的时光里，陶渊明仍然有这种孤独。"怀良辰以孤往，或植杖而耘耔。"意思是，珍惜美好的时光去独自出游，或者拿起农具去除草培土种庄稼。陶渊明对乡村是热爱的，对农民是有感情的，他在《移居》一诗中写道："昔故居南村，非为卜其宅。闻多素心人，乐与数晨夕。"这里的素心人是指真诚的人、朴实的人、善良的人，实质就是指农民。作为知识分子的陶渊明，可以对农民有着深深的人文眷恋，可以和农民一起享受劳动的欢歌笑语和收获的喜悦心情。然而一旦上升到精神层面，由于受教育的背景不同和文化差异，陶渊明就会和农民有生疏和区隔，就不可能有那么多的共同语言。辞官归隐后的陶渊明，是田园的一部分，却不是一个完全意义上的农民，这不能不使他感到缺憾和孤独。

辞官归隐，历史留下了陶渊明，文人墨客多了一种人生选择。

但是，纵观历史，真正选择辞官归隐的，陶渊明之后鲜有所闻，这使后人只能"高山仰止"，不能"景行行止"。所以，元人评价："古今闻人，例善于辞，而克行之者鲜。践其所言，能始终而不易者，其惟渊明乎？此所以高于千古人也。"《归去来兮辞》给人们最大的启示是：人生可以有多种选择，不惟入仕为官一途。中国传统文化有着深厚"官本位"意识，这对于消解"官本位"的负面影响有着重要的现实意义。即使在农业社会，人生选择机会相对较少，也可以像陶渊明那样，仕途不顺遂，就选择归隐田园，享受自然美景和农耕乐趣。何况今天，社会分工高度发达和专业化，人生选择有了广阔的空间，更不应孜孜以求于入仕为官，把智慧和才华都淹没在官场往来的繁文缛节之中。当然，人生的选择是综合因素作用的结果。机缘巧合、风云际会，让你走上为官从政之途，那你就要奋力前行，为国尽忠、为民造福。如果时代和历史给了你其他的人生选择，那你也要履职尽责，不负平生、奉献社会。无论何种选择，都要像陶渊明那样，纵然在农家田园，还是那么本真，"造饮辄尽，期在必醉。既醉而退，曾不吝情去留"；还是那么勤奋，"好读书，不求甚解。每有会意，便欣然忘食"；还是那么笔耕不辍，留下许多诗文名篇，让千古传颂不已，在精神和文化的追求中获得永生。

附

归去来兮辞（并序）

陶渊明

余家贫，耕植不足以自给。幼稚盈室，瓶无储粟，生生所资，未见其术。亲故多劝余为长吏，脱然有怀，求之靡途。会有四方之事，诸侯以惠爱为德，家叔以余贫苦，遂见用于小邑。于时风波未静，心惮远役。彭泽去家百里，公田之利，足以为酒，故便求之。及少日，眷然有归欤之情。何则？质性自然，非矫厉所得；饥冻虽切，违己交病。尝从人事，皆口腹自役；于是怅然慷慨，深愧平生之志。犹望一稔，当敛裳宵逝。寻程氏妹丧于武昌，情在骏奔，自免去职。仲秋至冬，在官八十余日。因事顺心，命篇曰《归去来兮》。乙巳岁十一月也。

归去来兮，田园将芜，胡不归？既自以心为形役，奚惆怅而独悲？悟已往之不谏，知来者之可追。实迷途其未远，觉今是而昨非。舟遥遥以轻飏，风飘飘而吹衣。问征夫以前路，恨晨光之熹微。

乃瞻衡宇，载欣载奔。僮仆欢迎，稚子候门。三径就荒，松菊犹存。携幼入室，有酒盈樽。引壶觞以自酌，眄庭柯以怡颜。倚南窗以寄傲，审容膝之易安。园日涉以成趣，门虽设而常关。策扶老以流憩，时矫首而遐观。云无心以出岫，鸟倦飞而知还。景翳翳以将入，抚孤松而盘桓。

归去来兮，请息交以绝游。世与我而相违，复驾言兮焉求？悦亲戚之情话，乐琴书以消忧。农人告余以春及，将有事于西畴。或命巾车，或棹孤舟。既窈窕以寻壑，亦崎岖而经丘。木欣欣以向荣，泉涓涓而始流。善万物之得时，感吾生之行休。

已矣乎！寓形宇内复几时！曷不委心任去留？胡为乎遑遑欲何之？富贵非吾愿，帝乡不可期。怀良辰以孤往，或植杖而耘耔。登东皋以舒啸，临清流而赋诗。聊乘化以归尽，乐夫天命复奚疑！

思国之安者　必积其德义

——读魏征《谏太宗十思疏》有感

魏征是唐初杰出的政治家和历史学家，在唐太宗李世民朝任职，曾任谏议大夫、检校侍中，官至太子太师，为"贞观之治"和太平盛世作出了重要贡献。魏征在历史上以敢于直谏著称，他先后向唐太宗陈谏二百余事，常"犯颜直谏"，即使唐太宗怒不可遏，他仍神色不移，不放弃劝谏。在劝谏过程中，他提出了许多真知灼见，譬如，"无面从退有后言"，就是不要当面赞成，背后又有意见；又如，"兼听则明，偏信则暗"，主张广泛听取各种不同意见；再如，"爱而知其恶，憎而知其善"，强调要公正待人，对自己喜欢的人要看到他的缺点，不喜欢的人要看到他的优点。这些观点至今仍有现实意义和学习借鉴价值。《谏太宗十思疏》的写作背景是，唐太宗随着国势的安定、经济的发展，而日益骄傲起来，生活也逐渐奢侈。魏征对此非常忧虑，于是在贞观十一年写了这一奏疏，提出了"十思"建议，即君主处理问题的十项原则，具有强烈的警醒作用，对后世影响甚大。

奏疏，是古代臣下向君主陈述意见的一种文体。《谏太宗十思疏》主题鲜明、议论深刻，文字简洁、语言精美，气势充沛、脉络清楚，具有很强的说服力和艺术魅力。全文三百七十二字，分为三段，第一段是运用比喻论证，说明治理国家要固其根本，不能舍本求末。这个根本就是厚积德义，"思国之安者，必积其德义"。第二段是说明君主治国理政做事要善始敬终，不要虎头蛇尾。魏征总结历史经验，从创业与守成的关系强调善始敬终的不易和重要性。第三段是全文的重心，说明固其根本和善始敬终的主要内容，这就是"十思"。"总此十思，弘兹九得。"只要实现"十思"要求，就能弘扬《尚书·皋陶谟》提倡的九种美德，即"宽而栗，柔而立，愿而恭，乱而敬，扰而毅，直而温，简而廉，刚而塞，强而义"。意思是，既恢宏大度又小心谨慎，既温和文雅又特立独行，既忠厚诚实又严肃庄重，既卓有才识又敬业守勤，既柔顺驯服又刚毅果决，既正直耿介又和蔼可亲，既简约大气又严谨审慎，既刚正坦荡又认真务实，既强大豪迈又仁义善良。据说唐太宗十分喜欢这一奏疏，令人将其刻于居室，并把太子叫到身边，告诫永志不忘。

品读《谏太宗十思疏》，给我们留下的最深刻印象是，这不是一篇普通的奏疏，而是一篇具有丰富治国理政思想的政治论文。它劝诫唐太宗要居安思危，励精图治，选贤任能，整顿吏治，重视人才，安定国家；强调君舟民水关系，人心向背，决定王朝的兴衰。同时，给我们留下的深刻印象是，明君贤臣、协力同心，这是一幅中国传统政治十分憧憬的图景，也是形成贞观盛世的政治保证。一方面，魏征敢于直谏，敢于说真话，是个称职的谏官。唐太宗高兴的时候，他提意见；不高兴的时候，他仍然提意见，不看脸色行事，甚至敢于冒犯皇帝的尊严。另一方面，唐太宗能够纳谏，善于纳谏，也是值得尊敬的。人是有局限的，总是偏爱听好话和顺耳的话，何况作为人主的唐太宗。史载，有一次唐太宗退朝回家，气冲冲对长孙皇后说，总有一天要杀掉魏征这个"乡巴佬"。好在皇后贤惠明理，恭贺皇上说，有明君，才会有直臣，从而使得唐太宗消解气愤，更加信任和倚重魏征。魏征去世，唐太宗亲自撰写碑文，还对大臣们说："人以铜为镜，可以整衣冠；以古为镜，可以知兴替；以人为镜，可以明得失。魏征没，朕亡一镜矣！"

固其根本是《谏太宗十思疏》核心的政治思想。一般阅读认为，"十思"是关键，但从宏观视野分析，固本更重要，"十思"不过是固本的路径选择。为什么要固本呢？魏征写道："臣闻求木之所长者，必固其根本；欲流之远者，必浚其泉源；思国之安者，必积其德义。"意思是，臣听说想让树木长得高，一定要使它的根扎得牢固；想让河水流得远，一定要使它的源头疏通；想让国家安定，一定要积累恩德和道义。厚积德义，就是从根本上巩固政权，实现天下大治。按照中国传统政治文化的认识，厚积德义的前提是坚持民本思想。孟子曰："民为贵，社稷次之，君为轻。"这是民本思想最初的源头和最经典的表述，深深镌刻在传统优秀知识分子的心灵之中。鉴于隋朝横征暴敛、大兴徭役、滥用民力的弊端，唐太宗即位之初，一面继续推行"均田法"，适当满足农民对土地的要求，一面减轻赋役，与民休养生息，从而迎来了"贞观之治"和太平盛世。在巨大的政绩面前，唐太宗开始骄傲自满起来，不断追求珍奇异物、修建豪华宫殿和对外用兵。这时，具有深厚民本思想的魏征，没有忘记隋朝灭亡的历史教训，仍然保持清醒头脑，多次上疏，主张"静之则安，动之则乱"；强调"善为水者，引之使平；善化人者，抚之使静。水平则无损于堤防，人静则不犯于宪章"；劝诫唐太宗坚持执行与民休养生息的政策，以维护唐王朝的长远利益，这在客观上也有利于社会繁荣和老百姓安居乐业。厚积德义的关键是始终敬畏民心。对于任何一个朝代来说，民心向背都是一个大问题。得民心者得天下，民心所向，则是朝代的建立和发展进步；失民心者失天下，民怨沸腾、民心背离，则是朝代垮台和社会动乱。所以，魏征强调："怨不在大，可畏惟人。载舟覆舟，所宜深慎。"君主如舟，民众如水，水可以载舟，也可以翻船，这一思想源于先秦荀子的学说。魏征运用这一政治思想和比喻，向唐太宗表明敬畏民心的重要。在魏征看来，如果不敬畏民心，皇朝就会不保，甚至可能被推翻。对于民众，如果不施仁义，只靠权势和严刑峻法，就不可能让民众心悦诚服。"虽董之以严刑，振之以威怒，终苟免而不怀仁，貌恭而不心服。"如果民心不能诚服，那么，"源不深而望流之远，根不固而求木之长，德不厚而思国之安，臣虽下愚，知其不可"。针对唐太宗日益滋长的骄傲情绪和奢侈行为，魏征进一步说："人君当神器之重，居域中之大，不念居安思危，戒奢以俭，斯亦伐根以求木茂，塞源而欲流长也。"在《谏太宗十思疏》中，魏征运用形象的比喻把固其根本、厚积德义的道理说得十分透彻，使得唐太宗乐于接受。

　　善始敬终是《谏太宗十思疏》重要的政治思想。善始敬终语出春秋时期，在《礼记》、《左传》和《庄子》中都可以找到类似的表述，这说明古人很早就关注这一问题。但在历史社会和政治人物中，能够做到善始敬终的人很少，主要不是善始的少，而是敬终的少，"善始者实繁，克终者盖寡"。为什么善始的多呢？俗话说：万事开头难。好的开始是成功的一半。人们往往习惯把注意力集中在各项事业和工作的开始阶段，希望以一个好的开始预示一个好的结果。由于注意力集中，工作努力，兢兢业业，开始阶段的成效总是比较明显。敬终的少，原因是多方面的，既有客观的，更多的是主观原因。有的事是不可为而为之，主观上尽了最大努力，客观上难以做到敬终；个人做到了敬终，事业可能没有实现敬终，所以诸葛亮在后《出师表》中感叹：北伐中原、兴复汉室，"至于成败利钝，非臣之明所能逆睹也"。但大多数不能敬终的，是由于主观原因所致。许多事是越深入越艰难，使得不少人产生畏难情绪，望而却步，导致好的开始没有好的结果；许多人缺乏耐心和毅力，使得不少能够办成的事半途而废，抱憾终身。对于政治人物来说，不能敬终的一个重要原因是取得成绩后，不能居安思危，不能继续保持谦虚谨慎的品格，骄傲起来，自以为是。魏征认为："岂取之易守之难乎？盖在殷忧必竭诚以待下，既得志则纵情以傲物。"意思是，为什么会取得天下容易，守住天下困难呢？这是因为取得天下时，正处于深重的忧患之中，一定会竭尽诚恳地对待下属；取得天下后，实现了志向，就以为可以放肆地傲视一切。在魏征看来，骄傲是极其危险的。"竭诚则胡越为一体，傲物则骨肉为行路。"在这里，魏征提醒唐太宗，竭诚尽义，处在偏远荒蛮之地的其他民族也可以和我们一体同心；骄傲自满，那么亲戚也会变成路途偶遇的陌生人。难能可贵的是，善始敬终是魏征一贯的思想。《贞观纪要》记载，有一次唐太宗问诸臣："草创与守成孰难？"魏征回答：守成比创业更难，因为"既得之后，志趣骄逸，百姓欲静而徭役不休，百姓凋残而侈务不息，国之衰弊，恒由此起。以斯而言，守成则难"。这段对话既反映了魏征深厚的民本思想，也表明魏征忠实地履行谏官职责，不断地劝诫唐太宗要谦虚谨慎，善始敬终。

"十思"是《谏太宗十思疏》具体化的政治思想。作为臣下向皇帝陈述意见的奏疏，"十思"是全文重心所在，是具体可操作的建议。从全文的逻辑分析，"十思"既是固其根本的必然选择，又是善始敬终的主要内容。魏征从可能危及国家安危和人君不能敬终的十个方面提出了意见建议，归纳起来可为"五戒"。一是戒奢侈，"诚能见可欲，则思知足以自戒；将有作，则思知止以安人"，这里是劝诫唐太宗不要喜好器物美色和劳民伤财，从而保证民心安定和百姓乐业。二是戒骄傲，"念高危，则思谦冲而自牧；惧满盈，则思江海下百川"。意思是，考虑到地位崇高的危险时，就要想到虚怀若谷，用谦虚平和来约束自己；担心自己骄傲自满时，就要想到海纳百川，江海浩荡的原因在于居众多河流之下。三是戒懈怠，"乐盘游，则思三驱以为度；忧懈怠，则思慎始而敬终"。这里是劝诫唐太宗热衷打猎，也只能以一年三次为度，不可放任纵欲；自始自终都要勤于政事，而不能怠慢政事。四是戒小人，"虑壅蔽，则思虚心以纳下；惧谗邪，则思正身以黜恶"。意思是，如果担心耳目被堵塞而受蒙蔽，就要想到虚心地听取臣下的建议，广泛地听取各方面的意见；如果害怕受到谗佞奸邪小人的蛊惑，就要想端正自身的行为以斥退淫恶，远离小人。远佞亲贤，历来是为官从政的基本准则。魏征认为，远佞就是避免"偏听则暗"，不要被小人谎话假话所蒙蔽，亲贤就是追求"兼听则明"，要让臣下说真话实话，以利于掌握真实情况。五是戒不公，"恩所加，则思无因喜以谬赏；罚所及，则思无以怒而滥刑"。这里是劝诫唐太宗不能感情用事，滥施赏罚，而要赏罚有尺度，客观公正，不因喜怒而有所偏颇。细细品味"十思"，字字惊心，语语坦诚，不能不深切体会到魏征的忠心可嘉和睿智可鉴。即使在今天，"十思"仍可以是为官的座右铭，不断地温故而知新。更重要的是，魏征在"十思"之后强调了"用人"和"纳谏"的重要，用人就是"简能而任之"；纳谏就是"择善而从之"。在魏征看来，如果唐太宗能够采纳并践行"十思"，那么唐王朝就能实现"君臣共治"、"垂拱而治"的政治理想。"则智者尽其谋，勇者竭其力，仁者播其惠，信者效其忠。文武并用，垂拱而治。何必劳神苦思，代百司之职役哉！"这是一幅多么美好的政治图景：君臣相契、风云际会，文臣武将尽职尽力尽忠，君主垂衣拱手管理国家。这实际上就是初唐的治国方略，也是促成贞观盛世的重要原因。

　　清人评价《谏太宗十思疏》是"款款而陈，情词恳挚，忠爱之忱，溢于言表"。但是，品读《谏太宗十思疏》，不应只注重精美的文字、忠诚的情感和动人的艺术魅力，更应注重其深刻的政治思想。《谏太宗十思疏》给我们最大的启示是：治国理政要固其根本，厚积德义。《尚书》曰："民惟邦本，本固邦宁"，这说明人民是国家的基石，只有巩固国家的基石，政治才能稳定，国家才会安宁。因此，固其根本，要以人为本。这就是坚持人民的主体地位，尊重人民意愿，保障人民权益，赢得人民拥护。说到底，历史是人民创造的，国家大厦是人民支撑的。只要人民拥护，任何力量都不可能撼动和颠覆国家的根基。固其根本，要厚积德义。这就是爱民富民化民，既要在物质上帮助民众，也要在精神上引导民众；既要让老百姓上得起学，看到起病，住得起房，有稳定的职业和收入，又要让老百姓接受教育，为良从善，诚信守法，坚守精神家园。固其根本，要居安思危。这就是要求官员清正廉洁自律，在任何时候任何情况下都要关心群众疾苦，"些小吾曹州县吏，一枝一叶总关情"，都要谦虚谨慎、不骄不躁，"虚心使人进步，骄傲使人落后"，都要艰苦朴素、勤奋敬业，"历览前贤国与家，成由勤俭败由奢"，从而努力做到为国尽忠、为民造福。

附

谏太宗十思疏

魏　征

　　臣闻求木之长者，必固其根本；欲流之远者，必浚其泉源；思国之安者，必积其德义。源不深而望流之远，根不固而求木之长，德不厚而思国之安，臣虽下愚，知其不可，而况于明哲乎？人君当神器之重，居域中之大，不念居安思危，戒奢以俭，斯亦伐根以求木茂，塞源而欲流长也。

　　凡昔元首，承天景命，善始者实繁，克终者盖寡。岂取之易守之难乎？盖在殷忧必竭诚以待下，既得志则纵情以傲物；竭诚则胡越为一体，傲物则骨肉为行路。虽董之以严刑，振之以威怒，终苟免而不怀仁，貌恭而不心服。怨不在大，可畏惟人。载舟覆舟，所宜深慎。

　　诚能见可欲，则思知足以自戒；将有作，则思知止以安人；念高危，则思谦冲而自牧；惧满盈，则思江海下百川；乐盘游，则思三驱以为度；忧懈怠，则思慎始而敬终；虑壅蔽，则思虚心以纳下；惧谗邪，则思正身以黜恶；恩所加，则思无因喜以谬赏；罚所及，则思无以怒而滥刑。总此十思，弘兹九德，简能而任之，择善而从之，则智者尽其谋，勇者竭其力，仁者播其惠，信者效其忠。文武并用，垂拱而治。何必劳神苦思，代百司之职役哉！

老当益壮　穷且益坚

——读王勃《滕王阁序》有感

　　王勃是唐初著名诗人，英年早逝，一生坎坷。《旧唐书》记载，"六岁解属文，构思无滞，词情豪迈"，被誉为神童。十七岁时，唐高宗的儿子沛王李贤征其为王府侍读。当时贵族间流行斗鸡活动，王勃为李贤戏作《檄英王鸡文》助兴，招致唐高宗大怒，认为有意挑拨皇子间关系，将他逐出王府。随后出游巴蜀等地，几年后补任虢州参军，又因擅杀官奴而获死罪，幸而遇赦除名。公元676年，南下探望任县令的父亲，渡海溺水，惊悸而死，时年二十七岁。王勃生命年限不长，但在中国文学史上的地位崇高，声名久远。这说明人生的长度不是以生理的年限计算的，而是以精神的年限计算的，人生只有在追求无限的精神中才能得到永生。王勃在文学史上的地位，关键在于他开唐代文坛风气之先。初唐文坛沿袭齐梁六朝以来的文风，"争构纤微、竞为雕刻"，"骨气都尽、刚健不闻"。王勃与杨炯、卢照邻、骆宾王一起提出了"思革其弊、用光志业"的改革主张，开始把诗文从宫廷引向市井、从台阁移到山川边塞，创作题材大为扩充，风格逐渐清新刚健，这对于革除齐梁余风、开创唐诗新气象发挥了开山鼻祖的作用。后人评价他们为"初唐四杰"，王勃则为"四杰"之冠。他们的作用是"长风一振，众荫自偃，积年绮碎，一朝清廓"，杜甫诗云："王杨卢骆当时体，轻薄为文哂未休。尔曹身与名俱灭，不废江河万古流。"王勃本人积极躬行自己的创作主张，现存《王子安集》十六卷，诗八十多首、文章九十多篇。诗中的代表作是《送杜少府之任蜀州》，其中"海内存知己，天涯若比邻"为唐诗极品；文章是《滕王阁序》，其中"落霞与孤鹜齐飞，秋水共长天一色"更是千古绝唱。

滕王阁是唐高祖儿子滕王李元婴任洪州都督时修建的，旧址在现今江西南昌赣江之滨。高宗时，都督阎伯屿重修此阁，并于重九日欢宴群客。王勃省亲，途经南昌应邀出席，"家君作宰，路出名区，童子何知，躬逢胜饯"。《唐摭言》记载，阎公设宴的目的是为了夸耀其女婿的才学，即让女婿预先准备了序文，席间一挥而就，以为即兴之作。当阎公拿出纸笔让宾客撰写序文时，众人知其意，都表示推让，唯有王勃当仁不让、欣然提笔，惹得阎公拂袖而去。不过，阎公是个有心人，命人将王勃所写文章一句句报送过去，听到"豫章故郡，洪都新府"，阎公以为"亦是老生常谈"；又听到"星分翼轸，地接衡庐"，阎公已是沉吟不言，等听到"落霞与孤鹜齐飞，秋水共长天一色"时，阎公不禁矍然而起说："此真天才，当垂不朽矣。"遂回宴席，极欢而罢。由此可见，阎公既有才学，也有雅量，不负王勃称其为"都督阎公之雅望"。《滕王阁序》原题为《秋日登洪府滕王阁饯别序》，全文七百余字，有七个段落，可分为四个层次。第一层次为第一段落，紧扣"滕王阁"，既叙其地势之宏伟，"襟三江而带五湖，控蛮荆而引瓯越"，又叙物产丰富和人才荟萃，"物华天宝"，"人杰地灵"，还叙宴会之盛，"胜友如云"，"高朋满座"。第二层次为第二、三段落，紧扣"秋日"，浓墨重笔描绘了滕王阁的秋景，"潦水尽而寒潭清，烟光凝而暮山紫"，一般誉为"写尽九月之景"。第三层次为第四、五、六段落，紧扣"饯"字，由对宴会和风景的描写引出对人生的感慨，"天高地迥，觉宇宙之无穷；兴尽悲来，识盈虚之有数"。第四层次为最后一个段落，紧扣"别"字，表示"胜地不常，盛筵难再"，遇到知音，自当赋诗作文，"临别赠言，幸承恩于伟饯，登高作赋，是所望于群公。敢竭鄙诚，恭疏短引。"《滕王阁序》叙事内容丰富，写景诗情画意，抒情真实可感，因而后人评价："篇篇结绿，语语连珠，胸无俭思，腕有余藻。"

  品读《滕王阁序》，我们确实为那行云流水般的思想情感和深邃意境而动心。好文章说到底在于有思想、有情感，文字表达倒是次要的。《滕王阁序》如果停留在前半部分的叙事写景，那就不可能摆脱这一类文章的俗套而流传千古。文章的厚重和深刻就在于后半部分抒写了作者失意失路的窘境和怀才不遇的感伤情怀，"关山难越，谁悲失路之人？萍水相逢，尽是他乡之客"。这一情怀千百年来引起了许多人的共鸣。更重要的是，文章表达了作者积极向上的乐观精神，"北海虽赊，扶摇可接；东隅已逝，桑榆非晚"。意思是，北海虽然遥远，乘风扶摇可上万里高空；晨曦已经消逝，黄昏加倍努力并不算晚。这种精神一直激励着人们坚韧不拔、百折不挠。同时，我们为文章流芳百世而不衰其美的艺术成就所感动。《滕王阁序》是一篇骈文，两马并列为骈，骈文要求句子两两相对，典型句式为"四六句"，即单句十字、上四下六，前后句严格对仗，其他也有四字、六字、七字的对句。魏晋时骈文形成一种独立文体，南北朝骈文创作达到高潮。骈文由于篇幅和每句字数有限，为了表达丰富的内容，就得注重炼字，寻求工整的对仗、华美的文字和典故的运用。骈文因为有对偶工整方面的要求，作者很容易把大量精力倾注在词句的安排上，从而滑向偏重形式、舍本逐末之路。齐梁以来的骈文，"绣绘雕琢"、内容空洞，为唐代及其以后所抛弃，特别是中唐时期批评骈文，倡导古文，推广奇行单句的秦汉文字，骈文从此走向衰落。但是，骈文的衰落并不表明一无是处，即使在今天的写作中偶尔运用骈文的写作技巧，某些段落或骈或散、骈散结合，往往能增强文章的表现力和感染力。骈文的衰落更不表明其中没有优秀作品，《滕王阁序》不仅表达了作者深邃的思想、真挚的感情和高远的志趣，而且表现了作者锤字炼句之功底以及善于用典和对偶之手法。全文大开大合、一气呵成，意境开阔、激情澎湃，对仗工整、色彩鲜明，音节铿锵、含意精警，不愧为六朝以下骈文之魁首和千古之杰作。

《滕王阁序》给了我们一幅流光溢彩的秋景图，观之令人如痴如醉。人是社会与自然的集合体，任何人只要能够感悟自然，发现自然中的美好，那他一定是热爱生活的。某种意义上说，王勃高远的志趣源于对自然的敏感和热爱。"时维九月，序属三秋"，王勃用了相当篇幅描写滕王阁秀美的秋景。这种美是色彩变化之美。"层峦耸翠，上出重霄；飞阁流丹，下临无地"是一组色彩变化；"睢园绿竹，气凌彭泽之樽；邺水朱华，光照临川之笔"也是一组色彩变化，但两者又有着明显的差别。"耸翠"与"流丹"纯粹是颜色的变化，"绿竹"与"朱华"则是寓颜色变化于生命之中，这就给色彩变化注入了灵气。而且，"耸翠"与"流丹"仅仅是对建筑物外貌的观感，"绿竹"与"朱华"却有着历史的厚重感。这是因为"睢园绿竹"曾经是梁孝王宴请宾客的地方；"邺水朱华"是曹操父子与义人雅士聚会的场所。这种美是远近观感之美。近景是"鹤汀凫渚，穷岛屿之萦回；桂殿兰宫，列冈峦之体势"。鹤汀指仙鹤栖居的水边平地；凫渚指野鸭聚集的水中小洲，由此表明，滕王阁四周既有飞禽与花卉，又有湖泊与群山。中景是"山原旷其盈视，川泽盱其骇瞩"，意思是，山峦起伏，平原空旷，尽收眼底；河流纵横，湖泊曲折，观而惊叹。远景是"云销雨霁，彩彻云衢"，这是在天空，雨过天晴，赤橙黄绿青蓝紫呈现于云层之间。这种美是上下浑成之美。层峦耸翠、飞阁流丹，不仅写出了滕王阁的气势形貌，而且是上下相映成趣、城里城外合而为一的美好画面。尤其是"落霞与孤鹜齐飞，秋水共长天一色"，更是水天相接，浑然一体。人们似乎看到，红霞在天上飘动，白鹭在红霞中翱翔，蓝天上一红一白，无生命的红霞与有生命的飞鸟并举，多么鲜活灵动的画面啊！这种美是虚实相衬之美。"渔舟唱晚，响穷彭蠡之滨；雁阵惊寒，声断衡阳之浦。"衡阳，即湖南衡山之南面，此地有回雁峰，相传大雁不过此峰。"渔舟唱晚"是实写和近景，"雁阵惊寒"则是虚写和远景，虚实结合、相互映衬，使读者视通万里，凭雁声联想远方的景观。

《滕王阁序》给了我们一段怀才不遇的情感体验，读之令人扼腕叹息。怀才不遇是一个历久弥新的话题，无论政治清明与否，每个时代都会有怀才不遇的人。怀才不遇的情况极其复杂，一言难尽，有的仅仅是个人的感受，有的则是社会的评价。个人感受，有的是"心比天高、命比纸薄"，没有时运和机遇，有的是"眼高手低、志大才疏"，确实没有能力和本事；社会评价，有的可能是客观因素所致，有的可能是主观因素所致，还有的可能是主客观因素综合作用的结果。《滕王阁序》的魅力很大程度上在于它展示了才智之士处困境、受压抑的生存状态，为古人和后人的郁郁不得志者作不平之鸣，因而有了贯通千古的思想情感。但是，王勃这种情怀和心态，并非无病呻吟，而是他人生历程的观照。他本人就是一个抑郁致屈、不得其志的悲剧人物，刚满十六岁时，他出于对国家命运的关心，就上书条陈天下大事，批评唐王朝劳民伤财的扩张政策。其后因《檄英王鸡文》而得罪朝廷，被赶出王府，从此开始了羁留异乡、漫漫无际的宦游生涯。后来返回长安，仍不改其志，多次上书朝廷，陈述自己的用人主张，抨击当时的陈腐文风。然而，这一片报国之心带来的却是一次又一次的打击，甚至殃及其父，被调到远在南海的交趾县当县令。因此，面对滕王阁的良辰美景，王勃却不能赏心悦目，只好在序文中悲愤地写道："嗟乎！时运不齐，命途多舛。"这时他想到了冯唐和李广，"冯唐易老，李广难封"。冯唐，西汉贤达，汉武帝求贤良时，被举荐出来，但他已经九十多岁了，不能任职；李广，西汉名将，《史记》有他的传记，一生与匈奴打仗七十余次，屡立战功，却因受人排挤，终身未能封侯。这时他想到了贾谊和梁鸿，"屈贾谊于长沙，非无圣主；窜梁鸿于海曲，岂乏明时？"贾谊，著有《过秦论》、《治安策》，很得汉文帝赏识，由于谗言，还是没有得到重用，抑郁致死，时年三十三岁；梁鸿，东汉名士，因作《五噫歌》而引起汉章帝猜疑，被迫改名易姓流窜于齐鲁和吴地。贾谊、梁鸿都有才华，而且品格高尚，尤其是"梁鸿余热不因人"，他们所处时代也算得上政治比较清明，但仍然因才华而见妒或因持正而遭谪。这时他还想到了孟尝和阮籍，"孟尝高洁，空怀报国之心；阮籍猖狂，岂效穷途之哭！"孟尝，东汉人；阮籍，西晋人。意思是，孟尝具有高尚情操，满怀热情却没有机遇报效国家，阮籍狂放不拘礼节，怎能学他前途受阻就痛哭而返。这些感史叹时、伤古怀今的文字，催人泪下。从全文的联系看，王勃是触景生情、寓情于景，由自身的遭遇而联想到古之名士，其情其志更是摧人肝胆。

　　《滕王阁序》给了我们一次乐观向上的放歌抒怀，思之令人激动不已。人生不可能一帆风顺，无论生活历程，还是心路历程，既会有顺利，也会有曲折；既会有晴空万里，也会有阴雨连绵。人生的境界主要体现在如何应对曲折的时候和阴雨连绵的岁月。那些在困境中能够做到从容淡定、达观积极，就是境界崇高、人格伟岸的人。《滕王阁序》真正的魅力就在于失意之时不怨天尤人、失路之人不自暴自弃，始终保持赤诚的报国之心和高昂的奋斗之志。王勃虽然有时也会产生"君子安贫、达人知命"的消极情绪，有时也会有"怀帝阍而不见，奉宣室以何年"的忧郁，帝阍是指皇帝的宫门，宣室是指皇帝议事的地方。意思是，心怀朝廷不得引见，何时能够得到皇上重用。但是，王勃并没有沉沦在痛楚的感情旋涡之中，他在文章中壮怀激烈地喊道："老当益壮，宁移白首之心；穷且益坚，不坠青云之志。"这就是王勃！面对艰难险阻，仍然秉持着救世济时的人生情怀，即使在郁郁不得志的逆境之中也决不消沉放弃。为此，王勃连续用典，表明自己不甘颓废、乐观向上的精神风貌。他表达了即使身处困境也要强行振作的心态，"酌贪泉而觉爽，处涸辙以犹欢"。贪泉，典出《晋书·吴隐之传》。据记载，广州附近有一处泉水叫贪泉，相传喝了以后就会变得贪婪无厌，而晋人吴隐之到广州任刺史，喝过贪泉后赋诗说："试使夷齐饮，终当不易心。"意思是，伯夷、叔齐这样高洁的人，不会因为喝了贪泉而改变志节；涸辙，意思是车辙无水，典出《庄子·外物》，说一条鱼在无水的车道上等待救援的寓言。王勃则比喻处于穷困境遇，仍然感到快乐。为此，王勃深信目前的困境是暂时的，只要遇到知音和机遇，就能改变现状，"杨意不逢，抚凌云而自惜；钟期既遇，奏流水以何惭？"前一句的意思是，汉代辞赋家司马相如没有遇到杨得意时，只能拿着《大人之颂》而自我欣赏；遇到杨得意，被推荐给汉武帝，汉武帝不仅称赞《大人之颂》有凌云之气，并且授予司马相如官职，得到重用。后一句的意思是，琴师伯牙遇到钟子期，就是遇到知音。相传伯牙奏琴意指高山，钟子期赞扬道："巍巍若泰山"；奏琴意指流水，钟子期赞扬道："洋洋若江河"，钟子期过世，伯牙即摔掉乐器，不再奏琴。为此，王勃仍然顽强地表明高远的志向，"无路请缨，等终军之弱冠；有怀投笔，慕宗悫之长风"。他羡慕终军不到二十岁就能建立功勋。终军，汉武帝时的谏议大夫，当时南越国请与汉朝和亲，终军主动要求愿受长缨，必羁南越王于陛下。到南越后，说服南越王，举国归属于汉。他羡慕班超，投笔从戎，远赴西域，为国立功，受封定远侯。班超，东汉人，少时家贫，为人抄写书文度日，曾投笔叹息说："大丈夫无他志略，犹当效傅介子、张骞立功异域，以取封侯，安能久事笔砚间乎？"他还羡慕宗悫，少年就立有大志，后来也是功成名就。宗悫，南朝刘宋时人，少年时候，叔父问其志向，他回答说："愿乘长风破万里浪"，真是豪气干云、志在必得。

　　千百年来，围绕《滕王阁序》有着许多疑问和话题，主要集中在王勃的写作年龄和写作状态。关于写作年龄，就有十四岁、十九岁、二十二岁和二十六岁四种说法；关于写作状态，有人认为是有备而来，有人认为是即席之作，这实质表明了《滕王阁序》影响至远和魅力至大，是中国文学史上绕不过去的一道风景线。清代余诚认为，《滕王阁序》无论是即席之作，还是雕琢而成，都是神奇之作，即"对众挥毫、珠玑络绎，固可想见旁若无人之概。而字句属对极工，词旨转折一气，结构浑成，竟似无缝天衣。纵使出自从容雕琢，亦不得不叹为神奇。况乃以仓促立就，尤属绝无仅有矣"。当然，品读《滕王阁序》，不是学术论证和考据，可不关注写作年龄和状态的争论，但一定要关注王勃具有的广博知识和深厚文化功底，如果没有广博知识和深厚文化功底，王勃就不可能写出这样的不朽之作。阅读是积累知识和涵养文化功底最重要的途径，这是《滕王阁序》给我们最大的启示。阅读需要博览群书。只有广泛地读书，才能获取更多知识和打牢文化功底，诚如古人所说："立学以读书为本"；"读书破万卷，下笔如有神"。阅读需要日积月累。学习是一个长期的过程，不可能一蹴而就；对于个人来说，需要不断学习、终身学习，这就是所谓的"读不在二更五鼓，功只怕一曝十寒"。阅读需要熟能生巧。"熟读唐诗三百首，不会作诗也会吟"，这说明有的书特别是经典要反复读；有的知识特别是基本知识要多次学。只有反复阅读、温故知新，才能烂熟于心、运用自如。阅读需要学思结合。读书是易事，思索是难事，两者缺一，便全无用处，因而宋代大儒朱熹认为："读书有三到，谓心到、眼到、口到。"

附

滕王阁序

王　勃

豫章故郡，洪都新府。星分翼轸，地接衡庐。襟三江而带五湖，控蛮荆而引瓯越。物华天宝，龙光射牛斗之墟；人杰地灵，徐孺下陈蕃之榻。雄州雾列，俊采星驰。台隍枕夷夏之交，宾主尽东南之美。都督阎公之雅望，棨戟遥临；宇文新州之懿范，襜帷暂驻。十旬休假，胜友如云；千里逢迎，高朋满座。腾蛟起凤，孟学士之词宗；紫电青霜，王将军之武库。家君作宰，路出名区；童子何知，躬逢胜饯。

时维九月，序属三秋。潦水尽而寒潭清，烟光凝而暮山紫。俨骖𬴂于上路，访风景于崇阿。临帝子之长洲，得仙人之旧馆。层峦耸翠，上出重霄；飞阁流丹，下临无地。鹤汀凫渚，穷岛屿之萦回；桂殿兰宫，列冈峦之体势。

披绣闼，俯雕甍，山原旷其盈视，川泽盱其骇瞩。闾阎扑地，钟鸣鼎食之家；舸舰迷津，青雀黄龙之舳。云销雨霁，彩彻云衢。落霞与孤鹜齐飞，秋水共长天一色。渔舟唱晚，响穷彭蠡之滨；雁阵惊寒，声断衡阳之浦。

遥吟俯畅，逸兴遄飞。爽籁发而清风生，纤歌凝而白云遏。睢园绿竹，气凌彭泽之樽；邺水朱华，光照临川之笔。四美具，二难并。穷睇眄于中天，极娱游于暇日。天高地迥，觉宇宙之无穷；兴尽悲来，识盈虚之有数。望长安于日下，指吴会于云间。地势极而南溟深，天柱高而北辰远。关山难越，谁悲失路之人？萍水相逢，尽是他乡之客。怀帝阍而不见，奉宣室以何年？

嗟乎！时运不齐，命途多舛。冯唐易老，李广难封。屈贾谊于长沙，非无圣主；窜梁鸿于海曲，岂乏明时？所赖君子安贫，达人知命。老当益壮，宁移白首之心；穷且益坚，不坠青云之志。酌贪泉而觉爽，处涸辙以犹欢。北海虽赊，扶摇可接；东隅已逝，桑榆非晚。孟尝高洁，空怀报国之心；阮籍猖狂，岂效穷途之哭！

勃，三尺微命，一介书生。无路请缨，等终军之弱冠；有怀投笔，慕宗悫之长风。舍簪笏于百龄，奉晨昏于万里。非谢家之宝树，接孟氏之芳邻。他日趋庭，叨陪鲤对；今兹捧袂，喜托龙门。杨意不逢，抚凌云而自惜；钟期既遇，奏流水以何惭？

呜乎！胜地不常，盛筵难再；兰亭已矣，梓泽丘墟。临别赠言，幸承恩于伟饯；登高作赋，是所望于群公。敢竭鄙诚，恭疏短引；一言均赋，四韵俱成。请洒潘江，各倾陆海云尔：

滕王高阁临江渚，佩玉鸣鸾罢歌舞。

画栋朝飞南浦云，珠帘暮卷西山雨。

闲云潭影日悠悠，物换星移几度秋。

阁中帝子今何在？槛外长江空自流。

苍凉悲歌　守在四夷

——读李华《吊古战场文》有感

　　李华是唐朝诗人和散文家，但其文名大于诗名，主要原因是创作了千古名篇《吊古战场文》。该文采用骈体形式，对仗精工、音韵和谐，夸张排比、一唱三叹，但又不同于魏晋南北朝的浮艳文风，而是主题鲜明、内容充实，情景交融、文字流畅。从古文发展的角度分析，《吊古战场文》属于由骈入散的代表作，引领风气之先，对于唐代古文运动具有筚路蓝缕之功。耐人寻味的是，在李华的所有文章中，《含元殿赋》在当时最为有名，千百年来论者却甚少，而《吊古战场文》当时并不著名，千百年来论者却日见增多。这在清朝尤为突出，由明入清的学者金圣叹在《天下才子必读书》中认为，"人但惊其字句组练，不知其只是极写亭长口中'常覆三军'一句，先写未覆时，次写欲覆未覆时，次写已覆之后"。吴楚材等在《古文观止》中指出："通篇只是极写亭长口中'常覆三军'一语。所以常覆三军，因多事四夷故也。遂将秦汉至近代上下数千百年，反反复复写得愁惨悲哀，不堪再诵。"浦起龙在《古文眉诠》中认为："战场所在多有，文则专吊边地，非泛及也。开元天宝间，迭启外衅，藉以讽耳。"余诚在《重订古文释义新编》中评价："开首劈空画出一幅古战场图画，能于景中含情。因借亭长点题，而以常覆三军，引出吊意，起得甚好。"李扶九在《古文笔法百篇》中评解："通篇主意在守不在战，守则以仁义，乃孔孟之旨也。但用赋体为文，段段用韵，感慨悲凉之中，自饶风韵，故尔人人乐诵，且可为穷兵者炯戒，可为战场死者吐气，读者无不叹息，真古今至文也。"清朝文章鼎盛，犹如一抹晚霞，是中国古代文学最后一个全面辉煌的时代。《吊古战场文》能让这么多清代学者为之折腰，可见其魅力和影响。据说，目前世界各国大学设置的汉学系，大都把《吊古战场文》列为必读文选。

　　《吊古战场文》是一篇具有文学性质的美文，而不是实用文字，更不是史传文学。文章以"古战场"为抒情基点，以"伤心哉"为连缀全篇的感情主线，以远戍的苦况、两军厮杀的惨状和士卒家人吊祭的悲怆为结构层次，不断铺叙、逐步递进，最后点明主旨，强调"守在四夷"，实行王道，用仁德礼义悦服远人，达到天下一统。全文可分为五个段落，第一段着力描绘古战场阴森悲凉的环境。开头十句，从无边的平沙到纷纷绕绕的山水，从呼号的悲风、暗淡的日光到严霜之后的断蓬枯草、惊慌失措的飞禽走兽，无不笼罩在凄凄惨惨的氛围之中。尔后用亭长的话点明："此古战场也"。第二段是回溯历史，叙事抒怀。从战国开始，一直贯串到秦汉以来，诉说士卒远戍的苦难和流血伤命的悲惨，重点指出发生战争的根源在于"文教失宣"而"武臣用奇"。第三段是全篇的主体，想象两军对阵厮杀的战争画卷。作者用铺排扬厉的手法，描绘了两次两军交锋的战斗场面，一次比一次激烈，一次比一次残酷，真是江河奔腾、天崩地裂，一气呵成、如泣如诉，读之令人闭气吞声、悲恸欲绝。第四段用重笔浓墨状写战争惨况，对比历史上的几次战争，有的有所得，有的有所失，进而说明战争胜败的原因。第五段通过"吊祭"的场面控诉战争的残酷及其对社会秩序和家庭生活的破坏，使得骨肉离散、生离死别，尸骸遍地、哭声震天，最后提出消弭战争的主张，这就是"守在四夷"。意思是，盼望君王推行仁义和王道，能使四方安宁无事。

　　品读《吊古战场文》，朗朗上口、便于背诵，给人感受最深的是文本的用韵。我们知道，汉字语音一般由声母与韵母组成，用韵也叫押韵，就是把韵母相同或相近的字放在句尾，以增强文章的节奏感。从这个角度分析，《吊古战场文》不是散文，而是韵文。第一段的垠、人、晨，是十一真韵；纷、嚣、群、军、闻，是十二文韵，均属第六部词韵，以利于营造气氛。第二段先是戍、募、露为一组，渡、路、诉为另一组，共六个韵脚字，均属七遇，是去声韵，可以起到深沉悲远的朗读效果。尔后是夷、之、师、奇，为四支韵，读之开口程度小，利于描写战争惨状。第三段先是便、战、练、贱、面、眩、电，为十七霰韵，属去声韵，铿锵有力，利于描写初战情形。次是隅、须、蹰、肤、胡、屠为一组，是平声七虞韵，卒、没、窟、骨为另一组，是入声六月韵，而这四个字的韵腹是同一字母，与前一组韵腹相同而韵尾接近，可产生内部和谐的感觉。后是绝、折、决，为入声九屑韵，利于描写最后的决斗；狄、砾、寂、淅、幂，为入声十二锡韵，利于描写三军覆没。最后四句不用韵，直言观战者的感受，即"日光寒兮草短，月色苦兮霜白。伤心惨目，有如是耶？"第四段先是胡、奴、痛、乎，属七虞韵，在第四部内押韵；后是原、还、闲、间、关、殷、山、患，转到第七部去押韵，使得声情效果更加明显。第五段先是母、寿、手、友、咎，在第十二部内通押；后是知、疑、之、涯、悲、依、离、斯、夷，转韵至第三部，属四支韵，从而总结全篇，点出主题思想。

《吊古战场文》生动形象描绘了战争的残酷。所谓战争，是以武力为手段，通过多次大规模的对决，使敌人丧失抵抗能力，迫使一方服从另一方的意志。这一意志通常是政治意图和目的，因而西方著名军事家克劳塞维茨认为："战争是政治的继续。"李华悲天悯人，反对任何战争，甚至到了不分青红皂白的地步，《吊古战场文》通过极力铺陈渲染战场的惨状，谴责战争的罪恶。首先是写士兵戍边的艰辛以及有家难回的愁苦，"吾闻夫齐魏徭戍，荆韩召募。万里奔走，连年暴露。沙草晨牧，河冰夜渡。地阔天长，不知归路。寄身锋刃，脼臆谁诉"。意思是，我听说战国时，齐国、魏国征集壮丁服役，戍守边疆。楚国、韩国召集兵员备战，对付敌国。士兵们在边境长途跋涉，接连数年经受风吹日晒。清晨在沙漠寻草牧马，夜晚渡过冰冻的河水。地是这么空旷，天是那么高远，不知道哪里是回家的道路。既然已将性命寄托在锋利的刀锋剑刃之间，心中的愁闷能向谁诉说呢？二是写战场环境的严酷，天寒地冻、气温骤降，鸟不敢飞、马不想走，士兵都是皮肤冻裂，即"至若穷阴凝闭，凛冽海隅，积雪没胫，坚冰在须。鸷鸟休巢，征马踟蹰，缯纩无温，堕指裂肤"。三是写临战前的危险和紧张，"吾想夫北风振漠，胡兵伺便。主将骄敌，期门受战。野竖旄旗，川回组练。法重心骇，威尊命贱。"意思是，我想象北风震撼沙漠之际，正是胡兵乘机来犯之时，主将骄傲轻敌，敌兵来到营门才仓促应战。荒野中竖起了各式战旗，河床上奔跑着车骑步卒。军法残酷，战士心惊胆战；将帅威严，士兵性命微贱。四是写战场双方拼杀的激烈和无情，真是地动山摇、江河崩裂。这就是"利镞穿骨，惊沙入面。主客相搏，山川震眩。声析江河，势崩雷电"。五是写生死的艰难抉择，"鼓衰兮力尽，矢竭兮弦绝，白刃交兮宝刀折，两军蹙兮生死决。降矣哉，终身夷狄；战矣哉，暴骨沙砾。"意思是，鼓声寥落了，力量已经用完；箭射光了，弓弦已经断绝；白刃拼杀，宝刀已经折断；敌军迫近了，快作生死抉择：投降吧，终身沦为夷族；继续战斗吧，尸骨将暴露在沙滩。六是写战争结局的惨状。无论将军还是士兵，都成了尸体和枯骨，悲惨的情景难以言表，"都尉新降，将军覆没。尸填巨港之岸，血满长城之窟。无贵无贱，同为枯骨，可胜言哉！"对于战争的残酷，李华深深地感到愤慨和悲哀，他动情而痛苦地写道："鸟无声兮山寂寂，夜正长兮风淅淅。魂魄结兮天沉沉，鬼神聚兮云幂幂。日光寒兮草短，月色苦兮霜白。伤心惨目，有如是耶？"

意思是，飞鸟无声啊，群山沉寂；黑夜漫长啊，悲风萧瑟。魂魄不散啊，天色阴暗；鬼神聚集啊，云雾迷漫。日光惨淡啊，河岸微映荒草；月色凄凉啊，群山笼罩白霜。悲哀心碎，目不忍睹，人间还有这样的惨景吗？

《吊古战场文》深刻批判了封建统治者的穷兵黩武。秦汉以来，随着民族矛盾的日益加剧，中央王朝与各少数民族之间的边境战争经常不断。战争，既有正当性的一面，维护了大一统的国家，又不可避免地带来了种种惨祸、暴行、灾难和痛苦。《吊古战场文》开篇就以全景的镜头展现出古战场的荒凉、肃杀和恐怖。"浩浩乎平沙无垠，敻不见人。河水萦带，群山纠纷。黯兮惨悴，风悲日曛。蓬断草枯，凛若霜晨。鸟飞不下，兽铤亡群。亭长告余曰：'此古战场也，常覆三军。往往鬼哭，天阴则闻。'"这真是一幅阴森可怖的画面：一望无际、杳无人迹的沙漠，干枯的河流，起伏的群山，凛冽的霜风，黯淡的日光，凋败的飞蓬乱草，盘旋不下的飞鸟，疾跑失群的野兽。李华既吊古又讽今，着力批判了秦皇、汉武和唐玄宗，"伤心哉！秦欤？汉欤？将近代欤？"意思是，令人伤心啊！不知这是秦代的战场，还是汉代的战场，或许是近代的战场？秦皇、汉武是中国历史上最伟大的人物，他们对于华夏民族的形成和发展起到了无人可以比拟的作用。后人大都给予充分肯定，及至顶礼膜拜，唐太宗就说："近代平一天下，拓定边方者，惟秦皇、汉武"，清朝历史学者认为："有为中国二十四朝之皇帝者，秦皇、汉武是也。"奇怪的是，李华对于秦皇、汉武只有批判，毫无恭敬之意，这只能说明李华对于战争深恶痛绝，同时说明李华对于战争的认识有失偏颇，没有区分正义与非正义之战。《吊古战场文》有两段话直接批判秦皇、汉武。第一段话比较笼统，意思是秦汉以后战乱不已，即"秦汉而还，多事四夷。中州耗斁，无世无之"；第二段话则是点名道姓，毫不隐晦："秦起长城，竟海为关，荼毒生民，万里朱殷。汉击匈奴，虽得阴山，枕骸遍野，功不补患。"意思是，秦始皇修筑长城，潮海作为关隘，但残害多少民众，鲜血染遍万里。汉武帝进击匈奴，虽然取得胜利，但遍野尸体相枕，其实得不偿失。当然，李华名为批判秦皇、汉武，实为批判唐玄宗，表达对开元天宝年间连绵边战的不满。《资治通鉴》记载，天宝十年，唐军征讨南诏即今天的云南失败，八万将士就有六万阵亡，其主要原因是主将骄横跋扈，不懂怀柔，朝中权臣庇护败将，没有是非，即"夏四月壬午，剑南节度使鲜于仲通讨南诏蛮，大败于泸南。时仲通将兵八万，分二道出戎、嶲州，至曲州、靖州。南诏王罗凤谢罪，请还所俘掠，城云南而去，且曰：'今吐蕃大兵压境，若不许我，我将归命吐蕃，云南非唐有也。'仲通不许，囚其使。进军至西洱河，与罗凤战，军大败，士卒死者六万人，仲通仅以身免。杨国忠掩其败状，仍叙其战功"。战败之后，朝廷不知休恤百姓痛苦和负担，又在西京及河南河北两府招募士兵，准备再度征讨南诏。有人研究认为，李华时任河南府伊阙县尉，目睹了征兵的惨象，因而产生了反对战争的情绪，进而书写了《吊古战场文》这一千古名篇。

　　《吊古战场文》初步提出了消弭兵灾的见解。中国历史上如何"安边"，即与少数民族和睦相处，始终是一个大问题。历代王朝都采取了一些策略和举措加以认真对待，其中有筑长城以防御之、和亲以姻娅之，称臣割地输币以下之，怀柔政策以安之。迫不得已时，就采用战争手段来解决问题。《吊古战场文》在谴责战争的同时，也提出消弭兵灾的独到见解。在李华看来，对生命的尊重和家庭伦理的珍视，是消弭兵灾的思想情感基础，"苍苍蒸民，谁无父母？提携捧负，畏其不寿。谁无兄弟，如足如手？谁无夫妇，如宾如友。"吟读这段文字，不能不在内心深处涌起感动之情。父母的养育之恩，兄弟的手足之情，夫妇间相敬如宾，这是一幅多么美好和谐的天伦图景，谁能忍心予以破坏呢！然而，一旦发生战争，家庭就破碎了，天伦之乐就没有了,"其存其没,家莫闻知。人或有言,将信将疑。悄悄心目,寝寐见之。布奠倾觞,哭望天涯。天地为愁,草木凄悲。吊祭不至,精魂何依?"意思是,出征的家庭成员是死是活,家人不得而知。有人带来凶信,也还将信将疑。忧愁在心,耳目呆滞,睡梦之中,恍惚相见。摆上祭品,倾洒酒觞,望着天边痛哭,不知亲人死在何方。上天大地忧愁,花草树木凄凉。吊祭方位不明,死者难以感知,灵魂何处依托?更何况战争发生之后,"必有凶年,人其流离"。"必有凶年"语出《老子》,意思是,大量用兵必然严重影响农业收成,进而出现饥荒,导致灾民流离失所。在李华看来,实行王道,是消弭兵灾的最好办法。"呜呼噫嘻!时耶命耶?从古如斯!为之奈何?守在四夷。"意思是,实在是可悲可叹!时代如此吗?命运如此吗?从古至今都是这样,对此又有什么办法呢?就是盼望君王实行王道,能使四方安宁无事。所谓王道,就是要向少数民族推行仁义,进行教化。因此,《吊古战场文》指出:"古称戎夏,不抗王师。文教失宣,武臣用奇。奇兵有异于仁义,王道迂阔而莫为。呜呼噫嘻!"意思是,古时候宣称,无论外族还是中夏,都不与帝王之师抗衡;后来不再宣扬礼义教化,武将用奇诡兵法发动战争。奇诡兵法不合仁义却被采用,王道不切实际而被舍弃。实在是可悲可叹!在李华看来,用人得当,是消弭兵灾的有效措施。李华虽然十分反感战争,但他也知道战争不可避免。李华认为,在已经发生战争的情况下,选择合适的将领至关重要。他举了战国时期赵国良将李牧统率赵兵大破匈奴的例子给予说明,"吾闻之:牧用赵卒,大破林胡,开地千里,遁逃匈奴"。林胡为匈奴族的一个分支。他又举了周王朝的例子进一步说明,"周逐猃狁,北至太原,既城朔方,全师而还。饮至策勋,和乐且闲,穆穆棣棣,君臣之间"。猃狁为周王朝时游牧在北方草原的民族。意思是,当年周王朝驱逐猃狁,向北一直攻到现宁夏境内的固原县一带,又在今内蒙古的鄂尔多斯筑好防御之城，就率领全军凯旋而归。在宗庙饮酒庆贺，将功劳记在简策。将军们全都高兴，士兵们也都安闲。君臣之间，和睦相处，以礼相待。《吊古战场文》自问自答道："任人而已，其在多乎？"即这是用将是否得当罢了，难道在于士兵的多少吗？

战争，几乎与人类文明一样源远流长，历史上有资料记载的战争就达一万五千多次。迄今为止，可以说有人类，就有战争。无论过去、现在、将来，战争都是人类无法回避的事实。《吊古战场文》给我们的启示主要是战争的残酷和生命的无辜。但是，我们不能因为战争的残酷，而简单地否定战争。怎样全面认识和对待战争，却是需要人类尤其是哲学家、政治家、军事家们深思的问题。战争，毕竟是和人的生命联系在一起的，无论胜负，都会付出鲜活生命的代价。这就要求哲学家们在演绎历史时，一定不能忘记是人的生命在历史中行进；政治家在决定战争时，一定不能忘记是人的生命在参与战争；军事家在排兵布阵时，一定不能忘记是人的生命在进行战争。如果我们的哲学家、政治家和军事家们不是像棋盘上下棋那样，把鲜活的生命当作冷冰冰的棋子，那么战争发生的频度就会小一些；即使发生战争，其规模和残酷性也会小一些，战士的生命会得到更多的尊重。两千多年前，古老的中华文明就孕育了许多关于战争的睿智和深刻思想。譬如，《老子》认为："兵者，不祥之器，非君子之器，不得已而用之。"这是告诫人们不要轻启战事。国与国之间、部族与部族之间的争端，应该尽量用政治的、经济的、外交的手段加以解决。又如，《孙膑兵法》指出："故义者，兵之首也"，即正义性是战争的首要内容。这是告诫人们要区分正义战争与非正义战争，坚决反对抵制那些侵略战争、争名夺利的战争和冤冤相报的战争。再如，《孙子兵法》强调："不战而屈人之兵，善之善者也。"这是告诫人们尽管战争不可避免，但可以减少生命的伤亡，可以用和平的方式结束战争。这些思想至今仍然闪烁着真理的光芒，包含着王道的内容，值得哲学家、政治家、军事家们重视和学习思考。

附

吊古战场文

李 华

浩浩乎平沙无垠，夐不见人。河水萦带，群山纠纷。黯兮惨悴，风悲日曛。蓬断草枯，凛若霜晨。鸟飞不下，兽铤亡群。亭长告余曰："此古战场也，常覆三军。往往鬼哭，天阴则闻。"伤心哉！秦欤？汉欤？将近代欤？

吾闻夫齐魏徭戍，荆韩召募。万里奔走，连年暴露。沙草晨牧，河冰夜渡。地阔天长，不知归路。寄身锋刃，腷臆谁诉？秦汉而还，多事四夷。中州耗斁，无世无之。古称戎夏，不抗王师。文教失宣，武臣用奇。奇兵有异于仁义，王道迂阔而莫为。呜呼噫嘻！

吾想夫北风振漠，胡兵伺便。主将骄敌，期门受战。野竖旄旗，川回组练。法重心骇，威尊命贱。利镞穿骨，惊沙入面。主客相搏，山川震眩。声析江河，势崩雷电。至若穷阴凝闭，凛冽海隅，积雪没胫，坚冰在须。鸷鸟休巢，征马踟蹰。缯纩无温，堕指裂肤。当此苦寒，天假强胡，凭陵杀气，以相剪屠。径截辎重，横攻士卒。都尉新降，将军覆没。尸填巨港之岸，血满长城之窟。无贵无贱，同为枯骨。可胜言哉！鼓衰兮力尽，矢竭兮弦绝，白刃交兮宝刀折，两军蹙兮生死决。降矣哉，终身夷狄；战矣哉，暴骨沙砾。鸟无声兮山寂寂，夜正长兮风淅淅。魂魄结兮天沉沉，鬼神聚兮云幂幂。日光寒兮草短，月色苦兮霜白。伤心惨目，有如是耶？

　　吾闻之：牧用赵卒，大破林胡，开地千里，遁逃匈奴。汉倾天下，财殚力痡。任人而已，其在多乎？周逐猃狁，北至太原，既城朔方，全师而还。饮至策勋，和乐且闲。穆穆棣棣，君臣之间。秦起长城，竟海为关，荼毒生民，万里朱殷。汉击匈奴，虽得阴山，枕骸遍野，功不补患。

　　苍苍蒸民，谁无父母？提携捧负，畏其不寿。谁无兄弟，如足如手？谁无夫妇，如宾如友？生也何恩，杀之何咎？其存其没，家莫闻知。人或有言，将信将疑。悁悁心目，寝寐见之。布奠倾觞，哭望天涯。天地为愁，草木凄悲。吊祭不至，精魂何依？必有凶年，人其流离。呜呼噫嘻！时耶命耶？从古如斯！为之奈何？守在四夷。

陋室可铭　德者居之

——读刘禹锡《陋室铭》有感

　　刘禹锡是唐朝中期杰出的政治家、散文家和诗人。在政治方面，刘禹锡二十一岁中进士，宦海沉浮五十年，主要政绩是参与王叔文为首的政治集团，与王叔文、王伾、柳宗元并称"二王刘柳"，同为核心人物，推进永贞革新；最大特点是改革失败后，屡遭贬谪，但始终保持刚毅不屈、达观进取的精神状态。在诗文方面，有《刘宾客文集》问世。刘禹锡为诗为文，强调主体的观照与冥想，即"能离欲则方寸地虚，虚而万景入；人必有所泄，乃形乎词。因定而得境，故翛然以清；由慧而遣词，故粹然以丽"。其中"定"是排除杂念的观照，"慧"是一种灵感的获得。刘禹锡诗文大都清新华丽、风情俊爽，融睿智与诗情于一体，具有开阔的空间感和流畅的时间感。他学习民歌创作的《竹枝词》，朴素自然，散发着浓郁的生活气息："杨柳青青江水平，闻郎岸上踏歌声。东边日出西边雨，道是无晴却有晴。"他回顾历史创作的咏史诗，意象深远，表现出阅尽沧桑变化的沉思："朱雀桥边野草花，乌衣巷口夕阳斜。旧时王谢堂前燕，飞入寻常百姓家。"他开朗襟怀创作的山水诗，视野宽广，充满了豪迈俊朗的阳刚之气："自古逢秋悲寂寥，我言秋日胜春朝。晴空一鹤排云上，便引诗情到碧霄。"白居易认为："彭城刘梦得，诗豪者也，其锋森然，少敢当者。"刘梦得即刘禹锡，诗豪一词，正确概括了刘禹锡诗文的特点。《陋室铭》为刘禹锡散文代表作，这是一篇思想性和艺术性俱佳的名作，称得上古代散文的精品。

　　铭是古代一种刻于金石上的押韵文体，多用于歌功颂德或警戒自己。诗歌、散文在唐朝有了极大发展，其中诗歌达到了巅峰；散文有古文运动，也是成就辉煌。《陋室铭》兼融诗文之长，既采用散文形式写景、叙事，又以诗化语言抒情、议论。文章珠圆玉润、朗朗上口，富于音乐性，具有节奏感，运用比兴、对偶、白描、隐喻、用典、押韵等手法，塑造了生动形象，创造了优美意境，抒发了馥郁浓烈的诗情。文章通过具体描写陋室环境和主人心境，表达了作者高尚的精神意境，这就是安贫乐道的隐逸情趣、洁身自好的生活态度和清静高雅的心胸情怀。文章以"陋室"为主体，以"德馨"为灵魂，描叙了一个室陋人不陋的故事，揭示了物质享受与精神追求的辩证关系。全文八十一字，以比兴开始，由室内所见之景，写到室中往来之人，进而道出室中所行之事，诗化的语言描绘了一幅陋室高士图。画面浑然一体，结构可分三层。第一层次点出文章的主旨：陋室不陋，唯吾德馨。文章由山、水、仙、龙入题，认为平凡的山、水，因仙、龙相伴而生灵秀；居处的简陋，因主人的品德高洁，不追名、不逐利，而显得蓬荜生辉。第二层次是描写居室的环境和日常生活，生动形象地表明：陋室不陋，唯吾情调高雅。一是用对偶句写出陋室环境的幽静，春草绿色，生机盎然；二是写出陋室的往来之人，都为高雅之人，均非平庸之辈；三是写出室中主人的行为，随心所欲、弹琴读经，乐天知命、恬静自适；四是写出陋室的清洁，没有官场的嘈杂，"无丝竹之乱耳，无案牍之劳形"。第三层次使用同类比附的写法进一步突出文章的主题：陋室不陋，唯吾景行前辈。文章以三国诸葛亮和西汉扬雄的居室作比附，最后以孔子语总结全文，强化陋室不陋、德者居之的题旨。

　　品读《陋室铭》，很容易联想到刘禹锡撰写铭文的故事。透视《陋室铭》的撰写过程和背景，既可加深对文本的理解，又可全面认识刘禹锡的人品人格。刘禹锡参与永贞革新，得罪了一些高官宠臣，被逐出洛阳二十年之久，其间贬至安徽和州当刺史，时年已是五十二岁。在和州期间，刘禹锡遇到无良官员和势利小人，半年内不得不搬三次家。按唐时规定，刘禹锡应住衙门内三间厢房，而和州知府趋炎附势，见刘禹锡遭贬流放，就故意刁难，降低标准，在城南安排三间民居和小屋，让刘禹锡临江而居，这是第一次搬家。能屈能伸的刘禹锡搬进去后，不仅没有不高兴，反而得意地写了一副对联贴于门上，即"面对大江观白帆，身在和州思争辩"。知府看了对联，认为他对贬谪不服气，还想着要争辩，就让刘禹锡从城南搬到城北，住房由三间减为一间半。刘禹锡第二次搬家，看到新的居处依山傍水、杨柳依依、怡然自乐、触景生情，又写了一副对联："杨柳青青江水边，人在历阳心在京。"知府知道了，恼羞成怒，恼他执迷不悟，怒他清高自恃，指使人将他的住所搬到城里，只有一间房，仅能容下一床一桌一椅。绝处让人逢生，逆境使人坚强。刘禹锡第三次搬家，尽管身处斗室，依然乐观开朗、斗志不减，写下了流传千古的《陋室铭》，并请人刻碑立于门外，以志警策。《历阳典录》记载："陋室，在州治内，唐和州刺史刘禹锡建，有铭，柳公权书碑。"碑成之日，和州城内沸沸扬扬，路人争相传诵，赞誉之声不绝于耳。因此，《陋室铭》是刘禹锡对官场险恶、人情冷暖做出的昂扬而诗意的回答，更是刘禹锡不甘沉沦、达观进取品格的写照。

《陋室铭》揭示了深刻的人生哲理。人生最大的哲理就是如何处理物质与精神的关系。物质与精神，既是一对哲学范畴，又是一对伦理范畴。从哲学上说，物质更具决定性。存在决定意识，世界是物质的，物质是第一性的，精神是第二性的。从伦理角度分析，精神更具积极意义。因为人生的物质享受是有限的，这种有限受到经济科技发展的限制，譬如电灯，在农耕文明，不可能用上电灯，大都是油脂照明。只有在工业时代，才可能使用电灯。这种有限还受到人体接受能力的限制，譬如饮食，一个人尽管喜欢山珍海味，而他的肠胃有限，却只能摄取少量的美食，受不了天天的美味佳肴，否则会影响健康。但是，人的精神追求却是无限的，正如法国文豪雨果说的："世界上最宽阔的是海洋，比海洋还要宽阔的是天空，比天空还要宽阔的是人的胸怀。"一个人一旦确立了正确的信仰和理想信念，就可能产生巨大的精神力量，"三军可夺帅也，匹夫不可夺其志也"。而且，不同追求的人，就会有不一样的人生风景。一个重在精神追求的人，必然会有完美的人格、善良的心灵和高尚的道德，从而抒写人生的辉煌；即使身处逆境，也会保持良好心态和操守。反之，一个重在物质追求的人，必然为物欲所累，造成精神贫困，由于没有精神支撑，就可能会沮丧沉沦；如果遇到挫折，甚至会为了物欲而丧失操守和气节。《陋室铭》从三个维度论证了物质与精神的关系，对人生哲理作出了诠释。一是山与仙的关系，"山不在高，有仙则名"。意思是，山不一定高大，只要有神仙就会有名望。神仙属于中国传统文化特有的现象，在古代传说中，意指经过不断修炼和领悟，人的肉体得道升华、心灵境界实现超越，具有一定超能力和神位，是道教中无所不知、无所不能、超越生死的神界人物，是古人崇拜和祭祀的对象。在《陋室铭》中，仙是精神的隐喻，山是物质的隐喻，仙比山重要，山依仙而名。二是水与龙的关系，"水不在深，有龙则灵"。意思是，水不一定深广，只要有蛟龙就会有灵验。龙是中华文化的重要图腾和象征。神话传说中的龙是神异动物，行云布雨，能大能小，大则兴云吐雾，小则隐于无形。能升能隐，升则飞腾于天空之间，隐则潜伏于波涛之内。中华民族素称龙的传人，龙的文化蕴含着天人合一的宇宙观、仁者爱人的伦理观、阴阳交合的发展观和兼容并包的文化观。在刘禹锡看来，龙是精神的象征，水是物质的象征，龙比水重要，水因龙而灵。三是室与德的关系，"斯是陋室，惟吾德馨"。意思是，居处虽然简陋，凭着我的德行却能传播芳香。有德者居陋室，虽陋无妨，更会受到尊敬和尊重，否则，德不馨而居华室，也会受到鄙夷和谴责。在这里，室还象征着作者困窘的人生，德暗喻着作者傲视忧愁的气概和坚毅高洁的人格内蕴。《陋室铭》告诉人们，一个人只要有精神、有道德，无论物质多么贫乏、居处多么恶劣、人生多么曲折，内心总是坦荡的，环境就是美好的，因而是"苔痕上阶绿，草色入帘青"。

《陋室铭》阐述了健康的人生方式。人生的精神追求，需要有健康的生活方式予以支持和涵养。没有健康的生活方式，就不可能有正确的精神追求。所谓健康的生活方式，实质是工作之外如何利用业余时间，就是读书交友、琴棋书画。不健康的生活方式是声色犬马，追求感官享受。中国传统文化十分重视学习和交友两种生活方式，认为这是人生最快乐的事情。《论语》开篇就说："学而时习之，不亦说乎？有朋自远方来，不亦乐乎？人不知而不愠，不亦君子乎？"《陋室铭》介绍了三种生活方式，其中最重要的是交友，"谈笑有鸿儒，往来无白丁"。意思是，到陋室来谈天论地的都是有学问的人，进出陋室的没有文盲和市侩之徒。人是社会的人，与人交往是不可避免的，但大多数交往是应酬或工作关系，对人的内心世界不会有太大的影响。真正影响人品人格的，是朋友之间的交往。好的朋友，可以帮助提升和完善人品人格，反之则是损害。所以，孔子说："益者三友，损者三友。友直、友谅、友多闻，益矣。友便辟、友善柔、友便佞，损矣。"意思是，对自己有益的朋友有三种，对自己有害的朋友也有三种。与正直的人为友，与诚实的人为友，与见多识广的人为友，便是对自己有益；与偏执固陋的人为友，与虚情假意的人为友，与谄媚逢迎的人为友，就是对自己有害。健康的生活方式，既要重视交友，更要重视交益者之友。刘禹锡十分重视友情，他与柳宗元的交往是患难之交，是益者之友交往的典范。永贞革新失败后，刘禹锡与柳宗元都遭受贬谪，刘被贬播州，即今贵州遵义，柳被贬广西柳州。播州比柳州更为边远和艰苦，刘又有高龄母亲需要赡养，柳知道后不禁大哭，说"播州非人所居，而梦得亲在堂，吾不忍梦得之穷，无辞以白其大人，且万无母子俱往理"。随后即上书朝廷，要求将其贬至播州，调换刘到柳州，"愿以柳易播，虽重得罪，死不恨"。后来，刘改贬连州，即今广东连县。而刘禹锡对柳宗元也是情深义重，柳客死柳州，刘花毕生之力，整理刊印其文集。这是多么深厚的朋友之情，千百年来令人感动不已。同时，读书学习是重要的生活方式，这就是"阅金经"。金经是用泥金书写的佛家经典，泥金是用金箔和胶水调和而成的金色颜料。刘禹锡早年随父拜访过江南著名的禅僧兼诗僧皎然和灵澈，研读过佛学。刘阅读佛家经典是自然的，但《陋室铭》中"阅金经"应有象征性，泛指读书学习。对于塑造人品人格而言，读书学习是可靠、有效的途径，甚至比交友还重要。因为在人的一生中，任何东西都有可能被你厌弃或被它厌弃，但只有书卷，你不会厌弃它，它也不会厌弃你，真可谓：相看两不厌，唯有万卷书。与书卷为伴，是人生最重要的精神追求，既可以增长知识，也可以提升素质，从而达到"胸藏文墨虚若谷，腹有诗书气自华"。此外，弹琴也是一种有益的生活方式，即如《陋室铭》所言："可以调素琴。"中国传统文化历来认为琴棋书画，既是修养身心的重要途径，又是修养身心的显著标志。农耕时代的读书人，都很注重琴棋书画的熏陶，人的灵魂在清雅的琴音中得到净化，在净化中追求精神的永恒。

《陋室铭》表白了高远的人生志向。志向是人的精神追求的成果，也是人生不断前进的动力。刘禹锡自小就立下高远志向，即"少年负志气"，"忧国不谋身"。有志者事竟成，因为有志，刘禹锡在第一次被贬之后，写下《砥石赋》，"雾尽披天，萍开见水。拭寒焰以破眦，击清音而振耳。故态复还，宝心再起。即赋形而终用，一蒙垢焉何耻？感利钝之有时兮，寄雄心于瞪视。"从这段话可知，刘禹锡把自己遭贬的不幸视为宝刀蒙垢，不以为耻，而要励志守节，不仅表现出百折不挠的劲节和待时而起的雄心，而且表现出自信旷达、傲骨铮铮的士大夫之风。因为有志，刘禹锡始终不向权贵和小人妥协，这可从他创作两首"玄都观"赏桃花诗中得到印证。第一次被贬朗州，即今湖南常德。九年后，刘禹锡被召回长安，以期重用，他就写了一首惹祸的诗："紫陌红尘拂面来，无人不道看花回。玄都观里桃千树，尽是刘郎去后栽。"诗中用桃花讽刺朝中得势的权贵，用看花人比喻那些趋炎附势、奔走权门之徒，认为这些小人都是在我刘郎这样的俊杰被排挤出朝廷之后爬上去的。因为这首诗，刘禹锡再次被贬，一去就是十四年。等他回到长安，玄都观里的桃花已经荡然无存，剩下的只是荒草一片。倔强的刘禹锡竟然忘记了前车之鉴，特地去玄都观看看，写下《再游玄都观》："百亩庭中半是苔，桃花净尽菜花开。种桃道士归何处，前度刘郎今又来。"诗中用桃花和种桃道士讽刺比喻打击永贞革新的权贵们，丝毫不为十四年前因诗得祸而后悔，也不因屡遭贬谪而屈服。在追问种桃道士哪里去的诗音中，再次显示出坚韧不拔、傲岸不屈的性格。因为有志，刘禹锡即使身居陋室，仍然强烈地向往着建功立业。《陋室铭》用了两个典故表达心志，"南阳诸葛庐，西蜀子云亭"。诸葛是指诸葛亮，三国时蜀汉丞相，著名政治家，相传他曾隐居在南阳隆中的茅庐。出山之后，辅佐刘备完成帝业，形成魏、蜀、吴三分天下。后来民间和文学作品把诸葛亮塑造成智慧和忠义的化身。子云是指扬雄，西汉后期著名文学家，相传成都草玄堂是扬雄的旧居。扬雄为人简易清静，不汲汲于富贵，不戚戚于贫贱，不修廉隅以徼名当世。早年以写赋知名，有《甘泉赋》、《羽猎赋》、《长扬赋》、《逐贫赋》等作品问世；晚年致力于思辨，著有《太玄》、《法言》等哲学著作。刘禹锡所写两句话的字面意思是，我的陋室好比诸葛亮在隆中的茅庐，犹如扬子云在成都的草玄堂。真实含义则是，我渴望像诸葛亮那样，在政治上建立功勋，像扬雄那样，在文学上取得成就。刘禹锡把诸葛亮、扬子云作为自己学习效仿的榜样，更是洋溢着旷达乐观的胸怀和奋发向上的精神。因为有志，刘禹锡能够内心平静、坦坦荡荡地面对陋室，不感到寒酸，不感到低人一等，因而《陋室铭》最后宣称："孔子云：何陋之有？"语出《论语·子罕》，意思是，只要我品德高尚、人格完美，无论居于何处，无论面对怎样恶劣的环境，都改变不了我的君子人格。

　　《古文观止》在编选《陋室铭》时指出："陋室之可铭，在德之馨，不在室之陋也。惟有德者居之，则陋室之中触目皆成佳趣。"这是《陋室铭》给我们最大的启示，就是要做一个有道德的人、有教养的人。人的一生有很多追求，从物质与精神的角度分析，人生的物质享受是有限的，精神追求却是无穷的。生活可以贫困，道德品质却只能高尚。从主体与客体的角度分析，人生无非有对内追求与对外追求两个取向。对内追求是立德，即人格的完善、道德的圆满、知识的充实和精神世界的丰富。对外追求是立功，即事业的成功，你是老师，就希望桃李满天下；你是作家，就希望著作等身；你是科学家，就希望发现发明创造；你是官员，就希望得到提拔重用，有更高的职位，等等。对于主体能力而言，对内追求与对外追求是有区别的，对内追求是自身可以控制的，而对外追求受到机遇、条件、环境等多重因素作用，则是不可控的，正如印度著名诗人泰戈尔所说："我求索我得不到的，我得到了我不求索的。"因此，任何想成为有道德和教养的人，都应注重对内的追求，淡化对外的追求。注重对内追求，是有德行的表现；淡化对外追求，实质是淡泊名利，也是有德行的表现。按照儒家修身的要求，对内追求有着丰富内涵，它是好学，"好学近乎知"；是力行，"力行近乎仁"；是自省，"吾日三省吾身"；是慎独，"莫见乎隐，莫显乎微，故君子慎其独也"；是养气，"吾善养吾浩然之气"。当然，对内追求与对外追求是互相联系的，一定意义上说，立德是立功的基础，立功是立德的外化和延伸。正确的人生选择，是要在塑造良好人格和完善道德品质过程中建立功勋、追求卓越、创造辉煌，为社会进步和国家发展贡献力量。

附

陋室铭

刘禹锡

山不在高，有仙则名。水不在深，有龙则灵。斯是陋室，惟吾德馨。苔痕上阶绿，草色入帘青。谈笑有鸿儒，往来无白丁。可以调素琴，阅金经。无丝竹之乱耳，无案牍之劳形。南阳诸葛庐，西蜀子云亭。孔子云：何陋之有？

阿房宫赋　执政者鉴

——读杜牧《阿房宫赋》有感

　　杜牧是晚唐杰出诗人和散文家，其文学主张是"凡为文，以意为主、气为辅，以辞采章句为之兵卫"，比较正确地认识了作品内容与形式的关系。唐朝是个诗歌盛世，最为著名的诗人是"大李杜"，即李白和杜甫；很著名的诗人是"小李杜"，即李商隐和杜牧。由此可见杜牧诗名及其在唐诗中的地位。杜牧擅长于七言绝句，诗作画面优美、语言清丽，情韵绵长、风格悠扬，艺术上别具特色。春花秋月、春雨秋叶，是诗人们十分喜欢的意象，杜牧就留下了两首千古绝唱。一首是描写春天，带着淡淡的忧伤："清明时节雨纷纷，路上行人欲断魂。借问酒家何处有，牧童遥指杏花村。"另一首是描写秋天，勾画了一幅动人的山林秋色图："远上寒山石径斜，白云生处有人家。停车坐爱枫林晚，霜叶红于二月花。"杜牧的散文也很有名，代表作是《阿房宫赋》。这是一篇借古讽今的赋体散文，通过描写阿房宫的兴建及其毁灭，生动形象地总结了秦王朝骄奢亡国的历史经验，向晚唐统治者发出警告，既体现了作者出众的政治才华，又表达了作者忧国忧民、匡世济俗的情怀。

　　无论讽喻特色，还是写作技巧，《阿房宫赋》都不愧是一篇内容与形式完美统一的古典文学作品。后人评价"古来之赋，此为第一"，有人给予"诗人之赋"的美誉。汉朝词赋大家扬雄认为："诗人之赋丽以则，辞人之赋丽以淫。"意思是，诗人写的赋不仅文词优美，而且意义严正；而辞人写的赋，不过是徒具外表的华丽而已。显然，《阿房宫赋》

思想艺术俱佳，全文五百一十三字，分为四个自然段。前两段是描写阿房宫的富丽堂皇，后两段是议论秦王朝的灭亡教训，两者是一个有机整体，夸张而不淫靡，议论而不干枯。第一段浓墨重笔描写阿房宫的气势，尤其开篇四句，写阿房宫之由来，"六王毕，四海一，蜀山兀，阿房出"，真是气势雄健、含义无穷，音节紧凑、撼动人心。其中前两句，只有六个字就写出六国相继灭亡，秦始皇一统天下的历史；后两句是写兴建营造阿房宫的浩大声势，一"兀"一"出"对比鲜明，用意极深，暗示砍光了秦陇一带的树木和四川的树木，才建造了阿房宫。这是多么浩大的工程！第二段是着力描写阿房宫宫女的美丽和珍宝的繁多，指明这些宫女和珍宝是从六国来的，揭露秦王朝的荒淫靡费。写宫女，既夸张地写她们的美丽和化妆的讲究，又写出这些宫女的悲惨命运，其中"有不得见者，三十六年"，即有的宫女在秦始皇在位的三十六年中从来没有见到过他，更谈不上宠幸了。写珍宝，既言其贵重和六国收藏之不易，又言秦王朝挥金如土，不知珍重和爱惜。第三段用"嗟乎"一词转折，由前两段夸张描写转为后两段正面议论，揭示文章的主旨。在议论中，作者对秦王朝的残暴奢靡，满怀悲愤之意；对劳动人民的深重苦难，充满同情之心。第四段是总结六国和秦王朝的历史教训，指出六国和秦王朝之所以灭亡，是因为他们骄奢淫逸、民不堪命，才被起而"族"之，目的是警告晚唐统治者。

品读《阿房宫赋》，不能不佩服文章的语言美和艺术美，不能不佩服杜牧高超的写作技巧和文字驾驭能力。首先表现为繁简适当，恰到好处。文章繁处，不惜笔墨描写阿房宫的雄伟壮观，极尽铺张扬厉之能事，读来非但不觉冗长，反而觉得笔酣墨饱，痛快淋漓；简处，则是惜墨如金，只用六个字概括秦灭六国的历史，读来不仅没有淡乎寡味、瘦硬枯燥的感觉，反而能获得言约意丰、尽得风流的意象。其次表现为比喻新奇，夸张大胆。比喻和夸张，历来是文人墨客描绘形象、勾人心魄的重要修辞手法。文章以拟人的手法比喻阿房宫亭台楼阁的形状，即"廊腰缦回，檐牙高啄；各抱地势，钩心斗角"。其中腰、牙、心、角都是动物身体的组成部分，用来描写亭台楼阁，生动逼真、情趣盎然。文章的夸张更是大胆而奇崛，如写阿房宫占地之广，则说"覆压三百余里"；绘阿房宫之高，则云"隔离天日"。再次表现为骈散交织，韵白兼行。《阿房宫赋》既状物叙事、抒情言志，又重视音韵节奏、辞章优美。总体分析，铺叙、描绘以骈偶句为主，议论、抒情以散文句居多，用韵不拘骈散，而是随意造词、因词就韵。具体而言，第一、二段错落有致地运用骈偶句和散文句；第三段则是散文句中间插骈偶句；第四段都是散文句。全文语言风格看似骈散杂用，实则和谐协调，令人感到新鲜和耐读。最后表现为用语凝练，珠圆玉润。《阿房宫赋》多用叠字、双声和叠韵来描摹事物，叠字如"溶溶"、"盘盘"，双声如"檐牙"、"蜂房"，叠韵如"独夫"、"戍卒"，不仅读来朗朗上口、悠扬动听，而是能以声传情、声情并茂。同时，注意声调平仄的搭配，如"各抱地势"是四个仄声连用，继之为"钩心斗角"，则转为"平平仄仄"；又如"歌台暖响"是"平平仄仄"，继之为"春光融融"，则转为四个平声。这种四连平、四连仄的用法是极其大胆的，从效果上看，音调变得抑扬顿挫，节奏更加流畅明快。

　　《阿房宫赋》直接抨击了秦王朝的骄奢淫逸。《史记》记载，公元前212年，"始皇以为咸阳人多，先王之宫廷小，吾闻周文王都丰，武王都镐，丰、镐之间，帝王之都也。乃营作朝宫渭南上林苑中。先作前殿阿房，东西五百步，南北五十丈，上可以坐万人，下可以建五丈旗"。对照《阿房宫赋》的描写，历史事实与文学描写有着很大差别，其中一个差别是秦始皇修阿房宫的原因主要是咸阳人口不断增加，原有的宫殿不能满足扩张需要，而杜牧却将兴建阿房宫归因于"秦爱纷奢"。第二个差别是秦始皇只建了阿房宫前殿，并没有完成全部工程。即使完工，也不像杜牧所说的有"覆压三百余里"的规模。后来的考古发现，秦王朝并没有建成阿房宫，仅完成地基而已。第三个差别是秦始皇修建阿房宫只有两年时间就去世了，这与杜牧所说的宫女"有不得见者，三十六年"，差距甚大。指明以上差别，并不是想掩饰秦王朝的骄奢淫逸，而是想说明《阿房宫赋》是文艺作品，想象和夸张势在必然，我们不能据之考证阿房宫的规模，进而线性地评论秦始皇的历史功过。但是，《阿房宫赋》批判秦王朝的纸醉金迷、腐败堕落，却有着重要意义和深远影响。文章写阿房宫的高大气派，是"覆压三百余里，隔离天日。骊山北构而西折，直走咸阳。二川溶溶，流入宫墙"。骊山在今陕西临潼县东南，咸阳是指今陕西咸阳市东北；渭川指渭水，发源于甘肃省境内，樊川为渭水支流灞水。这是概述阿房宫的全貌，具体描写了阿房宫的形势、规模和气魄，让人想象这座宫殿的高度和幅员之广大。写阿房宫建筑之堂皇，是"五步一楼，十步一阁；廊腰缦回，檐牙高啄；各抱地势，钩心斗角"。从而对亭台楼阁极尽描绘之能事，把楼阁之众、走廊之曲、檐牙之奇写得精妙如画。写阿房宫中人的梦幻感觉，是"盘盘焉，囷囷焉，蜂房水涡，矗不知其几千万落。长桥卧波，未云何龙？复道行空，不霁何虹？高低冥迷，不知西东"。意思是，盘旋而上，曲折而下，天井像蜂房排布，瓦沟如旋涡相绕，层层叠叠矗立而起，真不知有几千万处院落。长桥飞渡水面，天上万里无云，为何有蛟龙横卧？复道高架空中，并非雨后放晴，怎么会有彩虹辉映？身在宫中，只觉此高彼低；扑朔迷离，不辨东南西北。写阿房宫的歌舞升平和醉生梦死，是"歌台暖响，春光融融；舞殿冷袖，风雨凄凄。一日之内，一宫之间，而气候不齐"。意思是，台上歌声悠扬，歌喉吐暖，温暖如春光融融；殿中舞袖舒展，徐徐生风，清凉似风雨凄凄。在一天的时间内和一个宫殿里，竟然有不同的气候冷暖。虽然文学想象不能代替真实历史，但秦王朝修建阿房宫，消耗大量人力物力，却是不争的史实。还是《史记》记载："隐宫徒刑七十余万人，乃分作阿房宫，或作骊山。"当时，全国人口只有两千万，动用七十万人修建阿房宫，如此巨大工程，如此浩繁靡贵，必然给劳动人民带来沉重的经济负担和政治压力。《史记》就不止一次提道："天下苦秦久矣，此其一端。"

《阿房宫赋》间接抨击了六国和晚唐王朝的骄奢淫逸。杜牧在文章中既写秦国又写六国，主批秦王朝，次批六国统治者。文章写阿房宫美人之多，因为这些美人是从六国掠夺来的，"妃嫔媵嫱，王子皇孙，辞楼下殿，辇来于秦，朝歌夜弦，为秦宫人"。意思是，六国帝王之妻妾及其宫女和王子皇孙，告别故宫楼阁，乘车来到秦国。早晨献歌，晚上奏乐，成为秦国宫人。那么，这些美人在阿房宫怎样生活呢？"明星荧荧，开妆镜也；绿云扰扰，梳晓鬟也；渭流涨腻，弃脂水也；烟斜雾横，焚椒兰也。雷霆乍惊，宫车过也；辘辘远听，杳不知其所之也。"《阿房宫赋》一连用六个"也"字状写这些美人的奢华生活，即美女洗漱倒掉的残脂剩粉，使渭河水面泛起层层油腻，焚烧的椒兰香料，使骊山山坡烟雾迷漫。其实，这既是在批判秦王朝的奢靡，也是在批判六国的奢靡，秦王朝奢靡不过是六国奢靡的继续和延伸。同时，文章写阿房宫珍宝之富，因为这些珍宝也是从六国掠夺来的，而六国的珍宝是经过多少代、多少人，从老百姓手中掠夺得到的，即"燕、赵之收藏，韩、魏之经营，齐、楚之精英，几世几年，摽掠其人，倚叠如山。一旦不能有，输来其间"。这些珍宝到了秦国之后，秦人并不珍惜，"鼎铛玉石，金块珠砾，弃掷逦迤，秦人视之，亦不甚惜"。意思是，宝鼎被视为铁锅，美玉被当作石头，黄金被看成土块，珍珠被认为砂砾，随意丢弃，遍地可见。秦人见此情景，并不觉得可惜。《阿房宫赋》批判秦人对待珍宝的态度，实则也是批判六国对待珍宝的态度。六国统治者与秦王朝一样，都是挥金如土，弃之如敝屣。应当指出，杜牧写《阿房宫赋》，主要目的是警示晚唐统治者，拿他自己的话说："宝历大起宫室，广声色，故作《阿房宫赋》。"宝历就是杜牧其时的皇帝唐敬宗李湛的年号，因而文章明批秦王朝，暗批晚唐王朝。史料记载，李湛十六岁即位，昏聩失德，荒淫无耻，不可一世，既"游戏无度，狎昵群小"，"视朝月不再三，大臣罕得进见"，又"好治宫室，欲营别殿"，命令度支员外郎卢贞，"修东都宫殿及道中行宫"，以备游幸。李湛在位不到一年就病亡了，继任者文宗清算时，就将"内庭宫人非职掌者放三千人"，还废了"教坊乐官、翰林待诏、伎术官并总监诸色职掌内冗员者共一千二百七十人"。这说明晚唐统治者的荒唐行为绝不比秦王朝逊色。杜牧年轻时就怀抱"平生五色线，愿补舜衣裳"的志向；《阿房宫赋》运用委婉的言辞表达作者观点和题旨，对晚唐统治者进行暗示、告勉和劝诫，以期能够幡然醒悟、重新振作。文章所写秦王朝的宫殿、美女、珍宝，字字句句实则锋芒所指是晚唐统治者。当然，杜牧的批判不是希望唐王朝的覆灭，而是希望当时的统治者励精图治、富民强兵，重振大唐盛世。而史实恰恰与杜牧的愿望相反，在他死后数年，农民起义风起云涌；再过五十年，大唐王朝就在风雨飘摇中轰然倒塌。

《阿房宫赋》指明了骄奢淫逸必然亡国的道理。杜牧在前两自然段中极力铺陈描绘阿房宫之雄伟、宫女之奢华、珍宝之繁荣，其实是为第三、四自然段的正面议论造势和作铺垫，目的是说明骄奢淫逸必然亡国的道理，给封建统治者敲响警钟。《古文观止》在编选《阿房宫赋》时评论说："前幅极写阿房之瑰丽，不是羡慕其奢华，正以见骄横敛怨之至，而民不堪命也，便伏有不爱六国之人意在。所以一炬之后，回视向来瑰丽，亦复何有！以下因尽情痛悼之，为隋广、叔宝等人炯戒，尤有关治体。"隋广指隋炀帝杨广，叔宝指魏晋南北朝陈后主。这是很有道理和见地的。围绕骄奢淫逸必然亡国，《阿房宫赋》全面议论了秦王朝的灭亡过程。首先批评秦王朝统治者不懂民心、不知节俭，掠夺财物时是锱铢必较，使用财物时是挥霍无度，"嗟乎！一人之心，千万人之心也。秦爱纷奢，人亦念其家。奈何取之尽锱铢，用之如泥沙？"其次用比喻手法，评论秦王朝的横征暴敛、劳民伤财。"使负栋之柱，多于南亩之农夫；架梁之椽，多于机上之工女；钉头磷磷，多于在庾之粟粒；瓦缝参差，多于周身之帛缕；直栏横槛，多于九土之城郭；管弦呕哑，多于市人之言语。"意思是，修建阿房宫的结果是，使支撑栋梁的柱子，比田里的农夫还多；使架在梁上的椽子，比织布机上的妇女还多；使闪亮的钉头，比谷仓中的粟粒还多；使参差不齐的瓦缝，比全身上下的线缕还多；使纵横交错的栏杆，比全国土地上的城郭还多；使嘈杂的乐器声音，比市场上嘈杂的人声还乱。再次是指出秦王朝的残暴统治，使得民心背离，揭示统治者与劳动人民的尖锐矛盾。"使天下之人，不敢言而敢怒，独夫之心，日益骄固。"最后是"戍卒叫，函谷举，楚人一炬，可怜焦土"。用了三个典故，概括了秦国的灭亡和阿房宫被毁。一是戍卒出身的陈胜、吴广揭竿而起，发动农民起义推翻秦王朝；二是刘邦率兵首先攻入函谷关，使秦王朝灭亡；三是楚人项羽领兵来到咸阳后，焚毁阿房宫。围绕骄奢淫逸必然亡国，《阿房宫赋》对六国和秦王朝的灭亡发出了深深的叹息。"呜呼！灭六国者，六国也，非秦也。族秦者，秦也，非天下也。"文章进一步指出，六国和秦王朝灭亡的原因在于不能爱护体恤人民，挥霍无度、骄横敛怨。否则，六国可以抗秦而不致以灭亡，秦可传位于万世而不致以二世而亡。"嗟乎！使六国各爱其人，则足以拒秦。使秦复爱六国之人，则递三世可至万世而为君，谁得而族灭也？"围绕骄奢淫逸必然亡国，《阿房宫赋》直抒胸臆、情绪激愤，警示晚唐统治者以及后来的统治者，"秦人不暇自哀，而后人哀之；后人哀之而不鉴之，亦使后人而复哀后人也！"意思是，亡国的教训，秦人是来不及为自己哀痛了，后人可以为秦人哀痛；后人如果仅仅哀痛却不引以为鉴，那也会使后人的后人再来哀痛后人呀。《阿房宫赋》这最后一段话，诚如子规啼血，一叫一回肠欲断，谁能不为杜牧的忠诚之心感动呢！

"历览前贤国与家，成由勤俭败由奢。"纵观中国二十四个封建王朝，由于骄奢淫逸亡国的例子不胜枚举。一般而言，封建王朝都经历了由盛入衰的历程，其转折点就是骄奢淫逸。开国者环境艰辛，尚能做到节俭，与民休养生息；继任者则是条件优渥，容易不惜民力、恣意挥霍，逐步走上亡国之路。因此，《阿房宫赋》以讽喻手法，极尽比喻和夸张，启示执政者要崇尚节俭、反对奢侈，顺应民心、珍惜民力。因为骄奢淫逸，必然搜刮民脂民膏。现代经济理论认为，公权力、公共机关是不创造财富的，其收入和消耗只能由纳税人承担和老百姓付费。执政者挥霍越多，老百姓负担越重。一旦老百姓不堪其负，忍无可忍，就会揭竿而起，执政者就会丧失民心，国家就会风雨飘摇。因为骄奢淫逸，必然加剧贫富分化。即如法国启蒙学者孟德斯鸠所言："奢侈与财富不均永远成正比。一个国家里，财富分配如果均匀，就不会有奢侈。"骄奢淫逸与生活贫困是一个硬币的两面，一些人骄奢淫逸，另一些人肯定是生计无着、艰难度日。这不仅损害社会公平正义，而且加剧不同社会阶层之间的裂痕，造成社会动荡和不稳定。因为骄奢淫逸，必然败坏社会风气。"政者，正也。子帅以正，孰敢不正。"执政者对于社会风气具有引领和导向作用，如果骄奢淫逸，就会使社会物欲横流，民德趋薄，败坏风气；如果节俭朴素，社会风气就会淳朴清正，民心就会平和顺畅，国家就会长治久安。长治久安，这不正是执政者梦寐以求的目标吗？！杜牧作《阿房宫赋》，执政者鉴之鉴之。

附

阿房宫赋

杜 牧

六王毕，四海一，蜀山兀，阿房出。覆压三百余里，隔离天日。骊山北构而西折，直走咸阳。二川溶溶，流入宫墙。五步一楼，十步一阁；廊腰缦回，檐牙高啄；各抱地势，钩心斗角。盘盘焉，囷囷焉，蜂房水涡，矗不知乎几千万落。长桥卧波，未云何龙？复道行空，不霁何虹？高低冥迷，不知西东。歌台暖响，春光融融；舞殿冷袖，风雨凄凄。一日之内，一宫之间，而气候不齐。

妃嫔媵嫱，王子皇孙，辞楼下殿，辇来于秦，朝歌夜弦，为秦宫人。明星荧荧，开妆镜也；绿云扰扰，梳晓鬟也；渭流涨腻，弃脂水也；烟斜雾横，焚椒兰也。雷霆乍惊，宫车过也；辘辘远听，杳不知其所之也。一肌一容，尽态极妍，缦立远视，而望幸焉；有不得见者，三十六年。燕、赵之收藏，韩、魏之经营，齐、楚之精英，几世几年，摽掠其人，倚叠如山。一旦不能有，输来其间。鼎铛玉石，金块珠砾，弃掷逦迤，秦人视之，亦不甚惜。

嗟乎！一人之心，千万人之心也。秦爱纷奢，人亦念其家。奈何取之尽锱铢，用之如泥沙？使负栋之柱，多于南亩之农夫；架梁之椽，多于机上之工女；钉头磷磷，多于在庾之粟粒；瓦缝参差，多于周身之帛缕；直栏横槛，多于九土之城郭；管弦呕哑，多于市人之言语。使天下之人，不敢言而敢怒，独夫之心，日益骄固。戍卒叫，函谷举，楚人一炬，可怜焦土。

呜呼！灭六国者，六国也，非秦也。族秦者，秦也，非天下也。嗟乎！使六国各爱其人，则足以拒秦。使秦复爱六国之人，则递三世可至万世而为君，谁得而族灭也？秦人不暇自哀，而后人哀之；后人哀之而不鉴之，亦使后人而复哀后人也！

业精于勤　行成于思

——读韩愈《进学解》有感

　　韩愈生活于中唐时期，官至吏部侍郎，但他一生最大的成就不是官职，不是政绩，而是领导了唐代中期掀起的古文运动。苏东坡赞之曰："文起八代之衰，而道济天下之溺。"相对于骈体文而言，古文是中唐以后出现的散文的特有名称，它一反魏晋南北朝崇尚对偶、声律和注重典故、辞藻的骈体文，提倡学习先秦两汉内容充实、文字质朴的文章；它反对文章佶屈聱牙、艰涩难懂，提倡文风自然清新、通俗易懂。古文运动是学古而不是复古，适应了当时经济社会发展的需求，客观上有利于文化的普及和教育的大众化，具有历史进步意义。韩愈为此写了大量的古文，包括赋、诗、论、说、传、记、赞、书、序、状、表、哀辞、祭文、碑志以及杂文等各种文体。《古文观止》十分推崇韩愈，收录他的文章二十四篇，仅次于《左传》。《进学解》是韩愈文章的名篇，既沿用了汉代赋体的形式，又夹杂着散文化的句子，行文活泼多变，语言隽永简练。更重要的是，《进学解》阐述了韩愈关于人生学业和德行的认识，写下了千古名句："业精于勤，荒于嬉，行成于思，毁于随。"

　　《进学解》是韩愈四十六岁在长安任国子学博士、教授学生时所作。进学，是勉励学生刻苦学习，取得进步；解是对学生疑问的解析和说明。《进学解》是韩愈以师生对话的方式，讲解自己治学和修德方面的经验，劝诫学生怎样读书学习，取得学业和德行进步。全文四百余字，分为三段，第一段是假托先生劝学，写国子先生对学生训话，大意是说方今君圣臣贤，励精图治，注意选拔和造就人才，作为学生，只须在学业和德行两方面刻苦努力，便不愁不被录用，无须担忧用人的不明不公。第二段是学生质问，写学生对国子先生的教诲提出责疑，大意是说先生在勤勉、学问、文章和为人四个方面都很有成就，却遭遇坎坷，仕途不幸，以致"冬暖而儿号寒，年丰而妻啼饥。头童齿豁，竟死何裨？不知虑此，反教人为？"第三段是先生予以解答，大意是说用人要兼收并蓄，量才录用。自己现在就职于国子学博士，是恰如其分的安排。如果还要不知足，"是所谓诘匠氏之不以杙为楹，而訾医师以昌阳引年，欲进其豨苓也"。意思是，这如同责问工匠为何不用木橛当柱子，或者想要推荐豨苓，便指责医师不该用昌阳去延年益寿。昌阳即菖蒲，久服可以长寿。豨苓指主泄的中药材，与菖蒲的作用正好相反。

　　品读《进学解》是一件困难的事情。历来认为，《进学解》是韩愈运用委婉曲折、含而不露的手法，讥讽当时社会的庸俗腐败，表达自己怀才不遇的愤懑之情，而他的经历，正好与这一看法契合。韩愈从十九岁开始，三次参加礼部主持的进士考试，三次落第；第四次是由于贵人举荐，才得以及第。进士及第之后，还得通过吏部的"省试"，才能授官，结果又是三次应考，三次落第。授官之后，韩愈还是不顺利，《进学解》借学生之口说："公不见信于人，私不见助于友，跋前踬后，动辄得咎。暂为御史，遂窜南夷。三年博士，冗不见治。命与仇谋，取败几时。"意思是，韩愈在公事方面不能被人信任，私事也得不到朋友的帮助，处于进退两难的境地，动不动就招来灾祸。刚刚当上御史不久，就被贬到南方少数民族地区，做了三年国子学博士，身处闲散的职位，表现不出政绩。命中注定运气不好、事事遇阻，于是屡屡地遭受失败。这些人生的曲折与不幸，确实使韩愈有话要说，有委屈要诉说，以致《新唐书·韩愈传》记载："既才高数黜，官又下迁，乃作《进学解》以自喻。"但是，我总觉得这些看法不够全面、有所偏颇，也贬低了《进学解》的人文意义和历史价值。如果《进学解》真是批评嘲讽当朝的权贵们，那为什么当朝宰相们第二年看到《进学解》后，不但没有责怪和贬抑韩愈，反而提升他为礼部郎中和史馆修撰？如果《进学解》没有思想内容和深刻哲理，仅仅是一篇发发牢骚的文章，那它怎么能流传千古，至今仍为人们吟诵不已。因此，《进学解》的主旨不是批判和揭露当时社会政治黑暗，也不是表达自己怀才不遇的思想感情，而是阐述学业和德行的意义、治学和修德的方法以及学业与社会、学业与前途的关系。只有这样认识《进学解》，才能解释这篇文章具有的重要价值和旺盛生命力。

《进学解》的中心思想是学业要勤。这是韩愈一贯的主张，所以他有一副治学名联："书山有路勤为径，学海无涯苦作舟。"韩愈自己就是勤奋学习的典范，《进学解》为我们刻画了一个勤勉刻苦、孜孜不倦的读书人形象，"先生之业，可谓勤矣"。这个形象告诉我们：学业要勤，首先是充分利用时间，"焚膏油以继晷，恒兀兀以穷年"。白天不够用，就要把晚间利用起来，而且是一年四季如此，长期坚持不懈，绝不可"三天打鱼、两天晒网"。我们知道，时间对于每个人都是平等的，而每个人利用时间却是不平等的。古往今来，凡是学业有成的人，都是刻苦学习、终身学习，既利用白天，又利用晚间；既利用工作时间，又利用业余时间。那些把夜晚和业余时间用在消遣和娱乐的人，在学业上肯定是一事无成的。鲁迅先生说过一句名言：哪里有天才，我只是把别人喝咖啡的时间都用在工作上了。这说明古今贤达的心灵是相通的。学业要勤，更须多读书读好书，"口不绝吟于六艺之文，手不停披于百家之编"。意思是，口中不断地诵读六经的文章，手里不停地翻阅诸子百家的著述。所谓"六经"，是指《诗经》、《尚书》、《礼记》、《乐经》、《周易》和《春秋》；诸子百家是对春秋战国时期各种学术流派的总称，主要指儒家、道家、阴阳家、法家、名家、墨家、杂家、农家、小说家和纵横家。我们知道，冰山一角是依靠海平面下巨大的冰山体支撑的，学业有成的基础也是靠宽广的知识面和精深的专业素养。没有基础的牢固，就不可能有大楼的高耸。这个基础就是读更多的书，学更多的知识，融会贯通，自成一家。学业要勤，还须口手并用、眼到心到。"口不绝吟"、"手不停披"，不仅表达了学习要口手并用的主张，而且还要求学习做到眼到心到。我们知道，有口无心的读书，是不可能有收获的；好记性不如烂笔头，不动笔的读书，也是不可能对书本内容留下深刻印象的；"学而不思则罔，思而不学则殆"，不思考的读书，只能造就书橱，绝对不可能造就大师。因此，《进学解》说韩愈是："纪事者必提其要，纂言者必钩其玄。贪多务得，细大不捐。"意思是，对于记载史事的经典一定要摘取其中的要点，对于编纂言论的书籍一定会探索其中深奥的道理。贪婪地学习，力求有所收获。无论大小都要钻研，丝毫不可放弃。这段话既反映了韩愈读书的认真严肃，也提示了读书需要真诚的态度和科学的方法。

《进学解》的重要观点是学业和德行双修。这是对学校和老师本质的认识，说明学校和老师的职责是双重的，既要向学生传授知识，又要教育引导学生做人。对于学生来说，在校期间和成长过程中，既要学习知识技能，又要学习为人处世。学业和德行两者须臾不可分割，必须有机结合，否则，就是教育的失败。韩愈的认识是清醒的，也是连贯的。在《进学解》一开始，他就强调学生要"业精于勤"和"行成于思"；在另一篇重要文章《师说》中，他明确提出："师者，所以传道、受业、解惑也。"传道是指对学生德行的培育，受业是指对学生知识的传授，解惑则是既解决学生在人格塑造过程中遇到的困惑，又解决学生在学习掌握知识技能方面遇到的疑问。韩愈不仅是这样认识的，也是这样实践的，作为老师，他训谕学生要学业和德行双修；作为学者，他自己是既做事，又做人，堪称楷模。《进学解》介绍韩愈在学业方面，"可谓闳其中而肆其外矣"，即指韩愈撰写的文章内容宏大而气势奔放，学业上取得了巨大成就。具体表现在，"沉浸酶郁，含英咀华。作为文章，其书满家。上规姚姒，浑浑无涯；周《诰》、殷《盘》，佶屈聱牙；《春秋》谨严，《左氏》浮夸；《易》奇而法，《诗》正而葩；下逮《庄》、《骚》，太史所录；子云、相如，同工异曲"。意思是，韩愈的心神沉浸在浓郁的书香之中，仔细地品赏其中的精华；写作文章，参考的书籍堆满家中，向上取法虞、夏时代的典章，博大深沉得无边无际；周朝的多篇诰书和商代的《盘庚》三篇，实在艰涩难懂；《春秋》写得谨慎严肃，《左传》文章夸张；《易》变幻奇妙但有法则可循，《诗》内容端正而辞采华丽。往下效仿《庄子》、《离骚》，以及司马迁的《史记》，扬雄和司马相如的作品，虽然曲调不同，却同样巧妙。读完这段话，我们就不难理解韩愈为什么能成为唐宋两朝古文运动的领袖，为什么会被后人评价为"唐宋八大家"的第一家，这是因为"宝剑锋从磨砺出，梅花香自苦寒来"。同时，《进学解》介绍韩愈在德行方面，"可谓成矣"，即指韩愈的人品非常成熟和完美。具体表现在："少始知学，勇于敢为；长通于方，左右具宜。"更重要的是，韩愈的德行有明确的价值导向，这就是儒家思想。韩愈不仅信奉儒学，而且弘扬儒学。为了倡导儒学，他敢于得罪唐宪宗，呈上《论佛骨表》，不惜被贬潮州路八千。《进学解》说韩愈是"觝排异端，攘斥佛老。补苴罅漏，张皇幽眇。寻坠绪之茫茫，独旁搜而远绍。障百川而东之，回狂澜于既倒"。意思是，韩愈抵制和批判异端学说，排斥佛教和道家；补充儒家的遗漏不周之处，发扬光大儒学精深微妙的义理。清理茫然失落的传统事业，独自广泛搜求圣人的思想，以便继承和发扬。防堵和引导大小江河使之东归大海，力挽已经倾倒泛滥的狂暴波澜。韩愈还强调作家的道德修养，曾在别的文章中指出："夫所谓文者，必有诸其中，是故君子慎其实。"所谓"有诸其中"、"慎其实"，都是指道德修养。

　　《进学解》的另一观点是要正确对待学业与社会、学业与前途的关系。任何学子都会关心自己的前途，希望通过读好书、学好业、修好行，在未来的人生中得到社会重用，对社会有所贡献。但是，一个人是否能够实现志向，是否有好的前途，是个人与社会互动过程中综合因素作用的结果。在韩愈看来，应注重打牢学业和德行的根基，不应患得患失，不应过分关注社会环境和个人前途。"诸生业患不能精，无患有司之不明；行患不能成，无患有司之不公。"意思是，学生们只需忧虑学业不能精通，不需担心社会和有关部门的不了解；只需忧虑德行没有成就，不必担心社会和有关部门的不公道。在韩愈看来，政治清明时期，无须担忧学业与社会和前途的问题。《进学解》认为，当今圣君贤臣相逢，法令都已健全，除掉了凶恶奸邪的人，提拔了德才兼优的人，有一点长处的人都能得到录用，有一技之能的人也会受到聘用。一般理解，这段话是韩愈伪托事实藏反语，表达他怀才不遇、不被重用的愤慨。但是，我们换一个角度思考，这段话也可理解是韩愈对太平盛世和良好用人环境的向往和理想。他告诫学生，良好的社会环境是"爬罗剔抉，刮垢磨光。盖有幸而获选，孰云多而不扬"。即社会像发掘搜罗宝物一样，剔除次品，选出可用的，然后刮去尘垢，打磨光亮，从而造就出人才。那么，可能会有无才之人被选上，但绝不会有才的人不被任用。所以，学业与社会的关系，韩愈仍然强调学业的重要。在韩愈看来，一个人是否被重用，是否有前途，还有一个社会评价与自我期许是否相一致的问题。人才选拔的困难在于，大多数人自我期望过高、欲望太大，而国家公器、社会资源有限，从而造成很多人抱怨社会，自我感觉怀才不遇。客观地说，确有一部分人是因为社会不公、用人环境不好而未被重用，但大部分人属于自身的原因，这就是所谓的"眼高手低"、"志大才疏"。所以，韩愈一方面针对学生的诘问，告诉学生自己有许多不足，"学虽勤而不由其统，言虽多而不要其中，文虽奇而不济于用，行虽修而不显于众"；现在做国子学博士是合适的，也是幸运的，不应有所抱怨，即"投闲置散，乃分之宜"。另一方面告诉学生，用人是一门学问，就像工匠的本事是把大大小小的木材分别用在建造房屋的部件结构，医生的本事是把各种各样的药收集以备不同病情的用处。作为用人者，既要唯才是举，又要量才录用，"登明选公，杂进巧拙，纤余为妍，卓荦为杰，校短量长，惟器是适者"。意思是，明智地用人，公正地选拔，参杂地推荐是机敏的和质朴的，委曲周全者可爱，锋芒毕露者杰出，比较他们的长处和不足，按照他们的才能分配适当的职务。因此，《进学解》最后劝诫学生，不要计较自身遭遇的穷达，而要努力做到学业的精进和德行的修成。"若夫商财贿之有亡，计班资之崇庳，忘己量之所称，指前人之瑕疵，是所谓诘匠氏之不以杙为楹，而訾医师以昌阳引年，欲进其豨苓也。"这是说明学业和德行是人生的根本，个人能力大小应与职位相称，如不相应，无异是小材大用，把泄药当补药，既建不成房子，又败坏身体。

《进学解》流传以来，很多人以为它是韩愈抒泄牢骚不平和进行讽谏嘲弄，不少人把它看成是文学杰作，认为它"拔天倚地，句句欲活"。这些理解和认识不能说没有道理，但总是肤浅了一些。在我看来，《进学解》的主要价值是正确阐述了学生的学习问题，最大启示是强调了学业和德行双修。这一思想至今仍有积极的现实意义，学校的职责是培养学业和德行俱佳的学生；人既要追求知识，又要修炼品格，两者必须保持平衡，不可偏废任何一方。如有偏废，学生可能就是不合格的，人生可能就是不完整的。现实的诡异在于容易被偏废的往往是德行，而学业与德行相比，德行更重要。司马光认为："德胜才，谓之君子，才胜德，谓之小人。君子挟才以行善，小人挟才以行恶。"因此，我们更要重视德行的培育和修炼。培育德行，实际就是涵养人文精神，提高人文素养。一个具有人文精神和人文素养的人，肯定是有德行的人。当然，培育学生和人生追求的基本要求还是德才兼备。那么，怎样实现德才兼备呢？《进学解》告诉我们："业精于勤，荒于嬉，行成于思，毁于随。"

附

进学解

韩　愈

国子先生晨入太学，招诸生立馆下，诲之曰："业精于勤，荒于嬉；行成于思，毁于随。方今圣贤相逢，治具毕张。拨去凶邪，登崇畯良。占小善者率以录，名一艺者无不庸。爬罗剔抉，刮垢磨光。盖有幸而获选，孰云多而不扬。诸生业患不能精，无患有司之不明；行患不能成，无患有司之不公。"

言未既，有笑于列者曰："先生欺余哉！弟子事先生，于兹有年矣。先生口不绝吟于六艺之文，手不停披于百家之编。纪事者必提其要，纂言者必钩其玄。贪多务得，细大不捐。焚膏油以继晷，恒兀兀以穷年。先生之业，可谓勤矣。

觝排异端，攘斥佛老。补苴罅漏，张皇幽眇。寻坠绪之茫茫，独旁搜而远绍。障百川而东之，回狂澜于既倒。先生之于儒，可谓有劳矣。

沉浸醲郁，含英咀华。作为文章，其书满家。上规姚姒，浑浑无涯；周《诰》殷《盘》，佶屈聱牙；《春秋》谨严，《左氏》浮夸；《易》奇而法，《诗》正而葩；下逮《庄》《骚》，太史所录；子云、相如，同工异曲。先生之于文，可谓闳其中而肆其外矣。

少始知学，勇于敢为；长通于方，左右具宜。先生之于为人，可谓成矣。

然而公不见信于人，私不见助于友，跋前踬后，动辄得咎。暂为御史，遂窜南夷。三年博士，冗不见治。命与仇谋，取败几时。冬暖而儿号寒，年丰而妻啼饥。头童齿豁，竟死何裨？不知虑此，反教人为？"

先生曰："吁，子来前！夫大木为杗，细木为桷，欂栌、侏儒，椳、闑、扂、楔，各得其宜，施以成室者，匠氏之工也。玉札、丹砂、赤箭、青芝，牛溲、马勃，败鼓之皮，俱收并蓄，待用无遗者，医师之良也。登明选公，杂进巧拙，纡余为妍，卓荦为杰，校短量长，惟器是适者，宰相之方也。昔者孟轲好辩，孔道以明，辙环天下，卒老于行。荀卿守正，大论是弘，逃谗于楚，废死兰陵。是二儒者，吐辞为经，举足为法，绝类离伦，优入圣域，其遇于世何如也？今先生学虽勤而不由其统，言虽多而不要其中，文虽奇而不济于用，行虽修而不显于众。犹且月费俸钱，岁靡廪粟；子不知耕，妇不知织；乘马从徒，安坐而食。踵常途之役役，窥陈编以盗窃。然而圣主不加诛，宰臣不见斥，兹非其幸欤？动而得谤，名亦随之。投闲置散，乃分之宜。若夫商财贿之有亡，计班资之崇庳，忘己量之所称，指前人之瑕疵，是所谓诘匠氏之不以杙为楹，而訾医师以昌阳引年，欲进其豨苓也。

分封郡县　势之必然

——读柳宗元《封建论》有感

　　柳宗元是唐代著名诗人、哲学家和文章大家。柳诗现存一百四十多首，后人将其与刘禹锡并称"刘柳"，与王维、孟浩然、韦应物并称为"王孟韦柳"。柳的哲学论著有《天说》、《天对》等，一般认为，他继承了王充的元气自然论，具有朴素的唯物主义倾向。柳宗元的文名大于诗名，为"唐宋八大家"和"千古文章四大家"之一，著有《柳河东集》，对辞赋、散文、游记、寓言和议论文都作出了杰出贡献。柳宗元还是一位改革家，他与韩愈并称"韩柳"，一起倡导古文运动，推动以提倡古文、反对骈文的文学革命，成效显著、影响深远；他与王叔文、王伾、刘禹锡并称"二王刘柳"，积极参与王叔文领导的永贞革新运动，着力打击专横跋扈的宦官和藩镇割据势力。永贞革新只有半年时间就宣告失败，此后柳宗元被一贬再贬，但他那种关心时弊和坚定不移的斗争精神值得敬佩。《封建论》综合反映了柳宗元的基本品格，它告诉人们，柳宗元是思想家，具有进步的历史观和政治观；柳宗元关心政治、参与政治，敢于亮明自己的政治态度和思想观点；柳宗元是一位文章大家，苏东坡评价："昔之论封建者，曹元首、陆机、刘颂，及唐太宗时魏征、李百药、颜师古，其后刘秩、杜佑、柳宗元。宗元之论出，而诸子之论废矣。虽圣人复起，不能易也。"

　　《封建论》的"封建"，与封建社会的含义不同，是指周代及以后所曾实行过的"封国土、建诸侯"的贵族领主制度。秦统一中国后，最大的制度变革就是废除"封建制"而实行"郡县制"。历代评价秦始皇，咒骂者居多，而《封建论》比较论证封建制与郡县制，充分肯定秦朝废除分封、设置郡县和建立中央集权的进步意义。全文可分为三个部分，第一部分论证了封建制从形成到解体的过程，强调封建制的产生与消亡是历史的必然，即"盖非不欲去之也，势不可也。势之来，其生人之初乎？不初，无以有封建。封建，非圣人意也"。第二部分阐述了郡县制在秦朝、汉朝和唐朝的发展过程，指出秦朝的灭亡、汉朝的叛乱和唐朝的藩镇割据，都不是由于郡县制引起的，强调州县之设，"固不可革也"。第三部分批驳了当时流行的种种错误观点。对于封建制官员爱民、郡县制官员只顾自己升迁的观点，柳宗元认为是不对的，"余又非之"；对于封建制王朝时间长久而郡县制王朝国祚短促的观点，柳宗元认为这是不懂得治理国家的人说的话，"尤非所谓知理者也"；对于商、周二代的圣明君王都不能改变封建制的观点，柳宗元认为更是糊涂，"是大不然"，从而强调"今国家尽制郡邑，连置守宰，其不可变也固矣"。意思是，今天国家全面实行郡县制，不断地任命郡县长官，这种情况肯定是不能改变的。

品读《封建论》，确实会产生一种阅读的快乐和精神的享受。这种快乐和享受源于文章深刻的思想，针对封建与郡县两种制度之争，柳宗元反对复古和倒退，正确评价秦王朝的历史功绩和郡县制的历史进步意义。源于文章的理性态度，柳宗元在肯定郡县制的同时，指出郡县制的不足以及必须具备的相应条件，即"善制兵，谨择守，则理平矣"。意思是，只有好好地控制军队，谨慎地选择地方官吏，政局才会稳定，郡县制的优势才能得到充分发挥。源于文章厚重的历史感，柳宗元为了说明封建制产生的原因，远的追溯到上古时期，"彼封建者，更古圣王尧、舜、禹、汤、文、武而莫能去之"；近的也是回顾了自秦至唐一千多年历史，论证郡县制代替封建制的必然趋势。源于文章的强烈对比，柳宗元既对比了周代的封建制与秦朝的郡县制，又对比了汉初分封与郡县并存的局面，还对比了秦以后郡县的主导性与魏晋分封的支流性，强调郡县制优于封建制，"秦制之得亦以明矣。继汉而帝者，虽百代可知也"。意思是，秦朝郡县制的正确性是非常明白清楚的。继汉朝而称帝的，就是再过一百代，也知道郡县制比封建制优越。源于文章的大气和优美，后人评价《封建论》的布局谋篇是"间架宏阔，辩论雄俊，真可为作文之法"；立论和论证是"深切事情，虽攻者多端，而卒不可拔"；语言和气势是"体势雄俊，辞理廉悍劲古，宋以来无之"。

　　《封建论》运用"势"的概念阐述了封建制的起源和发展问题。"势"是柳宗元政治思想的重要概念。所谓"势"，就是不以圣人意志为转移的历史发展趋势，"故封建非圣人意也，势也"。用现代政治哲学解释，就是不以人们意志为转移的客观规律。对于历史发展的诠释，历来存在着两种不同路径，一种是强调英雄创造历史；另一种是强调人民群众是历史的创造者。从这个角度分析"势"的概念，说明柳宗元历史观和政治观的敏锐深刻，把问题看得透彻。柳宗元认为，在产生封建制之前，人类社会有一个原始状态。原始状态时的人类是非常弱小和无助的，"彼其初与万物皆生，草木榛榛，鹿豕狉狉，人不能搏噬，而且无毛羽，莫克自奉自卫"。意思是，人类在原始阶段跟万物一起生存，那时野草树木杂乱丛生，野兽成群四处奔走，人不能像禽兽那样抓扑啃咬，而且身上也没有毛羽来抵御严寒，不能够光靠自身来供养自己、保卫自己。柳宗元指出，人类为了生存而产生的斗争，导致了封建制的起源。在原始状态，人类为了生存必须借助外物，即如荀子所言："必将假物以为用者也。"由于借助外物，互相之间就产生了争斗，因而就会去寻找那些能够判断是非的人而听从他的命令，"夫假物者必争，争而不已，必就其能断曲直者而听命焉"。在解决争斗过程中，那些既有智慧又明白事理的人，服从他的人就多。他能把正确的道理告诉那些互相争斗的人；不肯改悔的人，必然要受到惩罚，使之感到惧怕，于是产生了君长、刑法和政令，即"其智而明者，所伏必众，告之以直而不改，必痛之而后畏，由是君长刑政生焉"。柳宗元强调，封建制是一个逐步发展壮大的过程，"是故有里胥而后有县大夫，有县大夫而后有诸侯，有诸侯而后有方伯、连帅，有方伯、连帅而后有天子。自天子至于里胥，其德在人者，死必求其嗣而奉之"。里胥是乡里的领袖；县大夫是县的长官；方伯、连帅高于诸侯，方伯是指一方诸侯的领袖，连帅是指十国诸侯的领袖。具体来说，里胥是"近者聚而为群"。县大夫是"群之分，其争必大，大而后有兵有德"。诸侯是"又有大者，众群之长又就而听命焉，以安其属。于是有诸侯之列，则其争又有大者焉"。方伯、连帅是"德又大者，诸侯之列又就而听命焉，以安其封。于是有方伯、连帅之类，则其争又有大者焉"。天子是"德又大者，方伯、连帅之类又就而听命焉，以安其人，然后天下会于一"。令人感兴趣的是，柳宗元关于封建制起源的认识，实则是谈论国家起源问题，这与 16 世纪以来西方的社会契约学说有着惊人的相似之处。但是，柳宗元的认识比社会契约学说早了八百多年，从而表明柳宗元思想认识的深邃。社会契约学说也认为，在国家产生之前，人类有一个原始状态，这是一个"一切人反对一切人的战争"状态。为了避免战争状态，人类通过社会契约，让渡一部分权利由一个公共机构来承担，由此而产生了国家。当然，两者有着明显差别，主要在于解决原始状态争斗的方法不同，柳宗元提出了人治方法，强调"必就其能断曲直者而听命焉"；西方学者提出了法治方法，强调由个人同意组成的一个提供"中立的法官"的国家，以保障生命、自由和权利。这或许可以从一个侧面帮助我们认识中西政治制度和政治文化的差异及其沿革。

《封建论》全面论证了郡县制的历史必然性和现实合理性。废止封建制，设立郡县制，是秦朝创新政治制度、统一全国的关键措施，也是秦始皇对中国历史发展的重大贡献。郡县制代替封建制，是历史的必然和进步。在柳宗元看来，这种进步表现在郡县制有利于在制度层面公天下。《封建论》通过比较商、周二代与秦朝，认为商汤、周武王实行封建制，虽然是势不得已，即"夫殷、周之不革者，是不得已也"，但他们的目的不是为公而是为私，"非公之大者也，私其力于己也，私其卫于子孙也"。而秦始皇实行郡县制，尽管也有私心，想要巩固个人的权威，使天下的人都臣服于自己，即"私其一己之威也，私其尽臣畜于我也"，但主要目的还是为了公天下，"秦之所以革之者，其为制，公之大者也"；"然而公天下之端自秦始"。郡县制有利于维护国家的统一。《封建论》指出，周朝实行封建制的弊端在于诸侯强盛，形成"末大不掉"之势，尔后就分裂为若干个诸侯国，导致周王朝的覆灭，"余以为周之丧久矣，徒建空名于公侯之上耳。得非诸侯之盛强，末大不掉之咎欤？遂判为十二，合为七国，威分于陪臣之邦，国殄于后封之秦，则周之败端，其在乎此矣"。而秦朝设置郡县的优势在于将政权集于中央，"秦有天下，裂都会而为之郡邑，废侯卫而为之守宰，据天下之雄图，都六合之上游，摄制四海，运于掌握之内，此其所以为得也"。意思是，秦朝统一全国后，不分诸侯国而设置郡县，废除诸侯而委派郡县长官。秦占据了天下的险要地势，建都于黄河上游，控制着全国形势，把局势掌握在手里，这是它做得对的地方。《封建论》进一步指出，秦、汉和唐三个王朝设置郡县后，虽然都有动乱发生，但原因不在于郡县制，秦朝是"有叛人而无叛吏"，汉朝是"有叛国而无叛郡"，唐朝是"有叛将而无叛州"。郡县制有利于选贤任能。《封建论》认为，郡县制的最大优势是中央可以直接任命或撤换官员，"有罪得以黜，有能得以赏。朝拜而不道，夕斥之矣；夕受而不法，朝斥之矣"。意思是，官员犯了罪可以罢免，有才干可以奖赏。早上任命的官员，如果发现他不行正道，晚上就可以撤了他；晚上接受任命的官员，如果发现他违法乱纪，第二天早上就可以罢免。《封建论》列举汉文帝、汉宣帝和汉武帝的史实，说明郡县制在选人用人方面的优势。"且汉知孟舒于田叔，得魏尚于冯唐，闻黄霸之明审，睹汲黯之简靖，拜之可也，复其位可也，卧而委之以辑一方可也。"田叔、孟舒、冯唐、魏尚、黄霸、汲黯都曾担任过汉朝的太守之职。意思是，汉文帝从田叔那里了解到孟舒是有道长者，从冯唐那里知道了魏尚的委屈，汉宣帝听说黄霸执法明察审慎，汉武帝看到汲黯为政简约清静，那他们就可以任命黄霸为官，可以恢复孟舒、魏尚原来的职位，甚至可以让汲黯躺着任职。汲黯"卧而委之"的典故是，汉武帝任命汲黯为淮阳郡太守，当时汲黯病得厉害不能赴任，汉武帝召见汲黯时说：淮阳官民关系不融洽，还得借重你的威望去安抚。有病不要紧，尽管躺在床上办事就是了。《封建论》进一步指出，如果是分封诸侯，就很难罢免不称职的官员，"设使汉室尽城邑而侯王之，纵令其乱人，戚之而已"。

《封建论》着力批驳了否定郡县制的错误观点。秦朝以后，历代政治家都有争论封建制与郡县制的得失利弊。许多人常常把统治阶级内部的矛盾以及由此引起的社会动乱和政权不稳定，归咎于秦废封建而设郡县。《封建论》批驳了其中三种错误观点，充分肯定设置郡县的历史进步意义。第一种错误观点是"封建者，必私其土，子其人，适其俗，修其理，施化易也。守宰者，苟其心，思迁其秩而已，何能理乎？"意思是，封建制的世袭君长，一定会把他管辖的地区当作自己的土地来尽心治理，把他管辖的老百姓当作自己的儿女悉心爱护，使那里的政治清明，施行教化比较容易。而郡县制的地方官，抱着得过且过的心理，一心只想升官罢了，怎能把地方治理好呢？《封建论》列举周朝、秦朝和汉朝的情况进行批驳。周朝是诸侯骄横，贪财好战，乱多治少，"大凡乱国多，理国寡"。造成这种弊病的原因在于封建制，而不在于政治方面，即"失在于制，不在于政，周事然也"。秦朝的郡县制是好的，中央管理任命官员也是正确的，但"郡邑不得正其制，守宰不得行其理"，其原因在于政治方面，而不在郡县制本身，即"失在于政，不在于制，秦事然也"。政治方面的主要原因是秦朝残酷的刑罚、繁重的劳役，从而使万民怨恨，即"酷刑苦役，而万人侧目"。汉朝是"天子之政行于郡，不行于国，制其守宰，不制其侯王。侯王虽乱，不可变也，国人虽病，不可除也"。意思是，天子的政令只能在郡县推行，不能在诸侯国推行；天子只能控制郡县长官，不能控制诸侯王。诸侯王胡作非为，天子不能撤换他们；诸侯王国的百姓深受祸害，朝廷即使剥夺诸侯的一部分土地，也无法解除剩下那些老百姓的痛苦。因此，柳宗元指出："曷若举而移之以全其人乎。"意思是，何不把诸侯王都废除掉来保全那里的人民呢。第二种错误观点是"夏、商、周、汉封建而延，秦郡邑而促"。意思是，夏、商、周、汉四代实行封建制，他们统治的时间都很长，而秦朝实行郡县制，统治的时间很短。《封建论》举了正反两个方面的事例进行反驳。正面的例子是唐朝，开国之后，纠正了魏、晋王朝的过失而实行郡县制，享国已两百年，至今仍很稳固。"今矫而变之，垂二百祀，大业弥固，何系于诸侯哉？"反面的例子是魏、晋王朝，皆延袭汉初的分封诸侯制，国家很快就灭亡，"魏之承汉也，封爵犹建；晋之承魏也，因循不革；而二姓陵替，不闻延祚"。第三种错误观点是"殷、周，圣王也，而不革其制，固不当复议也"。意思是，治理商、周二代的是圣明的君王啊，他们都没有改变封建制，那么，就不应当再议论和改变。《封建论》分析了商、周王朝当时的政治力量对比，说明商、周王朝不得不实行封建制的原委，"盖以诸侯归殷者三千焉，资以黜夏，汤不得而废；归周者八百焉，资以胜殷，武王不得而易。徇之以为安，仍之以为俗，汤武之所不得已也"。意思是，商、周二代没有废除封建制，是不得已的。因为当时归附商朝的诸侯有三千个，商朝靠了他们的力量才灭掉了夏朝，所以商汤就不能废除他们；归附周朝的诸侯有八百个，周朝凭借他们的力量战胜了商朝，所以周武王也不能废弃他们。沿用它来求得安定，因袭它来作为习俗，这就是商汤、周武王不得不这样做的原因。

伟人毛泽东诗作："熟读唐人封建论，莫从子厚返文王。"这是对柳宗元的高度评价，也是《封建论》给我们重要的启示。由于时代的局限，《封建论》并不是所有观点都是正确的，其中不少论据也值得推敲，但坚持郡县制、反对封建制的基本观点是正确的。按照现代政治学语言，郡县制与封建制可以对应为单一制与联邦制，涉及国家结构形式以及中央与地方的关系。单一制是由若干行政区域构成单一的主权国家的制度，强调中央政府的集中权力；联邦制是由若干成员单位组成的统一国家，重视成员单位的分权。中国是单一制的国家，一定意义上说，这是对历史上郡县制的继承和发展。单一制的国家结构符合中国国情。中国这么大，人口这么多，自然条件恶劣和灾害频繁，需要一个强有力的中央政府。西方有一种"治水社会"理论，也持类似的观点，认为像中国这样的社会，"需要大规模的协作，这样的协作反过来需要纪律、从属关系和强有力的领导"。单一制的国家结构是维护国家统一的制度保障。秦以后的两千多年历史，国家统一的时期约占三分之二，分裂的时期约占三分之一，特别是元明清三朝的统一局面连续了近七百年。这说明国家的统一是中国历史发展的大趋势，也是中国人民的共同心愿。实行郡县制，则从制度层面促进和保障了国家统一。单一制的国家结构是实现国家强大的重要条件。历史表明，中央政府坚强有力，国家就稳定，经济就发展，社会就进步，人民就安居乐业。否则，就是积贫积弱，甚至四分五裂。当然，在现代社会，我们必须把单一制的国家结构奠基于民主与法治基础之上，防止权力过分集中和失去监督。如是，则国家幸甚，中华民族幸甚。

附

封建论（节选）

柳宗元

　　天地果无初乎？吾不得而知之也。生人果有初乎？吾不得而知之也。然则孰为近？曰：有初为近。孰明之？由封建而明之也。彼封建者，更古圣王尧、舜、禹、汤、文、武而莫能去之。盖非不欲去之也，势不可也。势之来，其生人之初乎？不初，无以有封建。封建，非圣人意也。

　　彼其初与万物皆生，草木榛榛，鹿豕狉狉，人不能搏噬，而且无毛羽，莫克自奉自卫。荀卿有言："必将假物以为用者也。"夫假物者必争，争而不已，必就其能断曲直者而听命焉。其智而明者，所伏必众，告之以直而不改，必痛之而后畏，由是君长刑政生焉。故近者聚而为群，群之分，其争必大，大而后有兵有德。又有大者，众群之长又就而听命焉，以安其属。于是有诸侯之列，则其争又有大者焉。德又大者，诸侯之列又就而听命焉，以安其封。于是有方伯、连帅之类，则其争又有大者焉。德又大者，方伯、连帅之类又就而听命焉，以安其人，然后天下会于一。是故有里胥而后有县大夫，有县大夫而后有诸侯，有诸侯而后有方伯、连帅，有方伯、连帅而后有天子。自天子至于里胥，其德在人者，死必求其嗣而奉之。故封建非圣人意也，势也。

　　夫尧、舜、禹、汤之事远矣，及有周而甚详。周有天下，裂土田而瓜分之，设五等，邦群后。布履星罗，四周于天下，轮运而辐集；合为朝觐会同，离为守臣扞城。然而降于夷王，害礼伤尊，下堂而迎觐者。历于宣王，挟中兴复古之德，雄南征北伐之威，卒不能定鲁侯之嗣。陵夷迄于幽、厉，王室东徙，而自列为诸侯。厥后问鼎之轻重者有之，射王中肩者有之，伐凡伯、诛苌弘者有之，天下乖戾，无君君之心。余以为周之丧久矣，徒建空名于公侯之上耳。得非诸侯之盛强，末大不掉之咎欤？遂判为十二，合为七国，威分于陪臣之邦，国殄于后封之秦，则周之败端，其在乎此矣。

秦有天下，裂都会而为之郡邑，废侯卫而为之守宰，据天下之雄图，都六合之上游，摄制四海，运于掌握之内，此其所以为得也。不数载而天下大坏，其有由矣：亟役万人，暴其威刑，竭其货贿，负锄梃谪戍之徒，圜视而合从，大呼而成群，时则有叛人而无叛吏，人怨于下而吏畏于上，天下相合，杀守劫令而并起。咎在人怨，非郡邑之制失也。

汉有天下，矫秦之枉，徇周之制，剖海内而立宗子，封功臣。数年之间，奔命扶伤之不暇，困平城，病流矢，陵迟不救者三代。后乃谋臣献画，而离削自守矣。然而封建之始，郡国居半，时则有叛国而无叛郡，秦制之得亦以明矣。继汉而帝者，虽百代可知也。

唐兴，制州邑，立守宰，此其所以为宜也。然犹桀猾时起，虐害方域者，失不在于州而在于兵，时则有叛将而无叛州。州县之设，固不可革也。

超越自我　心忧天下

——读范仲淹《岳阳楼记》有感

　　范仲淹主要生活在宋仁宗年间，为北宋著名的政治家、思想家、军事家和文学家。他在世六十四年，为官三十七年，一生经历可概括为自幼孤贫、勤学苦读，为民治堰、热心教育，西陲守土、边帅军功，庆历新政、改革图强，四起四落、百折不挠。他集立功、立德、立言于一身，可谓是"三立"完人。所谓立功，即如金代学者元好问所言："范文正公在布衣为名士，在州县为能吏，在边境为名将。其材、其量、其忠，一身而备数器。"立德，是指范仲淹为政清廉，体恤民情，刚正不阿，力主改革，屡度被贬。《宋元示案·序录》说，范仲淹"一生粹然无疵"。立言，有《范文正公全集》传世，最著名的是《岳阳楼记》，为千古名篇，至今不衰。《岳阳楼记》是公元 1046 年范仲淹应友人滕子京之约而写的一篇纪念性文章。在这一名篇中，范仲淹表达了自己"不以物喜，不以己悲"的仁人之心和"先天下之忧而忧，后天下之乐而乐"的光辉思想。

　　《岳阳楼记》融叙事、写景、抒情、说理于一体，叙事扼要清晰，写景变幻莫测，抒情发自肺腑，说理令人深思。全文三百六十八字，可分为五段，第一段是叙事，说明撰写《岳阳楼记》的缘由："庆历四年春，滕子京谪守巴陵郡。越明年，政通人和，百废具兴，乃重修岳阳楼，增其旧制，刻唐贤今人诗赋于其上。属予作文以记之。"第二段是写景，描写洞庭湖时空变幻胜景，"衔远山，吞长江，浩浩汤汤，横无际涯；朝晖夕阴，气象万千"，借壮丽辽阔的洞庭之景衬托作者的宏大志向和高尚情怀。第三段是写景，描写洞庭湖的阴雨天气与郁闷心情，一连用了霪雨、阴风、浊浪、星隐、山潜、商断、船翻、日暮、虎啸、猿啼等灰暗词语，突出满目萧然、感极而悲的心境。第四段还是写景，描写洞庭湖的晴空万里和良好心情，也一连用了春风、丽日、微波、碧浪、鸟飞、鱼游、芷草、兰花、月色、渔歌等美好字句，表现心旷神怡、其喜洋洋的心境。第五段是说理，为全文的精华和主旨。在这一段中，范仲淹坚定地表达了自己的做人准则和为官信念，强调自己要像古代仁人志士那样不会因为人生境遇的顺遂而欣喜，也不会因为自身遭遇的失意而悲哀；一定要吃苦在先，享乐在后，在天下人忧虑之前先忧虑，在天下人快乐之后再快乐。

品读《岳阳楼记》，最让人震撼的不是优美的文笔和壮阔的景观，而是范仲淹崇高的品质和精神。这种品质和精神最集中体现在"先天下之忧而忧，后天下之乐而乐"这两句话中，范仲淹的政治思想、人格境界和艺术审美都熔铸在这两句话中，字字有千钧之力，令人感动不已。据宋代文豪欧阳修撰写的碑文，范仲淹自小就胸怀大志，常自诵曰："士当先天下之忧而忧，后天下之乐而乐也。"这说明范仲淹是一生信奉这一忧乐意识和秉持这一行为准则，即使贬官在外，遭遇人生挫折，也不改这一志向，依旧是忧国忧民，以天下为己任。孟子曰："乐民之乐者，民亦乐其乐；忧民之忧者，民亦忧其忧。乐以天下，忧以天下，然而不王者，未之有也。"正是这一思想光辉和博大胸怀，使得范仲淹成为历代士大夫和为官从政者的楷模，使得《岳阳楼记》千古传诵，成为陶冶人们情操和提高人文素养的泉眼细流。

《岳阳楼记》展示了范仲淹的忧患意识。"生于忧患，死于安乐"，这是中国传统优秀知识分子的信念。一定意义上说，忧患意识是深入到知识分子的灵魂之中，流淌于知识分子的血液之中，从而使知识分子敢于为民请命，敢于挺身而出，敢于舍身取义、杀身成仁。在《岳阳楼记》的最后段落，范仲淹一连六次用到忧字。这六个忧字，反映了北宋王朝的弊端和危机。北宋王朝是靠政变取得天下，奉行重文轻武方略，一向比较软弱，到了宋仁宗年间，则是社会矛盾积聚、危机四伏。这六个忧字，浓缩了范仲淹一生经历。他生于贫寒，两岁丧父，随母改嫁，寄人篱下；为官三十七年，真正在京城只有四年，数度被贬，一生坎坷。这六个忧字，更是范仲淹政治品格和人生情怀的诠释。那么，范仲淹忧患什么呢？首先是忧民，"居庙堂之高，则忧其民"。范仲淹长期在地方为官，有十三年是在基层为官，十分了解百姓的冷暖和民间的疾苦，因而他的忧民不是停留在文字上的认识，而是具体生动的实践。最突出的一件事就是修海堤。公元 1021 年，范仲淹在江苏泰州任盐仓监官。当时，泰州地区位于淮水之南，东临黄海，堤坝年久失修，海水倒灌，淹没良田，百姓流离失所，逃荒他乡。范仲淹见百姓受苦，就一再上书建议复修海堤，朝廷则任命他为兴化县县令，主持修堤。他亲率几万民工筑堤，一次大浪袭来，几百人卷入海底。修堤遇到种种困难，他都一一加以克服。特别是发生伤亡事故时，各种非议四起，要求停工罢修，但他力排众议，继续坚持，终使大堤告成，地方经济得以恢复，流离的百姓又回到故乡安居乐业。人们为了感谢范仲淹，将此堤称为"范公堤"。同时是忧君，"处江湖之远，则忧其君"。在封建社会，君主是国家的象征，忧君实际上就是忧国。范仲淹的忧君既表现在敢说真话，又表现在敢于革除弊政。范仲淹认为："士不死不为忠，言不逆不为谏。"他四次进京被贬都是由于说真话。第一次进京被贬，是因为向皇帝进谏而得罪太后，被贬到现今山西永济地区为官。第二次进京被贬，是因为仁宗皇帝偏爱嫔妃要废皇后，这将造成国家的失序和社会的不稳定。于是，范仲淹联合负责纠察的御史台官数人上殿求见皇帝，半天无人理。他就手执铜门环，敲击大

门并高呼："皇后被废，何不听听谏官的意见。"第二天他就被贬到
浙江桐庐附近任职，并催他当日离京。敢于革除弊政，主要表现在
第四次进京，主持"庆历新政"。改革的要害是整饬吏治，范仲淹在
《条陈十事》中提出十条建议，其中第一至第五条都是要求改革吏
治。由于"庆历新政"是拿官员开刀，得罪了高官和权贵集团。这
些保守势力找了一个机会，状告范仲淹集团有人谋反，使他再一次
被贬出京到陕西彬县任职。从此，范仲淹再也没有回到朝廷任职。
范仲淹的忧国忧民，不仅没有给他个人带来好处，而且是人生的挫
折和前程的毁弃，但最令人感动的是他无怨无悔、不改初衷。

　　《岳阳楼记》展示了范仲淹的无我境界。超越自我，进入无我之
境，是人生自我修炼和完善的最高境界。所谓无我，就是静心，"自
静其心延寿命，无求于物长精神"；就是无欲，"海纳百川，有容乃
大；壁立千仞，无欲则刚"。然而，对于大多数人来说，这是很难
做到的。唐代诗人孟浩然虽写下千古名篇《望洞庭湖赠张丞相》，其
中"气蒸云梦泽，波撼岳阳城"，更为人们称赞不已，但诗人明显流
露出自怨自艾之意，这首诗也有干谒之嫌。由此可见，即使一般的
优秀人物，也很难做到无我。范仲淹写道：岳阳楼"北通巫峡，南
极潇湘，迁客骚人，多会于此，览物之情，得无异乎？"意思是，
岳阳楼往北直通巫峡，往南可达潇水、湘水的源头，外调的官员和
漫游的诗人常常来到这里，他们游览风光的感触难道是没有差别的
吗？范仲淹认为，不同的人对岳阳楼和洞庭湖的观感肯定是不同的，
但他们对阴天和晴天的感觉则是一样的，这就是阴天时心情不好，
晴天时兴高采烈。那么，阴天是一幅什么样的景色和心情呢？范仲
淹写道："若夫霪雨霏霏，连月不开，阴风怒号，浊浪排空；日星隐
曜，山岳潜形；商旅不行，樯倾楫摧；薄暮冥冥，虎啸猿啼。登斯
楼也，则有去国怀乡，忧谗畏讥，满目萧然，感极而悲者矣。"晴天
又是一幅什么样的景色和心情呢？"至若春和景明，波澜不惊，上

下天光，一碧万顷；沙鸥翔集，锦鳞游泳；岸芷汀兰，郁郁青青。而或长烟一空，皓月千里；浮光跃金，静影沉璧，渔歌互答，此乐何极！登斯楼也，则有心旷神怡，宠辱皆忘，把酒临风，其喜洋洋者矣。"应该说，晴天时心情好，阴天时心情孬，这大概是人之常情。但是，这又恰恰证明一般的人很难超越自我，进入无我之境。范仲淹感慨："嗟夫！予尝求古仁人之心，或异二者之为，何哉？不以物喜，不以己悲。"范仲淹明显否定上述两种览物之情，在他看来，古代仁人志士的思想感情，是不会以晴天、阴天的不同而变化的，实质是既不会因为人生顺境而高兴，也不会因为人生逆境而悲哀。因而范仲淹明确表示，自己要向古代仁人志士学习和看齐，即"噫！微斯人，吾谁与归！"

《岳阳楼记》展示了范仲淹的思想光辉。中国历史上有着许多优美的文章，流传下来的也很多。即使类似《岳阳楼记》这样融叙事、写景、抒情和说理于一体的文章，在宋代著名文人的作品中，就有不少流传下来。这些流传于世的作品文字华丽，感情真挚，也有哲理。但是，都没有像《岳阳楼记》有这么大的影响。究其原因，本质是文中所表达的思想的差异，这些作品所表达的哲理是个人的、局部的，而《岳阳楼记》所表达的思想既超越时间，又超越自我，博大而精深。法国哲学家帕斯卡尔说得好："思想形成人的伟大。人只不过是一根苇草，是自然界最脆弱的东西；但他是一根能思想的苇草。"思想把人从自然界分离出来，思想给人以无穷的力量。《岳阳楼记》之所以千百年来不断被人们传诵，不断给人们激励，既因为《岳阳楼记》的文字优美，更因为《岳阳楼记》的思想深刻和高尚，这就是"居庙堂之高，则忧其民；处江湖之远，则忧其君。是进亦忧，退亦忧。然则何时而乐耶？其必曰'先天下之忧而忧，后天下之乐而乐'乎？"这是《岳阳楼记》的点睛之笔，集聚着巨大的思想能量。正是因为这一思想，使得《岳阳楼记》在人们的精神和心灵中建立起了坚定的信念，这就是忧患意识和以天下为己任，无数志士仁人终身服膺之、践行之。正是因为这一思想，使得《岳阳楼记》成为许多人尤其是知识分子的人生指南。人的一生就像在航行，思想就是导游者；没有导游，人生就会失去方向和目标，一切力量都会化为乌有。正是因为这一思想，使得《岳阳楼记》给予人们不竭的精神力量，即使身处底层，也是"位卑未敢忘忧国"，"天下兴亡，匹夫有责"；纵然面对逆境，也要做到忍辱负重、坚贞不屈，为国分忧、为国持节。当然，"先天下之忧而忧，后天下之乐而乐"，不但有思想美，而且有人格美，是思想美与人格美的完美统一，充分体现了范仲淹高尚的人格境界。高尚的人格境界，更加增强了《岳阳楼记》思想美的力量和光辉，也是《岳阳楼记》千古传诵的重要原因。

英国学者培根说："书籍是在时代的波涛中航行的思想之船，它小心翼翼地把珍贵的货物运送给一代又一代。"这说明书籍的生命和力量在于思想，越是思想深刻的书籍，生命力越是顽强，越能传承久远。《岳阳楼记》为我们提供了一个很好的范本和启示。一方面是"文以载道"。文章是用来表达思想的，如果没有思想，这种文章就没有撰写的必要，更不可能流传后世。虽然，表达思想的主要形式是论文、论著，但文学作品也是表达思想的有效载体。没有思想就没有文学，在文学作品中，叙事也好、抒情也好、写景也好，都要有灵魂和主线，都要有思想观念和思想倾向的自然流露。文学作品如果没有思想，就可能是辞藻的堆砌，口号的汇集，就不可能打动人的感情，震撼人的灵魂。另一方面是"言而无文，行之不远"。一部书籍特别是文学作品，只有思想，没有文采和完美的艺术表现形式，是不可能有生命力的。试想一下，"先天下之忧而忧，后天下之乐而乐"这一思想，如果没有《岳阳楼记》的优美文字，没有叙事、写景、抒情和说理的完美结合，那怎么可能产生震撼人的力量，怎么可能千古流传呢？！因此，品读《岳阳楼记》，还告诉我们一个道理：经典名篇，通俗地说就是一篇好文章，必然是思想与文采的统一，而基础则是作者思想认识、人格境界与文字功夫、艺术修养的有机结合。没有作者厚重的思想文化素养，就不可能有经典名篇，也不可能推动人类文明和精神的进步。

附

岳阳楼记

范仲淹

庆历四年春，滕子京谪守巴陵郡。越明年，政通人和，百废具兴，乃重修岳阳楼，增其旧制，刻唐贤今人诗赋于其上。属予作文以记之。

予观夫巴陵胜状，在洞庭一湖。衔远山，吞长江，浩浩汤汤，横无际涯；朝晖夕阴，气象万千。此则岳阳楼之大观也，前人之述备矣。然则北通巫峡，南极潇湘，迁客骚人，多会于此，览物之情，得无异乎？

若夫霪雨霏霏，连月不开，阴风怒号，浊浪排空；日星隐曜，山岳潜形；商旅不行，樯倾楫摧；薄暮冥冥，虎啸猿啼。登斯楼也，则有去国怀乡，忧谗畏讥，满目萧然，感极而悲者矣。

至若春和景明，波澜不惊，上下天光，一碧万顷；沙鸥翔集，锦鳞游泳；岸芷汀兰，郁郁青青。而或长烟一空，皓月千里，浮光跃金，静影沉璧，渔歌互答，此乐何极！登斯楼也，则有心旷神怡，宠辱皆忘，把酒临风，其喜洋洋者矣。

嗟夫！予尝求古仁人之心，或异二者之为，何哉？不以物喜，不以己悲；居庙堂之高，则忧其民；处江湖之远，则忧其君。是进亦忧，退亦忧。然则何时而乐耶？其必曰"先天下之忧而忧，后天下之乐而乐"乎？噫！微斯人，吾谁与归！

时六年九月十五日。

君子同道　小人同利

——读欧阳修《朋党论》有感

　　欧阳修是北宋著名的政治家、文学家、史学家，既为"唐宋八大家"之一，又与韩愈、柳宗元、苏轼合称为"千古文章四大家"，足见其在文学史上的地位和作用。终其一生，欧阳修为人为政为文都取得了成就。在为人方面，欧阳修自号"六一居士"，即"以吾一翁"，"藏书一万卷，集录三代以来金石遗文一千卷，有琴一张，有棋一局，而常置酒一壶"，这充分反映了欧阳修的追求和品格。在为政方面，欧阳修崇尚"宽简"，即宽容和简化的风格，办事遵循人情事理，不求博取名声，讲究实效。他二十三岁中进士，一生虽两经贬谪，但仍然官拜刑部尚书、兵部尚书和参知政事，死后谥号"文忠"。在为文方面，欧阳修是多产的，有《欧阳文忠公文集》一百五十三卷问世，约百万言，还与人合作编修了史学著作《新唐书》，独力编纂了《新五代史》。欧阳修又是北宋文坛领袖，散文成就最高，苏轼评价其文是"论大道似韩愈，论本似陆贽，纪事似司马迁，诗赋似李白"。欧阳修写了五百多篇散文，各类文体兼备，其中政论文恪守"明道"、"致用"主张，指摘时弊、思想尖锐，叙事说理、深入浅出。《朋党论》是其政论文的代表作，欧阳修提出了君子同道为朋、小人同利为朋的著名论断。

　　《朋党论》是与庆历新政相联系的。庆历新政由范仲淹、富弼、韩琦等倡导和推行，欧阳修积极参与，目的是通过澄清吏治、厉行法治和富国强兵，拯救北宋开国已久后形成的时弊。新政历时一年零四个月就归于失败，其直接原因是反对派攻击范仲淹等人为朋党，原先支持改革的宋仁宗皇帝因此提出了"自昔小人多为朋党，亦有君子之党乎"的疑惑。面对仁宗的质疑和反对声音，欧阳修以谏官身份撰写《朋党论》，既为范仲淹等人辩解，也是一吐胸中块垒，对反对派谬论进行理论清算。《朋党论》文笔犀利、史实确凿，具有充沛气势和战斗力。全文分为四个层次。第一层次是提出文章的中心论点，"君子与君子以同道为朋，小人与小人以同利为朋"；而且，认为这是自古以来就存在的历史现象，对于君王来说，不是要否认客观存在，而是要判别君子与小人。第二层次是深入论述君子之朋与小人之朋的区别，其中道与利是判别君子与小人的关键所在。在欧阳修看来，君子之交是真朋，小人之交是伪朋，甚至连伪朋也算不上，可说是无朋。第三层次是广泛列举正反方面的史实，既以此证明朋党"自古有之"的论点，又论证了君王信任举用君子之朋则国家兴盛、禁绝诛戮君子之朋则国家乱亡的道理。第四层次是最后一段收束全文，点明主旨，强调君王要以历史为鉴，充分认识朋党问题关乎国家兴亡治乱。

品读《朋党论》，我们不能不对欧阳修光明磊落和敢于担当的人品表示佩服。《朋党论》表明了欧阳修的政治立场和正直品格，他支持庆历新政，承认自己与范仲淹是一路人。这在当时是需要勇气的，也是有风险的，因为庆历新政触犯了保守集团的利益，遭到了保守派的强烈反对。后来的事实证明了这一点，范仲淹、富弼、韩琦相继被贬，欧阳修也被贬地方十年左右。我们不能不对欧阳修理性克制、恰到好处的清醒表示佩服。在《朋党论》中，欧阳修列举了大量史实，说明君王用小人之朋则亡的道理，但他举例论述只到距当时不远的唐末年间，随即戛然而止。这并不意味宋朝没有用人之弊，没有用小人之朋的问题。《朋党论》就是为宋朝之事而发议论，为范仲淹被贬而鸣不平，但欧阳修绝口不言宋朝之事，其重要原因是为了避免直接触犯仁宗皇帝，以期得到他的认可和理解，从而表明了欧阳修的理性精神和高明之处。我们不能不对欧阳修出语新奇、论证严密的观点表示佩服。朋党是一个敏感的话题，欧阳修却能直面矛盾、亮明观点。具体是以退为进，非但不否定朋党的存在，反而在开篇就直接肯定了君子结党的事实，明确提出了君子之朋与小人之朋的鲜明观点；以奇说理，明确划分了君子之朋与小人之朋的标准，君子间以道结党，相互坚守名节、道义和忠信，小人间以利而群，彼此尔虞我诈、狼狈为奸；以史为鉴，从古到今、正反两面、层层递进，用大量史实论述朋党问题，进一步增强了文章的说服力。

《朋党论》从国家兴亡的高度论证了朋党问题。朋党之存在，不仅仅是历史现象，更是现实的政治现象。《朋党论》之所以能够千古流传，就在于没有泛泛地讨论朋党现象，也没有就朋党论朋党，而是站在国家兴亡的高度看待朋党问题，这使文章有了政治意义和宽广视野。《朋党论》在结尾时明确指出："嗟呼，兴亡治乱之迹，为人君者可以鉴矣！"这就点明了文章的着力点是政治和国家兴亡。那么，君王怎样引以为鉴呢？核心还是识人用人。《朋党论》好就好在没有单纯地论证君子之朋兴国、小人之朋亡国的道理，而是从君王识人用人的角度出发进行论证，使文章有了更加深刻的内涵。中国传统政治历来认为，为政之要，首在得人。诸葛亮曾经比喻道："治国之道，务在举贤"，"国之有辅，如屋之有柱，柱不可细，辅不可弱，柱细则害，辅弱则倾"。意思是，治理国家必须注重选贤任能，辅佐国家的人就像房屋的柱子，柱子太细小，屋子就会倾倒，辅佐国家的人不称职，国家就会亡乱。欧阳修深深浸淫于传统文化，在《朋党论》一开篇就说："臣闻朋党之说，自古有之，惟幸人君辨其君子小人而已。"君子与小人是中国传统文化一对重要的政治和伦理范畴。君子是做人一生追求的目标，也是从政的价值取向，小人则是与君子相对立的，是做人从政必须防止的倾向和唾弃的对象。

如何辨识君子与小人是一个大问题，既是识人用人的前提，又是辨识真伪朋党的基础。在中国历史上唯有孔子对君子与小人作出了比较全面的论述，可以作为辨识君子与小人的基本遵循。他说："君子坦荡荡，小人常戚戚。"意思是，君子的胸怀是宽广的，无论是顺境还是逆境，都能做到乐观豁达；小人的心胸是狭窄的，总是怨天尤人，心中装满了忧悲、苦闷和怨怼。他又说："君子泰而不骄，小人骄而不泰。"意思是，君子在任何时候任何情况下都能做到神态泰然安详，待人谦和礼让；小人既骄傲又自卑，就不可能做到泰然安详。他还说："君子和而不同，小人同而不和。"所谓和而不同，就是君子以道义为基础，即使个性不同、认识不同，甚至有利害冲突，也能互相团结协调、密切合作，从而形成合力，如同五声调和可以成音乐，五味调和可以成美食；同而不和，就是小人以利害为基础，即使出于利益原因而暂时勾结，选择相同的立场和态度，但只要涉及利害关系，就会互相内讧倾轧、争权夺利，如同以火济水、以水济火，互不相容。当然，孔子并没有也不可能从理论上穷尽君子与小人之区别；即使穷尽了，由于现实比理论更为复杂，识人用人也不可能做到都选用君子。古今中外，选用小人的事例比比皆是，因而就产生了不仅在识人用人时有一个辨别君子与小人的问题，而且在日常的政治生活中还有一个辨识真伪朋党的问题。朋党是由一群人组成的，每个个体的素质决定了朋党的性质。如果每个个体都是君子，那么这个朋党就是真朋，反之就是伪朋。欧阳修认为，君王的主要职责是识别真朋与伪朋，然后用真朋、斥伪朋，这对于国家兴亡至关重要。"故为人君者，但当退小人之伪朋，用君子之真朋，则天下治矣。"

《朋党论》从是非标准的角度论证了朋党问题。欧阳修在文章中不仅提出了君子之朋与小人之朋这一不同凡响的观点，更重要的是提出了区别君子之朋与小人之朋的标准。"大凡君子与君子以同道

为朋，小人与小人以同利为朋，此自然之理也。"在欧阳修看来，道
与利是一把具有普遍意义的尺子，是衡量君子之朋与小人之朋的根
本标准。关于道与利，其源头还是要追溯到孔子那里。孔子曾经说
过一句震古烁今的名言："君子喻于义，小人喻于利。"两千多年来，
这一思想一直影响着人们的思想和行为，也影响着人们的伦理道德
判断。道与义实际是同一序列的概念，在白话文中就成为一个词组。
所谓道，现在是指理想信念和道德品行，在欧阳修那里，是指道义、
忠信和名节；利现在是指金钱和物质利益，在欧阳修那里，是指利
禄、货财。从哲学上分析，道与利是既对立又统一的关系，两者并
不是绝对矛盾的。道是利基础上的道，利是道引领下的利，道与利
统一是最佳境界。当然，道与利并不是完全统一的，而且会经常发
生矛盾。当发生矛盾时，正确的选择应该是崇尚道、淡泊利。因为
道与利相比，道具有更根本的意义。即使是利，还有大利与小利之
分，大利是指集体利益、国家利益，小利是指个人利益、小团体利
益。大利与小利也是可以统一的，如果遇到矛盾对立的时候，能够
做到先大利后小利，或区隔大利与小利，绝不以小利为害大利，这
也不失为一个君子的品行。欧阳修为了论证说理的需要，似乎把道
与利割裂了开来，认为同道为朋是君子，同利为朋是小人。这是可
以理解的，议论和辩驳有的时候就是攻其一点不及其余。在欧阳修
看来，小人与君子的价值取向不同，小人只有利而没有道，"小人
所好者禄利也，所贪者财货也"，而君子是重道不重利，"君子则不
然。所守者道义，所行者忠信，所惜者名节"。在欧阳修看来，小人
与君子结朋的目的不同，小人是"当其同利之时，暂相党引以为朋
者，伪也。及其见利而争先，或利尽而交疏，则反相贼害，虽其兄
弟亲戚，不能相保"。意思是，当他们利益一致的时候，小人就暂时
互相援引而勾结成为朋党，这是虚假的现象。等他们看见利益就争
先恐后地去争夺，或者利益已被夺光而交情就疏远了，还会反过来

互相残害，即使是兄弟亲戚，也不能互相保全。君子是"以之修身，则同道而相益；以之事国，则同心而共济。终始如一"。意思是，君子以道来修身养性，就会志趣相投而互相补益；用道来为国家办事，就会志同道合而同舟共济，并且始终如一地相处。在欧阳修看来，小人之朋与君子之朋的性质不同，小人之朋是伪朋甚至是无朋，"故臣谓小人无朋，其暂为朋者，伪也"，而君子之朋则是真朋。"疾风知劲草，板荡识诚臣"，这就是真朋的深刻内涵和丰富内容。

《朋党论》从历史史实的维度论证了朋党问题。欧阳修在《朋党论》中一共举了六个史实，其中三个是正面史实，三个是反面史实，充分论证君王用君子之朋则国兴、不用则国亡的道理。正面史实第一例是尧的时代，"尧之时，小人共工、驩兜等四人为一朋，君子八元、八恺十六人为一朋。舜佐尧，退四凶小人之朋，而进元、恺君子之朋，尧之天下大治"。这里所说的共工、驩兜等四人，实际上是四个反对尧的部落首领，而八元、八恺是支持尧的十六个部落首领。舜辅佐尧，斥退共工等结成的小人朋党，重用八元、八恺结成的君子朋党，实现了天下太平。第二例是舜的时代，"及舜自为天子，而皋、夔、稷、契等二十二人并列于朝，更相称美，更相推让，凡二十二人为一朋，而舜皆用之，天下亦大治"。这里所说的皋、夔、稷、契等二十二人，是上古传说中舜的臣子，实际上是二十二个部落首领，其中皋即皋陶，是掌管刑法的官员；夔是掌管音乐的官员；稷是掌管农业的官员；契是掌管教育的官员。这二十二人结成君子之朋，互相赞美、推举和谦让，而且都被舜重用了，天下也就安定了。第三例是周朝，《尚书》说："周有臣三千，惟一心"；欧阳修认为："周武王之臣三千人为一大朋，而周用以兴。"反面史实第一例是商纣之时，其特点是"人人异心不为朋"；"纣之时，亿万人各异心，可谓不为朋矣，然纣以亡国"。这是说，纣当政的时候，他的臣子各怀异心，不结朋党，但纣也因此而使商朝亡国。第二例是东汉末年汉献帝，实为桓、灵两帝，其特点是"禁绝善人为朋"；
"尽取天下名士囚禁之，目为党人。及黄巾贼起，汉室大乱，后方悔
悟，尽解党人而释之，然已无救矣"。意思是，汉桓帝、灵帝两度大
批拘捕和杀害名士，历史上称为"党锢之祸"。等到黄巾军起义发生
时，汉朝天下大乱，才后悔醒悟，解除对党人的禁令，把他们全部
释放出来，但为时已晚，已经无法挽回混乱颓败的东汉王朝。第三
例是唐朝末年，其特点是"诛戮清流之朋"；"唐之晚年，渐起朋党
之论。及昭宗时，尽杀朝之名士，或投之黄河，曰：'此辈清流，可
投浊流。'而唐遂亡矣"。朋党之论，是指唐穆宗、宣宗年间，以牛
僧孺、李宗闵为首的牛党和以李德裕为首的李党发生了长达四十余
年的政治宗派斗争，史称"牛李党争"。到唐昭宗时期，以党人之争
为由将朝廷中的名士加以杀害，有的被投入黄河，还说什么"这帮
人自命为'清流'，应该把他们投进浊流中去"。于是唐朝也就灭亡
了。客观地说，商纣和汉唐的灭亡是多种因素综合作用的结果，但
在欧阳修看来，这些史实表明问题的关键不在于有没有朋党，而在
于能否识别君子之朋与小人之朋。他进一步用舜的例子加以说明：
"更相称美、推让而不自疑，莫如舜之二十二臣，舜亦不疑而皆用
之；然而后世不诮舜为二十二人朋党所欺，而称舜为聪明之圣者，
以能辨君子与小人也。"

　　金圣叹评论《朋党论》是"最明畅之文，却甚幽细；最条直之
文，却甚郁勃；最平夷之文，却甚跳跃鼓舞"。历史上尤其是文学史
对《朋党论》评价甚高，认为是欧阳修最好的文章之一。在汉语言
文学传世的政论散文中，也是最好的文章之一。尽管如此，也难以
掩饰文章的缺憾。《朋党论》的出发点是为了说服仁宗皇帝，但仁
宗不仅没有被说服和感悟，反而将欧阳修贬出了京师。后人对《朋
党论》的观点也不尽赞同，清朝雍正皇帝对欧阳修极为不满，认为
"君子无朋，惟小人有之"，并说"设修在今日而为此论，朕必饬之

以正其惑"。在我看来，从文章风格和写作技巧而言，《朋党论》确实是一篇好文章，立论新奇、逻辑严密，洋洋洒洒、气韵生动，但其主要观点和思想价值，却是有着可以商榷的地方。《朋党论》给我们最大的启示是欧阳修做学问的态度，敢于在不疑处有疑，对朋党这一概念提出疑问。一般认为，朋党一词为贬义，是指那些不为国家民族利益，而为个人或小团体利益结成的政治派别。传统文化对于朋党也是否定的，《尚书》曰："无偏无党，王道荡荡；无党无偏，王道平平"；孔子也说："君子群而不党"。欧阳修却反其道而行之，从理论和史实两个方面论证朋党之说自古有之；朋党有君子与小人之别；君王要善于辨别君子之朋与小人之朋等观点。这些观点虽然可以争议，但毕竟是一家之言，而且欧阳修做到了言之有理、持之有故。同时，《朋党论》给我们的启示是士大夫的家国情怀。欧阳修写作《朋党论》不是为了一己私利，而是为了庆历新政和国家兴亡治乱。正是这一家国情怀，使得《朋党论》受到了超越其自身价值的历史评价，使得像欧阳修那样的士大夫受到了中国历史和社会的高度赞誉。家国情怀是中国知识分子的优良传统，即使在今天仍然有着积极意义。知识分子一定要弘扬传统士大夫的家国情怀，真正做到"苟利国家生死以，岂因祸福避趋之"。

附

朋党论

欧阳修

臣闻朋党之说，自古有之，惟幸人君辨其君子小人而已。大凡君子与君子以同道为朋，小人与小人以同利为朋，此自然之理也。

　　然臣谓小人无朋，惟君子则有之。其故何哉？小人所好者利禄也，所贪者货财也。当其同利之时，暂相党引以为朋者，伪也。及其见利而争先，或利尽而交疏，则反相贼害，虽其兄弟亲戚，不能自保。故臣谓小人无朋，其暂为朋者，伪也。君子则不然。所守者道义，所行者忠信，所惜者名节。以之修身，则同道而相益；以之事国，则同心而共济。终始如一，此君子之朋也。故为人君者，但当退小人之伪朋，用君子之真朋，则天下治矣。

　　尧之时，小人共工、驩兜等四人为一朋，君子八元、八恺十六人为一朋。舜佐尧，退四凶小人之朋，而进元、恺君子之朋，尧之天下大治。及舜自为天子，而皋、夔、稷、契等二十二人并列于朝，更相称美，更相推让，凡二十二人为一朋，而舜皆用之，天下亦大治。《书》曰："纣有臣亿万，惟亿万心；周有臣三千，惟一心。"纣之时，亿万人各异心，可谓不为朋矣，然纣以亡国。周武王之臣三千人为一大朋，而周用以兴。后汉献帝时，尽取天下名士囚禁之，目为党人。及黄巾贼起，汉室大乱，后方悔悟，尽解党人而释之，然已无救矣。唐之晚年，渐起朋党之论。及昭宗时，尽杀朝之名士，或投之黄河，曰："此辈清流，可投浊流。"而唐遂亡矣。

　　夫前世之主，能使人人异心不为朋，莫如纣；能禁绝善人为朋，莫如汉献帝；能诛戮清流之朋，莫如唐昭宗之世；然皆乱亡其国。更相称美、推让而不自疑，莫如舜之二十二臣，舜亦不疑而皆用之；然而后世不诮舜为二十二人朋党所欺，而称舜为聪明之圣者，以能辨君子与小人也。周武之世，举其国之臣三千人共为一朋，自古为朋之多且大，莫如周；然周用此以兴者，善人虽多而不厌也。

　　嗟呼！兴亡治乱之迹，为人君者可以鉴矣。

欲君必纳　欲臣必谏

——读苏洵《谏论》有感

　　苏洵是北宋著名文学家，长于散文，尤擅政论。文章以权谋机变之言为主，纵横雄奇、富于变化，有《嘉祐集》传世。同时代的欧阳修评价其文为"纵横上下，出入驰骤，必造于深微而后止"；曾巩认为苏洵的文章是"指事析理，引物托喻"，"烦能不乱，肆能不流"。苏洵自评其文兼得"诗人之优柔，骚人之清深，孟、韩之温淳，迁、固之雄刚，孙、吴之简切"。苏洵能够在历史上留名，文章只是其中的一个因素，甚至是次要的因素。更重要的因素可能是他为名气更大的苏轼、苏辙的父亲，世称"三苏"，同登"唐宋八大家"之列；也可能是他传奇的经历和故事。史载，苏洵年轻时并不好读书，直至二十七岁时才茅塞顿开、发愤读书。经过十多年的苦读，学业大进，由欧阳修、韩琦推荐，被宋仁宗授予秘书省校书郎，后以霸州文安县主簿的身份参与修撰礼书《太常因革礼》，死后追赠为光禄寺丞。因此，中国传统文化认为苏洵是励志的楷模，童蒙教材《三字经》说："苏老泉，二十七，始发愤，读书籍。彼既老，犹悔迟，尔小生，宜早思"，从而极大地增强了苏洵的知名度。

　　客观地说，《谏论》并不是苏洵的代表作，也算不上历史名篇，但颇能代表苏洵的文风，既明察心术、纵横恣肆，又笔带锋芒、妙喻连篇，值得品读一番。宋朝对待知识分子比较宽厚，文人骚客也就好议论，"论"这种文体风行一时。曾国藩编纂《经史百家杂钞》时指出，论著为著作之无韵者，辞赋则为著作之有韵者。《谏论》就是一篇无韵的关于进谏的论文,分上、下篇。上篇重在论证"欲君必纳"之术,即论证进谏的方法问题。在苏洵看来,无论是直谏还是讽谏,只要方法得当,君王都是能够纳谏的。"吾以为讽、直一也,顾用之之术何如耳。伍举进隐语,楚王淫益甚;茅焦解衣危论,秦帝立悟。"伍举是楚庄王时的大臣。庄王即位三年不出号令,日夜玩乐,伍举讽谏说:"有鸟在于阜,三年不蜚不鸣,是何鸟也?"庄王回答:"举退矣,吾知之矣。"然而,庄王不仅没有接受伍举进谏,反而更加骄奢淫逸。茅焦为秦王嬴政的客卿,秦王迁太后于雍,下令谏者死。茅焦进谏,王欲烹之,茅焦脱下衣服危言耸听:"陛下有狂悖之行,不自知邪?车裂假父,囊扑二弟,迁母于雍,残戮谏士,桀、纣之行不至于是矣。令天下闻之,尽瓦解,无向秦者,臣窃为陛下危之!"秦王顿感问题的严重,乃释放茅焦,并拜为上卿。下篇重在论证"欲臣必谏"之法,即论证进谏的动力问题。在苏洵看来,君王掌握着生杀予夺大权,臣子一般不敢进谏。"夫君之大,天也;其尊,神也;其威,雷霆也。人之不能抗天、触神、忤雷霆,亦明矣。"意思是,君王的伟大,就像蓝天;君王的尊严,就像神灵;君王的威力,就像咆哮的雷霆。作为人不能抗拒上天、触犯神灵、得罪雷霆,这是尽人皆知的常识。那么,怎样才能做到"欲臣必谏"呢?苏洵认为,除了保护"性忠义"的人之外,一要用奖赏,二要用刑法。奖赏是对积极进谏者的鼓励和激励,刑罚则是对明哲保身、不愿进谏者的惩处。在苏洵看来,无论赏还是罚,都是君王为了让臣子认真履行进谏的职能。

品读《谏论》,我们会对进谏有更多更深的认识。进谏,本质上是下级对上级、小辈对长辈的进言,提出批评;典型的表现形式是臣子批评君王的过失,提出改进的意见建议。从这个角度认识问题,谏涉及两个方面及其相互关系,一方面是臣子的进谏,另一方面是君王的纳谏。但《谏论》没有论证进谏与纳谏的关系,而是论证臣子如何进谏的问题。苏洵并没有停留在方法层面，他还从价值层面正确诠释了进谏的经与权、心与术的关系，从而增加了《谏论》的思想价值，这也是《谏论》能够在历史流传的重要原因。同时，《谏论》提出了进谏的动力问题，这就是赏与罚。"圣人知其然，故立赏以劝之，《传》曰'兴王赏谏臣'是也。犹惧其选耎阿谀，使一日不得闻其过，故制刑以威之，《书》曰'臣下不正，其刑墨'是也。"意思是，圣人懂得其中的道理，所以设立奖赏来劝导人们，《传》中所说"有作为的君王常常奖励进谏的大臣"，讲得就是这个道理。但君王还是担心有一些人阿谀奉承，使他一天也听不到自己有什么过失，所以制定刑法来使人敬畏，《书》中所说"做大臣的不匡正君王的过失，必受墨刑惩处"，讲的就是这个道理。

《谏论》最重要的思想是谏者必须具有价值理念。从行文看，苏洵并没有用大量的篇幅论证进谏的价值问题，然而蕴含其中的价值理念却是丰富而深刻的。人是一种社会存在，无论思想还是行为，都包含着价值与方法两个方面的内容。价值属于道的范畴，方法属于器的范畴，比较而言，价值更具根本性。价值是人的思想和行为的本质规定，指导着前进方向，规范着发展路径，充满着人文因素。品读《谏论》，不能不重视其关于进谏的价值认识。这种认识既体现在关于经与权的论述，也体现在关于心与术的论述。谏者的价值理念就是要有经和心。在经与权的关系方面，苏洵认为，经比权重要。经与权是中国古代哲学范畴，经为基本原则，持久不变，权为具体策略，随机而变。经权之道是有经有权，既有对经的坚守，也要注意权变，真正做到基本原则坚持不变，具体策略因时而异。进谏也有一个经与权的问题，所谓经，意指进谏是臣子必须履行的基本职责和义务，不能变通；权是指进谏的方式，可以变通，可以因时因地因人而异。孔子十分看重进谏的伦理价值问题，甚至提高到臣子对君王忠诚的高度。《孔子家语》记载着孔子说过的一段话："忠臣之谏君，有五义焉：一曰谲谏，二曰戆谏，三曰降谏，四曰直谏，五曰讽谏。唯度主而行之，吾从其讽谏乎。"大概是因为孔子谈到谏有"五义"即五种方式，引发了后世的争议，"古今论谏，常与讽而少直。其说盖出于仲尼"。但后世对孔子关于进谏需要忠诚的价值理念，是没有争议的。《谏论》指出，不能因为对谏有"五义"尤其是讽谏与直谏有不同看法，就否认孔子的观点。孔子关于谏的观点属于"经"的范畴，而苏洵说自己关于谏的方法论述属于"权"的范畴，是从属于孔子的，"然则仲尼之说非乎？曰：仲尼之说，纯乎经者也。吾之说，参乎权而归乎经者也"。在心与术的关系方面，苏洵认为，心与术要统一。心与术是中医的重要概念，心是指态度、意识和认知，术是指方法、手段和技术。传统医学把心看得比术重要，即"事不从心，术即不验"；认为心正才能术正，医者要先练心后练术，内外兼修。在苏洵看来，进谏也存在着心与术的关系，心是对君王的忠诚，术是进谏的方式，主要表现为"机智勇辩"。臣子进谏君王，如果出于忠心，即使方法不得法，没有被君王接受，仍可称为谏者；如果出于私欲，即使方法得法，君王也接受了谏言，但不能算谏者，只能称之为游说之士。一般而言，谏者是忠诚于君王而不注意方式方法，游说之士是出于私欲而注意方式方法。苏洵说："夫游说之士，以机智勇辩济其诈，吾欲谏者，以机智勇辩济其忠。"苏洵认为，商末大臣龙逢、比干是谏者忠心的代表，而春秋战国时期苏秦、张仪是游说之术的代表，真正的谏者应该把龙逢、比干的忠心与苏秦、张仪的游说之术结合起来，"是以龙逢、比干，吾取其心，不取其术；苏秦、张仪，吾取其术，不取其心，以为谏法"。

《谏论》最重要的内容是谏者必须重视方式方法。进谏的目的，是希望被谏者能够纳谏。如果不能纳谏甚至反感批评的意见建议，那就失去了进谏的意义和作用。因此，苏洵提出了"术"的概念，术就是方法。苏洵非常重视进谏的方法，认为方法得当，被谏者即使心胸狭窄甚至是暴君，也能纳谏，否则就会拒谏，"如得其术，则人君有少不为桀、纣者，吾百谏而百听矣，况虚己者乎？不得其术，则人君有少不若尧舜者，吾百谏而百不听矣，况逆忠者乎？"苏洵还比较了谏者与游说之士的不同命运和进谏效果，说明方式方法的重要。"谏而从者百一，说而从者十九，谏而死者皆是，说而死者未尝闻。然而抵触忌讳，说或甚于谏。由是知不必乎讽，而必乎术也。"由于方式方法不同，谏者不仅没有让君王纳谏，反而丢了性命，游说之士不仅让君王接受了游说，还得到了君王的赏识。所以，苏洵认为，谏者应该学习游说之士的方式方法，并举例加以说明。"说之术可为谏法者五"，一是"理谕之"，举例是"触龙以赵后爱女贤于爱子，未旋踵而长安君出质"。意思是，触龙用赵太后喜欢女儿超过儿子来加以劝导，不久长安君来到齐国做了人质。其中的典故是秦攻赵，赵求救于齐，齐必以长安君为人质，赵太后不同意。这时游说之士触龙对赵太后说："今媪尊长安君之位，而不及今令有功于国，一旦山陵崩，长安君何以自托于赵？"赵太后悟，乃以长安君出质。二是"势禁之"，举例是"子贡以内忧教田常，而齐不得伐鲁"。意思是，子贡用应着眼解决内部忧患来引导田常，使齐国不能进攻鲁国。其中的典故是齐国的田常准备进攻鲁国，子贡劝告田常："伐鲁不如伐吴。臣闻之，忧在内者攻强，忧在外者攻弱。今君忧在内，鲁弱吴强，不如伐吴。"三是"利诱之"，举例是"田生以万户侯启张卿，而刘泽封"。意思是，田生用万户侯利诱诸吕，使刘邦的儿子刘泽被吕后封为琅琊王。其中的典故是汉初，吕后封诸吕为王，田生劝张卿讽吕后说，封诸吕为王，恐大臣未服，不如封刘泽为王，则诸吕王益固。吕后然之，封刘泽为琅琊王。四是"激怒之"，举例是"苏秦以牛后羞韩，而惠王按剑太息"。意思是，苏秦用宁当鸡口、不当牛后的俗语来羞辱韩惠王，使其按剑长叹必不事秦。其中的典故是当时韩国要向秦国投降，而苏秦劝韩王说："宁为鸡口，无为牛后。以大王之贤，挟强韩之兵，而有牛后之名，臣窃为大王羞之。"韩王听后，乃按剑说："寡人虽不屑，必不能事秦。"五是"隐讽之"，举例是"楚人以弓缴感襄王"。意思是，楚国人庄辛用弓缴射鸟的典故来感化楚襄王。其中的典故是庄辛对楚襄王说："黄鹄奋其六翮，自以为无患，不知夫射者，方将休其庐，治其缯缴，将加以己乎百仞之上"，以此比喻秦国即将侵略楚国。《谏论》指出，谏者如能掌握正确的进谏方法，就能使君王纳谏，"理而谕之，主虽昏必悟，势而禁之，主虽骄必惧；利而诱之，主虽怠必奋；激而怒之，主虽懦必立；隐而讽之，主虽暴必容。悟则明，惧则恭，奋则勤，立则勇，容则宽，致君之道尽于此矣。"

　　《谏论》最重要的论点是谏者必须得到赏罚，这也就是进谏的动力问题。臣子进谏的动力大约来自两个方面，一个方面是思想境界，或出于理想，或出于忠诚，或出于敬业而履职，另一个方面是制度约束。由于进谏是有风险的，轻则受到君王的冷落，重则可能招致杀身之祸，大部分臣子是不会积极主动地进谏的。而依靠思想境界进谏，只能适用于少数人。《谏论》写道："自非性忠义，不悦赏，不畏罪，谁欲以言博死者？人君又安能尽得忠义者而任之？"意思是，臣子如果不是具备忠义的秉性，不贪图奖赏、不害怕获罪，谁又愿意因为进谏而落得被处死的下场呢？作为君王又怎么可能找到那么多的具有忠义秉性的人而任用他们呢？《谏论》着力论证了进谏的制度约束问题，主要手段是赏与罚。苏洵把臣子分为三类，由于品性不同，激励和约束手段也不同。第一类是勇敢的人，这类人不需要赏罚就能进谏，"所谓性忠义，不悦赏、不畏罪者，勇者也，故无不谏焉"；第二类是既勇敢又怯懦的人，这类人需要奖赏才能进谏，"悦赏者，勇怯半者也，故赏而后谏焉"；第三类是怯懦的人，这类人主要靠刑罚逼其进谏，"畏罪者，怯者也，故刑而后谏焉"。以上三类人中，第一类是靠思想境界进谏，第二、三类则是靠制度约束劝其进谏。苏洵还用比喻的手法形象描绘了这三类人在面临一条壕沟或河谷时的不同表现。第一类人，"且告之曰：'能跳而越此谓之勇，不然为怯。'彼勇者耻怯，必跳而越焉"。第二类人，"则不能也。又告之曰：'跳而越者与千金，不然则否。'彼勇怯半者奔利，必跳而越焉"。第三类人，"犹未能也。须臾，顾见猛虎，暴然向逼，则怯者不待告，跳而越之如康庄矣"。为此，苏洵感叹道："然则人岂有勇怯哉？要在以势驱之耳。"意思是，人本身难道有勇敢与怯懦的区别吗？没有，重要的在于用利害关系来驱使他们。"呜呼！不有猛虎，彼怯者肯越渊谷乎？"即如果没有猛虎，那个怯懦的人肯跳越深谷吗？苏洵十分痴迷谏者的赏罚问题，甚至认为关乎国家的兴亡盛衰。他把夏、商、周三代的兴盛看成是对谏者赏罚的结果，"先王知勇者不可常得，故以赏为千金，以刑为猛虎，使其前有所趋，后有所避，其势不得不极言规失，此三代所以兴也"。与此同时，他认为："末世不然，迁其赏于不谏，迁其刑于谏，宜乎臣之嗫口卷舌而乱亡随之也！"意思是，王朝末世就不是这样，对不进谏者给予奖赏，却对进谏者施加刑罚，这就导致大臣们把嘴闭住、舌头卷起而闭口不言，随之而来的就是政治混乱、国家衰亡。因而苏洵强调要建立健全赏罚制度，他说："今之谏赏，时或有之，不谏之刑，缺然无矣。"意思是，现在奖励进谏的情况，不时也有；但对不进行规劝的人施刑，则不曾有过。故而要"增其所有，有其所无"，即坚持并完善已有的措施，增加应有还没有的制度。最后，苏洵坚信，只要有了赏罚制度，并且做到赏罚分明，就能使"谀者直，佞者忠，况忠直者乎？诚如是，欲闻谠言而不获，吾不信也"。

孔子认为：天子有诤臣，虽无道不失天下，父有诤子，虽无道不陷于不义。由此可知，进谏不仅有利于国家，而且有利于家庭。《谏论》给我们最大的启示，就是要做一个好谏者。所谓好谏者，是心与术的统一。首先要有心，就是有好品行。宋朝是谏官制度比较成熟的年代，与苏洵同时代的名人都对谏者的品行作过论述。王安石认为谏者首要的品质是贤德。欧阳修认为是"有气节，不沉浮，得失利天下"；"非材且贤不能为"。曾巩的标准更是具体，"博学精识、通于世用"，"敏茂直清、通于学问"，"好古知方，强于自立"；"非秉义纯笃，望实孚于上下，不称其任"。同时要有术，就是有好方法。好方法不仅仅指具体的做法，更是指正确的运用。有好的方法，不会运用，等于没有方法。就方法而言，谏者不能只熟悉一种方法，而要熟悉多种方法，譬如熟悉《谏论》提出的理谏、势谏、利谏、怒谏、讽谏和直谏。"运用之妙，存乎一心"，对象不同谏法不同，场景不同谏法也不同。有的可运用一种谏法，有的却需要多种谏法并用，目的都是为了让被谏者接受进言，能够纳谏。人作为社会关系的总和，不管处于人生的什么阶段，也不管在社会和家庭中扮演什么角色，都有可能或主动或被动地成为一个谏者。那么，就应该做一个好谏者。

附

谏论（上篇）

苏　洵

　　古今论谏，常与讽而少直。其说盖出于仲尼。吾以为讽、直一也，顾用之之术何如耳。伍举进隐语，楚王淫益甚；茅焦解衣危论，秦帝立悟。讽固不可尽与，直亦未易少之。吾故曰：顾用之之术何如耳。然则仲尼之说非乎？曰：仲尼之说，纯乎经者也。吾之说，参乎权而归乎经者也。如得其术，则人君有少不为桀、纣者，吾百谏而百听矣，况虚己者乎？不得其术，则人君有少不若尧舜者，吾百谏而百不听矣，况逆忠者乎？

然则奚术而可？曰：机智勇辩如古游说之士而已。夫游说之士，以机智勇辩济其诈，吾欲谏者，以机智勇辩济其忠。请备论其效。周衰，游说炽于列国，自是世有其人。吾独怪夫谏而从者百一，说而从者十九，谏而死者皆是，说而死者未尝闻。然而抵触忌讳，说或甚于谏。由是知不必乎讽，而必乎术也。

说之术可为谏法者五，理谕之，势禁之，利诱之，激怒之，隐讽之之谓也。触龙以赵后爱女贤于爱子，未旋踵而长安君出质；甘罗以杜邮之死诘张唐，而相燕之行有日；赵卒以两贤王之意语燕，而立归武臣，此理而谕之也。子贡以内忧教田常，而齐不得伐鲁；武公以麋鹿胁顷襄，而楚不敢图周；鲁连以烹醢惧垣衍，而魏不果帝秦，此势而禁之也。田生以万户侯启张卿，而刘泽封；朱建以富贵饵闳孺，而辟阳赦；邹阳以爱幸悦长君，而梁王释，此利而诱之也。苏秦以牛后羞韩，而惠王按剑太息；范雎以无王耻秦，而昭王长跪请教；郦生以助秦凌汉，而沛公辍洗听计，此激而怒之也。苏代以土偶笑田文，楚人以弓缴感襄王，蒯通以娶妇悟齐相，此隐而讽之也。五者，相倾险诐之论，虽然，施之忠臣足以成功。何则？理而谕之，主虽昏必悟；势而禁之，主虽骄必惧；利而诱之，主虽怠必奋；激而怒之，主虽懦必立；隐而讽之，主虽暴必容。悟则明，惧则恭，奋则勤，立则勇，容则宽，致君之道尽于此矣。

吾观昔之臣言必从，理必济，莫如唐魏郑公，其初实学纵横之说，此所谓得其术者欤？噫！龙逢、比干不获称良臣，无苏秦、张仪之术也；苏秦、张仪不免为游说，无龙逢、比干之心也。是以龙逢、比干，吾取其心，不取其术；苏秦、张仪，吾取其术，不取其心，以为谏法。

江上之清风　山间之明月

——读苏东坡《赤壁赋》有感

苏东坡是宋代大文豪，也是中国历史上的大文豪。他的成年主要生活在北宋神宗、哲宗年间，二十二岁中进士，二十六岁又中制科优入三等，获宋代学子最高荣誉，官至礼部尚书，风光一时。然而，他的禀性和情操，却使他一生坎坷，屡次被贬。他自嘲说："问汝平生功业，黄州、惠州、儋州"，即被贬到现今的湖北黄冈、广东惠州和海南岛。"国家不幸诗家幸，赋到沧桑句便工"，苏东坡的坎坷经历没有成就他政治上的事业，却造就了天才的文学巨匠，为中华文化贡献了精品和经典。他把宋文、宋诗和宋词推向高峰，其散文既才智驰骋，又文理自然；其诗干预社会，思考人生，艺术风格刚柔相济；其词开一代新风，豪放俊朗，清新洒脱。元丰二年，苏东坡由于"乌台诗案"被捕入狱，年底出狱，被安置在黄州。越二年，元丰五年的七月和十月，苏东坡偕同友人游黄州城外赤壁，分别写下《前赤壁赋》和《后赤壁赋》。在《赤壁赋》中，苏东坡描绘出"江流有声，断岸千尺，山高月小，水落石出"的风景画，弹奏出"江上之清风，山间之明月"的人生音符。

《文心雕龙·诠赋》认为："赋者，铺也。铺采摛文，体物写志也。"《赤壁赋》没有过多的铺采和辞藻堆砌，重点是体物写志，叙述中有描写，描写中有感悟，感悟中有议论，议论中有叙述，循环往复，一唱三叹。两篇《赤壁赋》是一个有机联系整体，《前赤壁赋》写水，说理谈玄，议论风生，侧重于人生哲理的阐发；《后赤壁赋》

写山，以记叙、描写为主，更符合游记的特征，侧重于艺术形象的渲染。《前赤壁赋》全文可分为三个层次，第一层次写作者与客人泛舟江上，清风吹拂，明月当空，水天一色，饮酒诵诗，尽情投入大自然怀抱，领略秋江夜色之美，缥缥缈缈犹如离开人间不受拘束，又如生出双翼登临仙境。第二层次写作者与客人饮酒唱歌，作者扣舷而歌，客人吹箫而和，产生悲伤幽怨情绪，"其声呜呜然，如怨如慕，如泣如诉，余音袅袅，不绝如缕"。第三层次写作者与客人关于宇宙人生的讨论，客人被作者说服，精神得到解脱，复又欢乐，"客喜而笑，洗盏更酌。肴核既尽，杯盘狼藉。相与枕藉乎舟中，不知东方之既白"。《后赤壁赋》的思想内容和艺术情趣与《前赤壁赋》是一致的，《三苏文苑》眉批曰："仍用风月为主，二字乃长公一生襟怀。"全文分为三个自然段，着力描写出一幅美妙奇异的夜景和意境，既有长江与断岸，又有月白与风清，既有巉岩与蒙茸，又有危巢与幽宫，既有雪堂与临皋，又有鲈鱼与斗酒，既有客人与家妇，又有孤鹤与道士，真可谓字字有诗、句句如画，读之似真似幻、如梦非梦。

品读《赤壁赋》，我们不能不对苏东坡豁达的人生态度油然而生敬意，这就是置自我于物体之外，以不变去应对万变，在随缘自适、随遇而安中保持积极的人生态度。"乌台诗案"使苏东坡坐牢一百零三天，几次濒临被砍头的境地；出狱后被贬黄州任团练副使，职位相当低微，不得擅离居所，实为软禁。苏东坡从显赫高位一下跌入底层，以犯人身份在黄州生活了四年又两个月。在这段时间内，他有过情绪低落和意志消沉，但没有沉沦和被厄运击垮。他的报国壮志坚贞不渝，在致友人书信中说："虽废弃，未为忘国虑也"；"愿为穿云鹤，莫作将雏鸭"。他的乐观心态没有改变，公务之余带领家人开垦城东的一块坡地，种田帮补家计，由此号"东坡居士"。他的文学天赋更是得到充分发挥，不仅写下了前后《赤壁赋》、《念奴娇·赤壁怀古》等千古绝唱，而且留下了《黄州寒食诗帖》这一书法极品。苏东坡之所以能在人生困境时始终保持豁达、积极的人生态度，源于其以儒家思想为主导、儒释道兼备的深厚学养和人生境界。

《赤壁赋》展示了苏东坡的入世精神。苏东坡与客人泛舟赤壁，饱览美景，"诵明月之诗，歌窈窕之章"。当饮酒乐甚之时，苏东坡仍然扣舷而歌之，"桂棹兮兰桨，击空明兮溯流光。渺渺兮予怀，望美人兮天一方"。意思是，桂树做的棹啊兰木造的桨，划破明静如空的江面啊逆着流动的月光。渺渺茫茫啊我的心思，盼望我思念的人啊都在天边。这段歌辞是模拟屈原的《思美人》及《湘君》中"桂棹兮兰枻"等诗句而创作的。苏东坡平生非常崇尚屈原忠君爱国的气节，欣赏屈原赋中一再用"美人"比喻楚君怀王艺术手法，因而这里的"美人"，实际是借屈原之句指他心目中的"圣明天子"宋神宗。这反映了封建士大夫的优秀传统和普遍情怀，即如范仲淹所说："居庙堂之高，则忧其民；处江湖之远，则忧其君。"在《前赤壁赋》中，苏东坡还提到曹操的"月明星稀，乌鹊南飞"的诗句和"孟德之困于周郎"的赤壁之战，这虽然有借古喻今、怀古伤今之意，但也表明苏东坡关注时局、不忘政事的入世精神。纵观苏东坡一生，积极入世、忧国忧民一直是他思想的基本色调。他从小受到富有文学传统的家庭熏陶，父母给他讲述《后汉书·范滂传》，以古代仁人志士的事迹勉励其砥砺名节；年青时就怀抱"书剑报国"和"致君尧舜"的志向。入仕后，因看到王安石过激的变法对普通老百姓造成的损害，便上书反对，从而不容于朝廷，被迫离京外任；在杭州当太守时，疏浚西湖，用挖出的泥土在西湖旁筑起一道大堤，至今仍泽被百姓，千百年来被称为"苏堤"。晚年被贬至海南岛，据说在宋朝是仅比满门抄斩罪轻一等的处罚。面对厄运，苏东坡始终不改忧民为民志向，他开辟学府，自编讲义，自讲诗书，不遗余力地推进文化教育；他改进海南的生产劳动习惯，推广农耕，完善工具，垦荒种植，发展水稻生产；他致力于改变当地人的生活习惯，教人挖井取水饮用，不要取咸滩积水饮用，从而大大减少了疾病的发生。儒家认为仁者爱人，孟子曰："爱人者，人恒爱之。"海南人不忘苏东坡，建东坡祠和东坡书院以纪念。正是儒家思想作为人生的根本，使得苏东坡在任何时候任何情况下都能笑对人生，达观自信，热爱生活。

《赤壁赋》展示了苏东坡的旷达心胸。如果说儒家思想主导着苏东坡，那么，佛学宗教和道家思想尤其是庄子的观点则帮助苏东坡完善了内心世界。他自己说："吾昔有见于中，口未能言，今见《庄子》，得吾心矣。"《前赤壁赋》开篇就是一幅道家虚静无为、物我两忘的画景：清风明月，举酒诵歌，"白露横江，水光接天。纵一苇之所如，凌万顷之茫然。浩浩乎如冯虚御风，而不知其所止；飘飘乎如遗世独立，羽化而登仙"。仙人、仙境自然是道家的象征，在老庄的感化下，苏东坡得到了解脱。在《后赤壁赋》的最后部分，苏东坡又想到了道家、道士，"须臾客去，予亦就睡。梦一道士，羽衣蹁跹，过临皋而下，揖予而言曰：'赤壁之游乐乎？'问其姓名。俯而不答。'呜呼噫嘻！我知之矣！畴昔之夜，飞鸣而过我者，非子也耶？'道士顾笑，予亦惊寤。开户视之，不见其处。"鹤在苏东坡心中有着重要地位，曾作《放鹤亭记》；在他看来，鹤是隐逸者的象征。以鹤喻道士，可见道家对苏东坡影响之深。但是，苏东坡接受道家思想又不为其所囿，淡泊而积极，旷达而进取，形成了他独到的人生见解和思想境界。这在《前赤壁赋》的主客对话、客由悲转喜过程中表现得淋漓尽致。客人因曹操兵败赤壁而悲，"固一世之雄也，而今安在哉？"像曹操这样的一代英雄，而今在什么地方呢？因而客人认为，人生非常渺小，生命非常短暂，"寄蜉蝣于天地，渺沧海之一粟，哀吾生之须臾，羡长江之无穷"。在客人看来，我们既不在朝廷，又不是地方官员，何必去想政治上的作为和事业上的建树，"况吾与子渔樵于江渚之上，侣鱼虾而友麋鹿，驾一叶之扁舟，举匏樽以相属"。意思是，像我和你这样的人在江渚之上打鱼砍柴，与鱼虾为伴，同麋鹿交友，驾驶像一片树叶的小船，端起葫芦做的酒器互相劝酒。这是多么惬意的生活啊！苏东坡不以为然，不同意客人消极的人生观点和虚无主义思想，正襟危坐地劝诫客人："盖将自其变者而观之，则天地曾不能以一瞬；自其不变者而观之，则物与我皆无尽也，而又何羡乎？"苏东坡强调了事物的辩证关系，指出无论宇宙还是人生，变与不变都是相对的，从变的角度看，天长地久也不过是一瞬间的事情；从不变的角度看，宇宙万物固然无穷无尽，人生也是绵延不息，那对长江之无穷乃至天地之无尽又有什么可羡慕的呢？！这种"天人合一"的观点使得比较冷峻的道家思想，在苏东坡那里染上了暖暖的色调。正是道家思想和佛学宗教，使得苏东坡能够淡泊名利，在人生的疾风暴雨面前自我调适、坦然应对，超然旷达而不怨天尤人。

《赤壁赋》展示了苏东坡的自然情结。从本质上说，人是自然的一部分，自然是人生的起点，也是人生的归宿。在苏东坡那里，自然更是赋予多种含义。作为文人，苏东坡不乏对山水虫草花鸟等自然景观的描绘和状写；作为思想者，自然景观则成了理念和境界的象征；作为官员，自然景观既是春风得意时的胜景，更是艰难困苦中的精神依托。苏东坡从来倾慕清风、明月、高山、流水，而《赤壁赋》作出了最好的诠释。在《前赤壁赋》中，苏东坡着重描绘了清风、流水、明月等优美景象。风是初秋温柔的风，水是七月长江之水，月是圆满皎洁之明月。其时之风是徐徐吹来，身心凉爽；其时之水是水波不兴，水光接天；其时之月是"出于东山之上，徘徊于斗牛之间"。清风徐来，水状茫茫，月光如银，这些都是有意韵的物象，能洗涤人的烦忧，使人的内心宁静而极度地自由松弛。当然，这风、水和月不仅是自然的，而且也是思想的，所以苏东坡富于哲理地说道："客亦知夫水与月乎？逝者如斯，而未尝往也；盈虚者如彼，而卒莫消长也。"意思是，客人也知道那江水和明月的状况吗？江水从来都是这样不停地流逝，但从未流尽；月亮从来都是有圆有缺，但从未增减。在《后赤壁赋》中，风依然在吹，水依然在流，月依然那么明亮，正可谓"月白风清"。这初冬的月明亮如镜，"人影在地，仰见明月"，令人"顾而乐之，行歌相答"。但这已不是《前赤壁赋》中的风、水和月，"曾日月之几何，而江山不可复识矣！"苏东坡把心情从关注清风、流水、明月转向高山与仙鹤，只有山与鹤才能更好地反映苏东坡的孤寂和清冷。山的坚硬、峭立成了苏东坡冬夜情怀的对应之物，"予乃摄衣而上，履巉岩，披蒙茸，踞虎豹，登虬龙，攀栖鹘之危巢，俯冯夷之幽宫。盖二客不能从焉。划然长啸，草木震动，山鸣谷应，风起水涌。余亦悄然而悲，肃然而恐，凛乎其不可留也。返而登舟，放乎中流，听其所止而休焉"。这时的苏东坡是十分孤寂的，一人独攀高峰，没有客人相随；山风骤起，江流涌动，使人紧张而害怕。突兀飞来的孤鹤就成了他最适合的情感对象，"时夜将半，四顾寂寥。适有孤鹤，横江东来，翅如车轮，玄裳缟衣，戛然长鸣，掠予舟而西也"。真是寓情于物，精妙自然。鹤，鸣于九皋、声闻于天，清远闲放、超然物外，恰好契合苏东坡高洁自守的心境。正是自然情结，使得苏东坡能够寄情山水，流连忘返，熨平身处逆境的无奈，慰藉壮志难酬的苦涩，情感有了依托，思想得到观照，"惟江上之清风，与山间之明月，耳得之而为声，目遇之而成色，取之无禁，用之不竭，是造物者之无尽藏也，而吾与子之所共适"。

宋人苏籀评价《赤壁赋》，苏东坡"诸文皆有奇气。至《赤壁赋》，仿佛屈原、宋玉之作，汉唐诸公皆莫及也"。由此可见，《赤壁赋》在中国文学史具有的崇高地位和艺术成就。借用海明威的"冰山理论"认识问题，《赤壁赋》辉煌的背后是苏东坡深厚的学养。没有深厚的学养，就不可能造就伟大作品，也不可能成就伟大事业，这是品读《赤壁赋》给我们最大的启示。学养是综合性的，是一个人知识、气质、情操和境界的集中反映。《赤壁赋》启示我们，苏东坡具有深厚文学素养。他是唐宋八大家之一，推动了唐宋时期的古文运动和文化革命；他是公认的文艺全才，其散文与欧阳修并称为欧苏，其诗歌与黄庭坚并称为苏黄，其词调与辛弃疾并称为苏辛，其书法是北宋四大家之一，其画作则开创了湖州画派。这些文化成就，任何人只要得到其中一项，就可以名垂史册，而苏东坡是诸体兼善，备于一身。《赤壁赋》启示我们，苏东坡具有深厚的人文素养。他对国家感情很深，一生坚持忠君忧国，曾经有过"会挽雕弓如满月，西北望，射天狼"的梦想；他对百姓感情很深，具有浓郁的民本思想和人文情怀，"伫立望原野，悲歌为黎元"；他对家人感情很深，想念兄弟，写下了"但愿人长久，千里共婵娟"的殷殷期盼，思念亡妻，写下了痛断肝肠的《江城子·记梦》，"十年生死两茫茫，不思量，自难忘"。人文素养是人格的灵魂和核心，甚至比知识、能力还要重要。《赤壁赋》启示我们，苏东坡具有深厚的思想素养。他把儒家入世哲学与佛教、道家出世精神融为一体，儒家积极入世是其思想底色，同时吸收了道家通脱旷达、追求心灵自由的内容，扬弃其消极无为；吸收了佛教感悟人生、追求心灵超脱的内容，扬弃其否定人生。儒家的入世，引导他热爱生活和人生，道家的无为，引导他从容自如地观望云卷云舒和花开花落，佛家的静空，引导他走向圆融和通达。正是儒释道思想中的积极因素，造就了《赤壁赋》，完善了苏东坡。

附

前赤壁赋

苏轼

壬戌之秋，七月既望，苏子与客泛舟游于赤壁之下。清风徐来，水波不兴。举酒属客，诵明月之诗，歌窈窕之章。少焉，月出于东山之上，徘徊于斗牛之间。白露横江，水光接天。纵一苇之所如，凌万顷之茫然。浩浩乎如冯虚御风，而不知其所止；飘飘乎如遗世独立，羽化而登仙。

于是饮酒乐甚，扣舷而歌之。歌曰："桂棹兮兰桨，击空明兮溯流光。渺渺兮予怀，望美人兮天一方。"客有吹洞箫者，依歌而和之。其声呜呜然，如怨如慕，如泣如诉，余音袅袅，不绝如缕。舞幽壑之潜蛟，泣孤舟之嫠妇。

苏子愀然，正襟危坐，而问客曰："何为其然也？"客曰："'月明星稀，乌鹊南飞。'此非曹孟德之诗乎？西望夏口，东望武昌，山川相缪，郁乎苍苍，此非孟德之困于周郎者乎？方其破荆州，下江陵，顺流而东也，舳舻千里，旌旗蔽空，酾酒临江，横槊赋诗，固一世之雄也，而今安在哉？况吾与子渔樵于江渚之上，侣鱼虾而友麋鹿，驾一叶之扁舟，举匏樽以相属。寄蜉蝣于天地，渺沧海之一粟，哀吾生之须臾，羡长江之无穷。挟飞仙以遨游，抱明月而长终。知不可乎骤得，托遗响于悲风。"

苏子曰："客亦知夫水与月乎？逝者如斯，而未尝往也；盈虚者如彼，而卒莫消长也。盖将自其变者而观之，则天地曾不能以一瞬；自其不变者而观之，则物与我皆无尽也，而又何羡乎？且夫天地之间，物各有主，苟非吾之所有，虽一毫而莫取。惟江上之清风，与山间之明月，耳得之而为声，目遇之而成色，取之无禁，用之不竭，是造物者之无尽藏也，而吾与子之所共适。"

客喜而笑，洗盏更酌。肴核既尽，杯盘狼藉。相与枕藉乎舟中，不知东方之既白。

求思之深　往往有得

——读王安石《游褒禅山记》有感

　　王安石是北宋杰出的政治家，也是中国历史上著名的改革家，其政治活动和变法行为主要发生在北宋神宗年间。公元 1070 年，王安石任同中书门下平章事，位同宰相，在全国范围内开展以"理财"和"整军"为中心的大规模变法运动，财政方面有均输法、青苗法、市易法、免役法、方田均税法、农田水利法；军事方面有置将法、保甲法、保马法；人事方面有科举制度改革。尽管变法以失败告终，但列宁仍然评价王安石为"中国十一世纪的改革家"；梁启超认为青苗法和市易法类似于现代的银行小额贷款，免役法按户等高下征收募役费用的做法与所得税法相似，保甲法则与警察和民兵制度正相类。尤其是王安石提出的"天变不足畏，祖宗不足法，人言不足恤"，振聋发聩，至今仍在激励着人们改革前行、奋发图强。同时，王安石是一位卓越的文学家，是唐宋八大家之一，主张文道合一和"务为有补于世"，强调文章的现实功能和社会效果。他的散文更是直接体现了他的文学主张，重在阐述政治见解和人生哲理，雄健简练、奇崛峭拔。《游褒禅山记》是其代表作，颇能代表其人格和文品。通过这篇游记，王安石从平淡无奇的景观中生发出至高至深的议论，从游不至极、"不得极乎游之乐"的遗憾中感悟出人生和事业成功的道理。

　　《游褒禅山记》是王安石任舒州通判时写的一篇叙议结合的游记，褒禅山就在现今安徽的含山县。顾名思义，游记是记叙游览观赏的文章，往往侧重于写景和抒情，而《游褒禅山记》志不在此，以记游内容为喻，重在因事说理，寄托政治上积极进取的抱负，抒发对社会人生执著追求的精神，从而使游记的表现形式与深刻的思想内容和谐统一。全文五百余字，可分为三个层次。第一层次是记游褒禅山所见的景物和经过，有两个段落，其中一个段落是介绍褒禅山的概况，"褒禅山亦谓之华山，唐浮图慧褒始舍于其址，而卒葬之，以故其后名之曰'褒禅'"。浮图为梵文音译，可作僧人解；禅也为音译，意思是修行，通过静静地思虑而达到佛教徒追求的境界。另一个段落是写作者与同伴游华山前洞与后洞的经过，突出前洞与后洞不同的环境特征，强调游前洞之易和后洞之难，揭示一般游人就易避难的心理。第二层次写游褒禅山的心得，这是文章的核心、灵魂和主旨所在，也有两个段落，其中一个段落是写游褒禅山的心得，这是全文的重点部分；另一个段落是借仆碑抒发感慨，提出治学必须采取"深思而慎取"的态度。第三层次是记游的结尾，补叙作者与同游者的籍贯、姓名以及作记时间，这是写游记常用的格式，说明游山有时、撰记有人，更显示了游记的真实性，"四人者：庐陵萧君圭君玉，长乐王回深父，余弟安国平父、安上纯父。至和元年七月某日，临川王某记"。

品读《游褒禅山记》，首先给人的印象是特殊。一般而言，作为游记之文，以记叙为主、议论为辅，或记叙名胜古迹，或状写山川风光。《游褒禅山记》则不然，描写景观是陪衬，大发议论是主体，不是寓理于事，而是缘事说理。其次给人的印象是奇异。这种奇异不是想象的奇异和语言的奇异，而是议论与景观、哲理与游踪之间的奇异联系，从景观无奇之中见奇，从常人无议之处议论，由一个极为普通的景点发掘了极为异众的奇论，写出了在立意和结构方面甚为奇异的游记。再次给人的印象是深刻。王安石在游记中好几处用到"深"字，其含义既有游洞求其深，更有议论和思考求其深刻。

他从一次半途而废的游览，深入发掘其意蕴，令人叹为观止。游洞虽浅，因人云亦云、随人以止，甚感遗憾，却让读者去联想其洞究竟有多深多奇；文章不长，从具体经历升华，留下了深刻的思想，让读者叹服。《游褒禅山记》名为游记，实为王安石政治抱负、人生志向和治学态度的解读。

　　《游褒禅山记》揭示了一个客观规律，这就是"世之奇伟、瑰怪、非常之观，常在于险远，而人之所罕至焉"。意思是，世界上奇妙壮观而瑰丽特异的不寻常景色，常常出现在路途艰险遥远的地方，那些地方是很少有人去过的。一定意义上说，"常在于险远"，揭示了自然界的规律，"而人之所罕至焉"，揭示了人类社会的规律。王安石则从静态与动态的结合上解释这一规律性现象。在静态方面，通过描写华山洞予以解释。游记题目为游褒禅山，实际上是游华山洞，因而开篇就引出了华山洞，"距其院东五里，所谓华山洞者，以其乃华山之阳名之也"。王安石引出华山洞不是目的，阐发哲理才是目的，游记阐发的深刻道理，主要是从游华山洞引发的。华山洞分为前洞与后洞，游记写前洞只用四句话十九个字，言约意丰，字字珠玑，"其下平旷，有泉侧出，而记游者甚众，所谓前洞也"。由此可见，华山前洞具有广阔的空间、灵透的泉水和陶醉的游者，让人浮想联翩。至于后洞，游记没有作具体描写，全用说明和叙述，着力渲染它的幽邃、奇特和险峻，"由山以上五六里，有穴窈然，入之甚寒，问其深，则其好游者不能穷也，谓之后洞"。在这里，王安石突出了后洞与前洞不同的环境特征，幽暗深邃、寒气袭人，让读者根据前洞之美和自己的经验积淀去联想补充后洞的奇美和瑰丽，使后洞更具诱惑性和神秘感，从而在静态方面揭示了"常在于险远"的规律。在动态方面，通过描写游洞行为予以解释。一则是对比说理，前洞"记游者甚众"，而后洞是"好游者不能穷也"，这说明前洞道路平坦，容易到达，游人就多，后洞风光奇美，但道路崎岖，不易到达，游人就少，即"夫夷以近，则游者众；险以远，则至者少"。另一则是直接描写自己与同伴游后洞的感受，"余与四人拥火以入，入之愈深，其进愈难，而其见愈奇。"三个"愈"字，令人遐想，既说明奇美风光"常在于险远"，又说明只有经过千难万险，才能看到奇美风光，从而在动态方面说明了"人之所罕至"的规律。中国传统文化强调"诗言志"，言为心声。王安石在揭示规律、阐述哲理的同时，实际上也是在昭示着他的政治抱负，他渴望在政治上建立功勋和丰功伟业。此时的王安石中进士已十年有三，曾在江苏扬州、浙江鄞县、安徽安庆即舒州三个地方任职，特别是在浙江鄞县任知县，增加了社会阅历，开阔了眼界，目睹了北宋王朝的"积贫"、"积弱"和人民生活的艰辛，这使他"慨然有矫世变俗之志"。果不其然，游褒禅山四年之后，王安石毅然决然《上仁宗皇帝言事书》，洋洋万言，全面揭露官制、科举存在的问题以及奢侈浪费的颓败风气，系统地提出变法主张，请求改革政治、加强边防，实行"取天下之财，以供天下之费"的理财原则；十六年之后，王安石两度为相，发动和领导了举世闻名的"熙宁变法"，积极倡导和推行政治、经济、军事、文化变革，以求富国强兵，挽救北宋王朝政治危机。

《游褒禅山记》讲清了一个人生道理，这就是游览胜境必须具备志、力、物三个要素，而且是三个要素的互相联系与有机结合。王安石认为："此予之所得也。"实际上，王安石所得主要是对治学、从政而言，而不是对游览胜境而言，从主观与客观两个方面说明人生和事业成功的必备条件。为了讲清这一道理，王安石以游后洞的经历和思想变化为例，采取递进方式，逐步推演。游后洞的过程可谓一波三折，正好契合需要说明的道理。当王安石与同伴拥火而入，见到了许多奇美风光时，突然"有怠而欲出者，曰：'不出，火且尽。'遂与之俱出"。这时，王安石他们所游后洞"比好游者尚不能十一"，即比起喜好游览山洞的人达到的深度，大概还不到十分之一，因而"不得极夫游之乐也"。为此，王安石十分感慨和沮丧，甚至有点抱怨，"方是时，予之力尚足以入，火尚足以明也。既其出，则或咎其欲出者，而予亦悔其随之"。作为推演的第一步，王安石首先提出了"志"的概念，即险远之地、奇美风光，"非有志者不能至也。"这里的志属于主观范畴，既可以理解为理想、志向，也可以理解为意志、毅力，更可以把两者结合起来理解。有了志向和意志，就足以到达险远之地吗？王安石认为不够。第二步，他提出了"力"的概念，"有志矣，不随以止也，然力不足者，亦不能至也"。这里的力可以作多种解释，就游览登山而言，是指力气、力量，这是指人的生理条件；就治学从政而言，则是指能力、水平，这是指人的素质条件。人的生理与素质是有区别的，不能混为一谈。有了志，没有力气，不能到达险远之地；有了志，没有能力，既不能做出一流学问，也不能为官一任、造福百姓。但是，仅有志和力还不够，还不能登临胜境，还不能取得事业的成功。王安石第三步又提出了"物"的概念，"有志与力，而又不随以怠，至于幽暗昏惑而无物以相之，亦不能至也"。这里的物属于客观范畴。意思是，有了志向和力量，而且又不随从他人而松懈，可是到达幽深昏暗而令人迷惑之地，如果没有外界事物的辅助，也是不可能的。譬如，游后洞则必须有火把帮助，火把就是物也。没有火把帮助，在漆黑的后洞里必然是寸步难行。在讲清道理过程中，王安石一连用了三个"不能至也"，说明志、力、物三者互相联系、缺一不可。但是，他并没有同等地看待三者对于人生的功能和作用。在比较志与力的关系时，王安石认为，志是第一位，尽志才是最重要的。实际上他对比了两种情况：一种是"尽吾志而力不足"，另一种是"丧吾志而力有余"，两种情况虽然同归于失败，但主观感受和客观评价会有很大不同。"尽吾志也而不能至者，可以无悔矣，其孰能讥之乎？"这说明尽志而没有达到目的，不仅可以无怨无悔，而且其他人也不会讥笑讽刺。如果没有尽力，情况就不同了，既会后悔，也会被人讥笑，"然力足以至焉，于人为可讥，而在己为有悔"。从形而上的角度分析问题，王安石在讲清人生道理过程中充满了辩证法。无论治学从政，还是游览胜景，抑或是做任何事情，都是主观因素与客观因素动态变化、综合作用的结果。在一定条件下，有时主观因素是决定性的，这种决定性表现在有时有些困难在许多人看来是很难克服时，有的人却能充分发挥主观能动性，突破心理和生理的局限，取得了成功。王安石正是认识到这一辩证关系，从而提出"尽吾志"的观点，强调人的主观能动性，要求人们全力以赴、坚持不懈地追求理想和实现志向。这些关于人生和事业成功的道理，对于现今的人们来说，仍有着积极的指导意义。

《游褒禅山记》给出了一个治学方法，这就是"深思而慎取"和"求思之深而无不在也"。深思是游记的关键词，以致有人认为深思是游记的主旨。王安石从两个方面予以解读，一方面是游后洞不得其极、不能尽享游览的快乐，说明深思的重要性。王安石说："于是予有叹焉。古人之观于天地、山川、草木、虫鱼、鸟兽，往往有得，以其求思之深而无不在也。"意思是，古代有成就的人即使观察天地、山川、草木、虫鱼等自然现象，也能够有所心得体会，就在于他们思考得深入细致而广阔。这说明王安石是有理性精神和反省态度的，他没有停留在游山"不得"的后悔，更没有去"咎其欲出者"，而是反思自己"不得"的原因，感谓古人"往往有得"之真谛，强调思想、思考的重要意义。另一方面是华山之名以讹传讹，说明深思的重要性。当时，人们一般都将褒禅山称之为华山，可能谁也没有感到其名谬传和误读，但王安石发现了这一问题，"距洞百余步，有碑仆道，其文漫灭，独其为文犹可识，曰'花山'。今言'华'如'华实'之'华'者，盖音谬也"。我相信，这块碑倒在地上，肯定有很长时间，甚至有几十年几百年的时间，因而"其文漫灭"；经过这块碑的游人不计其数，但发现"华山"实为"花山"的人很少。没有思考的人，就发现不了这一误传。王安石说："余于仆碑，又有悲夫古书之不存，后世之谬其传而莫能名者，何可胜道也哉！此所以学者不可以不深思而慎取之也。"这里王安石虽然是针对求学治学之人说的，认为治学要深思慎取，但王安石赞赏的治学方法应是广谱的，不仅适用于治学，也适用于从政，更适用于立身处世。所谓深思，就是不停留在事物表面的认识，而是进行深入细致、周到严密的思维活动，从感性升华到理性、从思想转化到实践。进一步说，会深思、善思考，是人的本质属性，是人区别于动物的重要标志。所以，马克思指出："动物只是按照它所属的那个种的尺度和需要来建造，而人却懂得按照任何一个种的尺度进行生产，并且懂得怎样处处都把内在的尺度运用到对象上去。因此，人也按照美的规律来建造。"在马克思看来，人之所以不同于动物，能够按照任何一个种的尺度去生产，就在于人有思想、会思考。

　　《游褒禅山记》流传以来，人们对其主题的认识众说纷纭，有的认为是以"记游而影学问"；有的认为是"以概荆公之生平"；还有的认为是"有志有力，而又有物以相之，其终不能至者，则亦无如何焉"。我以为，品评《游褒禅山记》，给人们最大的启示是深思。只有深思，才能慎取，才能往往有得；没有深思，就没有王安石的议论，也就没有游记的千古传诵。孔子曰："学而不思则罔，思而不学则殆。"无论治学从政，还是立身处世，深思都具有重要意义。通过深思，既可以去伪存真、去粗取精，更可以提炼经验、升华理论。当然，深思是劳作，是艰辛，往往使许多人望而却步。然而，对于社会来说，深思是人类文明进步的阶梯；对于个人来说，深思是人生发展完善的基础。法国先贤伏尔泰说："书读得越多而不假思索，你就会觉得你知道的很多，而当你读书而思考得越多的时候，你就会越清楚地看到，你知道的还很少。"由此可见，深思使人谦虚，深思使人进步。

附

游褒禅山记

王安石

褒禅山亦谓之华山，唐浮图慧褒始舍于其址，而卒葬之，以故其后名之曰"褒禅"。今所谓慧空禅院者，褒之庐冢也。距其院东五里，所谓华山洞者，以其乃华山之阳名之也。距洞百余步，有碑仆道，其文漫灭，独其为文犹可识，曰"花山"。今言"华"如"华实"之"华"者，盖音谬也。

其下平旷，有泉侧出，而记游者甚众，所谓前洞也。由山以上五六里，有穴窈然，入之甚寒，问其深，则其好游者不能穷也，谓之后洞。余与四人拥火以入，入之愈深，其进愈难，而其见愈奇。有怠而欲出者，曰："不出，火且尽。"遂与之俱出。盖余所至，比好游者尚不能十一，然视其左右，来而记之者已少。盖其又深，则其至又加少矣。方是时，予之力尚足以入，火尚足以明也。既其出，则或咎其欲出者，而予亦悔其随之，而不得极夫游之乐也。

于是余有叹焉。古人之观于天地、山川、草木、虫鱼、鸟兽，往往有得，以其求思之深而无不在也。夫夷以近，则游者众；险以远，则至者少。而世之奇伟、瑰怪、非常之观，常在于险远，而人之所罕至焉，故非有志者不能至也。有志矣，不随以止也，然力不足者，亦不能至也。有志与力，而又不随以怠，至于幽暗昏惑而无物以相之，亦不能至也。然力足以至焉，于人为可讥，而在己为有悔；尽吾志也而不能至者，可以无悔矣，其孰能讥之乎？此余之所得也！

余于仆碑，又以悲夫古书之不存，后世之谬其传而莫能名者，何可胜道也哉！此所以学者不可以不深思而慎取之也。

四人者：庐陵萧君圭君玉，长乐王回深父，余弟安国平父、安上纯父。

至和元年七月某日，临川王某记。

浩然正气　报国忠心

——读文天祥《正气歌》有感

　　文天祥是南宋末年政治家、文学家。文天祥所处年代，是南宋王朝风雨飘摇、行将崩溃，元朝兴起、大举进兵的时期，因而贯穿其政治、文学的主线是伟大的爱国主义精神和崇高的民族气节。文天祥是杰出的民族英雄和爱国诗人。作为民族英雄，文天祥自小仰慕英雄人物，"儿时爱读忠臣传"。二十一岁参加科举，得中状元；三年后，正式步入仕途，时值蒙古大军南下入侵，文天祥上书朝廷，提议"建立方镇，各守一方"，但"书奏不报"，不被理睬。此后二十年，尽管宦海云谲波诡，文天祥始终不改忠心报国、抗击元军之志。作为爱国诗人，文天祥在人生的每个重要节点，都赋诗抒发自己坚贞不屈的爱国之情和民族志节。在元营议和被捕逃脱、渡过长江时，文天祥写下了赤诚感人的诗篇《扬子江》，最后两句是"臣心一片磁针石，不指南方不肯休"；在元军押解进京、途经珠江口时，文天祥写下了千古名篇《过零丁洋》，最后两句是"人生自古谁无死，留取丹心照汗青"；在临刑时，文天祥写下了绝笔诗，最后两句是"惟有一腔忠烈气，碧空常共暮云愁"。文天祥就义前一年写下的《正气歌》，更是大气磅礴、壮怀激越，气吞山河、感人肺腑。

　　1279 年农历十月，文天祥被押送到元大都即今北京城，先是安置在条件较好的馆驿。元世祖忽必烈慕其才华，先后派出已降的南宋恭帝及多批降臣前来劝诱，文天祥不为所动，严词拒绝，几天后被送进条件极差的兵马司牢房。在牢房恶劣的条件下，文天祥于

1281年夏季挥毫写就了千古流传、掷地有声的《正气歌》。全诗分为序文与正文两部分。序文先勾勒出牢房的总体状况是狭小、低凹、幽暗，给人以难以忍受的压迫感；接着写出牢房中交杂纷呈的污秽恶浊之气，既是具体实在的东西，又代表着人间的丑恶力量；最后点出主题浩然之气，是足以战胜一切邪恶的正气。正文共六十句，可分为五个段落。第一段落为十句，阐述什么是正气。正气就是浩然之气，充塞于天地之间，在国家和平时期和危难时期有不同表现。第二段落为十六句，列举了历史上十二个正义凛然的人物及其故事，将浩然之气具体化、人格化，使读者更易于理解和把握。第三段落为八句，进一步指明正气的实质内容，这就是儒家的纲常伦理。文天祥表示要维护纲常伦理，在其他诗句中也有类似的表达："达人识义命，此事关纲常"；"我为纲常谋，有身不得顾"。第四段落最长，有二十二句，既叙述了时局的艰难和自己作为俘虏的困境，又描写了监狱生活的恶劣，更表达了忧国忧民的悲愁。第五段落为四句，明确指出自己的浩然正气，来自于古代圣贤的教诲和忠臣义士的召唤。

品读朗诵《正气歌》，仰天长啸、感慨万千，深深为文天祥的坚贞人格而折服，为中国传统优秀文化的感化力量而骄傲。中国传统优秀文化在塑造完美人格方面具有无可比拟的优势，在规范人的言行方面能够产生不可抗拒的影响力。对于文天祥人格而言，气的作用最大。序文中说："然亦安知所养何哉？孟子曰：'吾善养吾浩然之气。'"意思是，人们知道我所修养的是什么呢？就是孟子所说的，我善于养我的浩然之气。在中国传统文化中，气是一个重要概念，有哲学范畴和伦理范畴之分。哲学之气，把气看成是万物生成的本原；代表人物有汉代的王充和宋代的张载。王充认为："天地，含气之自然也"；"天地合气，万物自生。犹夫妇合气，子自生矣。"张载指出："太虚无形，气之本体"；"气不能不聚而为万物"。伦理之气，把气看成是人的生存状态，是安身立命的根基；代表人物是孟子。从孔子开始，儒家就有了气的概念，但保持着谨慎和节制的态度，即"君子有三戒：少之时，血气未定，戒之在色；及其壮也，血气方刚，戒之在斗；及其老也，血气既衰，戒之在得"。孟子倡导养气说，提升和完善了儒家关于气的思想。《孟子》记载：弟子公孙丑问孟子什么是浩然之气，孟子回答："难言也。其为气也，至大至刚，以直养而无害，则塞于天地之间。其为气也，配义与道；无是，馁也。是集义所生者，非义袭而取之也。"从孟子的解释可知，浩然正气是以道与义为本质，经过长期的修养修身，从而塑造成人的伦理生命。这种伦理生命宏大而刚强，能够实现"富贵不能淫，贫贱不能移，威武不能屈"的人生境界。

《正气歌》阐述了正气的内容。哲学之气与伦理之气互有联系，而且可以转化。在张载那里，哲学之气就升华为人生的豪迈追求："为天地立心，为生民立命，为往圣继绝学，为万世开太平。"文天祥所说的气，既是哲学之气，又是伦理之气。哲学之气表现为《正气歌》开篇的四句话："天地有正气，杂然赋流形。下则为河岳，上则为日星。"意思是，天地间有股正气，纷纷赋予了万物之身。在地上，就是江河山岳，在天上，就是日月星辰。伦理之气表现为"于人曰浩然，沛乎塞苍冥"。作为封建士大夫，文天祥所受的教育主要是儒家文化，《正气歌》阐述的正气主要是伦理之气和儒家之气，其核心是"三纲实系命，道义为之根"。三纲和道义，是儒家的重要思想。儒家重视人伦，强调伦理道德。三纲是处理人与人关系的准则，有一个发展演变过程。《中庸》归纳提炼为"五伦"，即五种人与人的关系，"天下之达道五，所以行之者三，曰：君臣也，父子也，夫妇也，昆弟也，朋友之交也"。其中，父子关系由于建立在血缘基础之上，是最重要的人际关系。这种关系最大的特点是它的不可选择性。君臣是仅次于父子的重要人际关系。"普天之下，莫非王土；率土之滨，莫非王臣"，从这个角度认识问题，君臣关系是不可避免的。但作为一种职业，君臣关系却是可以选择的，你去做官，就形成直接的君臣关系；不去从政为官，就形不成君臣关系。夫妇关系有些特殊，它没有血缘关系，是后天选择建立的，这和君臣关系相近。一旦建立，则不能轻易改变，这和父子关系有些类似。比较而言，其他人际关系都是次生的。孔子比较重视父子、兄弟和君臣关系，他认为父子、兄弟关系，应是父慈子孝、兄友弟恭，"君子务本，本立而道生。孝悌也者，其为仁之本与？"君臣关系，是"君使臣以礼，臣事君以忠"。到了孟子，则对人与人关系及其行为准则作了较为全面阐述，《孟子·滕文公章句上》提出："使契为司徒，教以人伦：父子有亲，君臣有义，夫妇有别，长幼有序，朋友有信。"在孟子看来，亲、义、别、序、信，是处理人与人之间关系的重要准则。汉代独尊儒术，董仲舒正式提出了"三纲五常"思想，进而成为封建社会基本的政治伦理准则，宋代朱熹认为："纲常千万年，磨灭不得。"三纲是"君为臣纲，父为子纲，夫为妻纲"；五常是"夫仁、谊、礼、知、信五常之道"，谊通义，知通智。应当指出，三纲与五常还是有区别的，三纲主要目的是维护封建社会的纲纪，五常则是人与人之间普遍性的道德原则。儒家重视修身，强调君子人格。道义亦即仁义，是君子人格的核心内容。孔子说："君子喻于义，小人喻于利"，甚至可以"杀身成仁"；孟子把义和利对立起来，对梁惠王说："王何必曰利，亦有仁义而已矣"，追求"舍生取义"。董仲舒继承孔孟的义利观，提出"正其谊（义）不谋其利，明其道不计其功"，从而把道和义统一起来。因此，文天祥的正气既有传承又有发展，不仅包含着儒家的纲常和道义思想，更是集成了深厚的爱国主义情感、不屈的气节操守和崇高的仁义精神。他在《绝笔自赞》中说："孔曰成仁，孟曰取义。惟其义尽，所以仁至。读圣贤书，所学何事？而今而后，庶几无愧。"

《正气歌》歌颂了正气的榜样。在文天祥看来，正气是要学习的，最好是向先贤和忠臣义士学习。"哲人日已远，典刑在夙昔。风檐展书读，古道照颜色。"意思是，前代忠义之人渐渐远去，但他们的楷模仍存于史册。风檐边展读圣贤书籍，古代的道义照亮了我的颜色。为此，《正气歌》列举了十二个历史人物，他们是文天祥学习和敬仰的榜样。其中"在春秋时者二，在秦与西汉者各一，在东汉之季者二，在三国者一，在西晋东晋者各一，在唐时者三"。这些历史人物大致可分为以下几种类型：第一类是忠于历史、尊重事实。"在齐太史简"，说的是春秋时代齐国的大夫崔杼把国君杀了，史官立刻把这件事记载在竹简上，说"崔杼弑其君"，崔杼就把这个史官杀了。其弟又书，崔杼又杀之；其次弟又书，崔杼又杀之；其三弟又书，崔杼知正义之终不磨灭，乃止不杀。"在晋董狐笔"，说的是晋国的赵穿杀了国君，其兄弟赵盾身为晋国大夫，放任不管。史官董狐认为这件事责任在赵盾，就写下"赵盾弑其君"。孔子对此认为："董狐，古之良史也，书法不隐。"第二类是忠于祖国、为国赴难。"在秦张良椎"，说的是张良年少时的故事。张良原为韩国人，秦始皇灭韩之后，张良为报国仇，找到一个壮士，合谋在博浪沙这个地方用大铁椎击杀秦始皇，但没有成功。"在汉苏武节"，说的是汉武帝派遣苏武出使匈奴被扣留，在现今贝加尔湖牧羊，历经十九年艰辛，但他手里一直拿着汉朝给他的使节。第三类是临难不苟、守义不辱。"为严将军头"，说的是三国时代巴郡守将严颜被张飞俘虏，张飞要他投降，严颜坚决拒绝，明言"但有断头将军，无有降将军也"。"为嵇侍中血"，说的是晋朝一侍中官嵇绍，奸臣要杀害晋惠帝，嵇绍用身子护住，而自己被奸臣杀死，鲜血溅满晋惠帝的衣服。"为张睢阳齿"，说的是唐朝张巡，安禄山叛乱时，张巡守卫睢阳，被贼兵捉住，张巡骂不绝口，被敌人打掉牙齿，最后被害而死。"为颜常山舌"，说的是唐朝常山太守颜杲卿被安禄山的叛军俘房，割去舌头，他仍怒骂叛军不已，直至被害。"或为击贼笏，逆竖头破裂"，说的是唐德宗时期，安史之乱降将朱泚欲称帝，密招义士段秀实商量其事。段秀实正被朝廷罢黜家居，但他忠贞不屈，取出牙笏朝朱泚头上打去。朱泚头破血流，立即杀死段秀实。第四类是保持节操、忠贞不贰。"或为辽东帽，清操厉冰雪"，说的是东汉管宁看不起同学华歆热衷权势和投奔曹操做了魏国的官，他自己避居辽东，一直戴着汉朝的帽子。第五类是为国以忠、鞠躬尽力。"或为出师表，鬼神泣壮烈"，说的是诸葛亮在前后《出师表》所表达的那种恳切忠贞、忧劳国事的精神，真是动天地而泣鬼神。第六类是闻鸡起舞、抗击侵略。"或为渡江楫，慷慨吞胡羯"，说的是东晋的祖逖，痛恨外族入侵中原，自请统兵北伐，晋帝封他为奋威将军，他领兵渡江，击着船桨，发誓一定要收复中原。有的研究者认为，文天祥所列举的历史人物，"上下数千年，卓立特行奇节正气之概，略尽于此矣。文山低徊先正，时时以孔孟'成仁''取义'为心，读其歌，不独见文山肝胆芬芳之美，亦犹列古来贤圣忠烈于一堂而瞻对之。此正气之歌，所以为中国大义代表作也"。

《正气歌》赞美了正气的力量。在文天祥看来，正气的力量是无穷的。正气是天地的柱石，天地靠正气运行；人有正气，则生死无惧、视死如归。"是气所磅礴，凛烈万古存。当其贯日月，生死安足论。地维赖以立，天柱赖以尊。"正气的力量在不同的时局，有着不同的表现，"皇路当清夷，含和吐明庭。时穷节乃见，一一垂丹青"。意思是，国运清明太平时，正气含着祥和吐露于圣明的朝廷；时运窘迫时，就显出忠贞节义，而一一名垂后世。因为正气，帮助文天祥抵御了牢狱的苦难。其中既有牢房条件的恶劣，随时可能染病而死。"阴房阗鬼火，春院闭天黑。牛骥同一皂，鸡栖凤凰食。一朝蒙雾露，分作沟中瘠。"沟中瘠，意为弃于山沟里的尸骨。更有七种恶气的聚集和侵袭，一为水气，是"雨潦四集，浮动床几"；二为

土气，是"涂泥半朝，蒸沤历澜"；三为日气，是"乍晴暴热，风道
四塞"；四为火气，是"檐阴薪爨，助长炎虐"，薪爨即柴灶，意为
烧火做饭；五为米气，是"仓腐寄顿，陈陈逼人"；六为人气，是
"骈肩杂遝，腥臊污垢"，杂遝，意为纷纷攘攘；七为秽气，"或圊
溷、或毁尸、或腐鼠，恶气杂出"，圊溷，意为厕所。由于有正气，
文天祥视酷刑如快事，"鼎镬甘如饴，求之不可得"；文天祥视牢房
为休闲场所，"嗟哉沮洳场，为我安乐国"；文天祥在牢狱里百病不
侵，"而予以孱弱，俯仰其间，于兹二年矣，幸而无恙，是殆有养致
然尔"。意思是，我以虚弱的身体，住在恶浊的牢房已有两年了，仍
然没有得病，这大概是有所修养而导致的。文天祥认为，只要有了
正气，就能抵挡所有的恶气邪气，"彼气有七，吾气有一，以一敌
七，吾何患焉！"因为正气，支撑文天祥对南宋王朝竭忠效诚。宋
恭帝德祐元年，元军长驱南下，时任江西赣州知府的文天祥捐出家
产，筹饷募集民兵五万进京勤王。第二年临危受命，任右丞相兼枢
密使，出使元营议和，因坚决抗争而被元军扣押，中途逃脱；拥立
宋恭帝之弟为帝，转战于闽、赣、粤三地。三年后，终因寡不敌众，
于广东海丰的五坡岭兵败被俘，被押往元大都囚禁。其间，忽必烈
多次劝降，甚至许以丞相官职，文天祥明确表白："一死之外，无可
为者。"又是三年后，文天祥慷慨就义，终年四十八岁。因为正气，
鼓励文天祥敢于与权贵斗争，维护正义。开庆元年九月，元朝大军
围困鄂州，形势危急，而把持朝政的宦官董宋臣不作抵抗，竟劝说
宋理宗迁都，这使文天祥义愤填膺，全然不顾董宋臣深受皇帝宠信，
冒死上书，乞斩董氏。咸淳六年，当时宰相贾似道，利用宋度宗对
他的倚重，用辞职、致仕等惯用伎俩要挟年幼的皇帝。文天祥受命
替皇帝草拟挽留贾似道的制诰，因耻与之为伍，所写制诰毫无谄媚、
表彰之辞，反而通篇充满裁责之语，指斥贾似道的行为是"惜其身，
违皇心"，致使得罪贾似道而被免职。因为正气，使得文天祥满怀仁

爱之心，为官一任，造福一方。在知瑞州府时，他怜惜百姓疾苦，实行宽惠政策，整饬社会秩序，使瑞州百废俱兴，社会安定，百姓乐业。在知宁国府时，为改善百姓贫困，他奏请朝廷，减免民间赋税，奖励农桑，受到百姓拥护。由此可见，对于文天祥而言，正气不是概念和口号，而是生命的托付和终身的践行。

《四库全书总目提要》认为："宋南渡后，文体破碎，诗体卑弱"，"时人渐染既久，莫之或改，及文天祥留意杜诗，所作顿去当时之凡陋，观《指南前后录》可见。不独忠义贯于一时，亦斯文间气之发见也"。意指文天祥继承杜甫以来的现实主义传统，把诗歌创作推进到一个新的高度。但是《正气歌》给我们的启示，主要不是文体完整和诗风刚健，而是壮怀激烈的爱国主义精神。中华民族具有爱国主义的悠久传统和高尚美德。正是坚持和弘扬爱国主义，才确保了中华民族生生不息、源远流长，能够始终自立于世界民族之林。实际上，不同文明、不同国家都崇尚爱国主义精神，拿破仑说过："爱国是文明人的首要美德"；林肯认为："黄金诚然是宝贵的，但是生气勃勃、勇敢的爱国者比黄金更为宝贵"；列宁指出："爱国主义就是千百年来固定下来的对自己祖国的一种最为深厚的感情"。虽然不同国家或同一国家不同历史时期，爱国主义的内涵与外延会有差异，但历史形成的忠诚和热爱自己祖国的思想感情是相通的，基本内容是相近的，这就是为祖国成就和历史文化感到自豪，对祖国其他同胞的高度认同，继承和发展祖国特色和文化的强烈愿望。坚持和弘扬爱国主义，就是要热爱自己的国家，热爱自己的骨肉同胞，热爱祖国的大好河山和灿烂文化。法国著名科学家巴斯德说过一句名言："科学没有国界，但科学家是有祖国的。"因此，爱国是不需要理由的，不爱国才需要理由；即使找出种种理由，也是苍白无力的。在当今民族国家还存在的历史条件下，爱国主义旗帜永不褪色，《正气歌》精神不会过时。

附

正气歌（并序）

文天祥

　　余囚北庭，坐一土室。室广八尺，深可四寻。单扉低小，白间短窄，污下而幽暗。当此夏日，诸气萃然：雨潦四集，浮动床几，时则为水气；涂泥半朝，蒸沤历澜，时则为土气；乍晴暴热，风道四塞，时则为日气；檐阴薪爨，助长炎虐，时则为火气；仓腐寄顿，陈陈逼人，时则为米气；骈肩杂遝，腥臊污垢，时则为人气；或圊溷、或毁尸、或腐鼠，恶气杂出，时则为秽气。叠是数气，当之者鲜不为厉。而予以孱弱，俯仰其间，于兹二年矣，幸而无恙，是殆有养致然尔。然亦安知所养何哉？孟子曰："吾善养吾浩然之气。"彼气有七，吾气有一，以一敌七，吾何患焉！况浩然者，乃天地之正气也，作正气歌一首。

天地有正气，杂然赋流形。下则为河岳，上则为日星。
于人曰浩然，沛乎塞苍冥。皇路当清夷，含和吐明庭。
时穷节乃见，一一垂丹青。在齐太史简，在晋董狐笔。
在秦张良椎，在汉苏武节。为严将军头，为嵇侍中血。
为张睢阳齿，为颜常山舌。或为辽东帽，清操厉冰雪。
或为出师表，鬼神泣壮烈。或为渡江楫，慷慨吞胡羯。
或为击贼笏，逆竖头破裂。是气所磅礴，凛烈万古存。
当其贯日月，生死安足论。地维赖以立，天柱赖以尊。
三纲实系命，道义为之根。嗟予遘阳九，隶也实不力。
楚囚缨其冠，传车送穷北。鼎镬甘如饴，求之不可得。
阴房阗鬼火，春院闭天黑。牛骥同一皂，鸡栖凤凰食。

一朝蒙雾露，分作沟中瘠。如此再寒暑，百疠自辟易。

嗟哉沮洳场，为我安乐国。岂有他缪巧，阴阳不能贼。

顾此耿耿存，仰视浮云白。悠悠我心悲，苍天曷有极。

哲人日已远，典刑在夙昔。风檐展书读，古道照颜色。

躬行劝学　情真意切

——读宋濂《送东阳马生序》有感

　　宋濂是元末明初文学家，与高启、刘基并称"明初诗文三大家"。历史上，宋濂的文名和事功并不显赫，而他的人品和观点却十分鲜明。他一生勤学，"自少至老，未尝一日去书卷，于学无所不通"。他立场坚定，元顺帝征为翰林编修，以奉养父母为由固辞不受，隐居著书十余载；朱元璋时才出来做事，累官至翰林院学士，承旨知制诰，为太子讲经，奉命主修《元史》。他文道合一，主张"文非道不立，非道不充，非道不行"，"文外无道，道外无文"，以此观点臧否古代人物，甚至到了褊狭的地步。在宋濂看来，孟子之后，"世不复有文"；贾谊、司马迁所得仅是"皮肤"；韩愈、欧阳修所得也只是"骨骼"；宋代几位大儒的文章，才"得其心髓"，才算得上"六经之文"。他"文章第一"，其散文或质朴简洁，或雍容典雅，各有特色，表现出较高的语言修养和文学技巧。他奖掖后进，《送东阳马生序》就是明证，目的是勉励年轻后生勤奋好学、德才兼备。这是又一篇劝学的力作，全文虽然没有大开大阖、波澜起伏，但字里行间真诚感人，在结构安排和对比描写中展示出宽广的胸襟和远大的气魄，从而成为传世名篇。六百多年来，《送东阳马生序》脍炙人口，广为传诵，历久不衰，至今仍被选为中学文言文教材。

　　宋濂写作《送东阳马生序》时应为六十七岁，告老还乡第二年又被朱元璋召回南京。这时，正在太学读书的马生君则，也是他的同乡晚辈前来拜访。宋濂对马生印象不错，认为是"善学者矣"，进而写序给予鼓励。序是古代一种文体，唐宋以来，分为"书序"和"赠序"两种形式。诗文汇编成册，再作一篇序，称为书序；文人送别，常以诗文相赠，后来逐渐演化成专门为送别亲友而作的文章，叫赠序，内容多为惜别、劝勉、誉扬之词。《送东阳马生序》就是一篇赠序，全文可分为三个层次。第一层次是叙述作者青少年时不辞千辛万苦，不避艰难险阻，不计客观条件，如饥似渴地追求学习的坚强意志和刻苦态度，意在通过介绍自己的学习历程，激励年轻后生，以达到劝学的目的。这一层次文字最多，段落清晰，按时间顺序排列。其中，第一自然段是"余幼时即嗜学"，介绍了自己年幼时的求学经历；第二自然段介绍自己成人时的求师经历，"既加冠，益慕圣贤之道"，意思是，成年之后，更加仰慕古代圣贤的学问和道德；第三自然段介绍作者外出求学的艰苦经历，既有一个人行走在深山大谷的孤独，又有数九寒天手脚被冻僵的痛苦，更有衣着和食物不足的困难。第二层次是叙述今日太学生在衣、食、住、学方面的优越条件，与作者的学习生活进行对比，激发年轻后生的学习热情，特别是最后一句反诘，更是要太学生猛省。第三层次是叙述写序的原因和目的，主要是勉励同乡后学，也是为了劝学。

　　品读《送东阳马生序》，最为令人感动的是宋濂真诚的劝学态度。无论年龄、学问，还是知名度、社会地位，宋濂与马生的差距都相当悬殊。宋濂已属"耄老"，官至陪伴天子左右，而马生则是年轻后生，刚刚在太学读了两年书，即"东阳马生君则，在太学已二年"。《送东阳马生序》是一位前辈对后辈，甚至可以说是祖辈对孙辈的勉励和嘱咐。但是，宋濂将自己置于跟对方平等的地位，没有老气横秋和居高临下，而是促膝谈心，以情感人、以理服人；没有灌输说教和颐指气使，而是委婉含蓄，润物无声。在《送东阳马生序》中，宋濂不避讳自己早年家贫，以现身说法对马生进行循循善诱，坦诚而具体地叙述了自己从幼年到成年的艰苦求学历程，其中种种艰难困苦，令人唏嘘；虚心的学习态度和刻苦的学习精神，令人肃然起敬。宋濂以对比明理的手法对马生进行谆谆教诲，文中以如今太学生求学条件之优越与自己当初求学之艰辛进行对比，表面上强调学业是否有成，关键在于自身是否努力，实际上是希望马生格外珍惜今天的学习条件和机会。宋濂以明确语言对马生进行劝诫提醒，序文最后说："谓余勉乡人以学者，余之志也；诋我夸际遇之盛而骄乡人者，岂知余者哉！"意思是，赠序说我是勉励同乡刻苦学习，就合我的一番心意。如果歪曲我的本意，说我夸耀自己运气好而在乡人面前骄傲，那就没有明白我的心意。

《送东阳马生序》认为勤苦是求学的基本特点。勤奋学习、刻苦读书，这是中华民族源远流长的文化传统，也是中华民族生生不息的动力源泉。因而历史上有着许多关于勤苦学习的故事。譬如，悬梁刺股的故事，悬梁是指汉朝的孙敬，"好学，晨夕不休。及至眠睡疲寝，以绳系头，悬屋梁"；刺股是指战国时的苏秦，"读书欲睡，引锥自刺其股，血流至足"。又如，凿壁偷光的故事，是指西汉匡衡，少时家贫，在墙壁上凿一个洞，从邻居家透过来的灯光照着读书。再如，囊萤映雪的故事，是指晋代车胤家贫，夏天以练囊装萤火虫照明读书；孙康也是家贫，冬天常利用雪的反光读书。《送东阳马生序》以勤苦贯串全文、提挈全篇，通过宋濂亲身经历，有细节，有形象，有人物活动，具体生动地讲述了求学的勤苦。首先表现在借书勤，宋濂幼时，"家贫，无从致书以观，每假借于藏书之家"。意思是，家里贫穷，没有藏书也没有钱买书来看，常常从有书的人家借来看。其二表现在抄书勤。我们知道，读书有两种情况，有的书看一遍就可以了；有的书尤其是经典书籍则需要反复阅读，不断温习。对于家贫而没有书籍的宋濂来说，只有抄录那些借来的书籍，才有重读和温习的可能。《送东阳马生序》十分形象地描述宋濂抄书的勤苦，读来既令人感动也叫人心酸。这就是宋濂恬记着还书的日期，不停地抄书，"手自笔录，计日以还"。即使天寒地冻，宋濂也要不停地抄书，"天大寒，砚冰坚，手指不可屈伸，弗之怠"。意思是，冬天天气非常寒冷，砚池里的墨水结成了冰，手指僵硬得都不能弯曲和伸直，也不敢放松抄书。宋濂还要坚持按期还书，否则就会失去诚信，借不到书，"录毕，走送之，不敢稍逾约"。宋濂勤奋地抄书，得到了丰厚的回报，别人愿意借书给他，他能读到更多的书，"以是人多以书假余，余因得遍观群书"。其三表现在访师勤。人们通常认为："名师出高徒。"宋濂居住的小山村闭塞简陋，不可能有学养高、教书好的老师。没有好的老师，就很难获得好的学习效果；没有好的老师，就不可能培养出优秀的学生。宋濂只能到百里以外的地方求学，"又患无硕师、名人与游，尝趋百里外，从乡之先达执经叩问"。意思是，后来担心没有学问渊博的老师、名人和自己交流学习，曾经跑到百里之外的地方，拿着经书向有道德有学问的名师请教。史料记载，宋濂是浙江浦江人，曾到诸暨游学，向当地的名师吴莱请教。吴莱当时在诸暨白门方氏义塾任教。其四是问师勤。有名望的老师就是不一样，门庭若市、学生盈门。当然，老师的架子也会大一些。"先达德隆望尊，门人弟子填其室，未尝稍降辞色。"意思是，吴莱道德名望都很高，向他求教的学生挤满了屋子；他态度严肃，不曾把言辞放委婉些，把脸色放温和些。宋濂则是站在老师旁边，毕恭毕敬地请教，弯下身子、侧着耳朵去倾听，即"余立侍左右，援疑质理，俯身倾耳以请"。有时甚至低三下四地请教，"或遇其叱咄，色愈恭，礼愈至，不敢出一言以复；俟其欣悦，则又请焉"。意思是，有时遇到老师训斥，我的表情就更加恭敬，礼数更加周到，不敢说一句话回复。等到他高兴的时候，就向他再次请教。人们熟知一句成语叫勤能补拙，宋濂的故事则告诉我们，勤还能补贫，其中借书勤、抄书勤解决了家贫没有书与想读书的矛盾；访师勤、问师勤解决了山村没有名师与请教名师的矛盾。

《送东阳马生序》认为乐趣是求学的崇高境界。宋濂并没有在序中更多地直接谈论求学的乐趣，但字里行间却处处透露着求学的乐趣。这是读书人和求学者追求的思想境界，也是中国传统文化倡导的价值取向。早在两千多年前，孔子就指出："知之者不如好之者，好之者不如乐之者。"意思是，对于求学读书而言，了解它的人比不上喜爱它的人，喜爱它的人比不上乐在其中的人。这说明乐趣是读书学习的最高境界。能够享受读书学习乐趣的人，肯定是不计较清贫和生活艰苦的人。所以，孔子自己是"饭疏食，饮水，曲肱而枕之，乐亦在其中矣！"意思是，读书人即使吃粗饭，喝冷水，弯着胳膊当枕头，也会感到其中的快乐。孔子最喜欢的弟子颜回，也是学以忘苦、乐在其中的人，即"贤哉回也！一箪食，一瓢饮，在陋巷，人不堪其忧，回也不改其乐"。宋濂作为明初的大儒，应该对孔子的思想心领神会，而且努力加以践行。在第一自然段中，因为有书读，读了许多书，宋濂感到快乐，即"余因得遍观群书"；在第二自然段中，因为获得名师指教，学习有新的收获，宋濂感到快乐，"故余虽愚，卒获有所闻"。意思是，我虽然愚钝，最终还是得到不少教益。尤其是第三自然段，宋濂明确指出了求学的乐趣，不仅写出了求学不怕艰苦，而且写出了求学苦中有乐、乐而忘苦。在宋濂看来，求学使人在精神上得到了极大的满足，以致可以完全忘记吃穿等条件的艰苦。宋濂重点描述了外出求学的艰苦，在对比中道出求学的乐趣。这种苦是路途奔波的艰苦，即"当余之从师也，尝负箧曳屣，行深山巨谷中"。这种苦是隆冬气候的艰苦，"穷冬烈风，大雪深数尺，足肤皲裂而不知。至舍，四肢僵劲不能动，媵人持汤沃灌，以衾拥覆，久而乃和"。意思是，深冬刮着猛烈的寒风，踏着几尺厚的大雪，脚上的皮肤冻裂了却不知道。到了住处，四肢僵硬不能动弹，服侍的人拿着热水浇洗，用被子把我捂住，很久才暖和过来。这种苦是食物不足的艰苦，一天只能两顿，没有肉食，"寓逆旅，主人日再食，无鲜肥滋味之享"。这种苦是衣着破旧的艰苦，"同舍生皆被绮绣，戴朱缨宝饰之帽，腰白玉之环，左佩刀，右备容臭，烨然若神人。余则缊袍敝衣处其间"。意思是，跟我住在一起的同学，都穿着华丽的衣服，戴着有红色帽带的缀着珠宝的帽子，腰佩白玉环，左边佩着刀，右边挂着香袋，光彩照人像神仙一样，而我却穿着破的衣服和粗麻絮制作的袍子生活在他们当中。但是，即便有上述种种之艰苦，仍不改求学之乐，对富家子弟毫无羡慕的意思，也不觉自己吃的穿的不如人，即"略无慕艳意，以中有足乐者，不知口体之奉不若人也"。宋濂之所以能够享受求学的乐趣，悟出读书的道理，最大的原因恐怕在于书中有经、学中有道，而不是"书中自有黄金屋，书中自有颜如玉，书中自有千钟粟"的利益诱惑。郭绍虞先生主编的《中国文学批评史》指出，宋濂强调"宗经"、"师古"，认为文章应以经为正宗，所以要师古之书；而经中有道，故又须师古之道；道基于心，于是要师古之心，能师古人之心，才可见之于事功。

《送东阳马生序》认为自身努力是求学的关键所在。对于求学而言，勤苦的道理好说亦好懂，难在躬行实践和自身努力。无数事实表明，一个人只要刻苦努力，横向比较即使智商和基本素质平平，也能取得良好学业和不凡成就。只要刻苦努力，纵向比较即使年轻时不够努力，不能认真读书，也能在年纪大的时候学所有成。历史上就有"苏老泉，二十七，始发奋，读书籍"的典故，意指宋朝著名文学家苏洵，年轻时不好好读书，二十七岁以后才发奋读书，并且取得很大成功，位列"唐宋八大家"，在中国文学史占据一席之地。只要刻苦努力，家境即使像宋濂一样贫寒，没有书仍然可以借到书读，没有名师仍然可以外出拜访请教名师，最后取得令人称道的成就。在《送东阳马生序》中，宋濂以其人生经历和成功说明自身努力的重要性。宋濂运用大量篇幅介绍自己学习的勤苦和求学的艰辛，"盖余之勤且艰若此"。但是，功夫不负有心人，勤苦学习和自身努力使得宋濂从一个布衣子弟和山野村夫变成了朝廷命官，朱元璋誉其为"开国文臣之首"；宋濂自己虽然谦虚，也不无自得地说："今虽耄老，未有所成，犹幸预君子之列，而承天子之宠光，缀公卿之后，日侍坐备顾问，四海亦谬称其氏名；况才之过于余者乎？"意思是，现在我虽已年老，没有什么成就，所幸自己在朝中做官，承蒙天子恩宠的光泽，追随在公卿大人们的身后，每天陪侍着皇上，准备听候询问，天底下亦有不适当称颂自己的姓名，更何况才能超过我的人呢？宋濂对比当时太学生的优渥条件说明自身努力的重要。在宋濂看来，太学生们的求学条件十分优越，一是没有吃不饱穿不暖的问题，即"今诸生学于太学，县官日有廪稍之供，父母岁有裘葛之遗，无冻馁之患矣"。县官指朝廷，廪稍指朝廷免费提供俸粮。二是有好的房子居住和读书，"坐大厦之下而诵诗书，无奔走之劳矣"。三是有名师指点，"有司业、博士为之师，未有问而不告，求而不得者也"。四是有书读，于此，宋濂不无嫉妒地对比着说："凡所宜有之书，皆集于此，不必若余之手录，假诸人而后见也。"但是，优渥的条件并不能保证求学的成功和学业的成就。宋濂列举太学生良好的学习条件后，用反诘的口吻进一步强调自身努力的重要，"其业有不精、德有不成者，非天质之卑，则心不若余之专耳，岂他人之过哉！"意思是，太学生在这样好的条件下学习，如有学业不精进、道德修养不好的人，那就不是天资低下不如人，而是不如我那么专心致志地学习罢了，这就怪不得别人了。最后，宋濂针对马生说明自身努力的重要。宋濂既肯定马生现在的表现和学业，又勉励马生今后还须继续努力。在肯定马生方面，一则是"流辈甚称其贤"；二则是"生以乡人子谒余，撰长书以为贽，辞甚畅达；与之论辨，言和而色夷"。意思是，马生以同乡晚辈的名义拜谒我，写了一封长信作为初次见面的礼物，言辞非常通顺，和马生讨论问题，则神态谦和，脸色平易近人。在自身努力方面，宋濂语重心长，明面上是勉励马生刻苦求学，潜台词却是告诫马生：虽然你现在学业和表现都很好，但如果不继续努力，今后还是会一无所成。"其将归见其亲也，余故道为学之难以告之。"意思是，马生即将回乡去拜见自己的亲人，我因此把自己求学的艰难和努力写下来告诉马生，勉励晚辈。

俗话说："书山有路勤为径，学海无涯苦作舟。"这是对求学规律的形象表达，也是古今中外的共识。因此，关于勤奋学习、刻苦读书的名言警句很多，宛若星光灿烂。在国外，发明家爱迪生说："天才是百分之一的灵感加上百分之九十九的汗水"；爱因斯坦认为："在天才和勤奋之间，我毫不迟疑地选择勤奋，她是几乎世界上一切成就的催产婆。"在中国，古代有韩愈的"业精于勤，荒于嬉，行成于思，毁于随"；现代则有鲁迅先生的名言："伟大的成绩和辛勤的劳动是成正比例的，有一分劳动就有一分收获。"《送东阳马生序》是历史上的劝学名篇，风格独特、意味深长，给人们最大的启示还是勤苦二字。无论什么人，无论处在哪个年龄段，都要保持和坚守勤苦精神。从大的方面分析，勤苦是一个家庭、一个集体、一个国家兴旺发达的保证，"历览前贤国与家，成由勤俭败由奢"。回到文章的主旨，勤苦更是求学成功和学业有成的保证。这是要求人们读书勤苦。要把更多的时间用来读书，读更多的书。通过读书，修身养性，增加知识，强化思维，开拓视野。这是要求人们思考勤苦。不思考的读书等于没有读书。尤其是经典，要一面读书一面思考。在思考中，内化知识、升华认识，形成自己的观点和看法。这是要求人们动笔勤苦。"好记性不如烂笔头"，只有动笔才能更好地记住书籍的知识和思考的内容。某种意义上说，动笔是更高层次的读书和思考。由于动笔写心得、撰文稿，必然促使我们更加系统地读书，更加深刻地思考。读书、思考、动笔，真是十分勤苦的事情，有时需要放弃休息、回避娱乐，有时只能青灯孤守、形影相吊，有时却是长夜难眠、绞尽脑汁。但是，没有勤苦，哪有梅花的芳香和宝剑的锋利呢？！

附

送东阳马生序（节选）

宋　濂

余幼时即嗜学。家贫，无从致书以观，每假借于藏书之家，手自笔录，计日以还。天大寒，砚冰坚，手指不可屈伸，弗之怠。录毕，走送之，不敢稍逾约。以是人多以书假余，余因得遍观群书。

既加冠，益慕圣贤之道，又患无硕师、名人与游，尝趋百里外，从乡之先达执经叩问。先达德隆望尊，门人弟子填其室，未尝稍降辞色。余立侍左右，援疑质理，俯身倾耳以请；或遇其叱咄，色愈恭，礼愈至，不敢出一言以复；俟其欣悦，则又请焉。故余虽愚，卒获有所闻。

当余之从师也，尝负箧曳屣，行深山巨谷中，穷冬烈风，大雪深数尺，足肤皲裂而不知。至舍，四肢僵劲不能动，媵人持汤沃灌，以衾拥覆，久而乃和。寓逆旅，主人日再食，无鲜肥滋味之享。同舍生皆被绮绣，戴朱缨宝饰之帽，腰白玉之环，左佩刀，右备容臭，烨然若神人。余则缊袍敝衣处其间，略无慕艳意，以中有足乐者，不知口体之奉不若人也。盖余之勤且艰若此。

金玉其外　败絮其中

——读刘基《卖柑者言》有感

　　刘基是元末明初著名的政治家、军事家和文学家。作为政治家，刘基是明朝开国元勋，封诚意伯，其治国理政的基本理念是民本思想和施德政、得民心，强调依法治国，认为法律制定要相对宽松，执行却必须严格，并在制定《大明律》过程中发挥了重要作用。作为军事家，刘基晓天文、精兵法，提出各个击破、避免两线作战的谋略，辅佐朱元璋先后消灭陈友谅和张士诚的势力，为建立和巩固明王朝作出重大贡献，以致朱元璋称其为"吾之子房也"，民间则比作诸葛武侯，"三分天下诸葛亮，一统江山刘伯温"。作为文学家，刘基力主讽喻之说，提倡理、气并重，坚持以诗议政，是元明鼎革之际的诗文大家，有《诚意伯文集》问世，收录诗词赋骚一千六百余首，各类文章二百三十余篇。其经世致用的文学理念，对于开创明初新的文风，发挥了开道作用；其寓言文学，对于晚明讽刺小品的勃兴，起到了先导作用。《卖柑者言》是刘基寓言文学名篇和代表作，脍炙人口、传诵不已，至今仍被收入中学语文课本。

　　《卖柑者言》是一篇政论性的记叙散文，以作者自己一次买柑的亲身经历，尖锐抨击了元末社会流弊和封建官场的腐败腐朽，表达了对当时社会现实的强烈不满和愤慨之声。文章"议论高简、鞭辟入里"，集中表现为"三巧"，即巧取比喻，用"金玉其外、败絮其中"的柑，比喻冠冕堂皇却无所作为的文臣武将；巧置文眼，围绕一个"欺"字凝练传神地展开故事叙述和观点论证；巧设问答，买者与卖者借用对话进行讨论，形象生动、语言犀利，道理深刻、警世中肯，结尾自问，有画龙点睛之妙。全文分为三个自然段，互相之间紧密衔接，鱼贯而下，有如行云流水。第一段突出一个"欺"字，也是贯穿全文的主线，以洗练的笔墨记叙了事情的经过，写作者买柑剖视而质问卖柑者为欺之甚，从而引出卖柑者大段议论。第二段是全文的重点，写的是卖柑者的自我辩解和反诘，指出那些尸位素餐、欺世盗名的封建官吏，不过是一伙徒具虚名、毫无所长的无耻骗子。作者实际是借卖柑者之口，表达自己对元末官场的失望和愤慨，真是用墨如泼，酣畅淋漓。第三段是结尾，揭示文章的主旨。作者没有写自己如何响应卖柑者之言，而是"予默默无以应。退而思其言"。这使文章形成跌宕美，表明作者在品味其言的真谛所在，承认其言的真实性和合理性，也使文章戛然而止，言有尽而意不尽，给读者留下无穷的回味空间。

品读《卖柑者言》，不禁想起了刘基的《郁离子》。《卖柑者言》和《郁离子》都是寓言，差别在于前者是寓言短文，后者是寓言文集。所谓寓言，是文学作品的一种体裁，用假托的故事或拟人手法说明某个道理和教训，常带有讽刺或劝诫的性质。文集肯定比短文内容丰富、形式多样。《郁离子》更能体现刘基寓言的文学价值，它继承先秦两汉散文中古代寓言的写作技巧和形式，发扬韩愈、柳宗元"杂说"体以及晚唐讽刺小品的优良传统，创造出别具一格的寓言文学，既古朴雄放，又幽深秀丽，富有形象性，对后世寓言故事、杂文小品及寓言体小说都产生了重要影响。据了解，《郁离子》在明清两代先后各有五个刻本，这说明刘基的寓言文学对后代的影响深远而广泛。《郁离子》更能体现刘基渊博的学识，全书分上、下两卷，共一百八十二条，"其言详于正己、慎微、修纪、远利、尚诚、量敌、审势、用贤、治民"；每条多则千言，少则百字，基本上是叙述一件事，阐明一个道理，即事取譬、发人深思，形象地阐述了有关治国、用贤、待人、处世方面的哲理和精辟见解，至今仍有学习借鉴意义。《郁离子》更能体现刘基的政治理念，在开篇《千里马》条中，强调人才难得，讽刺元朝以种族和地域分等用人的现实；在《喻治》条中，强调治国理政犹如医师看病，必须"切脉以知症，审症以为方"，坚持"道德、政刑，方与法也；人才药也"；在《拊沙》条中，强调凝聚民心的重要性，指出"民犹沙也，有天下者惟能拊而聚之耳"；在《德胜》条中，强调德治与仁政，认为"力生于德，天下无敌"；在《刑郝》等条中，强调按法治国，"刑有必行"，"立赏罚以劝惩善恶"。《郁离子》更能体现刘基的智慧和思想，后世誉之为"本乎仁义道德之懿，明乎吉凶祸福之几，审乎古今成败得失之迹"。因此，品读《郁离子》，有利于加深对《卖柑者言》的理解。

《卖柑者言》揭露了元末社会风气的颓败。社会风气是指社会上或某个群体在一定时期和一定范围内，相互仿效和传播流行的观念、爱好、传统和行为的总和。它既是社会经济、政治、文化和道德状况的综合反映，又渗透到社会生活的各个方面，对人们的思想、心理和情感起到潜移默化的作用。社会风气有好坏之分，好的社会风气是推动社会经济、政治、文化发展的强大动力，反之则阻碍社会进步。元朝末年是一个极其动乱的年代，政治上权臣专擅蠹政，从武宗到顺帝的二十五年间换了八位皇帝；经济上贫富分化，赋役繁重，民不聊生，土地高度集中，封建地主各自占有大量土地，并用租田的办法对农民进行剥削，结果是"大家收谷岁至数百万斛，而小民皆无盖藏"。与此同时，天灾频发，元统元年京畿大雨，饥民达四十余万，第二年江浙受灾，饥民多至五十九万，十年后黄河连决三次，饥民遍野。在天灾人祸迫害下，农民成群离开土地，各地相继揭竿而起。动乱的年代必然是社会风气败坏的年代，当时有"醉太平小令一阕"，自京师以至江南，人人都知道，即"堂堂大元，奸佞专权，开河变钞祸根源，惹红巾万千。官法滥，刑法重，黎民怨。

人吃人，钞买钞，何曾见？贼做官，官做贼，泯愚贤。哀哉可怜"。《卖柑者言》通过买卖柑的故事及买卖者的言行，生动形象地描述了元末社会风气的颓败。故事是"杭有卖果者，善藏柑，涉寒暑不溃。出之烨然，玉质而金色。置于市，贾十倍，人争鬻之。予贸得其一，剖之，如有烟扑口鼻，视其中，则干若败絮"。由于受骗，于是就有了卖柑者与买柑者的对话和表情。首先是买者责问卖者："若所市于人者，将以实笾豆，奉祭祀，供宾客乎？将炫外以惑愚瞽乎？甚矣哉为欺也！"笾豆是指宴会和祭祀时盛食品的器具。意思是，你出售给人的柑子，是打算装在笾豆里，去供奉祭祀，或招待宾客的吗？还是炫耀它的外表，用来迷惑愚人或瞎子呢？你这种欺骗手段真是太过分了。一般而言，人是有羞耻心的，这也是人之为人的重要标志。一个人做了错事，被人指出和批评，总是件惭愧和内疚的事情，尤其是买卖，一旦被指贩卖假冒伪劣商品，卖者总会感到心虚和无地自容，最好是尽快道歉赔付了事。然而，《卖柑者言》中卖者却不是如此，他不仅毫无反悔之意，而且还以讥讽的口气揶揄诘难者和买者的迂腐。在表情上，他笑了，笑得很坦然，接着就是振振有词地为自己的行为辩护，"卖者笑曰：'吾业是有年矣。吾赖是以食吾躯。吾售之，人取之，未闻有言，而独不足子所乎？'"意思是，我干这行业有年头了。我靠干这行业来喂饱我肚子。我卖柑子，别人买柑子，没听人提过什么意见，却唯独不能满足你的需要吗？从这段话可知，卖柑者多年销售坏柑子，不以为耻，而一般买者对这种欺诈行为司空见惯、非常麻木，没有任何人责问他的诚信；或许大多数买者也就是拿来奉祭祀、供宾客，装装门面而已，故而买卖双方心照不宣，所以这种欺骗行为才能持续多年。这说明社会风气的颓败已经深入到社会肌体和细胞。卖柑者进一步说："世之为欺者不寡矣，而独我也乎？吾子未之思也。"尤其是"不寡"一词，说明社会风气的颓败已经扩展到社会的广阔领域。

　　《卖柑者言》深刻批判了元末官场和统治者的腐朽腐败。官风决定和引导民风，民风体现和折射官风。元末社会风气的颓败，实质是官场腐败的反映。在历代王朝中，元朝吏治的腐败是比较突出的，具体表现在买官卖官盛行，以致"使钱不悭，便得好官；无钱可干，空做好汉"。意思是，出钱多的，卑劣之辈也能担任重要职务，获得高官厚禄；无钱送的，即使人才出众，也得不到重用。同时表现在官员收礼索贿，名目繁多，即初次接见下属要收"拜见钱"，强行索要叫"撒花钱"，利用职权收礼叫"常例钱"，处理诉讼受贿叫"公事钱"，追征赋役收取"赍发钱"，迎来送往叫"人情钱"，逢年过节要收"追节钱"，过生日收受"生日钱"。元末理学家吴澄的《赠史敏中侍亲还家序》揭露元朝是"数十年来风俗大坏，居官者习于贪，无异盗贼，已不以为耻，人亦不以为怪。其间颇能自守者，千百不一二焉"。《卖柑者言》通过卖柑者的议论，以"金玉其外，败絮其中"的柑子，讽刺表面堂皇而内部溃烂的官场和外强中干而色厉内荏的官僚。在卖柑者看来，当时的文臣是"峨大冠、拖长绅者，昂昂乎庙堂之器也，果能建伊、皋之业耶？"伊是伊尹，商汤时的大臣，曾辅佐商汤消灭夏桀；皋是皋陶，虞舜时的贤臣。意思是，那些头戴高冠、身拖长绅的人，他们那种气宇轩昂的样子，仿佛是朝廷的栋梁之材。他们果真能建立伊尹、皋陶那样的功业吗？武将是"佩虎符、坐皋比者，洸洸乎干城之具也，果能授孙、吴之略耶？"孙为孙武，春秋时期军事家，曾率吴国军队大败楚国军队，并著有《孙子兵法》，被后世称为"兵学圣典"；吴为吴起，战国时期军事家，仕魏时大破秦军，成就魏文侯功业。意思是，那些佩戴虎符而坐在虎皮交椅上的人，他们那种威武的样子，仿佛是捍卫国家的人才。他们果真能拿出孙武、吴起那样的韬略吗？在卖柑者看来，这些文臣武将都是庸才和无能之辈，既不能防盗，又不能帮民，既不能实现吏治清明，又不能整顿社会秩序，拿着国家俸禄而不知羞耻，即"盗起而不知御,民困而不知救,吏奸而不知禁,法斁而不知理,坐糜廪粟而不知耻"。在卖柑者看来,这些文臣武将"坐高堂,骑大马,醉醇醴而饫肥鲜者,孰不巍巍乎可畏、赫赫乎可象也?"意思是,看他们坐在高高的厅堂上,骑着大马,醉饮着美酒,饱食着肥肉鲜鱼的那副样子,谁不感到形象高大得令人可怕,身份显赫得令人敬仰呢?然而,他们已经腐烂,"又何往而不金玉其外,败絮其中也哉!"卖柑者最后诘问刘基,你为什么不关注官场的腐败,而关注柑子的腐烂,"今子是之不察,而以察吾柑!"

《卖柑者言》集中展示了刘基寓言文学的艺术匠心。《卖柑者言》只有短短三百多字,既深刻揭露了元末统治腐败的现实,抒发了作者的愤世之情,又创作了人们称颂不已的散文名篇和寓言大作。"金玉其外,败絮其中",更是警策后人的至理名言。这不能不归功于作者敏锐的政治洞察力、渊博的史学知识和卓越的文学技巧。后人认为,汉朝以来既有事功又有文名的,刘基为第一人,"汉以降,佐命元勋多崛起草莽甲兵间,谙文墨者殊鲜,子房之策不见辞章,玄龄之文仅办符檄,未见树开国之勋业而兼传世之文章如公者,公可谓千古之人豪矣"。子房即张良,汉刘邦之重要谋臣;玄龄即房玄龄,唐太宗之名相。这段话认为,综合事功与文名,刘基超越了张良和房玄龄。刘基确实诗文俱佳,但真正有开创意义并对后世产生重要影响的,是他的寓言文学和杂文体说理散文。《卖柑者言》是其中的佼佼者,突破了传统政论散文的写法,主要表现在借事说理、托柑以讽。刘基认为,卖柑者"类东方生滑稽之流。岂其愤世疾邪者耶?而托于柑以讽耶?"东方朔为汉武帝近臣,性格诙谐,善于讽喻。意思是,卖柑者像东方朔一样,莫非是一位不满现状、憎恨邪恶势力的人吗?难道他是要假托柑子来讽刺世俗吗?这段话实际指明了刘基通过卖柑者表达自己的想法,又指明了《卖柑者言》的艺术特色。一是叙事为主、构思巧妙。大凡政论散文都是先提出论点，而后进行有条不紊地论证。譬如，魏征的《谏太宗十思疏》，是以"求木之长者，必固其根本"、"欲流之远者，必浚其泉源"这一警策之言开篇的。又如，韩愈的《师说》，开篇就是"古之学者必有师"，"师者，所以传道、受业、解惑也"，作为全文的纲领和主旨；《杂说四》首句就是"世有伯乐，然后有千里马"，并以此为文章立论。而《卖柑者言》却另辟蹊径，以叙带议、议中铸论，从叙事、说家常、道新闻开篇，先用洗练的笔法写出卖柑者对买柑者的欺骗，接着以较多的笔墨写出封建官僚对广大人民的欺骗。这种在叙事中立论、在立论中叙事的写法，熔雄辩与含蓄、精警与幽默于一炉，不仅简洁、深邃、有味，闪烁出哲理光泽，而且使得全文联系自然、衔接紧密，充分表现出作者高超的艺术手法。二是设辞问答、寓庄于谐。一般而言，政论散文有两种形式，一种是正论，引经据典，依理论证，直述己见；另一种是驳论，或正反对照，或借题发挥，驳斥谬言，痛砭时弊，两者都是直接的逻辑推理。而《卖柑者言》却独出心裁，在设问中质疑、在质疑中论辩，通过设辞反诘造成悬念，启发读者在思考中完成论证推理。全文三分之二是问答语，一问一答，便道出国家政治的大问题，可谓举重若轻。而且，作为一篇政论散文，却以诙谐之笔描写，给读者的感觉好像是市民与商贾斗嘴，令人不禁莞尔一笑。但这种笑是苦笑，是对吏治腐败的深深忧虑。设辞问答、寓庄于谐，不仅没有削弱文章的思想深度，而且增强了文章论辩的逻辑力量，充分显现出"嬉笑怒骂皆成文章"的文艺体杂文特色。三是形象生动、比喻贴切。唐宋以来，政论散文大都遵循着立论、演绎、推理、归纳这一逻辑格式，而《卖柑者言》却匠心独运，着力于运用比喻和雕琢艺术形象，寓议论于比喻和艺术形象之中。最贴切的比喻是"金玉其外，败絮其中"，即以柑的玉质而金色的外表，比喻封建官僚佩虎符、坐皋比，峨大冠、拖长绅，洸洸乎、昂昂乎的形象；以柑的干若败絮的里子，比喻封建官僚不知御盗起、不知救民困、不知禁吏奸和不知羞耻的本质。最重要的艺术形象是富有个性化的人物对话。文中有两个人物，即卖柑者和"我"，由"我"在文中起到推动故事情节发展的作用。正是由于"我"对卖柑者的责问，才引出了卖柑者痛快淋漓地抨击官场腐败和尸位素餐之徒，从而强化了文章的主旨。

孔子说："君子之德风，小人之德草，草上之风，必偃。"意思是，君子的品德好比风，小人的品德好比草，风吹到草上，草就一边倒。这一论断正确指明了官风与民风、官场风气与社会风气的关系。《卖柑者言》则以寓言方式和生动形象诠释了官风与民风的关系，给人们的重要启示是官员要带头树立良好形象，形成良好的官风。官员掌握公权力，理应树立清正廉洁的形象。腐败是指那些利用公共权力谋取私人利益的现象和行为。腐败与权力密切相关，没有权力，就没有腐败；绝对的权力，导致绝对腐败。因此，官员要始终警惕权力的腐败，自觉接受对权力的监督，在金钱、物质和美色面前管住自己，绝不以权谋私，堂堂正正干事、清清白白做人。官员管理着公共事务，理应树立公平正义的形象。所谓公共事务，是涉及社会全体人员或大部分人的事务。管理公共事务的核心要义是公平正义，公平正义也是人类社会不懈追求的重要目标。只有公平正义，才能摆脱利益集团绑架，照顾到绝大多数人的利益；只有公平正义，才能防止"富者更富、穷者更穷"和"强者更强、弱者更弱"；只有公平正义，才能避免"刑不上大夫、礼不下庶人"。官员吃的是百姓饭、穿的是百姓衣，理应树立为民亲民形象。官员的俸禄和待遇是国民收入的二次分配，百姓是官员的衣食父母。为百姓服务、帮百姓办事，是官员的天职。只有服务好百姓，才能赢得百姓的拥护，才能坐稳官位。从这个意义上说，服务百姓也就是服务官员自己。孔子还说："政者，正也。子帅以正，孰敢不正。"官员形象好了，官场风气正了，何愁没有淳朴的民风和良好的社会风气！

附

卖柑者言

刘　基

杭有卖果者，善藏柑，涉寒暑不溃。出之烨然，玉质而金色。置于市，贾十倍，人争鬻之。予贸得其一，剖之，如有烟扑口鼻，视其中，则干若败絮。予怪而问之曰："若所市于人者，将以实笾豆，奉祭祀，供宾客乎？将炫外以惑愚瞽也？甚矣哉为欺也！"

卖者笑曰："吾业是有年矣。吾赖是以食吾躯。吾售之，人取之，未尝有言，而独不足子所乎？世之为欺者不寡矣，而独我也乎？吾子未之思也。今夫佩虎符、坐皋比者，洸洸乎干城之具也，果能授孙、吴之略耶？峨大冠、拖长绅者，昂昂乎庙堂之器也，果能建伊、皋之业耶？盗起而不知御，民困而不知救，吏奸而不知禁，法斁而不知理，坐糜廪粟而不知耻。观其坐高堂，骑大马，醉醇醴而饫肥鲜者，孰不巍巍乎可畏、赫赫乎可象也？又何往而不金玉其外，败絮其中也哉！今子是之不察，而以察吾柑！"

予默默无以应。退而思其言，类东方生滑稽之流。岂其愤世疾邪者耶？而托于柑以讽耶？

经为常道　知行合一

——读王阳明《尊经阁记》有感

　　王阳明是明朝著名的思想家、文学家和军事家，官至兵部尚书。他不仅精通儒释道学说，而且能够统军征战、事功显赫，可谓"大明王朝三百年，只出阳明一人"，是中国历史上少有的"三立"完人和全能大儒。当然，王阳明最大的成就是他的心学思想。所谓心学，他自己概括为"无善无恶心之体，有善有恶意之动，知善知恶是良知，为善去恶是格物"，就是强调"心即理也"，"天下又有心外之物，心外之理乎"；强调"致良知"，"致吾心之良知于事事物物，使事事物物皆得其正"；强调"知行合一"，"一念发动处，便即是行了"。因此，在中国思想史上，王阳明占有重要席位，这就是先秦的诸子百家、汉朝的儒学、魏晋的玄学、隋唐的佛学、宋朝的理学和明朝的心学。在儒学的思想谱系中，王阳明与孔子、孟子、朱熹并称为孔、孟、朱、王，其中孔子是儒学创始人，孟子是儒学集大成者，朱熹是理学集大成者，王阳明是心学集大成者。明朝是一个思想禁锢的年代，心学对于冲决明代后期的思想罗网有着重要作用，而且远播海外，影响朝鲜、日本。以至有学者认为，日本的明治维新，从外部分析，是受了西方思想的冲击，从内部分析，则是受了王阳明心学思想的激励。《尊经阁记》是王阳明心学思想的重要作品，集中阐述了"求理于吾心"的道理。

　　《尊经阁记》原题名为《稽山书院尊经阁记》，写于明嘉靖四年。当时，王阳明在乡守制，适逢山阴县重修稽山书院，新建尊经阁，受邀撰写此文。"阁成，请予一言以谂多士。予既不获辞，则为记之若是。"意思是，尊经阁建成后，请我写一番话以规劝众多的士人。我推辞不掉，就为此写了上述文章。《尊经阁记》虽为记文，却不记叙建阁过程，也不写景抒情，而是借题发挥阐述心学思想。王阳明以平易的语言反复阐述经为"吾心之常道"，又用记籍只是财产的记录这样一个通俗形象的例子比喻六经与心的关系，从而将玄奥的哲理深入浅出地表达出来。全文可分为四个层次。第一层次阐述"经"的本质。"经，常道也"，常道也就是普遍真理。第二层次阐述"经"的表现形式，这就是"六经"。所谓六经，就是《周易》、《尚书》、《诗经》、《礼记》、《乐经》和《春秋》。第三层次阐述对待六经的不同态度，正确的态度是"六经者，吾心之记籍也"；错误的态度是乱经、侮经和贼经。第四层次是回归记文的本原，记叙尊经阁的修缮过程以及自己受邀撰写记文的目的。文章的最后一段说："呜呼！世之学者，得吾说而求诸其心焉，则亦庶乎知所以为尊经也已。"意思是，世上的学者，了解了我的说法而从内心探究六经的实质，那么或许也就了解了怎样的做法才算是尊经吧！

　　品读《尊经阁记》，应该了解记文的背景和背后的故事，这对于理解记文的内容和王阳明的心学思想很有帮助。大的背景是元仁宗延祐年间恢复科举制度，元、明两代都以朱熹的《四书集注》考试取士，因而朱熹的作品成了科举考试的钦定教材，朱熹的观点成了士子答卷的立论依据和标准答案，《四书集注》获得了"经"一般的地位。主要故事有二则，一则是王阳明格竹的故事。早年王阳明十分信服朱熹的思想，曾经拜谒过一个叫娄谅的儒者，娄谅向他讲解了朱熹的"格物致知"学说。朱熹认为："物有表里精粗，一草一木皆具至理。"为此，王阳明以竹子为对象进行"格物致知"实践，他对着竹子整整思考了七天七夜，不仅没有致知，反而生了一场大病，这使得王阳明对朱熹学说萌生了疑问。另一则是王阳明龙场悟道的故事。在格竹失败十五年之后，王阳明因反对宦官刘瑾，被廷杖四十，谪贬至贵州龙场一地为官。龙场群山环抱，环境清静，正是适宜读书思考的场所。王阳明动心忍性，结合人生阅历和际遇，日夜反省，忽然悟道，认识到"圣人之道，吾性自足，向之求理于事物者误也"。由此提出了心为本体的命题，形成了不同于朱熹理学的心学思想。实际上，理学与心学都渊源于儒学，都承认有天理，但在如何认识和把握天理方面，理学与心学产生了重大分歧。朱熹走的是客观路径，认为理在天下万物之中，要求"格物穷理"；王阳明走的是主观路径，认为理在心中，要求"求诸其心"。在知与行的关系上，朱熹认为知与行有先后轻重之分，即"论先后，知为先；论轻重，行为重"；王阳明认为知行合一，即"知是行的主意，行是知的工夫；知是行之始，行是知之成"。

《尊经阁记》论证了六经的本质。中华文化源远流长，图书典籍汗牛充栋，隋唐以后的分类方法为经、史、子、集。经主要指儒家的经典；史包括各种体裁的历史著作；子是诸子百家著作和类书，涉及政治、哲学、科学和艺术；集指诗文词集，涵盖历代作家的诗、词、骈文、散文、戏曲和文学评论。其中经书为重，其内容博大精深，为后世一切学术所宗奉；文体完备无缺，开后世一切文体之先河。《文心雕龙》认为，论、辩、说、解、序、跋等体，是《易》统其首；诏、策、章、奏、表、启等体，是《书》发其源；辞、赋、颂、赞、诗、歌等体，是《诗》立其本；铭、诔、箴、规、祝、祭等体，是《礼》总其端；纪、传、盟、檄、关、牒等体，是《春秋》为其根。据说孔子手订六经，后来《乐经》失传，现存实为五经。宋代以后发展成十三经，即易、书、诗、周礼、仪礼、礼记、左传、公羊传、穀梁传、论语、孝经、尔雅和孟子。《尊经阁记》就是谈论"经"的，而且是尊崇孔子的"六经"。在王阳明看来，经是常道，即如老子所言："道可道，非常道；名可名，非常名。"常道是指稳定的、放之四海而皆准的真理和客观规律，因而经是普遍的、永恒的真理。王阳明把经、常道和心、性、命联系起来思考，认为它们是同一个东西，用现代哲学语言来说，它们是同一序列的概念和范畴。"其在于天谓之命，其赋于人谓之性，其主于身谓之心。心也，性也，命也，一也。"意思是，经存在于天就称为命，赋予人就称为性，主宰人身就称为心。在心、性、命的关系中，朱熹认为："人之所以为学者，心与理而已。"王阳明不同意朱熹把二者分开的做法，指出"心即性，性即理。下一'与'字，恐未免为二"。王阳明实际是返回到孟子那里。在孟子学说中，天命与人性是不可分割的理论整体，心、性、命也是合而为一的，即"尽其心者，知其性也。知其性，则知天矣"。当然，王阳明更强调心的作用，坚持"圣人之学，心学也"。心是人一切活动的主宰，是天地万物浓缩的、凝聚的表现，即"身之主宰便是心，心之所发便是意，意之本体便是知，意之所在便是物"。对于常道的理解，王阳明一口气连续三次用同样的语言进行排比，以强烈的语势加以阐述："通人物，达四海，塞天地，亘古今，无有乎弗具，无有乎弗同，无有乎或变者也，是常道也。"意思是，经沟通着人类和万物，遍及四海，充满天地之间，贯穿古今，无处不具备，无处不相同，不可能出现变异的状态，所以它是永恒的真理。这段话实质是王阳明对真理范畴的认识，这一认识既适用人文科学，也适用自然科学，但王阳明的认识主要局限在人文范围。在第三次阐述时，王阳明进一步指出，经就是指六经，是存在于我心中的真理，"夫是之谓六经。六经者非他，吾心之常道也"。从内容上分析，六经是对中国古代社会政治教育、伦理纲常、道德规范的总结提炼。因此，王阳明关于真理的认识不仅局限在人文范围，而且还局限在伦理范围。

《尊经阁记》阐述了六经的内容和形式。孔子之后，儒学分成了不同学派，王阳明很大程度上是继承和发展了孟子的思想。在《尊经阁记》中，王阳明区分了六经的实质内容和记叙内容，这是思想自觉的表现。王阳明依据孟子的思想，从情感和人伦两个方面阐述了六经的实质内容。在情感方面，"其应乎感也，则为恻隐，为羞恶，为辞让，为是非"。意思是，六经作为人的情感的反应，就表现为恻隐，表现为羞恶，表现为辞让，表现为辨别是非。这是孟子思想的翻版，"恻隐之心，人皆有之；羞恶之心，人皆有之；恭敬之心，人皆有之；是非之心，人皆有之。恻隐之心，仁之端也；羞恶之心，义之端也；恭敬之心，礼之端也；是非之心，智之端也。仁义礼智，非由外铄我也，我固有之"。孟子把恻隐、羞恶、恭敬和是非之心与仁义礼智联系起来，强调仁义礼智并非心外之物，不是从外部世界获得的，而是我内心固有的。在人伦方面，"其见于事也，则为父子之亲，为君臣之义，为夫妇之别，为长幼之序，为朋友之信"。这也是孟子思想的翻版，"教以人伦，父子有亲，君臣有义，夫妇有别，长幼有序，朋友有信"。王阳明在阐述六经的实质时，连语言表述都跟孟子一致。由此可见，王阳明与孟子的思想关系之密切。对于儒家而言，上古时期留给他们最大的遗产是礼乐制度，一定意义上说，乐也是礼的一部分。在儒家看来，礼乐的作用在于"经国家，定社稷，序民人，利后嗣也"。礼乐的主要关系是父子、君臣、夫妇、长幼和朋友之间的关系；礼乐的基本范畴是亲、义、别、序、信，规范着宗法制度、政治秩序和权力继承。王阳明进一步指出，这些礼乐关系和范畴也是源于人心，是人心固有的。"是恻隐也，羞恶也，辞让也，是非也；是亲也，义也，序也，别也，信也，一也。皆所谓心也、性也、命也。"同时，王阳明阐述了六经的记叙内容。"以言其阴阳消息之行，则谓之《易》；以言其纪纲政事之施，则谓之《书》；以言其歌咏性情之发，则谓之《诗》；以言其条理节文之著，则谓之《礼》；以言其欣喜和平之生，则谓之

《乐》；以言其诚伪邪正之辨，则谓之《春秋》。"意思是，以它表述阴阳盛衰的运行，就称为《周易》；以它表述纪纲政事的施行，就称为《尚书》；以它表述歌咏性情的抒发，就称为《礼记》；以它表述欣喜和平之声的产生，就称为《乐经》；以它表述真诚正直与虚伪邪恶的分辨，就称为《春秋》。更重要的是，王阳明阐述了六经与心的关系。王阳明认为，六经的本质就是人心。"六经者非他，吾心之常道也。是故《易》也者，志吾心之阴阳消息者也；《书》也者，志吾心之纪纲政事者也；《诗》也者，志吾心之歌咏性情者也；《礼》也者，志吾心之条理节文者也；《乐》也者，志吾心之欣喜和平者也；《春秋》也者，志吾心之诚伪邪正者也。"王阳明还逐个讲述如何用心去学习六经的内容和永恒之道，认为只有求诸其心，才能学好六经，存活天地，应用济世。

《尊经阁记》抨击了对待六经的错误态度。王阳明所处年代是一个混乱的年代，正德帝宠信宦官刘瑾，自己逸乐嬉游；嘉靖帝信奉道教，炼丹服药，追求长生不老。当时的社会风气沦丧，读书人不注重修身养性，以浅薄实用的态度对待儒学思想和伦理纲常。王阳明感慨道："呜呼！六经之学，其不明于世，非一朝一夕之故矣。"为了抨击这些现象，《尊经阁记》用富家财产与记籍的关系，比喻人心与六经的关系。王阳明认为，六经是圣人为我们留下的宝贵遗产，"盖昔圣人之扶人极、忧后世，而述六经也"。意思是，从前，圣人建立了为人的准则，而又担心后世不能遵循，因而著述六经。这就好像富人给子孙留下财产和记籍一样，"犹之富家者之父祖，虑其产业库藏之积，其子孙者或至于遗亡散失，卒困穷而无以自全也，而记籍其家之所有以贻之，使之世守其产业库藏之积而享用焉，以免于困穷之患"。在王阳明看来，财产与记籍，财产是本质，记籍是形式；人心与六经，人心是本质，六经是形式，"故六经者，吾心之记籍也，而六经之实，则具于吾心。犹之产业库藏之实积，种种色色，具存于其家，其记籍者，特名状数目而已"。然而，人们对于六经却存在着种种错误态度。第一种错误态度是重形式轻内容。"世之学者，不知求六经之实于吾心，而徒考索于影响之间，牵制于文义之末，硁硁然以为是六经矣。"意思是，世上的学者，不知道从自己心中去探索六经的实质，却徒劳地在对六经的解释之中进行考察，拘泥于词义考证的细枝末节上，还浅陋固执地认为这就是六经了。王阳明嘲笑这种做法，如同富家子孙败坏了家产，沦为贫民或乞丐后，还指着记籍和账簿夸耀着说这是我的家产。"是犹富家之子孙，不务守视，享用其产业库藏之实积，日遗亡散失，至为窭人丐夫，而犹嚣嚣然指其记籍曰：'斯吾产业库藏之积也！'何以异于是？"第二种错误态度是乱经，"尚功利，崇邪说，是谓乱经"。意思是，追求功利，推崇邪说，这是在搞乱六经。第三种错误态度是侮经，"习训诂，传记诵，没溺于浅闻小见，以涂天下之耳目，是谓侮经"。意思是，只学习解释六经中的字义，专门死记硬背，沉醉于浅薄的传闻和狭隘的见解，以此蒙蔽天下人的耳目，这是在侮辱六经。第四种错误态度是贼经，"侈淫词，竞诡辩，饰奸心盗行，逐世垄断，而犹自以为通经，是谓贼经"。意思是，肆意夸大其词，放纵地诡辩，掩饰奸邪的心术和欺盗的行径，角逐于世俗，却还以为精通六经，这是在损害六经。客观地说，上述对待六经的态度还是有着差异的，特别是第一种态度没有什么功利色彩，比较迂腐、钻故纸堆而已，但王阳明认为都是错误的。他进一步指出，这些态度都不是尊奉六经，而是在贬损六经，"若是者，是并其所谓记籍者，而割裂弃毁之矣，宁复知所以为尊经也乎？"意思是，像上述做法，连同所谓的簿籍一起，都是割裂毁弃的行为，哪里还知道怎样的做法才算尊经呢？

王阳明的心学思想对于后世影响甚巨。毛泽东年轻时就学习过王阳明的著述；蒋介石是王阳明的信徒，败退台湾后将台北草山改名为阳明山。心学思想的要义是从内心增强道德力量和提升精神品格；在道德与知识的关系上，强调道德的本体性和知识的辅助性，应以道德统摄、收归知识。这就给了我们重要启示：读书学习、钻研学问，首先要修身养性，培育良好的道德和品格。应该说，朱熹和王阳明在这一点的认识上是一致的，他们都在追求"圣学"，"学以成为圣人"是共同的目的。但他们对如何成为圣人的方式有着不同预设，从而导致了理学与心学思想面貌和逻辑结构的差异。朱熹从"物之理"中致良知，先知后行，容易偏离圣学目的，导致知识化倾向；王阳明从"心即理"中致良知，知行合一，则是维护圣学目的，把人们心中的圣人本质表现落实到日常生活和行动实践。因此，王阳明的心学思想坚持把修身养性放在读书学习的第一位任务，强调只能在修身养性中获取知识，甚至认为获取知识也是为了修身养性。所谓修身养性，现在的说法是培育人文素养。人文素养就是对人与人之间关系的认识及其躬行实践，展示的是对人类生存意义和终极价值的关怀，追求的是人生和社会的美好境界。当今社会，人们学习知识和获得学位已不成问题，而往往容易忽视人文素养的培育。这就使王阳明的心学思想有了积极的现实意义。那么，如何培育人文素养呢？学习实践文学、历史和哲学，是培育人文素养的重要途径。某种意义上说，文史哲的功能就是研究人、为了人，一切文学都是人学，历史是时间与人的相互联系，哲学最高层次的思考是对人的思考，希腊德尔斐阿波罗神庙的门柱上就镌刻着"认识你自己"的箴言。学习实践文史哲，重在其中的人文精神，次在其中的知识获取。不论你攻读什么专业、处在什么年龄段，都要注意学习实践文史哲，培育人文素养。一个有人文素养的人，既尊重别人也尊重自己，懂得尊重别人——他不霸道，因为不霸道所以有道德；懂得尊重自己——他不苟且，因为不苟且所以有品格。

附

尊经阁记

王阳明

　　经，常道也。其在于天谓之命，其赋于人谓之性，其主于身谓之心。心也，性也，命也，一也。通人物，达四海，塞天地，亘古今，无有乎弗具，无有乎弗同，无有乎或变者也，是常道也。其应乎感也，则为恻隐，为羞恶，为辞让，为是非；其见于事也，则为父子之亲，为君臣之义，为夫妇之别，为长幼之序，为朋友之信。是恻隐也，羞恶也，辞让也，是非也；是亲也，义也，序也，别也，信也，一也。皆所谓心也、性也、命也。通人物，达四海，塞天地，亘古今，无有乎弗具，无有乎弗同，无有乎或变者也，是常道也。

　　以言其阴阳消息之行，则谓之《易》；以言其纪纲政事之施，则谓之《书》；以言其歌咏性情之发，则谓之《诗》；以言其条理节文之著，则谓之《礼》；以言其欣喜和平之生，则谓之《乐》；以言其诚伪邪正之辨，则谓之《春秋》。是阴阳消息之行也，以至于诚伪邪正之辨也，一也，皆所谓心也，性也，命也。通人物，达四海，塞天地，亘古今，无有乎弗具，无有乎弗同，无有乎或变者也。夫是之谓六经。六经者非他，吾心之常道也。是故《易》也者，志吾心之阴阳消息者也；《书》也者，志吾心之纪纲政事者也；《诗》也者，志吾心之歌咏性情者也；《礼》也者，志吾心之条理节文者也；《乐》也者，志吾心之欣喜和平者也；《春秋》也者，志吾心之诚伪邪正者也。君子之于六经也，求之吾心之阴阳消息而时行焉，所以尊《易》也；求之吾心之纪纲政事而时施焉，所以尊《书》也；求之吾心之歌咏性情而时发焉，所以尊《诗》也；求之吾心之条理节文而时著焉，所以尊《礼》也；求之吾心之欣喜和平而时生焉，所以尊"乐"

也；求之吾心之诚伪邪正而时辨焉，所以尊《春秋》也。

盖昔圣人之扶人极、忧后世，而述六经也，犹之富家者之父祖，虑其产业库藏之积，其子孙者或至于遗忘散失，卒困穷而无以自全也，而记籍其家之所有以贻之，使之世守其产业库藏之积而享用焉，以免于困穷之患。故六经者，吾心之记籍也，而六经之实，则具于吾心。犹之产业库藏之实积，种种色色，具存于其家，其记籍者，特名状数目而已。而世之学者，不知求六经之实于吾心，而徒考索于影响之间，牵制于文义之末，硁硁然以为是六经矣。是犹富家之子孙，不务守视，享用其产业库藏之实积，日遗忘散失，至为窭人丐夫，而犹嚣嚣然指其记籍曰："斯吾产业库藏之积也！"何以异于是？

呜呼！六经之学，其不明于世，非一朝一夕之故矣。尚功利，崇邪说，是谓乱经；习训诂，传记诵，没溺于浅闻小见，以涂天下之耳目，是谓侮经；侈淫词，竞诡辩，饰奸心盗行，逐世垄断，而犹自以为通经，是谓贼经。若是者，是并其所谓记籍者，而割裂弃毁之矣，宁复知所以为尊经也乎？

越城旧有稽山书院，在卧龙西冈，荒废久矣。郡守渭南南君大吉，既敷政于民，则慨然悼末学之支离，将进之以圣贤之道，于是使山阴令吴君瀛拓书院而一新之，又为尊经阁于其后，曰："经正则庶民兴，庶民兴斯无邪慝矣。"阁成，请予一言以谂多士。予既不获辞，则为记之若是。呜呼！世之学者，得吾说而求诸其心焉，其亦庶乎知所以为尊经也已。

人格之尊严　官品之清正

——读宗臣《报刘一丈书》有感

　　宗臣生活于明嘉靖年间，在历史上并不算十分著名的政治和文化人物，进士及第，曾任刑部主事、吏部员外郎。宗臣是"嘉靖七才子"之一，为明代中叶文坛名人，诗文主张复古，追求"文必秦汉、诗必盛唐"。他的散文比较出色，最有名是《报刘一丈书》，形象揭露了那种奔走权贵门下、以求升迁的丑行，有力抨击了明代官场的贪渎腐败，表明自己品德的高洁和骨气的坚硬。后人对此文评价甚高，认为"淋漓喷薄，无复摹秦仿汉之习，而感慨中出诙诡，乃极似太史公《游侠列传》、杨恽《报孙会宗书》"。

　　《报刘一丈书》是宗臣回复父亲之友刘一丈的一封书信。对于书信这一文体，《文心雕龙·书记》认为："详诸书体，本在尽言，所以散郁陶，咏风采，故宜涤荡以任气，优游以怿怀；文明从容，亦心声之献酬也。若夫尊贵差序，则肃以节文。"意思是，细考书信这种文体，本来在于把要说的话说出来，倾吐作者郁闷，表达个人感情，所以无所隐瞒，无所拘束，把内心的话告诉朋友；若写信给尊长，那就应礼貌严肃。《报刘一丈书》既坦率地反映了作者的见解，又不失对长者的尊重。全文共五个段落，可分为三个层次。第一层次即第一段虽是书信的客气话，却交代了作者与刘一丈之间的密切关系，既是长幼关系，"数千里外，得长者时赐一书，以慰长想，即亦甚幸矣"；又是父亲的朋友，"书中情意甚殷，即长者之不忘老父，知老父之念长者深也"，这就有了倾吐心曲的基础。第二层次含二、

三、四段落，是全文的中心，运用对比反衬的手法描写了当权者卖官鬻爵、跑官要官者趋炎附势的丑态，表明了作者对此不屑一顾和坚守人格底线的态度。其中第二段以摘引刘一丈信中的两句话，使文章转入正题。这两句话是"上下相孚，才德称位"，即刘一丈认为宗臣是上下左右的人都满意的、信任的；品德和学问与职位是相称的。宗臣在回信中对"上下相孚"提出了不同看法，从而引出了全文的主题和主体部分，并使书信具有经典价值和流传意义。第三段是全文中心的中心，用较长篇幅和大量笔墨从反面呈现了一幕丑剧，刻画了三个典型人物，即投机钻营的跑官要官者、狐假虎威的守门人和贪婪虚伪的权臣。第四段从正面简略写了作者自己的处世为人，终年不与权贵往来，反衬跑官要官者的无耻卑鄙，颇有"安能摧眉折腰事权贵，使我不得开心颜"的气概。第三层次即第五段，是信的结尾，除写自己的思乡之情外，着重交代刘一丈的为人，与宗臣一样，也因不会阿谀逢迎而怀才不遇，"至于长者之抱才而困，则又令我怆然有感"。书信的结尾令人回味无穷。

　　品读《报刘一丈书》，给我们留下最深刻的印象是明代封建社会官场的腐败。作者描绘了一幅上骄下谀的群丑图，无情嘲笑和鞭挞了权贵的骄横虚伪，跑官要官者的低三下四、逢迎拍马和守门人的倚官仗势、蛮横无理。同时，给我们留下的印象是作者敢于直面社会、针砭时弊的勇气和意志。据《明史》记载，明嘉靖年间，严嵩父子先后用事，朝政日非，"嵩无他才略，惟一意媚上，窃权罔利"，一般蝇营狗苟之徒，趋之若鹜，竞相出入于权奸之门，竭尽阿谀奉承之能事，而严嵩父子则是任人唯亲、结党营私、卖官鬻爵、贿赂公行、冤狱遍地、人人自危。在这样恶劣的社会氛围里，宗臣敢于揭露封建官场的丑态和罪恶，是需要勇气和胆略的，更需要自身的清正和高洁。此外，给我们留下的印象是作者的无奈，"每大言曰：'人生有命，吾惟守分而已。'长者闻之，得无厌其为迂乎？"意思是，我经常夸口说，"人生遭遇由命决定，我只要安守本分罢了"。长者听了我这些话，或许不会厌烦我的迂阔吧。一个"迂"字，百味杂陈。由于体制使然，封建社会是不可能实现吏治清明的，宗臣大概不会感悟到这一点，却是他无奈的根本原因。

《报刘一丈书》形象刻画了跑官要官者的丑恶嘴脸，这就是奴颜婢膝、曲意逢迎，先媚而后狂。书信的中心部分，着力刻画了跑官要官者的形象，首先是一般形象，即"日夕策马，候权者之门"，这说明跑官要官者是朝思暮想，一门心思、一天到晚奔走于权贵之门，不仅奔走于一个权贵之门，而是在多个权贵之门奔走。然后是具体形象，通过简单而独特的动作行为和具有特色的语言对话，详细描写一个跑官要官者在一家权贵两次求见和被召见的过程，其中与守门人有过三次接触，与权贵有过一次正面接触。在这几次接触中，跑官要官者是怎样地奴颜婢膝啊！第一次与守门人接触，遭到阻拦，跑官要官者"则甘言媚词作妇人状，袖金以私之"。短短十四个字，生动描绘了跑官要官者三个媚态和丑行，一是作妇人状，慢声细气，十分软弱；二是好言好语讨好献媚守门人；三是从袖筒里拿出银子私下贿赂守门人。在守门人进去通报而权贵没有召见的时候，跑官要官者不惜贬低自己，"立厩中仆马之间"，即站在马厩中，处身于仆人与马之间。这是一个什么样的马厩呢？"恶气袭衣袖，即饥寒毒热不可忍，不去也"。跑官要官者甘愿忍受马厩的恶臭气熏以及饥饿寒冷或酷暑，也坚持等待着权贵的召见。然而，一直到晚上，权贵也没有召见，守门人告诉跑官要官者："相公倦，谢客矣。客请明日来。"为了明天召见，跑官要官者在心理上，"即明日又不敢不来"；在行为上，"夜披衣坐，闻鸡鸣即起盥栉，走马推门"，意思是，半夜就披衣坐着，听到鸡鸣就起身洗脸梳头，骑马来到权贵门前推门。这就有了第二次与守门人接触，大概是因为来得太早，守门人还没有睡醒，或许是守门人对跑官要官者见得太多，从内心看不起他们，于是两次对跑官要官者"怒曰"。跑官要官者毕竟是读书人，其社会地位还是高于守门人的，因而有了"客心耻之"的感觉。然而，他宁愿忍气吞声，宁愿忍辱受斥，仍然是逆来顺受、委曲求全，仍然是贿赂门人、赠以金银，仍然是立于厩中、与恶气相伴，即"强忍而与言曰：'亡奈何矣，姑容我入！'门者又得所赠金，则起而入之，又立向所立厩中"。这一次，跑官要官者终于见到了权贵，"幸主者出，南面召见"。在与权贵正面接触中，跑官要官者更是受宠若惊、奴相毕现。当权贵见他时，跑官要官者既惊慌又狂喜，跪伏在地，"则惊走匍匐阶下"。当权贵让他进屋时，跑官要官者不仅再次跪拜在地，而且迟迟不起，"则再拜，故迟不起"；当权贵接受他的赠金时，跑官要官者又一次长时跪拜，起身时还多次作揖，"则又再拜，又故迟不起，起则五六揖始出"。出权贵院门时，又有了与守门人的第三次接触。与前二次相比，这次接触既有媚态，又有狂态，淋漓尽致地表现了小人得志的丑态。媚态是仍然不忘与守门人拉关系，不愿得罪守门人，向守门人作揖；狂态是志得意满，说话软中带硬，"出揖门者曰：'官人幸顾我，他日来，幸无阻我也'"。言外之意是，相公待我好，你又怎能奈何我。更大的狂态表现在出门之后，不再是一副战战兢兢的奴才相，而是"大喜奔出。马上遇所交识，即扬鞭语曰：'适自相公家来，相公厚我，厚我！'"不仅如此，"且虚言状。即所交识，亦心畏相公厚之矣"。意思是，捏造虚构一番被相公召见的情形，让那些与他相识的人在心中敬畏他是相公厚待过的人。

　　《报刘一丈书》综合勾勒了权贵的无耻行径，这就是假作尊严、卖官纳贿，先傲而后贪。书信在用大量笔墨描写和讽刺跑官要官者的同时，还以简洁的笔法着力刻画明代中叶封建官场的群丑雕像。其中最重要的雕像是权贵本人，他给人的一个感觉是位高权重、非常傲慢。"即门者持刺入，而主人又不即出见"，居然让跑官要官者在马厩与仆人之间、在恶气袭人的环境里整整等待了一天。这不仅表明权贵的盛气凌人，而且还可能因为门庭若市，门前车水马龙，使他应接不暇，没有时间接见跑官要官者。他给人的另一个感觉是扭捏作态、非常虚伪。当跑官要官者行贿送上礼金时，要再三恳请，他才肯接受。宗臣描写道：跑官要官者在向权贵跪拜后，"起则上所上寿金。主者故不受，则固请；主者故固不受，则又固请。然后命吏纳之"。两次"不受"、两次"固请"，鲜活刻画了权贵道貌岸然、装腔作势和半推半就、无耻之尤的丑态。他给人的再一个感觉是以权谋私、非常可憎。由于接受了跑官要官者的贿赂和"寿金"，权贵就公权私用，向他人赞扬和推荐跑官要官者，"相公又稍稍语人曰：'某也贤，某也贤。'"当然，这个"贤"的推荐和评价，绝不是跑官要官者真实人品和政绩的反映，而是走后门、拍马屁、行贿赂综合作用的结果。另一个雕像就是守门人。一般而言，守门人是权贵形象的观照，有什么样的权贵，就有什么样的守门人。书信关于守门人的描写，实际上是丰富了权贵的形象。在与跑官要官者的三次接触中，这个守门人可谓仗势欺人，势利而刁钻。第一次接触，守门人竟然刁难社会地位比他高的跑官要官者，先是不让进权贵之门，"门者故不入"；得了赠金后，才让跑官要官者进入权贵的院子，却让他立于马厩之中。第二次接触，守门人是两次怒斥，使已经丧失人格的跑官要官者都感到耻辱，这既可见其主人权势之重，也更显其骄狂蛮横。当跑官要官者敲门时，"门者怒曰：'为谁？'则曰：'昨日之客来。'则又怒曰：'何客之勤也！岂有相公此时出见客乎？'客心耻之"。第三次接触，守门人的态度有了变化，这更加深刻地揭示了守门人恃强凌弱、仗势狂妄的扭曲人格。当跑官要官者见了权贵之后，以胜利者的姿态与守门人说话时，守门人没有答话，只有一个行动反应，"门者答揖"。此时的守门人没有了先前嚣张的气焰，而是向跑官要官者作了一个回礼动作。第三个雕像是闻者，虽然落笔不多，却值得关注，更加丰富了权贵的形象。当权贵向他人赞扬和推荐跑官要官者时，"闻者亦心计交赞之"。这个闻者可能是权贵的同僚，也可能是权贵的下属，实际上都是在看权贵眼色行事，也就在心中盘算着互相赞扬和推荐跑官要官者。

《报刘一丈书》反衬凸显了宗臣的高尚品格，这就是刚直不阿、正直律己，正邪不相容。宗臣在书信中，一方面明确表达自己不能苟同当时官场的"上下相孚"风气。因为刘一丈认为宗臣"上下相孚，才德称位"，而宗臣的回答是："至以'上下相孚，才德称位'语不才，则不才有深感焉。夫才德不称，固自知之矣；至于不孚之病，则尤不才为甚。"在这里，宗臣说自己的才德与职位不相称，是谦虚和礼貌；直言自己不被信服的"毛病"尤其严重，则是真实态度的表达。宗臣这一答复，固然有引出下文的目的，但也表明自己对这一"毛病"不以为耻，反以为荣。因此，宗臣在着力刻画"上下相孚"实质是上级卖官鬻爵、下级跑官要官的丑行后说："此世所谓上下相孚也。长者谓仆能之乎？"意思是，这就是世人所谓的上下信服啊，请长者说说，我能这样做吗？另一方面，宗臣表明自己在行为上不同流合污，"不为五斗米折腰"。在书信的第五段，宗臣给我们传递了三个重要信息，一是除岁末年初礼节性地向权贵投送一次名帖外，全年都不和权贵来往，"前所谓权门者，自岁时伏腊一刺之外，即经年不往也"。二是偶尔路过权贵家门，也是"掩耳"、"闭目"、"疾走"，唯恐避之不及，"间道经其门，则亦掩耳闭目，跃马疾走过之，若有所追逐者"。三是尽管长久不讨上级欢喜，也不在乎，绝不附和官场的丑陋，"斯则仆之褊衷。以此长不见悦于长吏，仆则愈益不顾也"。这三个信息集中体现了宗臣的骨气和品格。更重要的是，宗臣不仅在书信中表明自己的品格，而且在仕途中践行自己的品格。在短短不到十年的仕宦生涯中，可圈可点的就有三件事，集中反映了宗臣的人格和官品，表现了一个正直知识分子的高风亮节。其中第一件是不附权贵，不阿权贵，更不畏权贵。宗臣任职期间，正值权臣严嵩父子当道，吏治腐败，贪污贿赂成风，但他刚正不阿，不附和权贵，不攀附权贵之门。当时任兵部武选员外郎的杨继盛，弹劾严嵩十大罪，不幸下狱受刑被杀。宗臣不避斧钺，亲率同舍郎王世贞等脱袍覆盖在杨继盛身上，并撰文哭祭，因而得罪严嵩父子，被贬福建布政参议。第二件是生活俭朴、勤政为民。宗臣一到福建任所，就广受百姓拥戴。据资料记载，宗臣每"临郡县，敝衣蔬食，屏绝供张，以躬行范诸生，见百姓疾苦，语谆谆不能休"。因抗倭有功被擢任福建提学副使后，宗臣也很有成就，"转副使督八闽学政为约八篇，与学官弟子共守之"，即制定了《辨学》、《宏志》、《勤业》、《谈艺》等八篇规约，并与当地的学官、士子共同遵守。第三件是守护城门，抗击倭寇，保护百姓。嘉靖三十七年倭寇侵犯福州，宗臣职守西门，尽选精壮士兵守城。城外上万百姓呼救入城避难，他全部放入，并下令坚壁清野。他还亲冒矢石，率众夜袭，大获全胜，建立功勋。宗臣殁于提学副使任上，终年三十六岁。据《明史·文苑三》记载，宗臣死时，福建"士民皆哭"，从而说明他在百姓中的口碑甚佳。

纵观历史上抒写个人志向和品德的文章，大多以比喻的手法托物言志，譬如屈原在《离骚》中，以香草美人比喻自己志趣高洁；又如周敦颐的《爱莲说》，以赞颂莲花的"出淤泥而不染"表明自己对追名逐利世态的厌恶和鄙视。而宗臣的《报刘一丈书》则以对比的手法，反衬自己不与上骄下谀的丑恶官场同流合污的高尚品格。一定意义上说，《报刘一丈书》是写给为官者看的，它是一面镜子，告诫为官者既要保持人格尊严又要坚守官品清正。人格尊严是对跑官要官者的鄙视。为官者无论职位高低，首先是一个人。俗话说：做官先做人；做官一阵子，做人一辈子。尊严是对做人的基本要求，保持人格尊严是为官第一要义。从伦理学上说，尊严的基本含义是

平等，平等地对待他人、平等地对待自己，这不仅是维护他人的尊
严，更是维护自己的尊严。为官者保持人格之尊严，最起码的要求
是不要跑官要官。一旦跑官要官，就会以奴才的心态对待权贵，这
不仅失去了平等，而且失去了尊严。一个人如果失去尊严，也就失
去了做人的意义，绝对不可能得到社会和历史的尊重。官品清正是
对无良权贵的鄙视。为官从政是社会分工的一部分，有着相应的职
业道德规范，这就是官品。为官者掌握着公权力，清正是官品的重
要内涵。"能吏寻常见、公廉第一难"，这说明为官者做到清正，绝
非易事。清则清廉，核心是不贪，不义之财如浮云，即使一分一厘、
一丝一毫，也绝不能收取。诚如苏轼所言："且夫天地之间，物各有
主，苟非吾之所有，虽一毫而莫取。"正则公正，就是依法行政，维
护社会公平正义。对于国家，要为国尽忠、办事公道；对于百姓，
要为官一任、造福一方；对于官场，要为人正直、公私分明。人格
尊严与官品清正是相互联系的，人格尊严是官品清正的基础，官品
清正是人格尊严在官场的延伸和表现。为官者，只有既保持人格尊
严又坚守官品清正，才会有好名声，才能赢得百姓的口碑和历史的
青睐。

附

报刘一丈书

宗　臣

　　数千里外，得长者时赐一书，以慰长想，即亦甚幸矣；何至更
辱馈遗，则不才益将何以报焉？书中情意甚殷，即长者之不忘老父，
知老父之念长者深也。

至以"上下相孚，才德称位"语不才，则不才有深感焉。夫才德不称，固自知之矣；至于不孚之病，则尤不才为甚。

且今之所谓孚者，何哉？日夕策马，候权者之门。门者故不入，则甘言媚词作妇人状，袖金以私之。即门者持刺入，而主人又不即出见；立厩中仆马之间，恶气袭衣袖，即饥寒毒热不可忍，不去也。抵暮，则前所受赠金者，出报客曰："相公倦，谢客矣。客请明日来！"即明日又不敢不来。夜披衣坐，闻鸡鸣即起盥栉，走马推门；门者怒曰："为谁？"则曰："昨日之客来。"则又怒曰："何客之勤也！岂有相公此时出见客乎？"客心耻之，强忍而与言曰："亡奈何矣，姑容我入！"门者又得所赠金，则起而入之；又立向所立厩中。幸主者出，南面召见，则惊走匍匐阶下。主者曰："进！"则再拜，故迟不起；起则上所上寿金。主者故不受，则固请；主者故固不受，则又固请。然后命吏纳之。则又再拜，又故迟不起，起则五六揖始出。出揖门者曰："官人幸顾我，他日来，幸无阻我也！"门者答揖。大喜奔出，马上遇所交识，即扬鞭语曰："适自相公家来，相公厚我，厚我！"且虚言状。即所交识，亦心畏相公厚之矣。相公又稍稍语人曰："某也贤，某也贤。"闻者亦心计交赞之。

此世所谓上下相孚也，长者谓仆能之乎？前所谓权门者，自岁时伏腊一刺之外，即经年不往也。间道经其门，则亦掩耳闭目，跃马疾走过之，若有所追逐者，斯则仆之褊衷。以此长不见悦于长吏，仆则愈益不顾也。每大言曰："人生有命，吾惟守分而已。"长者闻之，得无厌其为迂乎？

乡园多故，不能不动客子之愁。至于长者之抱才而困，则又令我怆然有感。天之与先生者甚厚，亡论长者不欲轻弃之，即天意亦不欲长者之轻弃之也，幸宁心哉！

自知者明　知人者智

——读钱大昕《弈喻》有感

　　钱大昕是清朝著名史学家和18世纪的学术大师。钱的一生亦官亦学,学名大于官声,自我评价是"官登四品不为不达,岁开七秩不为不年,插架图籍不为不富,研思经史不为不勤"。所谓官登四品,是指钱于乾隆十九年中进士,授官翰林院侍讲学士,后为詹事府少詹事,提督广东学政。岁开七秩,是指年龄。"人生七十古来稀",钱享年七十七岁,在古代确实可算长寿。插架图籍,是指藏书。钱家藏书甚丰,藏书处有"十驾斋"、"潜研堂"和"孱守斋",宋刻元版手抄之本达数十种;藏书钤有"万经"、"瀛州学士"、"南海衡文"、"平生一片心"十几枚印章。研思经史,是指做学问。乾嘉时期学者好言实事求是,钱尤为突出,主张把史学与经学置于同等重要地位,以治经方法治史。钱的著述有《廿二史考异》、《潜研堂文集》、《十驾斋养新录》、《元史艺文志》等几十种,后世辑为《潜研堂丛书》刊行。尽管钱为学术大家,但并非是个知古不知今的考据学者,他的诗文写得亦好。《弈喻》是其中的名篇,写得质朴自然、言近旨远。全文短小精悍,议论风生,依事取譬,生动说明了社会生活中的一个通病,即观人之失易、见己之失难,进而指明应取的正确态度。

　　弈就是围棋。围棋有棋子和棋盘,棋子为圆形,分黑、白两色,计三百六十一子。棋盘为方形,纵横各有十九条直线,组成三百六十一个交叉点。行棋基本规则是黑先白后、双方交替,宁失一子、莫失一先，棋子在交叉点上行走，落子后不能移动，以围地多者为胜。《弈喻》用下棋作比喻，借弈棋的事情讲道理，阐述人贵有自知之明和知人之明的道理。全文分为三个自然段，各段的内容不是并列的，而是围绕中心词"失"字，层层推进、步步深入，阐明文章的主旨。第一自然段生动简洁地叙述了作者一次观弈和对弈的经历。观弈时，钱嗤笑客人，以为棋艺不如自己；对弈时，钱惨败于客人，事实证明客人的棋艺高于自己。在这一自然段中，钱没有描述棋场的气氛、客人的形象和下棋的步骤，而是着重反映作者的心理变化，从而将深刻的哲理寓于观弈与对弈的具象之中。第二自然段是以"弈"喻"学"，从棋场小事联想到社会现象，批评今之学者对待古人和别人的错误态度，既无自知之明，又无知人之明。在钱看来，观人之失易、见己之失难，这不仅是棋场上的弊端，而且也是社会通病。第三自然段是分析论棋与论事的不同，指出其产生的不同根源。钱认为，棋艺的优劣，是有客观标准的，容易评定。探求事理很难有统一的标准，大家容易自以为是，难以评判。因而逻辑的推论是于己于人应当正确对待、客观评价。

品读《弈喻》，更多想到的是钱大昕的生平事迹，尤其是其人品人格。钱认为自己一生是幸运的，自述是"因病得闲，因拙得安，亦仕亦隐，天之幸民"。史料记载，钱任提督广东学政之后，因父母相继病故，居丧归里，年仅四十七岁就引疾不仕。嘉庆年间，朝廷曾多次劝其复出，都被婉言报谢。这说明钱在为官上能够淡泊名利、进退自如。同时，在课徒上，钱是非常热心的。辞官归田三十年间，历主江苏的钟山、娄东、紫阳书院讲席，出其门下之士多至二千人。在治学上，钱取得了非凡的成就。具体表现在：治学方法合理，钱远受顾炎武的影响，近受前辈学者惠栋的影响，遵循由训诂以明义理的原则。在他看来，文字是六经的载体，只有先识字审音，才能真正弄懂经书所蕴含的义理。这就是"六经皆载于文字者也，非声

音则经之文不正，非训诂则经之义不明"；"有文字而后有训诂，有
训诂而后有义理。训诂者，义理之所由出，非别有义理出乎训诂之
外者也"。治学范围广泛，钱不仅对官修史书进行考校，而且既重经
学又重史学，还重视舆地、官制、氏族方面研究，其研治天文历算
的《三统术衍》、《宋辽金元四史朔闰考》，深为同时学者推重。治学
态度严谨，钱萃其平生之学，历时近五十年，撰成《廿二史考异》，
纠举疏漏，校订讹误，驳正舛错，优于同时其他考史著作。治学成
果丰硕，钱在经学、史学、金石学、音韵学、天算学、历史文献学
以及诗文领域都取得显著成就，公推为"一代儒宗"。更重要的是，
无论为官、课徒、治学，钱都表现出良好的人品人格。后世研究者
认为，钱为人为学具有诚厚谦逊的优良品质，对同辈学者亲切交往
和坦诚相待，对前辈学者由衷尊崇并贡献己见，对古代学者实事求
是而不刻意苛求，对晚辈学者真诚诱导和热心提携。

　　《弈喻》批评了自己缺乏自知之明。人贵有自知之明，这是非
常重要的社会哲理和人生价值，但不是任何人都能做到的。即使能
够做到的人，也不是任何时候、任何事情都能做到的。作为著名学
者，钱大昕的人品人格无可非议，但他的自知之明并非与生俱来，
而是经历了一个深刻剖析和自我反省的过程。《弈喻》从一个侧面
生动反映了这一过程，以钱观弈和对弈的经历，对缺乏自知之明作
了自我批评。能够自我批评，这实际上是有自知之明的表现，也是
学术大家风范的体现。钱的自我批评主要集中在《弈喻》的第一自
然段，前后对比极富戏剧性。在观弈时，"予观弈于友人所。一客
数败，嗤其失算，辄欲易置之，以为不逮己也"。嗤意为讥笑。意
思是，我到朋友家里看下棋，一位客人屡次输掉，我就讥笑他计算
失误，总是想替他下棋，认为他不及自己。在对弈时，"顷之，客
请与予对局，予颇易之。甫下数子，客已得先手。局将半，予思益
苦，而客之智尚有余。竟局数之，客胜予十三子。予赧甚，不能出

一言"。意思是，过了一会儿，客人请我和他下棋。开始时，我很轻视他。谁知，刚刚下了几个棋子，客人已经取得主动形势。棋局快到中盘的时候，我的思考和下棋更加艰苦，而客人却轻松有余。终局计算双方棋子，客人赢了我十三子。我很惭愧，不能够说出一句话来。我们知道，围棋是"多算者胜，少算者不胜"，同一水平的棋手，输赢在子数上的差别是很小的；即使输一二子，棋手之间的水平高低立可判定。按照现在的评判标准，棋手之间水平差别较小的，可以用同一类别不同段位进行判断，譬如有专业一段至九段的不同段位；差别较大的，则要用不同类别进行判断，譬如有业余棋手与专业棋手的分类。钱大昕输客十三子，其水平差距就不仅是段位的不同，而可能是类别的不同，即业余棋手与专业棋手的差距，难怪钱是"赧甚"，非常惭愧以至脸红。在自我批评中，钱用了三重对比，十分鲜明地描写前后不同的心态，从而深刻批评自己缺乏自知之明。一重对比是观弈时心态与对弈时心态的对比。观弈时，钱以为客人的棋艺不如自己，瞧不起客人，即"嗤其失算，辄欲易置之，以为不逮己也"；对弈时，钱输于客人，而且输得很难堪，感到羞愧，即"赧甚，不能出一言"。二重对比是客之败与己之败的对比。客之败是下了好几盘棋，都输掉了，但描述极为简洁，"一客数败"；己之败是一盘棋之败，描述却比较完整，详述了开局、中局和终局的过程。开局是"甫下数子，客已得先手"；中局是"局将半，予思益苦，而客之智尚有余"；终局是"竟局数之，客胜予十三子"。三重对比是钱与客对弈前后的心态变化对比。对弈初始，钱踌躇满志，以为赢棋会很容易，即"予颇易之"；结束时，钱则是羞愧得说不出一句话来。对比是《弈喻》重要的写作特色，全文都在对比中阐述主题和中心论点，第一自然段是客人与自己对比；第二自然段是今人与古人对比；第三自然段是下棋与论事对比。对比手法能够把反差凸现出来，给人产生很大的冲击力，使文章所要表达的意思更加鲜明；而《弈喻》是全文对比，则使文章的脉络更加清晰，段落之间一气贯通。

《弈喻》批评了缺乏自知之明这一社会通病。中外古代先哲们都强调人要有自知之明，老子在《道德经》第三十三章说："知人者智，自知者明，胜人者力，自胜者强。"意思是，了解别人的人聪明，能够了解自己的人更聪明；战胜别人的人是有力量的，能够战胜自己的人更有力量。人贵有自知之明这一名言的源头出处，就是老子的《道德经》。古希腊哲学家苏格拉底最喜欢引用的一句箴言，就是"认识你自己"；希腊人则把这一箴言视作"神谕"，认为是最高智慧的象征。然而，在现实生活中，认识自己谈何容易，许多人很难做到自知之明。有的人说起来头头是道，做起来常常是束手无策；有的人自以为胸怀大志，干起来常常是不尽如人意；有的人甚至狂妄自大、目中无人，抑或固步自封、不思进取，抑或利令智昏、忘乎所以。这些都是没有自知之明的表现。一定意义上说，没有自知之明，是社会普遍现象，更是"观人之失易、见己之失难"的原因所在。许多人正是因为没有自知之明，就拿着手电筒只照别人、不照自己，容易看到别人的过失、缺点和不足，难以发现自己的过失、缺点和不足。《弈喻》从作者自己亲身经历中体悟到这是一个社会通病，并对此进行了批评。"今之学者，读古人书，多訾古人之失；与今人居，亦乐称人失。"意思是，如今的读书人，读古人书时，常常非议古人的失误；与现在的人相处时，也喜欢说别人的错误。在这段话中，一方面是批评今之学者在对人方面的两种错误做法，一种是对待古人，"读古人书，多訾古人之失"；一种是对待今人，"与今人居，亦乐称人失"。"多訾"和"乐称"两个用语，十分传神地刻画了今之学者喜欢指责他人的不正常心态和缺乏自知之明的可笑形象。另一方面是批评今之学者在对己方面的错误做法。对人与对己是紧密联系的，对人没有知人之明，对己肯定没有自知之明。自知之明是知人之明的基础，有了自知之明，才会有知人之明。从这个意义上说，对己比对人更为重要，自知之明比知人之明更为重要。《弈喻》指出，"吾能知人之失而不能见吾之失，吾能指人之小失而不能见吾之大失"。意思是，今之学者能够知道别人的过失却不能看到自己的过失，能够指出别人的小失误却不能看到自己的大失误。钱大昕嘲笑今之学者对己的做法，认为"吾求吾失且不暇，何暇论人哉！"意思是，自己检查自己的错误尚且没有闲暇，哪里还有时间去议论别人的过失呢！《弈喻》由点到面，从自我批评开始跃升到批评别人，从下棋这件小事联想扩充到社会普遍现象，站在为人处世的高度立论，使得文章的视野更加开阔，内容更加丰富有力。写法上也很有特色，在写完下棋之事后，有意宕开一笔，拓展开去，在第二自然段不再提下棋的事情，与第一自然段似不相关，实则联系密切，是貌离神合、外异内同。"跌宕"的写法，不仅可以引发读者思索，使文章的意味更为深远，而且使得文章本身波澜起伏，产生明显的节奏感。

《弈喻》提示了自知与知人的正确路径。知人之明不易，自知之明更难，但古今中外历史上自知之明和知人之明的事例还是不胜枚举，最典型的是刘邦论得天下之道。《史记》记载，公元前202年，刘邦称帝，建立汉朝，在洛阳南宫摆酒宴请文武功臣。席间，刘邦问："吾所以有天下者何？项氏之所以失天下者何？"诸大臣回答不一，刘邦告诉他们："公知其一，未知其二。夫运筹帷幄之中，决胜于千里之外，吾不如子房；镇国家，抚百姓，给馈饷，不绝粮道，吾不如萧何；连百万之军，战必胜，攻必取，吾不如韩信。此三者，皆人杰也，吾能用之，此吾所以取天下者也。项羽有一范增而不能用，此其所以为我禽也。"这个史实一方面说明刘邦正确总结了楚汉相争的经验教训，指明了"得人才者得天下，失人才者失天下"的道理，另一方面说明刘邦是既有自知之明，又有知人之明。刘邦的自知之明，表现在能够认识到自己的长处是帅才，善于驾驭全局，同时表现在能够认识自己的短处，在参谋、管理和军事方面不如张良、萧何和韩信。刘邦的知人之明，表现在能够认识到张良是个参谋人才和杰出的战略家；萧何是个管理人才和杰出的政治家；韩信是个军事人才和杰出的军事家。当然，自知之明和知人之明都是很难的。《弈喻》认为，与下棋比较，最难的是没有统一的判断标准和权威人士进行判断，"弈之优劣，有定也，一着之失，人皆见之，虽护前者不能讳也。理之所在，各是其所是，各非其所非。世无孔子，谁能定是非之真？"意思是，棋艺的高低是有标准的，下错了一步棋，大家都能看得见，即使想回护这一错误也是隐瞒不了的。而事理方面的问题，人人都认为自己是正确的，人人都认为别人是错误的。现在世间没有孔子那样的圣人，谁能判定真正的正确和错误呢？《弈喻》把孔子当作评判权威，是可以商榷的，这也反映了作者的时代局限性。但是，我们不必苛求古人，钱大昕无非是想说明判断事理的困难。对于自知之明，《弈喻》认为，关键是要认识到人的局限性，这就是俗语所说的"人无完人、金无足赤"，"人非圣贤、孰能无过"，任何人都会有缺点，任何人都会犯错误。因而《弈喻》反复强调："人固不能无失"，"吾果无一失乎？"只有认识到人的局限性，自知之明才会有可靠的思想基础，才能正确地看待自己和看待他人，即"人之失者未必非得也，吾之无失者未必非大失也"。意思是，别人的失误未必不是有所得，自己没有失误未必不是大失误。对于知人之明，《弈喻》认为，"人固不能无失，然试易地以处，平心而度之，吾果无一失乎？"意思是，人本来就不可能没有错误，然而试试彼此交换位置来相处，客观地衡量一下，自己真的没有一点失误吗？《弈喻》实际指出了有两个路径可以帮助知人之明，一是设身处地，从别人的角度看问题，即"试易地以处"；二是心平气和，从客观的角度看问题。即

"平心而度之"。应该说，钱大昕是有自知之明的，自从有了那次观弈和对弈的感悟与反思，"后有招予观弈者，终日默坐而已"。意思是，以后有人邀请我看下棋，我只是默默地坐着静观，不再发言，不再胡思乱想。

"围棋千古不同局。"据说，上世纪90年代，电脑进入了第五代人工智能时代。有人预言，电脑每秒百亿次的运算会帮助人类解开各个领域中的无数谜团。于是，电脑专家设计出围棋程序，与棋手进行较量，结果是电脑一败涂地。由此可见围棋的高深莫测、玄妙无穷、至大至博。围棋相传由尧创制，是中华文化智慧的象征，蕴含着哲学、数学、天文、地理、军事等方面的知识。《弈喻》给人们最大的启示，当然是人贵有自知之明，亦贵有知人之明，以避免"观人之失易、见己之失难"。同时，《弈喻》也启示人们尤其是学者和官员，应该懂一些琴棋书画。古人常以琴棋书画论及个人才华和修养。其中棋就是围棋，现可泛称棋牌等智力游戏；琴以前指古琴，现可理解为音乐；书指书法，是汉字文化圈独有的艺术形态；画指绘画，以前专指中国画，现可包括油画等各种画法。学者和官员懂一些琴棋书画，主要目的是加强个人文化修养。古琴的美妙动人，围棋的玄机妙理，书法的气宇轩昂，中国画的魂牵梦萦，无不闪烁着艺术和智慧的光芒。一个懂琴棋书画的人，会把更多的时间和精力用于陶冶情操，而不是吃喝玩乐；用于提高审美趣味，而不是声色犬马；用于丰富精神世界，而不是孤陋寡闻、浅薄无知。近人有一联撰得好，指明了读书和琴棋书画的无穷美妙，录以共享：

吟太白诗养浩然气诵稼轩词壮报国情品汉卿曲恤民生苦读东坡赋怀赤子心百代文章引人手不释卷育智士不尽；

抚仲尼琴沐幽兰香与尧帝棋谋天下势法右军书得灵性通游范宽画入清雅境万世经典为士修生养性滋仁者无穷。

附

弈　喻

钱大昕

予观弈于友人所。一客数败，嗤其失算，辄欲易置之，以为不逮己也。顷之，客请与予对局，予颇易之。甫下数子，客已得先手。局将半，予思益苦，而客之智尚有余。竟局数之，客胜予十三子。予赧甚，不能出一言。后有招予观弈者，终日默坐而已。

今之学者，读古人书，多訾古人之失；与今人居，亦乐称人失。人固不能无失，然试易地以处，平心而度之，吾果无一失乎？吾能知人之失而不能见吾之失，吾能指人之小失而不能见吾之大失，吾求吾失且不暇，何暇论人哉！

弈之优劣，有定也，一着之失，人皆见之，虽护前者不能讳也。理之所在，各是其所是，各非其所非，世无孔子，谁能定是非之真？然则人之失者未必非得也，吾之无失者未必非大失也，而彼此相嗤，无有已时，曾观弈者之不若已！

好问则裕　学而有成

——读刘开《问说》有感

　　刘开是清朝散文家，师于桐城派姚鼐。桐城派是清代文坛最大的散文流派，形成于康熙年间，影响及于 20 世纪初叶，代表人物有戴名世、方苞、刘大櫆、姚鼐，其中戴名世为桐城派奠基人，方苞为桐城派创始人，方苞、刘大櫆、姚鼐被尊为"桐城三祖"。桐城派以其文统的源远流长、文论的博大精深、著述的丰厚纯正、影响的广泛深远，在中国文学史上占据重要地位。刘开师承姚鼐，有一个动人的故事。他幼年丧父，家境贫困，少时好学，牧牛时常倚窗外，旁听塾师讲课。塾师颇为爱怜，留馆就读，刘开如饥似渴，遍读诗书。十四岁时，以文章拜会姚鼐，姚鼐阅后高兴地说："此子他日当以古文名家，望溪、海峰之坠绪赖以复振，吾乡幸也"，遂收为弟子，授以学业，与管同、方东树、梅曾亮一起被称为"姚门四杰"。刘开曾多次参加南北乡试，但都未考中，生平以教书为业，授课之余，潜心散文创作和文论研究，主张"夫文之本出于道，道不明，则言之无物；文之成视乎辞，辞不达，则行之不远"，进一步阐发了桐城派的文论观点。刘开有大量诗文存世，编入《刘孟涂诗文集》。这些诗文明白晓畅，动宕恣肆，具有"清刚疏朴之气"。《问说》是其散文代表作，已成为传世名篇。

　　桐城派的文论继承了明代归有光"唐宋派"的古文传统，提出义法主张。所谓义，就是"言有物"，要求文章有内容、有根据，有的放矢，切于实用；法就是"言有序"，要求文章有条理、有技巧，结构合理，文辞通畅。《问说》较好体现了桐城派的文学理论，是一篇比较典型的议论文。《问说》围绕"问"这一主题，对当时读书人"师心自用"而耻于好问的不良学风痛下针砭，从正反两个方面论证好问的重要性和积极意义，倡导人们继承古代好问的优良传统，纠正不良学风。文章古朴典雅，既有整齐的排偶句，又有灵活的散句，奇偶互现、错落有致，飘忽而多奇。全文可分为三个层次。第一层次即第一自然段，提出"君子学必好问"的中心论点，辩证分析问与学的相互关系，强调好学者必好问、勤问。第二层次含第二至第六自然段，正反对比反复阐明好学须勤问的道理。其中，第二自然段正面阐述问的作用，引经据典说明问的意义，认为问不择人、问必有得。第三自然段对比古今对问的不同态度，指出古人好问不择人不择事，而时人是有学而无问。第四自然段是批评时人对问的错误态度和做法，既是"天下几无可问之人"，又是"终身几无可问之事"。第五自然段是指出时人提问的不良动机，批评时人"所问非所学"的风气。第六自然段是分析推究时人不好问的原因，指出时人"心不虚"和"学不诚"的病根。第三层次即第七自然段，进一步阐明作者对问的观点和主张。

品读《问说》，令人不禁想到了韩愈的《师说》。"说"是议论文的一种体裁，用以陈述论证对事物的见解。《师说》是古文名篇，专述从师求学的道理。文章采用演绎的手法层层推进，先指出老师的作用，再阐明从师的原则，进而以正反对比论证从师的必要性。文章提出了许多著名论断，有的已成为名言警句，脍炙人口，至今传诵不已。譬如，"师者，所以传道、受业、解惑也"；又如，"圣人无常师"；再如，"弟子不必不如师，师不必贤于弟子，闻道有先后，术业有专攻"，等等。《问说》无论命题、立意，还是论证方法、语言风格，都可以看出模仿《师说》的痕迹。最明显的例子就是两文开篇的第一句话非常相似，既表现在作用上的相似，都是文章的中心论点，又表现在语言上的相似，《问说》是"君子之学必好问"；《师说》是"古之学者必有师"。两文的语言风格也非常相似，有些句子的结构和意思都是相似的，都注意整齐的排偶和灵活的散句交错运用，在散句中穿插许多排偶句。两文都是劝说人们虚心好学，但论述的角度不同，否则，《问说》就没有必要问世，更不可能成为名篇。《师说》从"师"的角度，强调"师"的重要性，即"无贵无贱，无长无少，道之所存，师之所存也"。因此，要从师而学，虚心求学。《问说》从"问"的角度，强调"问"的重要性，即"非学无以致疑，非问无以广识"。因此，要不择事而问，不择人而问。

　　《问说》论证了问的重要意义。人有五官，其中嘴、耳与问密切相关。嘴既是用来说的，也是用来问的，耳既是被动听的，又是主动问而听的，这说明人生来就是要问的，问是人生的有机组成部分。所以，《吕氏春秋·尊师》认为，不学不问，耳朵就会变成聋子，嘴巴就会变成哑巴，"且天之生人也，而使其耳可以闻，不学，其闻不若聋；使其目可以见，不学，其见不若盲；使其口可以言，不学，其言不若爽；使其心可以知，不学，其知不若狂"。爽是哑巴，狂是精神失常的意思。在刘开看来，问还和人的局限有关。人的局限是多方面的，既有寿命上的局限，又有阅历上的局限；既有智慧上的局限，又有知识上的局限。《问说》指出，不管你虑事多么周详，总会有考虑不到的地方，甚至有失误的时候，即"智者千虑，必有一失"。不管圣人多么智慧，总会有不知道的事情；不管愚人多么笨拙，总会有他的长处和比别人能干的地方，这就是"圣人所不知，未必不为愚人之所知也；愚人之所能，未必非圣人之不能也"。不管你读了多少书，学到了多少知识，总还会有没有读过的书，没有学过的知识，"理无专在，而学无止境也，然则问可少耶？"意思是，真理不是只掌握在少数人手中，学习是没有止境的，那么，问可以少得了吗？！当然，问还是和学的联系最为密切。西汉经学家刘向指出："君子不羞学，不羞问。问讯者，知之本也；念虑者，知之道也。"刘向认为，学与问相结合尤其是问，有利于借重别人的智慧而加深对知识和事物的了解，而不只局限个人的智慧去学习了解知识和事物，即"此言贵因人知而加知之，不贵独自用其知而知之"。《问说》重点论证了学与问的关系，认为两者相互联系，不可分割，"问与学，相辅而行者也"。而且，学与问有着不同的对象，学的对象主要是书，重点是获取知识、掌握方法；问的对象主要是人，重点是释疑解惑、把握要义。学与问还有着不同的分工，"非学无以致疑，非问无以广识"。意思是，不学习就不能提出疑难，不好问就不能增加知识。对于"非学无以致疑"，人们可能感到不好理解，这不是越学越糊涂吗？其实，只要有学习经验的人都知道，学习不仅是一个知其然的过程，而且也是一个知其所以然的过程。特别是在知其所以然过程中，人们会越学越感到自己知识的不足，越学越想去知道更多的东西。刘开则进一步解释学与问的不同分工，好学的功用是"明理"和"识其大"，勤问的功用是"达于事"和"知其细"。刘开甚至认为，明理容易应用难，勤问就显得更为重要，"理明矣，而或不达于事；识其大矣，而或不知其细，舍问，其奚决焉？"意思是，读书学习使道理明白了，可是有的还不能应用于实际，认识了那些大的原则和总的要求，可能还不了解细节，对于应用和认识细节，除了问，还有什么办法能解决呢？在刘开看来，只有把好学与勤问结合起来，才是真正的好学者，"好学而不勤问，非真能好学者也"。

《问说》批评了时人对问的错误认识和做法。一定意义上可以说，《问说》主要目的不是论证问在学习中的重要性，而是批评时人对问的错误态度。全篇贯穿着批评精神，首先，《问说》从古今对比中批评时人的错误，既批评时人的认识错误，又批评时人的行为错误。在认识上，"古人以问为美德，而并不见其有可耻也，后之君子反争以问为耻。然则古人所深耻者，后世且行之而不以为耻者多矣。悲夫！"意思是，古人把问作为美德，而并不认为它是可耻的，后代的君子反而争相把问当作耻辱。那么，古人所深深地感到羞耻的事，后代许多人却做着而不以为耻，可悲啊！

在行为上，古人是只要有利于学习和增长知识，不管什么事都可以问，不管什么人都可以请教，即"古之人虚中乐善，不择事而问焉，不择人而问焉，取其有益于身而已"。时人则是"人不足服矣，事无可疑矣，此唯师心自用耳"。意思是，在时人的眼中，没有什么人值得佩服的，没有什么事是有疑问的，因而也就没有什么需要提问和请教的，这种人是自以为是。刘开认为，不好问，自以为是，还是小错误，"夫自用，其小者也"，更大的错误还是掩盖自己的过错，"自知其陋而谨护其失，宁使学终不进，不欲虚以下人，此为害于心术者大，而蹈之者常十之八九"。意思是，自己知道自己的浅薄却严密地掩盖自己的过错，宁愿让学习终不进步，也不愿意虚心向别人请教，这种危害自己内心修养的错误就大了，而陷入这种错误的人常常是十之八九。同时，《问说》批评时人不问的错误。时人不问，一方面表现在无可问之事。"是己而非人，俗之同病。学有未达，强以为知，理有未安，妄以臆度，如是，则终身几无可问之事。"意思是，一般人都是认为自己是正确的，别人是错误的，这是世俗人共同的毛病。学习有不理解的地方，却偏偏自以为理解，所学的道理还有不确切的地方，却胡乱地凭主观猜测，这样终身就没有什么需要问的事情了。另一方面表现在无可问之人。具体有三种情况，一是对人品高、能力强的人，不愿意请教，即"贤于己者，忌之而不愿问焉"；二是对人品和能力不如自己的人，不屑于请教，即"不如己者，轻之而不屑问焉"；三是对人品和能力与自己相当的人，不甘心请教，即

"等于己者，狎之而不甘问焉"。在这段话中，"忌"、"轻"、"狎"三字十分传神，"不愿"、"不屑"、"不甘"则非常妥帖，把时人对问的错误态度刻画得惟妙惟肖。此外，《问说》批评时人问的错误。在刘开看来，不问是错误的，而问也有正确与错误之分，这是《问说》的亮点所在。错误的提问，错就错在"所问非所学"，即所问的不是自己想要学习的东西。具体也有三种情况，一是问一些无聊的事情，图嘴巴一时之痛快，即"询天下之异文鄙事以快言论"；二是问一些自己本来就懂得的事情，故意来考验测试别人，即"甚且心之所已明者，问之人以试其能"；三是问一些刁钻古怪的事情，使别人回答不了而难堪，即"事之至难解者，问之人以穷其短"。《问说》在批评时人不好问的同时，还揭示了不好问的原因，这就是心不虚和学不诚，"且夫不好问者，由心不能虚也；心之不虚，由好学之不诚也"。因此，虚心和学诚是好问的前提。只有虚心，才会好问；只有学诚，才会勤问。

《问说》指出了问的正确途径。好问、勤问，既有错误的做法，更有正确的途径。在刘开看来，无论别人人品高低、能力强弱，只要需要，都应该去请教和提问。而且，向不同水平的人提问，可以有不同功用和收获。譬如，向水平高于自己的人提问，"贤于己者，问焉以破其疑，所谓就有道而正也"。意思是，比自己人品和能力高的人，向他们请教和提问，可以破解疑难，这就是所谓的到有道德的人那里求教以匡正自己和判定是非。其中，"就有道而正也"是孔子语，原文为"君子食无求饱，居无求安，敏于事而慎于言，就有道而正焉，可谓好学也已"。又如，向水平低于自己的人提问，可以得到一些帮助和正确的见解，即"不如己者，问焉以求一得，所谓以能问于不能，以多问于寡也"。再如，向水平与自己相当的人提问，"等于己者，问焉以资切磋，所谓交相问难，审问而明辨之也"。意思是，与自己水平相等的人，向他们请教和提问，可以共同研究，这就是所谓的互相诘问、详细地考察和明确地分辨。在刘开看来，无论别人地位高低、品格如何和年龄大小，只要需要，都应该去请教和提问，"是故贵可以问贱，贤可以问不肖，而老可以问幼，唯道之所成而已矣"。刘开还说："是故狂夫之言，圣人择之；刍荛之微，先民询之。"意思是，狂妄普通人有道理的话，圣人也会采纳它；地位卑微的樵夫，古圣先王也会去询问他。《问说》还举例加以说明，一是"舜以天子而询于匹夫，以大知而察及迩言，非苟为谦，诚取善之弘也"。意思是，舜帝以天子的身份向平民询问，以他们的大智却注意到浅近平常的意见，这不仅仅是为了谦虚，实在是需要从多方面听取有益的意见。二是西周王朝注意询问听取平民的意见，因而《周礼》说："外朝以询万民"。三是"孔文子不耻下问，夫子贤之"。孔文子是春秋时卫国大夫孔圉，非常好学。孔文子不以向比他低下的人请教为耻辱，孔子认为这是有道德、有学问的表现。在刘开看来，无论是问在先、学在后，还是学在先、问在后，都是好学的表现，都会有收获和帮助。"《书》不云乎？'好问则裕。'"意思是，《尚书》不是说吗，喜欢问的人，知识就多，学问就丰富。刘开认为，在问与学的顺序上，既可以学先问后，也可以问先学后。《问说》提到孟子和子思给予解释。孟子是学先问后，即"孟子论'求放心'，而并称曰：'学问之道'，学即继以问也"。语出《孟子·告子章句上》，"仁，人心也；义，人路也。舍其路而弗由，放其心而不知求，哀哉！人有鸡犬放，则知求之；有放心而不知求。学问之道无他，求其放心而已矣"。意思是，仁是人的本心，义是人的大道。放弃了大道不走，失去了本心而不知道寻求，这是很悲哀的事情。有的人，鸡狗丢失了，要去找回来，本心丢失了却不知道去找回来。学问之道没有什么特别的道理，就是把那个失去的本心找回来罢了。子思是问先学后，即"子思言：'尊德性'，而归于'道问学'，问且先于学也"。语出《礼记·中庸》，"故君子尊德性而道问学，致广大而尽精微，极高明而道中庸"。一般理解，"尊德性"在于"存心"，保持内心澄澈清明的道德境界；"道问学"在于"致知"，通过探求外物不倦地获取知识。朱熹认为："大抵子思以来教人之法，惟以'尊德性'、'道问学'两事为用力之要"。

俗话说得好：学问学问，既是学来的，也是问来的。对于问在学习中的重要地位和作用，古代先哲们不仅有理论，而且有实践。《礼记》指出："善问者，如攻坚木，先其易者，后其节目"；孔子认为："敏而好学，不耻下问，是以谓之'文'也。"在实践中，孔子为后人做出了榜样，即"子入太庙，每事问"。《问说》的本质是继承和强调先哲们的优良传统，启示人们要好问勤问，在学中问，在问中学，以期获得真知灼见。但是，问说起来容易，做起来不易。这是因为，问意味着自己对某一事物、某门学科和某项知识，是不懂、不知道和不明白；问蕴含着自己有不如别人的意思，在智慧、知识抑或为人上存在着不足和欠缺。问的对象无论年龄大小、身份高低，你实际上都是处在学生、晚辈的位置，需要秉持谦卑、低下的心态。所以，能够问的人，一定很虚心。只有虚心，才会承认自己的不知和不足，才会有意愿向别人请教。骄傲的人只会感到自己比别人强、比别人能干；不认识自己不足的人，就不可能去请教别人。能够问的人，一定会放下身段。请教别人，就是把别人看得比自己高大，承认别人的优点和长处。那些自以为是、自满自足尤其是居高临下的人，不仅不会去请教别人，即使勉强去问，也放不下身段，从而可能会引起别人的反感，得不到真正的教益和帮助。能够问的人，一定在不断进步。从不懂到懂、不知道到知道、不明白到明白，这些都是前进的脚步和提升的阶梯。人生只有不断地进步，才能学而有成，进而创造事业的辉煌，实现人格的完善。

附

问　说

刘　开

　　君子学必好问。问与学，相辅而行者也，非学无以致疑，非问无以广识。好学而不勤问，非真能好学者也。理明矣，而或不达于事；识其大矣，而或不知其细，舍问，其奚决焉？

　　贤于己者，问焉以破其疑，所谓就有道而正也。不如己者，问焉以求一得，所谓以能问于不能，以多问于寡也。等于己者，问焉以资切磋，所谓交相问难，审问而明辨之也。

　　《书》不云乎？"好问则裕。"孟子论"求放心"，而并称曰"学问之道"，学即继以问也。子思言"尊德性"，而归于"道问学"，问且先于学也。古之人虚中乐善，不择事而问焉，不择人而问焉，取其有益于身已。是故狂夫之言，圣人择之；刍荛之微，先民询之，舜以天子而询于匹夫，以大知而察及迩言，非苟为谦，诚取善之弘也。

　　三代而下，有学而无问，朋友之交，至于劝善规过足矣，其以义理相咨访，孜孜焉唯进修是急，未之多见也，况流俗乎？是己而非人，俗之同病。学有未达，强以为知，理有未安，妄以臆度，如是，则终身几无可问之事。贤于己者，忌之而不愿问焉，不如己者，轻之而不屑问焉，等于己者，狎之而不甘问焉，如是，则天下几无可问之人。人不足服矣，事无可疑矣，此唯师心自用耳。

　　夫自用，其小者也；自知其陋而谨护其失，宁使学终不进，不欲虚以下人，此为害于心术者大，而蹈之者常十之八九。不然，则所问非所学焉：询天下之异文鄙事以快言论；甚且心之所已明者，问之人以试其能，事之至难解者，问之人以穷其短。而非是者，虽有切于身心性命之事，可以收取善之益，求一屈己焉而不可得也。

嗟乎！学之所以不能几于古者，非此之由乎？

　　且夫不好问者，由心不能虚也；心之不虚，由好学之不诚也。亦非不潜心专力之故，其学非古人之学，其好亦非古人之好也，不能问宜也。

　　智者千虑，必有一失。圣人所不知，未必不为愚人之所知也；愚人之所能，未必非圣人之不能也。理无专在，而学无止境也，然则问可少耶？《周礼》：外朝以询万民。国之政事尚问及庶人，是故贵可以问贱，贤可以问不肖，而老可以问幼，唯道之所成而已矣。孔文子不耻下问，夫子贤之。古人以问为美德，而并不见其有可耻也，后之君子反争以问为耻，然则古人所深耻者，后世且行之而不以为耻者多矣。悲夫！

剑气箫心　皆忧人才

——读龚自珍《病梅馆记》有感

　　龚自珍是晚清杰出的思想家和文学家。他的仕途并不顺利，终身明珠蒙尘，二十七岁中举，三十八岁中进士，四十八岁辞官南归，官至礼部主事，属较低层级的官员。《定庵先生年谱》记载了龚自珍作为京官的窘境："先生官京师，冷署闲曹，俸入本薄，性既豪迈，嗜好奇客，境遂大困，又才高动触时忌。"但是，龚自珍无疑是近代中国的先知、启蒙学者和有变革精神的知识分子代表，著有《定庵文集》，留存文章三百余篇，诗词近八百首。他是思想先驱，以通儒的身份谈论时事、倡导改革，引领推动了晚清末期的资产阶级改良变法。梁启超先生认为："晚清思想之解放，自珍确与有功焉。光绪间所谓新学家者，大率人人皆经过崇拜龚氏之一时期，初读《定庵全集》，若受电然。"同时，他是文学巨擘，兼通古今文经学、佛学，诗文俱佳，开创了近代文学的新篇章。他的诗词既抒情又议论，把思想性、政治性与艺术性有机结合；散文更为有名，思想内容丰富深刻，表现形式灵活多样，散行中有骈偶，简括中有铺陈，语言瑰丽古奥。《病梅馆记》为龚自珍的散文名篇，这是一篇针砭时弊而又寓意深刻的短文，明写梅、实写人，借物托讽，融议论、抒情于记叙、描写之中，既把缜密思考和深刻感受浓缩到洗练的地步，又从容透彻说理，刻画鲜明生动形象，读之动人心魄，深感批判之气势丰沛。

　　龚自珍生活在清王朝走向腐朽没落的时代。整个社会乌烟瘴气，沉闷压抑，到处透露着病态和变态，最典型的表现就是"扭曲"。《病梅馆记》正是对于这一社会政治末世症候发出的檄文和吼声。文章表面句句说梅，实则句句写人，以梅喻人、以梅议政，在平凡的生活小事中包含着广博的社会政治内容，透露着晚清社会的腐朽和黑暗，高扬着精神自由、个性解放的思想旗帜。全文有三个段落，重点是第一段落，绝大部分笔墨用在叙述"病梅"的产生过程，意在批判封建统治及其帮凶帮闲对人才的摧残。第一段落开篇简要叙述梅的产地，"江宁之龙蟠，苏州之邓尉，杭州之西溪，皆产梅"。随即笔锋一转，引出关于评梅的美丑标准，用细腻的文笔详写病梅产生的缘由。其一写有些人以"曲"、"欹"、"疏"之梅为美，这一畸形评判标准使得梅树不能自由生长。其二指出这一畸形标准是"文人画士"的观点，以揭示产生病梅的社会根源。其三写文人画士及其帮凶们摧残梅树的具体做法，即使梅树不得"直"，不得"密"，不得"正"，从而成为病梅。第二段落叙述作者疗梅的行动和决心，写出作者对封建统治阶级压制人才、束缚思想的不满，要求思想自由和个性自由。第三段落表达作者愿意终身疗梅的坚定志向，实则是表达作者希冀改造社会的愿景，其赤诚之心可感天地，朗朗胸怀让人动容。

品读《病梅馆记》，心情十分沉重。这种沉重首先来自于文章所营造的压抑心境和沉闷氛围，更来自于对国家民族这段发展历史的痛惜。当时的清王朝腐朽腐败和无知无能，就像一条古老的破船，历经风吹雨打，已是千疮百孔，真的"病"了，而且是病入膏肓。病症和病根主要是没有人才。龚自珍在《乙丙之际箸议》一文中提出"衰世"的概念，痛感方方面面人才的缺乏。他说："左无才相，右无才史，阃无才将，庠序无才士，陇无才民，廛无才工，衢无才商；抑巷无才偷，市无才驵，薮泽无才盗。则非但鲜君子也，抑小人甚鲜。"意思是，在朝廷，左侧见不到能干的宰相，右侧见不到能干的秘书；城外见不到能干的将军，学校里见不到能干的读书人；农村没有能干的农夫，铺子里没有能干的工匠，商店里没有能干的商人，甚至里弄里没有能干的小偷，市场上没有能干的市侩，丛林沼泽中没有能干的强盗。此时不但君子少见，连小人也少见。在龚自珍眼中，清王朝真是危机重重了。同时，我们也感佩于龚自珍目光之犀利、反应之敏捷和预测之正确。清王朝的病既是内忧又是外患。《病梅馆记》写作于1839年，在外患方面，第二年即1840年就发生了第一次鸦片战争，清王朝与英国签订了中国历史上第一个不平等条约《南京条约》；十七年之后即1856年，又发生了第二次鸦片战争，1860年英法联军火烧圆明园，以清政府失败和签订屈辱的《北京条约》而告结束。在内忧方面，十二年后即1851年爆发了太平天国运动，这是中国历史上最大规模的农民战争。清王朝在内忧外患中"无可奈何花落去"，1911年辛亥革命爆发，走到了历史终点。

《病梅馆记》以讽喻手法揭露了封建统治对思想的禁锢和人才的摧残。文章从题目上分析，写作对象是梅，落笔重点在病，十分醒目；从内容分析，则是托物言志，通过病梅这一形象，隐喻清王朝束缚人们思想和压抑人才成长。清王朝入主中原之后，为了巩固和维护统治地位，千方百计加强思想统治，一方面以八股文作为科举考试选人用人的法定文体，以束缚人们的思想；另一方面是大兴文字狱，打压知识分子。所谓文字狱，是指封建统治者迫害知识分子的一种手段和措施。皇帝和他周围的人故意从作者的诗文中摘取字句，罗织罪名，轻则罢官免职，中则判刑流放，重则引来杀身之祸，甚至所有家人和亲族都受到牵连，满门抄斩或株连九族。文字狱历代皆有，但以清朝为最多最烈。令人奇怪的是，清朝文字狱多发生在"康雍乾"盛世，嘉庆、道光之后则较少发生。史料记载，康熙朝为十二次，雍正朝为十七次，而乾隆朝则为一百三十多次，其中四十七次的案犯被处以死刑，达到了登峰造极的地步。有的研究者认为，乾隆朝制造的文字狱比此前中国历史上的文字狱总和还要多一倍多。有的文字狱荒唐之至，叫人啼笑皆非，试举二例予以说明。一例是雍正朝的"清风不识字"案，翰林院庶吉士徐骏在奏章里错把"陛下"写成"狴下"，雍正因此革了徐骏的职务，后来派人一查，发现徐骏的诗文里有"清风不识字，何故乱翻书"的诗句，雍正认为这是存心诽谤，照大不敬律斩立决，处以极刑。另一例是乾隆朝《一柱楼诗集》案，江苏东台举人徐述夔去世后，其子为父刊印《一柱楼诗集》以表纪念。诗集中有诗句"举杯忽见明天子，且把壶儿抛半边"，被指用"壶儿"喻"胡儿"，暗指清王朝；"明朝期振翮，一举去清都"，认为"显有兴明灭清之意"。于是酿成大案，乾隆批示："徐述夔身系举人，却丧心病狂，所作《一柱楼诗集》内系怀胜国，暗肆诋讥，谬妄悖逆，实为罪大恶极！虽其人已死，仍当剖棺戮尸，以伸国法。"结果不仅徐述夔及其子被开棺枭首示众，两个孙子虽携书自首，仍以寓藏逆诗罪处斩；两个族人徐首发和徐成濯，名字连起来是"首发成濯"，被认为含有讥讽清朝剃发之制，也以大逆罪处死。清朝文字狱不仅钳制思想，而且焚毁书籍。乾隆朝在编修《四库全书》的同时，焚毁图书超过七十万部，几乎等于《四库全书》所收图书数量。文字狱的后果是严重的，造成了"万马齐喑"的局面，阻碍了经济发展和社会进步。如果从世界视野看待清朝的文字狱，后果更为严重。历史进入 18 世纪，西方国家已经先后挣脱封建锁链，走上了资本主义发展道路，而清朝的文字狱则加剧拉大了中国与西方的差距，导致近代中国的积贫积弱和落后挨打。在龚自珍看来，文字狱最严重的后果是摧残了人才和打压了知识分子，致使文人学士"病"了，即如《病梅馆记》所云："江、浙之梅皆病"；最显著的病症就是不敢思想、泯灭思想，"避席畏闻文字狱，著书都为稻粱谋"。有的文人学士死抱八股程式，背诵孔孟程朱的教诲以求科举入仕；有的文人学士远离现实，远离敏感的学术领域，不敢议论时政，把全部精力用于训诂、考据的故纸堆中。更有甚者则是丢掉气节，成为文字狱的帮凶帮闲，叫人可叹可怜可惜。

《病梅馆记》形象地展示了梅花和梅树被摧残的过程。梅花是我国传统名花之一，与兰、竹、菊并称"四君子"；与松、竹并称"岁寒三友"。梅花集色、香、姿、韵于一身，且不畏严寒，早春独步，迎凄风而怒放，伴白雪而盛开，自古以来一直是健康明朗高洁向上的象征。这就是林逋的"疏影横斜水清浅，暗香浮动月黄昏"；陆游的"零落成泥碾作尘，唯有香如故"；王冕的"不要人夸好颜色，只留清气满乾坤"。龚自珍却另辟蹊径，不写梅的清雅淡好，只写梅的病态，塑造了"病梅"意象，这是对传统梅花形象的冲击。从艺术角度分析，病梅拓展了梅花在文化领域中被表现的空间，也增添了梅花本身在文化上的丰富性和立体感。一定意义上说，正是病梅意象的成功塑造，使得《病梅馆记》成为散文名篇，至今仍被选入中学语文课本。在《病梅馆记》中，梅花和梅树被摧残既有理论又有实践。理论是"或曰：'梅以曲为美，直则无姿，以欹为美，正则无景；以疏为美，密则无态。'固也"。意思是，有人说"梅花以树干弯曲为美，挺直的缺乏风姿；以树枝歪斜为美，端正的缺乏景致；以枝条稀疏为美，浓密的缺乏媚态"。这样的看法既成定论，于是"斫其正，养其旁条；删其密，夭其稚枝；锄其直，遏其生气"。意思是，卖梅的人要砍去端正的，培养歪斜旁生的枝条；削除浓密的，损伤树的嫩枝；锄掉挺直的，压抑树的生机。在《病梅馆记》中，梅花和梅树被摧残不是光明正大的，而是偷偷摸摸的，是一个只可意会、不敢言传的逐利过程，由此可见摧残之人的心地之阴暗和见不得阳光。"此文人画士心知其意，未可明诏大号，以绳天下之梅也；又不可以使天下之民斫直、删密、锄正。"意思是，摧残的人心

中明白其中的含意，却不便于公开宣布、大力号召，用作衡量天下
梅树的准绳；也不便于让天下百姓都砍去挺直的、削除浓密的、锄
掉端正的，以摧残梅树和损伤梅树为职业去赚钱。同时，那些梅贩
由于文化层次所限，也想象不出病梅的意义和文人画士的心理，即
"梅之欹、之疏、之曲，又非蠢蠢求钱之民能以其智力为也"。文人
画士不敢明说病梅，卖梅之人又不能理解病梅，那只能通过第三方
即帮凶帮闲们，将文人画士这种孤癖嗜好的隐衷公开地告诉卖梅人，
并以利益诱之。这就是"有以文人画士孤癖之隐明告鬻梅者"，"以
求重价"，进而生产出病梅，而且是"江、浙之梅皆病"。在《病梅
馆记》中，虽为通篇说梅，却是句句议政，寓意非常明显。作者借
文人画士以病梅为美，摧残梅花和梅树，影射封建统治者禁锢思想、
压抑人才的丑陋行径；借"有以文人画士孤癖之隐明告鬻梅者"，影
射那些封建统治者的帮凶帮闲，奔走效劳，摧残人才；借斫直、删
密、锄正这一夭梅、病梅的具体做法，影射封建统治者扼杀人才的
恶劣手段。针对封建统治者摧残人才的种种恶行，龚自珍不能不愤
怒地说："文人画士之祸之烈至此哉！"

　　《病梅馆记》表达了作者治疗病梅的决心和志向。龚自珍不仅
是一个思想者，而且是一个有志于实践的人。究其一生，龚自珍虽
然没有机会直接参与变革实践，但其实践志向却是鲜明强烈的，主
要表现在强调经世致用。龚自珍在三十岁左右写道："从君烧尽虫
鱼学，甘作东京卖饼家。"意思是，跟随经学大师刘逢禄学习《公
羊春秋》后，抛弃于事无补的考据和训诂，致力于面向现实的研
究。表现在积极提出改革变法建议，如《西域置行省议》，李鸿章
读后感叹："古今雄伟非常之端，往往创于书生忧患之所得，龚氏
自珍，议西域置行省于道光朝，而大施设于今日。盖先生经世之
学，此尤其荦荦大者。"表现在病逝那一年，还写信给江苏巡抚，
准备辞去江苏丹阳书院教职，赴上海参加反对英国侵略者的战斗。

《病梅馆记》明确传达了龚自珍的实践志向，这就是要治疗病梅。治疗病梅，实际用隐喻的手法表达了龚自珍对封建统治摧残人才的愤慨、要求变法改革的迫切心情和追求个性解放的强烈愿望。因此，《病梅馆记》与其说是要治疗病梅，不如说是要治疗压抑思想、扼杀人才的社会环境。那么，如何治疗呢？这既涉及理论又涉及实践，既涉及观念又涉及情感，既涉及方法又涉及目的，既涉及目标又涉及过程。《病梅馆记》的第二段、第三段虽然文字不长，却展示了治疗的全过程和主要环节。一是要有病梅，才能谈得上治疗。所以，龚自珍"予购三百盆，皆病者，无一完者"。购买三百盆病梅，不仅是治疗的基础，也从一个侧面反映了龚自珍认真务实的精神。二是要有对病梅的感情和治疗的决心，即"既泣之三日，乃誓疗之"。龚自珍对着病梅哭了三天，实则是为人才被扼杀而痛哭，在无限悲愤之中显示对被扼杀人才的深切同情。三是要有正确的治疗方法，龚自珍认为应该"纵之、顺之"。无论自然界还是人类社会，都有自身的发生发展规律。只有顺应规律，梅花或曲或正，才是健康的，社会也才能健康发展。因此，"纵之、顺之"就是顺应规律，既适用于治疗病梅，也适用于变革摧残人才的社会环境。四是要有实际行动，龚自珍对三百盆病梅是"毁其盆，悉埋于地，解其棕缚"。这是"纵之、顺之"方法的具体运用，就是解除对梅花和梅树自然成长的束缚，同时寓意着解除对人才成长的束缚，让人才获得自由发展，个性得到解放。五是要有耐心，龚自珍将"以五年为期，必复之、全之"。治疗病梅是一个过程，变革社会也是一个过程，不可能一蹴而就，耐心就具有重要意义。只有坚持不懈，持之以恒，才能达到治疗病梅和变革社会的目的。六是要有不怕舆论压力的思想准备。治疗病梅会受到非议，变法改革更会受到非议，龚自珍明确表示不怕他人尤其是文人画士们的非议和辱骂，"予本非文人画士，甘受诟詈，辟病梅之馆以贮之"。在《病梅馆记》最后部分，龚自珍慨叹："呜呼！安得使予多暇日，又多闲田，以广贮江宁、杭州、苏州之病梅，穷予生之光阴以疗梅也哉！"意思是，怎样才能让我多得到一些空闲的时间，又多得一些空闲的土地，用来大量地贮藏江宁、杭州、苏州那些受到损伤的梅树，用尽我一生的光阴来治疗病梅啊！

龚自珍十分喜欢在诗词中吟咏剑与箫这一对意象，"来何汹涌须挥剑，去尚缠绵可付箫"；"少年击剑更吹箫，剑气箫心一例消"。剑气寓意豪情壮志，箫心寄托忧思哀愁。剑气与箫心是龚自珍一体人格的两个方面，也是中国传统知识分子一体人格的两个方面。无论剑气还是箫心，龚自珍都是在心忧天下、心忧人才。《病梅馆记》给我们最重要的启示就是要惜才爱才护才。古今中外，任何竞争都是人才的竞争，现代社会强调竞争，说到底还是人才的竞争。有了人才，就可以在社会竞争中追求卓越；有了人才，就可以在市场竞争中赢得机会；有了人才，就可以在国家竞争中为人类社会作出更大的贡献。龚自珍深受被压制和扼杀之苦，所以表现出更为强烈的人才意识。据《定庵先生年谱》，道光九年己丑，龚自珍三十八岁，参加廷试取得良好成绩，所著《安边抚远疏》深得考官赞赏，最后却以字写得不好、书写不正规而不能列入优等，即"先生廷试对策，大致祖荆公《上仁宗皇帝书》。及朝考，钦命题安边绥远疏。时张格尔甫平，方议新疆善后，先生胪举时事，洒洒千余言，直陈无陷，阅卷诸公皆大惊，卒以楷法不中程，不列优等"。最后置于三甲第十九名，不得入翰林。龚自珍因此困守闲曹二十年，屡次上书皆不被采纳，反被同僚讥为"痼疾"。这种令人窒息的环境掐灭了龚自珍的理想抱负，使得龚自珍更加深刻地认识到封建统治者扼杀人才之残酷和无情，进而写下了更为著名的诗文："九州生气恃风雷，万马齐喑究可哀。我劝天公重抖擞，不拘一格降人才。"

附

病梅馆记

龚自珍

江宁之龙蟠，苏州之邓尉，杭州之西溪，皆产梅。或曰："梅以曲为美，直则无姿；以欹为美，正则无景；以疏为美，密则无态。"固也。此文人画士心知其意，未可明诏大号，以绳天下之梅也；又不可以使天下之民斫直、删密、锄正，以夭梅病梅为业以求钱也。梅之欹、之疏、之曲，又非蠢蠢求钱之民能以其智力为也。有以文人画士孤癖之隐明告鬻梅者，斫其正，养其旁条；删其密，夭其稚枝；锄其直，遏其生气，以求重价，而江、浙之梅皆病。文人画士之祸之烈至此哉！

予购三百盆，皆病者，无一完者。既泣之三日，乃誓疗之：纵之、顺之，毁其盆，悉埋于地，解其棕缚；以五年为期，必复之、全之。予本非文人画士，甘受诟厉，辟病梅之馆以贮之。

呜呼！安得使予多暇日，又多闲田，以广贮江宁、杭州、苏州之病梅，穷予生之光阴以疗梅也哉！

齐家之要　耕读孝友

——读《曾国藩家书》有感

　　曾国藩是晚清著名政治家、军事家和理学名家，被誉为"中兴名臣"、"官场楷模"和"理学大师"。中国传统文化崇尚"三不朽"的人生境界，遍观历史，真正能够实现"三不朽"的，却是寥若晨星，曾国藩为世所公认，后人撰联称之为"立德立功立言三不朽，为师为将为相一完人"。在立德方面，曾国藩深受儒家思想影响，一生从不放弃自责和反省，追求个人道德完善。他的"修身十二款"至今为人称道和效法，其中第一款是"主敬：整齐严肃，无时不慎。无事时心在腔子里，应事时专一不杂。清明在躬，如日之升"。第三款是"早起：黎明即起，醒后勿沾恋"。第四款是"读书不二：一书未点完，不看他书。东翻西阅，徒循外为人"。第六款是"谨言：刻刻留心，第一工夫"。第十二款是"夜不出门：旷功疲神，切戒切戒"。在立功方面，曾国藩封侯拜相，官至两江总督、直隶总督、武英殿大学士，封一等毅勇侯。同时，他孜孜向学，继承桐城派而又自立风格，创立晚清古文"湘乡派"。在立言方面，曾国藩一生著述颇多，有《曾文正公全集》问世，其中家书流传最广、影响最大，长期被人们当作治家圭臬，是修身齐家的宝典和范本。

　　道光二十年即1840年，曾国藩二十九岁，进京入住，正式开始了仕宦生涯。在三十余年繁忙的翰苑和戎马旅程中，曾国藩不忘家人、敦睦亲情，先后写了近一千五百封家信，内容涉及修身、戒子、持家、交友、用人、处世、理财、为学、从政、治军诸多方面。

这些家书神闲气定、行文从容，运笔自由、随意所至，平实中蕴含着深刻哲理和丰富警句。它是曾国藩心灵世界的真实祖露，是曾国藩齐家、治学、从政思想的集中反映，是曾国藩激荡人生和奋斗经历的忠实记录，是曾国藩学识造诣和道德修养的生动写照。曾国藩没有什么大部头著作传世，但一部家书足以使他名垂千古。在传统社会，家书的对象可分上、中、下三个层次。上的层次是指父母长辈。道光二十年初，曾国藩给父母写了一封报平安的家信，这是现存家书中年代最早的一封。在这封家书中，曾国藩详细地叙述了进京路途的情况和在京居住的情况，以免父母对他乡游子的挂念。曾国藩不忘兄弟的学习，"家中诸事都不挂念，惟诸弟读书不知有进境否？须将所作文字诗赋寄一二首来京"。曾国藩表达了浓浓的思乡之情，希望父母来信"以烦琐为贵"，"须将本房及各亲戚家附载详明，堂上各老人须一一分叙"。中的层次是指兄弟平辈。道光二十二年秋天，曾国藩给诸弟写了一封家信，这是曾氏全集中所收与弟书的第一封。在这封家书中，曾国藩对兄弟表现出了极大的责任心和殷殷期盼之情，他谈了自己的缺点与不足，"予又素性浮躁，何能着实养静"；"予时时自悔，终未能洗涤自新"。他谈了拜师交友情况及其益处，"师友夹持，虽懦夫亦有立志"。他谈了读书学习的目的，"吾辈读书，只有两事：一者进德之事，讲求乎诚正修齐之道，以图无辱所生；一者修业之事，操习乎记诵词章之术，以图自卫其身"。他谈了读书学习的关键是要专心致志，"求业之精，别无他法，曰专而已矣"。下的层次是指子女后辈。咸丰二年夏天，曾国藩遭遇母丧，给儿子纪泽写了第一封家信。在这封家书中，曾国藩的心情至为悲痛，甚至把母亲的病故归罪于自己，"不孝之罪，岂有稍减之处！"由于纪泽是长子，当时只有十三周岁，曾国藩详列了十七件事情，要儿子一一办理，这既是对纪泽作为家中少主人在礼仪上的承认，又饱含让儿子经受历练和增长见识的深情。

　　品读《曾国藩家书》，是一种精神享受，更是一次灵魂洗礼，深深为曾国藩的文化品格所震撼和折服。这种文化品格蕴含着华夏文明的密码和基因，即对于父母来说，曾国藩是一个好儿子，忠孝两全、孝悌兼备；对于兄弟来说，曾国藩是一个好兄长，教导劝勉、"金针"度弟；对于儿子来说，曾国藩是一个好父亲，率先垂范、严格要求。"金针"意谓学问见识和本领。作为"三好"的曾国藩，不是与生俱来的，而是后天修身不已、严于律己、精诚所至。人毕竟是从自然界进化而来，不可能完全变成天使，因而修身律己是浴火重生，是一个痛苦的过程，是对物欲的放弃和终身的克己，非一般人所能承受。年轻时，曾国藩也是浮躁、爱玩、吸烟，有着不少性格和修养上的缺陷。二十岁时，曾国藩立志成为圣贤，改名"涤生"，意谓洗涤改过重生。为了"涤生"，曾国藩一生都在与自身的缺点抗争，不断自责和反省。他的自省极为苛刻，曾因为恋床晚起，在一则日记中骂自己是禽兽，"醒早，沾恋，明知大恶，而姑蹈之，平日之气何在？真禽兽矣！"他的自省细致入微，在一则日记中对自己贪利的梦境进行自责，"昨夜梦人得利，甚觉艳羡。醒后痛自惩责。谓好利之心至形诸梦寐，何以卑鄙若此，真可谓下流矣！"他的自省终身不渝，在辞世前一年还写下日课四条，与子侄共勉。一曰慎独而心安，二曰主敬则身强，三曰求仁则人悦，四曰习劳则神钦。曾国藩说："今书此四条，老年用自儆惕，亦补昔岁之愆；并令二子各自勖勉，每夜以此四条相课，每月终以此四条相稽，仍寄诸侄共守，以期有成焉。"

　　《曾国藩家书》强调耕读传家，这是曾氏齐家的基本准则。所谓耕读传家，本质上是要求家人既学谋生，又学做人。耕是谋生的手段，主要指农业生产，事稼穑，丰五谷，养家糊口，以全生命；读是做人的路径，主要指学习圣贤教诲，知诗书，达礼义，修身养性，以立道德。尤其是读，不能简单地理解为读书做官，重要的是学习做人的道理。即使不读书、不识字的人，也要学习做人的道理。咸丰四年四月，曾国藩在写给诸弟的信中指出："吾家子侄半耕半读，以守先人之旧，慎无存半点官气。不许坐轿，不许唤人取水添茶等事。其拾柴收粪等事，须一一为之；插田莳禾等事，亦时时学之。庶渐渐务本而不习于淫佚矣。"在这封信的最后，曾国藩强调耕读传家"至要至要，千嘱万嘱"。如果联想到写这封信的前十天，曾国藩经历了靖港之败和投水自杀，则更能见证他对耕读传家的珍视和苦心。值得指出的是，曾国藩在这封信中将齐家、读书与做官区隔开来，这也是他的一贯主张。咸丰六年九月在给儿子纪鸿的信中说："凡人多望子孙为大官，余不愿为大官，但愿为读书明理之君子"；同治四年五月致四弟、九弟的信中说："吾不望代代得富贵，但愿代代有秀才。秀才者，读书之种子也，世家之招牌也，礼义之旗帜也。"曾国藩之所以强调耕读传家，原因是多方面的。其一是文化熏陶。中国是个农业文明发达的社会，耕读传家观念深入人心，曾国藩自不例外。其二是清醒认识。在曾国藩看来，能使家族延续久远的，不是官位和财产，而是家风和品格。道光二十九年四月致诸弟信中说："吾细思凡天下官宦之家，多只一代享用便尽。其子孙始而骄佚，继而流荡，终而沟壑，能庆延一二代者鲜矣。商贾之家，勤俭者能延三四代；耕读之家，谨朴者能延五六代；孝友之家，则可以绵延十代八代。我今赖祖宗之积累，少年早达，深恐其以一身享用殆尽，故教诸弟及儿辈，但愿其为耕读孝友之家，不愿其为仕宦之家。"其三是家族影响。史料记载，曾氏家族一直在湘乡荷叶塘过着半耕半读的农家生活，即"曾氏自明朝以来世业农，积善孝友，而不显于世"。曾国藩的父亲一生以教蒙童为业，自撰一联说："有子孙有田园，家风半读半耕，但以箕裘承祖泽；无官守无言责，世事不闻不问，且将艰巨付儿曹。"这说明耕读传家已成为曾氏家族齐家的基本理念和传统。谈到家族影响，不能不谈及曾国藩的祖父星冈公。一定意义上说，星冈公是家族中对曾国藩影响最大的人，也是曾国藩最尊敬的长辈。即使后来封侯拜相，他仍认为自己远不如祖父。最突出表现是曾国藩始终将其祖父所说的"懦弱无刚乃男人最大之耻"作为座右铭，并一再以此告诫子弟。同时表现在齐家上，曾国藩反复强调："治家之道，一切以星冈公为法。"咸丰十年闰三月致四弟信中说星冈公治家之道，"大约有八个字诀。其四字即上年所称'书、蔬、鱼、猪'也，又四字则曰'早、扫、考、宝'"。由此可见，曾国藩祖父治家之道的实质是耕读，其中前四字就是读书、种菜、养鱼、喂猪。信中对后四字作了详细说明，"早者，起早也；扫者，扫屋也；考者，祖先祭祀，敬奉显考、王考、曾祖考，言考而妣可该也；宝者，亲族邻里，时时周旋，贺喜吊丧，问疾济急，星冈公常曰：'人待人，无价之宝也。'星冈公生平于此数端最为认真"。

《曾国藩家书》强调孝悌和家，这是曾氏齐家的伦理准则。中国传统实行的是家族宗法制度，家庭作为社会的细胞，具有举足轻重的地位和作用。齐家的核心就是处理好家庭内部各个方面的关系，主要是父母、兄弟姐妹和子女的关系，其伦理准则是孝悌。所谓孝，是对父母长辈的敬重和报恩；悌，是对兄弟姐妹的友爱和关心。在中华文化中，孝悌不仅仅是家庭伦理准则，更是社会伦理准则。孔子说："孝悌也者，其为仁之本与"；孔子还说："君子务本，本立而道生。"曾国藩深受儒学影响，十分看重孝悌在齐家中的意义和作用，强调只有孝悌，才能使家庭和睦、兴旺发达。咸丰四年八月致诸弟信中说：凡一家之中，"和字能守几分，未有不兴，不和未有不败者"。他甚至认为，孝悌比耕读更重要，即耕读之家能延续五六代，而孝友之家则可绵延十代八代。曾国藩自己终身躬行孝悌，是孝悌的楷模。在孝的方面，曾国藩对祖父母、父母极其恭敬孝顺。他始终以很低的姿态给父母长辈写信，常常盛赞其德其行，时时嘘寒问暖，经常禀报商议家事，恳请兄弟子侄尽孝尽责。曾国藩经常为不能亲身孝敬父母长辈而内疚惭愧。道光二十九年四月致诸弟信中说："我在京寓，食膏粱而衣锦绣，竟不能效半点孙子之职；妻子皆安坐享用，不能分母亲之劳，每一念及，不觉汗下。"当父母长辈稍有病恙，曾国藩深切担忧，他说："祖父大人之病，日见日甚如此，为子孙者远隔数千里外，此心何能稍置！"当母亲病故时，曾国藩更是哀痛不已，深深自责，咸丰二年七月给纪泽的信中说："余德不修，无实学而有虚名，自知当有祸变，惧之久矣。不谓天不陨灭我身，而反灾及我母。回思吾平日隐匿大罪不可胜数，一闻此信，真无地自容矣。"在悌的方面，曾国藩对弟妹们关爱备至，真正起到了"长兄如父"的作用。曾国藩有弟弟四人，其家书的精华在于与弟书及训子书，尤其是与弟书，数量之多、内容之丰富都超过训子书。一般而言，关心子女容易，关心兄弟姐妹难，因为子女是自己生命的延续，而兄弟姐妹则会自立门户，渐行渐远。曾国藩在大量写给诸弟信中所充溢的兄弟之情，令人深为感动，这不仅体现其望弟成才的苦心，而且体现其崇高的道德风范。曾国藩对弟妹们的关心是全方位的，既有生活上的关心，又有读书上的关心，还有做人上的关心。在生活上，道光二十九年三月致诸弟信中说："予尚有寄兰妹、蕙妹及四位弟妇江绸棉外褂各一件，仿照去年寄呈母亲、叔母之样。"在读书上，道光二十二年十二月致诸弟信中说：读书讲究志、识、恒，"有志则断不甘为下流；有识则知学问无尽，不敢以一得自足，如河伯之观海，如井蛙之窥天，皆无识者也；有恒则断无不成之事。此三者缺一不可"。在做人上，当得知四弟以在家塾不利于读书而想外出时，道光二十二年十月致诸弟信中劝诫说："苟能发奋自立，则家塾可读书，即旷野之地、热闹之场亦可读书，负薪牧豕，皆可读书；苟不能发奋自立，则家塾不宜读书，即清净之乡、神仙之境皆不能读书。何必择地？何必择时？但自问立志之真不真耳！"难能可贵的是，尽管在教育关心诸弟上付出了极大努力，曾国藩仍自责自己未尽全力。道光二十二年九月致诸弟信中说："予生平于伦常中，惟兄弟一伦抱愧尤深！盖父亲以其所知者尽以教我，而我不能以吾所知者尽教诸弟，是不孝之大者也。"

《曾国藩家书》强调勤俭持家，这是曾氏齐家的价值准则。农耕文明生产力低下，物质财富有限，不能不强调勤俭。曾国藩出身于贫寒农家，也不会忘记儿时生活的艰辛和勤俭的必要。一般认为，勤是勤劳、勤奋、勤苦，"天道酬勤"，世界上的事情都是通过勤劳做出来的；俭是节俭、俭朴、简约，"俭者，德之共也"，俭朴是一切良好道德品质的基础。曾国藩对勤俭的理解更为直观具体，同治二年十二月给侄子纪瑞信中说："勤字工夫，第一贵早起，第二贵有恒；俭字工夫，第一莫着华丽衣服，第二莫多用仆婢雇工。"他一生奉行勤俭自律，咸丰六年九月给儿子纪鸿的信中说："余服官二十年，不敢稍染官宦气习，饮食起居，尚守寒素家风，极俭也可，略丰也可，太丰则吾不敢也。"他特别崇尚勤俭的家风，多次给予深情回忆，在给侄子纪瑞信中说："吾家累世以来，孝悌勤俭。辅臣公以上吾不及见，竟希公、星冈公皆未明即起，竟日无片刻暇逸。竟希公少时在陈氏宗祠读书，正月上学，辅臣公给钱一百，为零用之需。五月归时，仅用去一文，尚余九十九文还其父。其俭如此。星冈公当孙入翰林之后，犹亲自种菜收粪。吾父竹亭公之勤俭，则尔等所及见也。"信中所说的辅臣公是曾国藩的高祖父，竟希公是曾祖父，星冈公是祖父。因此，在道光二十七年七月禀父母信中，他明确指出："勤俭本持家之道"；同治三年八月致四弟信中说："余教儿女辈惟以勤、俭、谦三字为主。"对于曾国藩的勤俭主张，如果仅仅从物质和经济层面理解，就会显得低俗和浅薄，他实际是从道德和精神层面强调勤俭持家。在曾国藩看来，勤俭是君子所为。在给儿子纪鸿的信中，他说："勤俭自持，习劳习苦，可以处乐，可以处约。此君子也。"所以，在咸丰四年八月致诸弟信中，他要求"子侄除读书外，教之扫屋、抹桌凳、收粪、锄草，是极好之事，切不可以为有损架子而不为也"。咸丰八年十一月致诸弟信中又说："后辈诸儿须走路，不可坐轿骑马。诸女莫太懒，宜学烧茶煮菜。"在曾国藩看来，勤俭是孝悌要义。道光二十九年三月致诸弟信中说："至于兄弟之际，吾亦惟爱之以德，不欲爱之以姑息。教之以勤俭，劝之以习劳守朴，爱兄弟以德也。丰衣美食，俯仰如意，爱兄弟以姑息也。姑息之爱，使兄弟惰肢体、长骄气，将来丧德亏行，是即我率兄弟以不孝也，吾不敢也。"在曾国藩看来，勤俭是保家之道。曾国藩一生戒惧"月盈则亏，水满则溢"，特别是当了大官以后更是诚惶诚恐，最怕子侄后辈染上骄、奢、逸的毛病。咸丰四年九月致诸弟信中说："诸弟在家，总宜教子侄守勤敬。吾在外既有权势，则家中子侄，最易流于骄，流于佚。二字皆败家之道也，万望诸弟刻刻留心，勿使后辈近于此二字，至要至要。"咸丰十年十月和十二月前后两封致四弟信中说："余在外无他虑，总怕子侄习于骄、奢、逸三字。家败，离不得个奢字；人败，离不得个逸字；讨人嫌，离不得个骄字。弟切戒之"；"时事日非，吾家子侄辈总以谦、勤二字为主。戒傲戒惰，保家之道也。"咸丰十年十月致九弟、季弟信中说："贤弟教训后辈子弟，总以勤苦为体，谦逊为用，以药佚骄之积习，余无他嘱。"

曾国藩是个颇有争议的历史人物，但争议主要集中在事功方面，"誉之则为圣相，谳之则为元凶"，而在立德立言方面，曾国藩几无争议，可谓"道德文章冠冕一代"。尤其是《曾国藩家书》，众口一词，赞赏有加，国学大师南怀瑾认为："曾国藩有十三套学问，流传下来的有两套，其中之一就是《曾国藩家书》。"它给人们最大的启示就是"家"这一范畴。历次社会变革，都曾对"家"造成冲击。传统社会是大家庭，四世同堂，兄弟众多，现代社会家庭趋于小型化，一般是独生子女，父母与未成年的子女同住。尽管如此，家仍然是不可替代的，仍然有着重要的生命意义、文明底蕴和伦理价值，仍然值得我们终身坚守和细心呵护。对于人类而言，家承载着生命繁衍、族群延续的重任。有了家，人类才能在牢固的血缘纽结和洋溢着人性光辉的环境中生生不息、代代相传。对于文明而言，家是文化传承和保留习俗的可靠载体。有了家，不同文化和习俗就可以在"润物细无声"中得到继承和发展，人类因不同文明的交汇融合而充满生机活力。对于个体生命而言，家就像温馨的港湾，是每个人心灵和感情的最佳栖息地。有了家，我们才会有亲情，有温暖，有父慈母爱，有兄友弟恭，有子女孝敬。在天伦之乐中，我们忘却烦恼，我们体悟宁静，我们沐浴春风，我们享受阳光。当然，有了家，才能更好地修身齐家治国平天下，为国家和社会贡献绵薄之力。

附

道光二十二年九月十八日致诸弟（节选）

　　写至此，接得家书。知四弟、六弟未得入学，怅怅然。科名有无迟早，总由前定，丝毫不能勉强。吾辈读书，只有两事：一者进德之事，讲求乎诚正修齐之道，以图无辱所生；一者修业之事，操习乎记诵词章之术，以图自卫其身。进德之事难以尽言，至于修业以卫身，吾请言之——

　　卫身莫大于谋食。农工商劳力以求食者也，士劳心以求食者也。故或食禄于朝，教授于乡，或为传食之客，或为入幕之宾，皆须计其所业，足以得食而无愧。科名者，食禄之阶也，亦须计吾所业，将来不至尸位素餐，而后得科名而无愧。食之得不得，穷通由天作主，予夺由人作主；业之精不精，则由我作主。然吾未见业果精，而终不得食者也。农果力耕，虽有饥馑必有丰年；商果积货，虽有壅滞必有通时；士果能精其业，安见其终不得科名哉？即终不得科名，又岂无他途可以求食者哉？然则特患业之不精耳。

求业之精，别无他法，曰专而已矣。谚曰"艺多不养身"，谓不专也。吾掘井多而无泉可饮，不专之咎也。诸弟总须力图专业。如九弟志在习字，亦不必尽废他业。但每日习字工夫，断不可不提起精神，随时随事，皆可触悟。四弟、六弟，吾不知其心有专嗜否？若志在穷经，则须专守一经；志在作制义，则须专看一家文稿；志在作古文，则须专看一家文集。作各体诗亦然，作试帖亦然，万不可以兼营并骛，兼营则必一无所能矣。切嘱切嘱，千万千万。此后写信来，诸弟各有专守之业，务须写明。且须详问极言，长篇累牍，使我读其手书，即可知其志向识见。凡专一业之人，必有心得，亦必有疑义。诸弟有心得，可以告我共赏之；有疑义，可以问我共析之。且书信既详，则四千里外之兄弟不啻晤言一室，乐何如乎？

予生平于伦常中，惟兄弟一伦抱愧尤深！盖父亲以其所知者尽以教我，而我不能以吾所知者尽教诸弟，是不孝之大者也。九弟在京年余，进益无多，每一念及，无地自容。嗣后我写诸弟信，总用此格纸，弟宜存留，每年装订成册。其中好处，万不可忽略看过。诸弟写信寄我，亦须用一色格纸，以便装订。

参考书目

1. 中华书局编辑部：《名家精译古文观止》，中华书局 1993 年版

2. 钟基、李先银、王身钢译注：《古文观止》（全二册），中华书局 2011 年版

3. 李凭注译：《古文观止》（正续全篇上、下），中国发展出版社 1999 年版

4. 陈鼓应译注：《老子今注今译》，中华书局 1984 年版

5. 盛广智注译：《管子译注》，吉林文史出版社 1998 年版

6. 钱穆：《论语新解》，生活·读书·新知三联书店 2005 年版

7. 陈渔、郑义主编：《孟子》，吉林人民出版社 2007 年版

8. 梁启雄：《荀子简释》，中华书局 1983 年版

9. 张觉等著：《韩非子》，中国国际广播出版社 2011 年版

10. 中华书局编辑部：《曹操集》，中华书局 2012 年版

11. 周振甫译注：《苏洵散文集》，江苏教育出版社 2006 年版

12. 邓碧清译注：《文天祥诗文选译》，凤凰出版社 2011 年版

13. 唐浩明评点：《曾国藩家书》（上下册），岳麓书社 2002 年版

14. 王博：《中国儒学史》（先秦卷），北京大学出版社 2011 年版

15. 刘梦溪：《大师与传统》，广西师范大学出版社 2013 年版

16. 袁行霈主编：《历代名篇赏析集成》，高等教育出版社 2009 年版

17. 徐中玉主编：《古文鉴赏大辞典》，浙江教育出版社 1989 年版

18. 夏海：《论语与人生》，北京大学出版社 2007 年版

后　记

《品读国学经典》付梓之际，特别想写上几句话，感谢许多人和各个方面的帮助支持。没有他们的帮助支持，就不可能有《品读国学经典》问世。

首先要感谢报纸杂志。2012年11月，《中国政协》杂志最早刊载了品读司马迁《报任安书》的文章，这实际成了《品读国学经典》一书的起点。2013年2月，《党建研究》刊载了品读魏征《谏太宗十思疏》的文章，《新华文摘》予以转载，从而增强了我品读经典的信念和决心。《金融世界》从2013年2月开始，一直在刊载品读国学经典的文章，给了我压力，但更多的是动力。2014年2月19日，《深圳特区报》以一个整版首发品读《曾国藩家书》的文章，使我十分感动。上述报纸杂志不吝版面的慷慨，不揣作者愚陋的大度，让我不时涌起感激之情和由衷谢意。

同时要感谢生活·读书·新知三联书店。在出版界，三联书店是品牌、品位和品格的象征。能够在三联书店出书，是作者的荣幸。我深知，《品读国学经典》离三联书店的要求还有很大距离，三联书店同意出版，实际是对作者的鞭策和鼓励。在出版过程中，责任编辑关丽峡女士协调各方，从封面设计、书页装帧到文章校核，都倾注了大量心血。在此，一并致以诚挚的谢意。

说到责编，还要特别感谢党建读物出版社王丹石先生。对于《品读国学经典》，他不仅作了最初的编辑工作，而且也是多数文章的第一读者。我每写完一篇文章，都要请他校核和提出修改建议，这不仅帮助我更加正确地理解经典，而且纠正了不少偏差和误读。

此外，要感谢我的家人，尤其是我的夫人。她为我的品读写作创造了良好家庭环境，而且给予了许多实际帮助。当我没有编辑出版的念头时，她及时予以提醒；当我放松品读时，她善意进行催促；当我遇到困难时，她经常提供有益的写作和修改建议。

陆游诗云："官身常欠读书债，禄米不供沽酒资。剩喜今朝寂无事，焚香闲看玉溪诗。"古往今来，官员总是欠缺读书的。但是，读书是进步的阶梯，阅读是相伴终生的事业。作为官员，要终身读书学习，坚持品读经典。在阅读过程中，感受中华文明的博大精深，就像春风化雨，潜移默化地影响和改变着我们的命运，让我们的人生更有尊严、更加尊贵。

2014 年夏月修改定稿